Antje Babendererde
Im Schatten des Fuchsmondes

Weitere Bücher von Antje Babendererde im Arena Verlag:
Sommer der blauen Wünsche
Schneetänzer
Wie die Sonne in der Nacht
Der Kuss des Raben
Isegrim
Julischatten
Rain Song
Indigosommer
Die verborgene Seite des Mondes
Libellensommer
Der Gesang der Orcas
Lakota Moon
Talitha Running Horse
Findet mich die Liebe?

Im Schatten des Fuchsmondes ist auch als Hörbuch erhältlich.

Antje Babendererde,
geboren 1963, wuchs in Thüringen auf und arbeitete nach dem Abi als Hortnerin, Arbeitstherapeutin und Töpferin, bevor sie sich ganz dem Schreiben widmete. Seit vielen Jahren gilt ihr besonderes Interesse der Kultur, Geschichte und heutigen Situation der Indianer, ihre einfühlsamen Romane zu diesem Thema für Erwachsene wie für Jugendliche werden von der Kritik hoch gelobt.
Zum zweiten Mal entführt Antje Babendererde ihre Leser nun in die schottischen Highlands, an die sie auf ihren Reisen ihr Herz verloren hat.

Antje Babendererde

Im Schatten des Fuchsmondes

Dieses Buch kann sensible Themen enthalten.
Weitere Informationen dazu auf Seite 400.
(Achtung: Diese Hinweise enthalten Spoiler!)

Die Autorin dankt der *Kulturstiftung Thüringen* für die
Unterstützung ihrer Arbeit an diesem Roman.

Zu diesem Titel stehen Unterrichtserarbeitungen zum
kostenlosen Download zur Verfügung.

Ein Verlag in der Westermann Gruppe

1. Auflage 2022
© 2022 Arena Verlag GmbH
Rottendorfer Str. 16, 97074 Würzburg
Alle Rechte vorbehalten

Covergestaltung: Johannes Wiebel | punchdesign, München, unter
Verwendung von Bildern von AdobeStock © Abundzu, Rechitan Sorin, Iuliia
Pilipeichenko, Kevin George, Ystewarthenderson und milanares sowie
von Shutterstock © Bastian Kienitz, Pfeiffer
Innenvignette: AdobeStock © Abundzu

Gesamtherstellung: Westermann Druck Zwickau GmbH
Gedruckt in Deutschland

ISBN 978-3-401-60541-8

Besuche uns auf:
www.arena-verlag.de

@arena_verlag
@arena_verlag_kids

»Der Mond bringt die Wahrheit.«
Jenni Fagan

NEUNZEHN JAHRE ZUVOR

Olivia presste sich so fest an Fraser, dass kein Hauch Luft mehr zwischen sie passte. Ihr Körper bebte noch von seiner Liebe. Sie lagen unter einer abgestorbenen Eiche, einem Wunschbaum, auf einer Insel inmitten eines Sees in den schottischen Highlands und weißes Mondlicht schien durch die schwarzen Äste auf ihre bloßen Körper herab.

In der warmen Augustnacht lag der Duft von Erde, Moos und Heide. Ein kleines Tier huschte raschelnd durchs trockene Eichenlaub und ein Nachtvogel schrie. Olivia schmiegte sich an den jungen Mann, den sie erst seit ein paar Stunden kannte. Diese Nacht war das Romantischste, was sie mit ihren neunzehn Jahren bisher erlebt hatte.

Zwei Wochen lang hatte Olivia im Loch Maree Hotel als Kellnerin gearbeitet und heute war ihr letzter Tag. Morgen würde sie in ihre schäbige kleine Hochhauswohnung in Barrowfield auf der Glasgower East Side zurückkehren, um ihren Job im Crafty Joes zu beginnen, einer Kellerbar, in der sich jeden Abend die zwielichtigen Gestalten des Viertels versammelten.

Aus der brodelnden Stadt heraus und weg von Johnny zu sein, hatte ihr gutgetan. Fraser tat ihr gut. Der junge Mann mit dem dicken hellen Haar war sanft und um Längen klüger als ihr Freund.

Er küsste sie und erzählte ihr, dass ein irischer Mönch Anfang des 8. Jahrhunderts eine Kapelle auf der Insel errichten ließ, in deren eingefallenen Mauern der Wunschbaum gewachsen war. In seinen Stamm hatte man über die Jahre Hunderte Münzen getrieben, weil die Menschen bis heute glaubten, das würde Wünsche erfüllen und Krankheiten heilen.

Fraser warnte Olivia, nichts von der Insel mitzunehmen, nicht einmal eine vertrocknete Eichel, weil das Unglück über sie bringen würde. Doch Olivia lachte nur. Sie war ein modernes Mädchen aus der Stadt und glaubte nicht an solche Dinge.

Das Kupfer der alten Münzen hatte den Baum schon vor langer Zeit absterben lassen und große Äste waren heruntergebrochen. Mit einem Stein hatte Fraser einen Penny in den Stamm getrieben und Olivia aufgefordert, sich etwas zu wünschen. Daraufhin hatte sie den Schlafsack unter dem Baum ausgebreitet und sich ausgezogen.

Hand in Hand liefen sie in den See, um zu schwimmen. Die Wasseroberfläche war ein glatter Spiegel, auf dem ein heller Mond schwamm. Es war ein Moment magischen Glücks und ihr Lachen vermischte sich mit dem Ruf des Vogels. Als sie ans Ufer stiegen, hob Olivia heimlich einen Kiesel auf, der in ihrer Hand wie ein Mondstein schimmerte. Sie wollte etwas mitnehmen von diesem verwunschenen Ort, etwas, das sie für immer an diese Nacht erinnern würde. Sie liebten sich noch einmal und als Fraser sie im Boot zurück zum Hotel ruderte, steckte der Stein in Olivias Jeanstasche.

Zu Hause in Glasgow legte sie den weißen Kiesel in eine Schatulle, in der sie ihren Schmuck aufbewahrte. Und erinnerte sich erst wieder an ihn, als das Unglück begann.

Die *Rosabel*, unser kleines Boot mit dem schwarzen Rumpf, gesteuert vom alten Duncan, tuckert zwischen *Eilean Sùbhainn* und *Eilean Eachainn* durch die klaren Wasser des Loch Maree, während über den dichten Kiefernkronen ein Fischadler seine Kreise zieht. Kein Wind bewegt die Wasserfläche des Lochs, auf der sich die schlanken, kupferfarbenen Stämme der schottischen Kiefern spiegeln wie ein schwimmender Wald voller dunkler Geheimnisse.

Während der fünfzehnminütigen Überfahrt von Sliochewe zu unserem Landsitz am anderen Ufer kommt es mir jedes Mal vor, als würde ich zwischen den Inseln eine unsichtbare Grenze überschreiten und die wirkliche Welt hinter mir zurückbleiben. Badfearna ruft nach mir. Ein kribbelndes Gefühl der Vorfreude summt in meiner Brust und ich kann es kaum erwarten, mit meinem Kajak durch das Labyrinth der Inseln zu paddeln.

Duncan McGowan, unser Wildhüter, steuert das Boot aus der Passage zwischen den Inseln und am anderen Ufer erhebt sich hoch über dem Waldstreifen und den steilen grünen Hängen der graue Gipfel des Sliochs in den strahlend blauen Himmel. Auf Gälisch bedeutet *Sloch* »Speer«, doch aus dieser Richtung ähnelt die Silhouette des Berges eher einem Backenzahn. Laut Duncan stammt der Name aus einer Zeit, als man eine Rechnung noch mit einem Speer als Zahlungsmittel begleichen konnte.

Der Slioch ist geologisch einer der ältesten Berge Schottlands und von majestätischer Schönheit. Mit seinen schroffen grauen Felswänden wirkt er abweisend, wie jemand, dem man lieber nicht zu nahe kommt. Doch dieser Eindruck täuscht. Der Weg zum Gipfel ist lang, steinig und manchmal auch sehr steil, aber jede Anstrengung wert.

Hallo, mein Freund, begrüße ich den Berg mit einem Lächeln, während ich gedankenverloren Duncans schwarzen Labrador-Retriever Archie hinter den weichen Ohren streichle.

Auf einmal habe ich das Gefühl, von Eispfeilen getroffen zu werden, und mein Kopf schwenkt automatisch in Kelsis Richtung. Vermutlich hat meine kleine Schwester mich verträumt lächeln sehen und ihr smaragdgrüner Blick straft mich dafür mit tödlicher Verachtung. Sie empfindet unsere Ferien auf Badfearna als Strafe und gibt mir die Schuld daran, dass sie hier sein muss.

Das Thermometer an der Steuerkabine zeigt nur fünfzehn Grad, aber Kelsi trägt ein leichtes geblümtes Kleid, als könne sie den Sommer auf diese Art mit Macht heraufbeschwören. Ihre ellenlangen, sorgfältig rasierten Beine stecken in Stiefeletten von *Erdem,* schwarzes Leder mit zarten weißen Blüten. Kelsis dünne Arme und Beine sind von einer Gänsehaut überzogen und ihr ganzer Körper verströmt Trotz.

Meine Schwester würde alles dafür geben, jetzt mit Mum im warmen Kalifornien zu sein, um bei Granny Lou und Grandpa Jack wie geplant die Sommerferien zu verbringen. Doch ein Waldbrand hatte im Juni bei Sacramento fünfzehn Häuser vernichtet, unter anderem auch die Villa unserer amerikanischen Großeltern. Als das Feuer ausbrach und sich rasend schnell verbreitete, waren sie mit Freunden in Alaska zum Angeln und hatten nichts retten können. Ihr ganzes Leben lag in Schutt und Asche, aber sie waren zum Glück mit heiler Haut davongekommen.

Als Grandpa Jack die verkohlten Überreste seines Hauses erblickte, erlitt er einen Herzinfarkt. Inzwischen ist er auf dem Weg der Besserung, allerdings noch schwach, und Granny ist hilflos ohne ihn. Vor zwei Wochen war Mum ohne uns nach Sacramento geflogen, um sich um ihren Vater zu kümmern und ihren Eltern bei der Suche nach einem neuen Haus und der Abwicklung der Versicherungen zu helfen.

Dad muss sich um unsere Ländereien und die Jagdlodge kümmern, deshalb gab es für Kelsi und mich nur zwei Möglichkeiten: unter der Fuchtel von Großtante Heather in Edinburgh bleiben oder unseren Vater nach Badfearna begleiten. Edinburgh und die humorlose Tante waren keine Option für mich – und Dad sichtlich erleichtert, als ich mich entschied, ihn nach Badfearna zu begleiten. Kelsi musste natürlich mit, denn er wollte sie keinesfalls allein bei seiner fast achtzigjährigen Tante in Edinburgh zurücklassen.

Statt im sonnigen Kalifornien am Strand zu liegen oder sich in Edinburgh mit ihren Freundinnen und ihrem heimlichen Liebsten zu treffen, ist Kelsi dazu verdammt, sich auf Badfearna zu Tode zu langweilen. Und sollte sie weiterhin in solchen dünnen Fähnchen herumlaufen, schafft sie es bestimmt vorher noch, sich ihren kleinen Hintern abzufrieren. Denn Sommer in den Highlands bedeuten selten wirklich *Sommer*.

Früher hat Kelsi es genauso geliebt, auf unserem Landgut zu sein wie ich. Doch seit sie sich in ein Insta-Sternchen verwandelt hat und hauptsächlich mit Klamotten und Jungs beschäftigt ist, hält meine Schwester unseren alten Clansitz für den ödesten Ort der Welt.

Auf der Website der Jagdlodge hat Dad *Badfearna Estate* als letzte große Wildnis Schottlands angepriesen. Das mag unbescheiden klingen, doch es stimmt. Einfach, weil es keine befestigte Straße zu unserem Anwesen gibt. Weil man die Fünf-Sterne-Lodge nur mit dem Boot erreichen kann. Und weil es ein kleines Vermögen kostet, die Lodge für eine Jagd zu mieten. Während des Lockdowns hat Dad das Herrenhaus von Grund auf renovieren lassen, denn mit dem Angebot von Sportjagden will er die Zukunft unserer Ländereien sichern.

Inzwischen nähern wir uns der Anlegestelle am anderen Seeufer, wo, eingebettet in das üppige Grün der Erlen, Kiefern und Eichen, umgeben von bunt blühenden Sträuchern, die leuchtend weiß getünchten Mauern des Herrenhauses auftauchen. Mit seinen vier Seitenflügeln, dem runden Glockenturm, den Sprossenfenstern und den Stufengiebeln samt ihren überhängenden Ecktürmchen wirkt unser vierhundert Jahre alter Familiensitz wie ein kleines Märchenschloss.

Als Kinder haben Kelsi und ich in dem alten viktorianischen Gemäuer mit Begeisterung eingekerkerte Schottenprinzessinnen gespielt. Natürlich wurden wir jedes Mal von einem mutigen Highlander im Kilt befreit und vom Fleck weg geheiratet, um eine Schar Kinder in die Welt zu setzen. Was meinen Helden anging, hatte ich dabei im Gegensatz zu Kelsi nicht unseren Vater, sondern Struan Carrick, den rothaarigen, verträumten Sohn unseres Verwalters vor Augen, der zwei Jahre älter ist als ich. Stru erfüllte seine ihm zugeteilte Rolle mit leidenschaftlicher Begeisterung. Doch sein Dad fand es weibisch, mit zwei kleinen Mädchen in Gardinenkleidern zu spielen, und nahm ihn, sooft es ging, mit auf die Jagd.

Seit er seine Wildhüterausbildung am *North Highland College* in Thurso macht, habe ich Struan nur noch selten gesehen, aber wir sind ab und an per WhatsApp in Verbindung und er liked regelmäßig die Tier- und Naturfotos, die ich auf meinem Instagram-Account hochlade. Struan liebt Badfearna genauso sehr wie ich.

Inzwischen bin ich zu alt für Kinderspiele, aber der Gedanke an Struan Carrick lässt mein Herz immer noch höherschlagen. Er ist jetzt neunzehn und definitiv kein Junge mehr, davon konnte ich mich letztes *Hogmany* überzeugen, das schottische Silvester, das unsere Familie traditionsgemäß auf Badfearna verbringt. Struan macht zurzeit ein Praktikum auf einem Jagdgut in den Cairngorms, wird aber bald nach Hause kommen, um Duncan als Stalker bei der Jagd zur Hand zu gehen. Insgeheim wünsche ich mir, er wäre längst hier. Dann wäre mein Sommer perfekt.

Dad blickt zum Pier, wo unsere Ankunft bereits erwartet wird. Sein Gesicht ist voller Anspannung. Für die letzte Juliwoche haben sich fünf Jagdgäste aus London in die Lodge eingemietet. Zwei Investmentbanker mit ihren Frauen und einem russischen Geschäftsfreund. Sie sind unsere ersten offiziellen Jagdgäste. Vor der Renovierung der Lodge hat Dad nur private Jagden für Bekannte und seine Geschäftspartner veranstaltet.

Mein Vater Alexander Malcolm MacKenzie ist ein direkter Nachfahre der MacKenzies von Kintail, ein schottischer Laird, und Badfearna ist der Sitz seiner Familie seit fünfhundert Jahren. Mum ist waschechte Amerikanerin und war in ihrem früheren Leben ein gefeiertes Model für Labels wie *Polo Ralph Lauren* und *Gucci*. Die beiden haben sich in Berkeley kennengelernt, wo Dad ein Jahr lang Ingenieurwesen studiert hat. In letzter Zeit gab es immer häufiger Streit zwischen unseren Eltern, dabei ging es meistens um Geld. Durch Corona und den Brexit war Dads Baufirma haarscharf an einer Pleite vorbeigeschlittert und die Renovierung der Lodge wäre ohne finanzielle Hilfe von Mums Eltern nicht möglich gewesen.

Wenn die Engländer und der Russe anreisen, soll in der Lodge und auf dem Anwesen alles perfekt sein, damit die Gäste die Unterkunft, das Ambiente und den Service in den höchsten Tönen loben und weiterempfehlen unter ihren reichen Geschäftsfreunden. Deshalb wird Dad in den nächsten drei Wochen schwer beschäftigt sein und sich kaum um Kelsi und mich kümmern können. Mir ist das nur recht. Ich liebe meine Freiheit auf Badfearna und es macht mir nichts aus, mich allein zu beschäftigen. Aber meine kleine Schwester braucht viel Aufmerksamkeit und langweilt sich schnell.

Duncan, die schwarze Strickmütze tief ins faltige Gesicht gezogen, steuert die *Rosabel* an den gemauerten Pier. Fergus Carrick, der mit einem Quad samt Anhänger bereitsteht, um unsere zahlreichen Gepäckstücke ins Haus zu transportieren, macht sie fest. Carrick, ein stämmiger Mann mit rotem Bart und grüner Sherlock-Holmes-Mütze, begrüßt Dad und erkundigt sich, ob die Anreise aus Edinburgh angenehm war.

»Miss Lia, Miss Kelsi.« Nach einer ritterlichen Verbeugung hilft Carrick erst mir und dann Kelsi aus dem Boot. »Die jungen Ladys werden von Mal zu Mal hübscher«, sagt er mit starkem schottischem Akzent, als wir auf dem Pier stehen.

Kelsi, auf die sein Kompliment durchaus zutrifft, reckt das Kinn noch ein wenig mehr in die Höhe. Mit Argusaugen wacht sie über ihr Gepäck, vor allem den metallic-pinkfarbenen Rollkoffer, der von Carrick auf den Wagen geladen wird.

»Hallo, Mr Carrick«, sage ich, »schön, Sie zu sehen.« Lieber wäre mir gewesen, Struan hätte am Pier gestanden, aber auf meine letzte WhatsApp hat er nicht geantwortet, und seinen Vater nach ihm fragen, das werde ich auf keinen Fall tun – nicht vor Kelsi.

Meine Schwester verdreht die Augen – etwas, das sie sehr eindrucksvoll kann – und zischt mir »Schleim, schleim!« zu. Dann widmet sie sich ihrem ebenfalls metallic-pinkfarbenen Smartphone und stöhnt mit zusammengezogenen Augenbrauen, als sich nur ein winziger Balken zeigt.

»Keine Angst, kleine Elfe«, sagt Dad, »näher am Haus ist der Empfang besser.«

Als ob Kelsi das nicht wüsste. Doch so, wie ich sie kenne, wird sie keine Gelegenheit auslassen, Dad und mir ihren Frust über ihr unfreiwilliges Hiersein kundzutun. Sie schultert ihre Handtasche von *Alexander McQueen* mit dem silbernen Totenkopf und stiefelt davon. Die schwarzen Locken wippen auf ihrem schmalen Rücken. Meine schöne kleine Schwester ist in der Prinzessinnenphase stecken geblieben und das ist meganervig. Dad schaut ihr stirnrunzelnd hinterher. Kelsi ist für ihn ein Wesen von einem anderen Stern, das eine fremde Sprache spricht. Und solange Mum nicht bei uns ist, werde ich notgedrungen zwischen ihm und ihr als interstellare Dolmetscherin fungieren müssen.

Dad und Fergus verladen das Gepäck und fahren zum Haus. Unser Domizil ist nicht das Märchenschloss, das bleibt seit der Renovierung den zahlenden Gästen vorbehalten. Die nächsten Wochen werden wir im schiefergedeckten Granitsteingebäude gleich dahinter wohnen, in dem früher die Bediensteten untergebracht waren. Obwohl nur ein paar der Mauersteine, die Regenrohre und die Eingangstüren schwarz sind, nennen wir es das *Blackhouse*. Auch in diesem Gebäude hat es Renovierungsarbeiten gegeben: Neue Fenster wurden eingebaut und eine neue Heizungsanlage, aber so luxuriös wie in der Lodge ist es zu Kelsis Leidwesen nicht.

Mum hat die Jagdlodge nach der aufwendigen Renovierung stilvoll einrichten lassen, sie war damit sogar über drei Seiten im *Land Business Magazine* gewesen, was uns sofort mehrere Buchungsanfragen eingebracht hatte. Mir ist das neue Hochglanz-Ambiente etwas zu stylish und perfekt. Als wir noch in der Lodge gewohnt haben, fand ich die Räume gemütlicher. Kelsi hingegen nervt es, dass wir nun im »Gesindehaus« wohnen.

Meine Schwester ist praktisch pausenlos online, als wäre ihr Leben eine einzige Insta-Story. Ständig macht sie Selfies, postet Fotos von sich und erzählt, was sie gerade denkt, um ihre Fangemeinde auf dem Laufenden zu halten. Zwischen antiken Möbeln, goldgerahmten Bildern, Schottenkaros und edlem Nippes zu wohnen, also in der Jagdlodge, damit hätte sie mehr Aufmerksamkeit bei ihren inzwischen dreitausend Followern gehabt.

Ich schultere meinen Rucksack und warte mit Archie auf Duncan, der die *Rosabel* noch in den Bootsschuppen fährt. Der Wildhüter hat schon mit sechzehn für Granda Hamish gearbeitet, als mein Großvater noch ein junger Laird war und das Anwesen gerade von seinem Vater übernommen hatte.

An meine Gran Amelia, nach der ich benannt bin, kann ich mich kaum erinnern. Sie hatte Dad, ihr einziges Kind, erst mit vierzig bekommen und starb, als ich fünf Jahre alt war. Dafür habe ich einige glasklare Erinnerungen an die beiden anderen Frauen, mit denen Granda Hamish sich nach ihrem Tod getröstet hat. Gleichzeitig und nicht nacheinander, wohlgemerkt. Hamish war ein wahrer Herzensbrecher gewesen und hatte seine Zeit am liebsten auf der Jagd oder dem Golfplatz in Gairloch verbracht. Auf seiner Beerdigung vor vier Jahren gab es einen Eklat, als seine beiden Verflossenen mit ihren Regenschirmen aufeinander losgingen wie Furien. Da Granda Hamish von jeher nur sporadisch Interesse an mir gezeigt hat, habe ich mir Duncan McGowan zum Ersatzgroßvater auserkoren.

Duncan umarmt mich, als er bei Archie und mir angelangt ist. Sein silberweißer Bart und das drahtige weiße Haar, das er zu einem kleinen Zopf gebunden trägt, bilden einen scharfen Kontrast zu seinen torfdunklen Augen und lassen ihn wie einen keltischen Druiden aussehen. »Na, wie geht es meinem Lieblingsmädchen?«, fragt er mit einem Augenzwinkern.

»Prima«, erwidere ich. »Ich bin ein bisschen müde, aber froh, der Stadt entkommen zu sein.« Wir gehen den Kiesweg an der von blühenden Stauden gesäumten Natursteinmauer entlang. Aus den blauen Glockenblumen steigen Schwärme kleiner blauer Schmetterlinge auf, sodass man denken könnte, die Blüten flattern davon. Das ist die Magie von Badfearna.

Ich frage Duncan nach seinem Knie, doch er winkt nur ab. »Heute ist kein guter Tag, *Lass.*«

Seit Anfang des Jahres macht dem Alten sein rechtes Knie zu schaffen und wenn ich sehe, wie er sein Humpeln zu verbergen sucht, weiß ich, dass es nicht besser geworden ist. Vermutlich braucht er eine Meniskus-OP, oder schlimmer noch, ein neues Kniegelenk. Ich ahne, dass er die Untersuchung hinausschiebt, weil er befürchtet, dass, sollte Letzteres der Fall sein, endgültig Schluss ist für ihn als Wildhüter von Badfearna. Dass er sein Cottage räumen muss. Aber das ist Unsinn. Dad hängt genauso wie ich an Duncan und ich bin mir sicher, dass der Alte bis an sein Lebensende in dem kleinen Haus bleiben kann, in dem er vor einundsiebzig Jahren geboren wurde.

»Wie geht es Macbeth?«, frage ich. Macbeth ist ein weißer Hirsch, ein Zwölfender, das Maskottchen von Badfearna.

»Er wird alt, kleine Distel, ein greiser Monarch.«

Kleine Distel, ich muss lächeln. Diesen Kosenamen hatte Duncans Frau Greta mir verpasst, als ich, sieben Jahre alt, an seinem Geburtstag mit blutigen Händen und einem Strauß schottischer Disteln aufgetaucht war. »Er ist siebzehn«, entgegne ich entrüstet, »so alt wie ich.«

»*Aye*«, meint Duncan, »aber gerechnet in Hirschjahren ist er so alt wie ich.« Vor dem Eingang zum Blackhouse trennen sich unsere Wege. »Wir sehen uns beim Dinner, *Lass*«, sagt Duncan mit einem Augenzwinkern.

»Ja, bis später«, erwidere ich und sehe ihm nach, wie er humpelnd davongeht.

Kelsis und mein Zimmer nehmen das ganze Dachgeschoss des Ostflügels ein und sind durch ein kleines Bad voneinander getrennt. Meine beiden Koffer stehen vor der Tür, Dad oder Fergus müssen sie die Treppe heraufgetragen haben. Aus Kelsis Zimmer dringt kein Laut. Vermutlich hat sie Kopfhörer auf den Ohren, hört Musik und schmiedet Rachepläne.

Ich wuchte meine Koffer ins Zimmer. Es hat gewachste Holzdielen, schräge Wände und ein Sprossenfenster, das auf die Berge zeigt. Seit der Renovierung lassen zwei neue Dachfenster mehr Licht herein. Die hellgrüne Tapete, die ich mir ausgesucht habe, ziert ein feines Distelmuster. Auf den Holzmöbeln – Kleiderschrank, Kommode, Schreibtisch und Bücherregal – liegt ein matter Glanz und der Bettüberwurf, ebenfalls im Distelmuster, ist glatt gezogen. Nirgendwo liegt Staub. Das war Georgina, das Mädchen aus dem Dorf, das seit letztem Herbst bei uns sauber macht. Dass sie dabei jeden einzelnen meiner Badfearna-Schätze in die Hand genommen hat, unter anderem meine kostbare *Kintsugi*-Schale, behagt mir nicht. Mein Urgroßvater Andrew MacKenzie hat die türkisblaue Schale, deren Scherben kunstvoll mit goldenem Urushi-Lack zusammengefügt sind, vor hundert Jahren aus Japan mitgebracht.

Sie bedeutet mir viel, denn ich mag die Philosophie dahinter:

Statt Zerbrochenes zu betrauern, lehrt uns *Kintsugi*, Unvollkommenes anzunehmen und die Schönheit darin zu sehen. Mit ihren goldenen Narben ist diese Schale kostbarer als zuvor.

Ich werfe meinen Rucksack auf die kleine Couch im grünen MacKenzie-Tartan-Look und beschließe, mein Zimmer von nun an lieber selber sauber zu machen.

Ein Blick auf die Uhr. Noch eine knappe Stunde bis zum Dinner. Schnell räume ich meine Sachen in Schrank und Kommode und ziehe meinen grünen Bikini mit den kleinen weißen Herzchen unter Jeans und T-Shirt. Die Zeit ist knapp, jedoch völlig ausreichend für mein unerlässliches Badfearna-Begrüßungsritual.

Ein Handtuch über der Schulter, trabe ich zwischen Hecken, Blumenrabatten und Rhododendronsträuchern über den gepflegten Rasen, vorbei an Duncans weiß getünchtem Cottage, das von der ausladenden Krone einer alten Kastanie überschattet wird. Hinter der Feldsteinmauer, die unser gesamtes Anwesen umgibt, beginnt die Wildnis. Zwei Ziegenköpfe zieren die Steinsäulen des Eisentores, das meistens offen steht. Ein Schild weist verirrte Wanderer darauf hin, dass Badfearna Privatbesitz ist. *Betreten verboten.* Die meisten Leute halten sich daran.

Ein paar Meter weiter führt eine befahrbare Holzbrücke über den *Caoach Burn,* einen von alten Bäumen und moosbewachsenen Steinen gesäumten Fluss, der aus den Bergen kommt und weiter unten in den See mündet. Ein Pfad schlängelt sich am diesseitigen Ufer des Flusses entlang hinauf zum Berg. Ich überquere die Brücke und laufe weiter parallel zum Loch. Hier wachsen Eichen, Ebereschen, Buchen und Erlen, von denen Badfearna seinen Namen hat. *Badfearn* bedeutet auf Gälisch »Erlenhain«.

Kurz darauf nehme ich den Abzweig zum Fox Point hinunter,

meinem Lieblingsplatz am See. Fox Point ist eine Landzunge mit einer versteckten Bucht, deren sichelförmiger Kiesstrand von windschiefen Bäumen und dunklen Felsen gesäumt ist. Der Stamm einer umgestürzten Kiefer liegt auf dem Strand und ragt bis ins Wasser hinein.

Vom schnellen Laufen ist mir warm. Ich schlüpfe aus meinen Schuhen und den Klamotten und laufe über die flachen Kiesel in den See. Das Wasser hat höchstens sechzehn Grad und ich genieße den prickelnden Moment, wenn die Kälte unter der Haut ankommt.

Da die Zeit knapp ist, schwimme ich nur ein paar Züge, trinke einen Schluck hellbraunes Wasser und tauche bis zum Grund des Sees. Am Boden nehme ich eine Prise Sand und feinen Kies in den Mund, verteile alles auf der Zunge und schlucke es hinunter. Wie Schmirgelpapier kratzen die feinen Körner in meiner Kehle, aber ich mag das Gefühl. Als ich ein paar Minuten später aus dem Wasser ans Ufer steige, habe ich Schule und Stadtleben abgestreift und bin innerlich gereinigt.

Der Sommer auf Badfearna kann beginnen.

Auf dem Weg zurück zum Blackhouse erhasche ich zwischen Bäumen und Sträuchern einen spektakulären Blick auf den Slioch und zücke sofort meine kleine rote Digitalkamera, die ich immer bei mir trage. Die Abendsonne bestrahlt die Kuppe des Berges, sie glüht wie ein Schmiedeeisen.

Der Slioch ist ein *Munro* – so heißen alle Gipfel in Schottland, die höher sind als neunhundertvierzehn Meter. Mit seinen fast tausend Höhenmetern ist er der höchste Berg rund um den Loch Maree. Seine unteren Hänge steigen steil an, bis sie eine hohe, felsige Wand erreichen, die wie ein Ring um den Gipfel liegt. Von dieser Stelle auf unserem Anwesen wirkt der Berg wie eine uneinnehmbare Felsenfestung, aber bei schönem Wetter ist der Aufstieg in zwei bis drei Stunden zu schaffen.

Ich schieße ein paar Fotos und kann mich nur schwer vom Anblick des glühenden Berges trennen.

Nach einer heißen Dusche ziehe ich meine weinrote Leinenbluse an, die vorteilhaft geschnitten ist und meine blauen Augen betont, dazu eine schwarze Cordhose. Ich föhne mein schulterlanges, gelocktes Haar und nehme es vor dem Spiegel in der Schranktür zu einem lockeren Dutt am Hinterkopf zusammen. Mein Haar passt zu mir, es ist kräftig und störrisch und von einem undefinierbaren Braun. *Mausbraun*, um es mit Kelsis herzlichen Worten zu sagen.

Meine Schwester versteht nicht, warum ich nicht etwas

mehr Aufwand betreibe, um mein unauffälliges Äußeres zu optimieren. Ihr Standpunkt ist: Man wird, was man aus sich macht. Doch warum soll ich jemanden aus mir machen, der ich nicht bin? Lieber halte ich es mit *Wabi-Sabi,* einem Prinzip des Zen-Buddhismus, das sich an der Schlichtheit und Einfachheit der Natur orientiert. Dem Wabi-Sabi zufolge liegt wirkliche Schönheit nicht offensichtlich zutage, sondern erscheint im Verborgenen und erschließt sich erst durch die nähere Betrachtung. Deshalb glaube ich auch nicht an Liebe auf den ersten Blick.

Noch ein Hauch Lipgloss, dann begebe ich mich nach unten ins Esszimmer mit den alten Fliesen im Schachbrettmuster, das gleich neben der Küche liegt. Das erste Abendessen nach unserer Ankunft nehmen wir wie immer gemeinsam mit Duncan, Fergus und seiner Frau Ethlenn ein, die sich während unseres Aufenthaltes um unsere Mahlzeiten kümmern wird.

Während des Dinners erfahre ich von Ethlenn, dass Struan erst nach Badfearna kommt, wenn die Londoner Jagdgesellschaft eintrifft. Bis dahin sind es noch drei lange Wochen und ich bin enttäuscht, was Kelsi mit einem triumphierenden Lächeln registriert. Meine kleine Schwester hat feine Antennen für Dinge, die unausgesprochen in der Luft schweben.

Kelsi trägt eine beige karierte Bluse mit einer großen Schleife am Kragen, der neuste Schrei von *Burberry.* Mein Schwesterherz geht glatt für siebzehn durch, ist aber erst fünfzehn – während ich in vier Wochen tatsächlich siebzehn werde, alle mich aber immer jünger schätzen. Seit einiger Zeit hat Kelsi einen Freund, ich habe die beiden schon ein paarmal zusammen gesehen. Eng umschlungen und wild küssend. Klar, bei ihrem perfekten Aussehen: schwarze Locken, grüne Katzenaugen, Schmollmund, lange Fohlenbeine und hübsche Brüste – alles, was ein Mädchen braucht, um die Blicke der Jungs auf sich zu ziehen.

Dass ich mit fast siebzehn noch solo bin, ist in Kelsis Augen allein meine Schuld. Meistens lassen mich ihre Sticheleien kalt, aber manchmal bringt sie mich damit auch zur Weißglut. Kleine Schwestern können grausam sein.

Die Seeforellen, am Morgen von Duncan aus dem See gefischt, schmecken köstlich und ich lange ordentlich zu. Ethlenn ist eine grandiose Köchin, im Gegensatz zu meiner Mum, die Probleme damit hat, ein einfaches Nudelgericht zuzubereiten, und ohnehin mehr auf Rohkost und Müsli setzt.

Wäre Mum hier, würde ich für meinen gesunden Appetit vorwurfsvolle Blicke von ihr ernten, denn sie hat die Hoffnung noch nicht aufgegeben, ich würde eines Tages ebenso elfenhaft dünn sein wie sie und Kelsi. Doch erstens bin ich kräftiger gebaut als die beiden – ein bisschen wie ein Highlandpony, kompakt und trittsicher. Und zweitens denke ich gar nicht daran, meinen Appetit irgendwelchen Schönheitsidealen zu unterwerfen. Wenigstens kann mich nicht jeder Windhauch gleich umwerfen.

Während ich mir das zarte Fleisch der in Kräutern gedünsteten Seeforelle auf der Zunge zergehen lasse, lausche ich den Gesprächen der Erwachsenen, die sich anfangs um unser vor ein paar Wochen in Betrieb genommenes kleines Wasserkraftwerk drehen und später um die Hirschbestände, die bevorstehende Jagd und Dads Probleme mit Tier- und Umweltschützern.

Mit einigen dieser Leute liegt er im Clinch darüber, was zu tun ist mit der Natur von *Badfearna Estate*. Natur, in die der Mensch über Jahrhunderte so sehr eingegriffen hat, dass sie ohne ihn nicht mehr funktioniert. Es geht um die Forderung der Natur- und Tierschützer nach *Rewilding* und die Abschaffung der Jagd. Ein Ansinnen, das Dads Zukunftspläne für Badfearna zunichtemachen würde.

Seit mein Vater offiziell Sportjagden anbietet, mehrt sich sein

Ärger mit denjenigen, die ihn dafür verachten. Zwar sehen nach wie vor viele Alteingesessene die Pirschjagd als kulturelles Erbe mit hohem wirtschaftlichem Nutzen für die Gemeinde, doch die Stimmen derer, die die Jagd auf Hirsche und Moorhühner ausbeuterisch und grausam finden, werden lauter. Wo die einen Wildnis sehen, sehen die anderen eine Arbeitslandschaft.

Badfearna hat große Hirschwälder und Heideflächen, bestens geeignet für die Hirsch- und Moorhuhnjagd. Gleichzeitig bieten unsere bergigen Ländereien jenen Tieren eine Zuflucht, die in der intensiven Landwirtschaft keine Chance mehr haben. Tiere, die vom Aussterben bedroht sind, im Gegensatz zu Hirsch, Rotfuchs und Krähe. Aber mit diesem Argument dringt mein Vater bei den Öko-Aktivisten nicht durch.

Alles verändert sich, auch das Wissen. Es gibt immer neue Erkenntnisse und diese Erkenntnisse können beweisen oder widerlegen, was der bessere Weg ist, um die Natur in den Highlands in einem gesunden Gleichgewicht zu halten.

Darf hier Heide wachsen oder müsste es Wald sein? Aus welchen Baumarten sollte dieser Wald bestehen? Dürfen Landbesitzer wie Dad darüber entscheiden, welches Tier leben darf und welches nicht? Ist *Rewilding* – die Rückkehr von Wolf, Luchs und Biber – vielleicht doch eine realistische Alternative?

Ich will besser verstehen, wie unterschiedliche Menschen die Landschaft wahrnehmen. Deshalb will ich Wildtiermanagement studieren und nicht Businessmanagement, wovon Dad mich ständig zu überzeugen versucht.

Von Duncan McGowan habe ich im Laufe der Jahre eine Menge über das komplexe Zusammenspiel von Mensch und Natur gelernt und der Wildhüter hat nie versucht, mir meinen Wunsch auszureden, mal in seine Fußstapfen zu treten.

Schon bald schwirrt mir der Kopf von all den Informationen

und Argumenten, die über den Tisch hin und her fliegen. In Kelsis Kopf hingegen ist kein Platz für die Belange von Badfearna, die Gespräche am Tisch langweilen sie offensichtlich. Alle fünf Minuten verdreht sie ihre hellgrünen Augen und gegessen hat sie wie ein Spatz. Meine Schwester setzt alles dran, in Mums Model-Fußstapfen zu treten. Wenn sie achtzehn ist, will sie nach Kalifornien zu unseren Großeltern ziehen und ihre Model-Karriere starten. Ihr großes Vorbild ist Leni Klum, die blonde Tochter von Heidi Klum.

Erst neulich hat Kelsi mir Lenis Insta-Account gezeigt, wo die Siebzehnjährige alle Welt wissen lässt, dass sie von ihrer ersten Model-Gage für fünfzigtausend Dollar Bäume gekauft hat. »Siehst du? Sie tut mit ihrem Geld mehr für den Umweltschutz, als du es jemals können wirst«, war Kelsis Kommentar. Auf dem nächsten Post zeigt Leni am Strand ihren beinahe blanken Busen.

»Darf ich nach oben gehen?«, fragt Kelsi. »Ich bin mit Cara auf FaceTime verabredet.«

Dad nickt und Kelsi verschwindet mit einem gemurmelten Gutenachtgruß. Ich wette, dass Cara in Wahrheit Navin heißt (ich habe ein wenig nachgeforscht) und ein stylisher Sechzehnjähriger mit langen Beinen, schwarzen Locken und verträumten Augen ist. Aber das werde ich für mich behalten. Meine kleine Schwester ist wütend auf mich und sie mir zur Feindin zu machen, wäre keine gute Idee.

Gegen acht verabschiede auch ich mich. Die Fahrt von Edinburgh nach Sliochewe hat mit zwei kurzen Unterbrechungen fast fünf Stunden gedauert und auf einmal merke ich, wie müde ich bin. »Zeigst du mir morgen, wo Macbeth mit seinem Rudel steht?«, frage ich Duncan.

Der Wildhüter lächelt. Er weiß, dass ich Macbeth auch ohne ihn finde. Dass es mir darum geht, mit ihm gemeinsam den Pfad in die Hügel hinaufzugehen und darüber zu reden, was in den vergangenen Monaten für jeden von uns wichtig war.

»Morgen hat Donna Geburtstag und ich bin zum Essen eingeladen. Sei Montag um acht Uhr bei mir am Cottage, *Lass*, dann statten wir dem alten König einen Besuch ab.«

»Ich werde da sein«, sage ich. »Grüß Donna von mir.«

Duncans Schwester Donna, sie lebt in Sliochewe, dem kleinen Ort auf der anderen Seite des Loch Maree, war früher Lehrerin und ist schon seit einigen Jahren pensioniert. Sliochewe, das sind ein paar verstreut liegende Häuser am Ufer des Sees, eine Bushaltestelle, ein winziger SPAR-Laden mit Poststelle und das *Stag Inn,* ein dreihundert Jahre alter Pub.

Vor der Pandemie hat es regelmäßig *Ceilidhs* gegeben im Pub mit dem schwarz verräucherten Kamin und den niedrigen dunklen Deckenbalken. Die ganze Familie liebt diese gemütlichen Abende, an denen Geschichten erzählt werden, musiziert, gesungen und getanzt wird. Doch während des langen Lockdowns ging nichts mehr. Seit ein paar Monaten hat das Virus endlich seinen Schrecken verloren und das Leben verläuft wieder in halbwegs normalen Bahnen.

Als ich im Obergeschoss vor der Tür des kleinen Badezimmers stehe, höre ich Kelsi nebenan leise sprechen. Kein lautes Gekicher, wie es üblicherweise bei Telefonaten mit Cara aus ihrem Zimmer dringt. Nur geflüsterte Worte. *Liebesschwüre?* Oder beklagt sie sich bei Navin, dass sie hier sein muss? Weit weg von ihm und abgeschieden von allem, was für Kelsi als lebenswert gilt? Wochenlang eingepfercht mit ihrem Dad, der sie nicht versteht, und ihrer seltsamen Schwester, mit der sie nichts verbindet außer den gemeinsamen Eltern?

Schon komisch, wie zwei Schwestern aus demselben Genpool so verschieden sein können. Kelsi und ich waren nie ein Herz und eine Seele, hatten uns nie unsere Geheimnisse anvertraut. Aber wir waren gut miteinander ausgekommen. Unsere Zwistigkeiten begannen erst im Lockdown, als Mum und Dad anfingen, sich beinahe täglich zu streiten. Kelsi schlug sich auf Mums Seite, ich mich auf Dads. Meine kleine Schwester war schon immer Mums Modepüppchen gewesen, aber als ihr dann über Nacht hübsche kleine Brüste wuchsen und sie ihre Macht über das andere Geschlecht entdeckte, war es um sie geschehen. Schönheit verschafft einem Vorteile, das hat sie schnell verinnerlicht.

In *Danderhall*, unserer Schule in Edinburgh – eine reine Mädchenschule –, ist Kelsi das It-Girl in ihrem Jahrgang und immer von einer kleinen Schar Gleichgesinnter umgeben. Zum Glück gibt es Schulkleidung, sonst würde meine Schwester jeden Morgen zu spät kommen, weil sie sich nicht für ein Outfit entscheiden kann.

Im Bett schreibe ich noch eine Nachricht an meine beste Freundin Zoé. Mit ihrem Vater, der von dort stammt, verbringt sie die ersten drei Ferienwochen in Sainte-Maxime an der Côte d'Azur bei ihren Großeltern. Ich hatte gehofft, Zoé würde danach noch ein paar Tage zu mir nach Badfearna kommen, wie sie es in den vergangenen Sommern auch getan hat. Doch ihr Freund Alec hat andere Pläne mit ihr und gegen ihn haben ich und die einsamen Highlands keine Chance.

Was Aussehen, Klamotten und Jungs angeht, ist Zoé mir meilenweit voraus, aber im Gegensatz zu Kelsi lässt sie das niemals raushängen und will auch nicht mein Äußeres optimieren. Doch selbst meine Freundin ist der Meinung, dass es sich positiv auf die Entwicklung meiner Persönlichkeit auswirken könnte, wenn ich endlich so etwas wie ein Liebesleben hätte.

Ich schicke Zoé ein Foto vom regenverhangenen Gipfel des Sliochs und bekomme ein sonnenpralles Strandfoto zurück.

Dreißig Grad, textet sie.

Dreizehn Grad, antworte ich.

Ist Struan da?

Noch nicht, aber er kommt bald.

Super, dann besteht ja noch Hoffnung, ma chérie.

Damit spielt Zoé auf unseren Entjungferungspakt an. Zur letzten *Burns night* Ende Januar, haben wir – da waren wir schon ziemlich beschwipst –, beschlossen, an unserem jeweiligen siebzehnten Geburtstag richtigen Sex zu haben. Zoé, da war sie mit Alec schon zwei Monate zusammen, hat es an ihrem Geburtstag im April zum ersten Mal getan und seitdem schildert sie mir ihre erotischen Erfahrungen mit wachsender Begeisterung. Mein siebzehnter Geburtstag steht noch bevor, *dicht bevor*, und vermutlich wird Zoé nicht lockerlassen.

Immerhin, mit Struan Carrick gibt es auf Badfearna wenigstens einen möglichen Kandidaten. Er sieht gut aus, ist sensibel und klug, riecht immer gut und ich bin schon mein Leben lang in ihn verliebt. Zwar bin ich mir noch nicht sicher, ob ich den Pakt auch wirklich einlösen will, aber Stru hat mich während des *Happy-Hogmany*-Feuerwerks auf der anderen Seeseite heimlich geküsst und es hat mir gefallen. Warum also nicht?

Ich halte dich auf dem Laufenden, schreibe ich.

Bis bald, Süße. Jetzt ist Strandparty angesagt. ☺

Ich schicke ihr noch ein Winken und schalte mein Handy aus.

Von Strandpartys hatte Kelsi auch geträumt. Wegen der Pandemie waren Reisen in die USA zwei Jahre lang unmöglich gewesen und so hatten sich all die angesammelten Hoffnungen meiner kleinen Schwester auf diesen Sommer konzentriert. Ihre Enttäuschung sitzt tief und in einem Winkel meines Herzens tut Kelsi mir ehrlich leid. Aber weil sie so ein kleines Biest ist, werde ich ihr das niemals sagen.

Tanzende Schleier aus Nieselregen wandern von der Seeseite kommend über Rasen, Blumenrabatten, Sträucher und Bäume. An den Berghängen steigen die grauen Wolken auf und verschlucken den Slioch. Ohne Regen, denke ich, wäre alles da draußen weniger interessant.

Auf dem Rasen hüpft eine Elster herum und ein rotes Eichhörnchen flitzt den Stamm einer Kiefer hinauf. Ich nutze den verregneten Morgen, um Ethlenn einen Besuch abzustatten und sie, ganz beiläufig, ein wenig über ihren Sohn auszufragen.

Ich mag Struans Mum mehr als seinen Vater, bei dem ich nie so genau weiß, woran ich bin. Fergus Carrick kann gut mit Gästen umgehen, aber er kann auch aufbrausend sein. Ich erinnere mich noch gut daran, wie oft Struan früher in den Wald abgehauen ist, um den Launen seines Vaters zu entkommen.

Ethlenn ist eine warmherzige Frau Ende dreißig, mit begnadeten Kochkünsten und zahllosen anderen Fähigkeiten, die in der Abgeschiedenheit von Badfearna unerlässlich sind. Ihr dunkles Haar hat sie zu einem lockeren Zopf geflochten, hinter ihren Brillengläsern schimmern große braune Augen. Während sie in ihrer heimeligen Küche klebrigen Teig für Sauerteigbrot knetet, erfahre ich, wie gut es Struan auf dem Jagdgut in den Cairngorms gefällt.

»Sein Chef, ein schwerreicher Däne, schätzt ihn sehr«,

schwärmt Ethlenn. »Er hat Stru sogar eine Stelle als Headstalker angeboten, wenn er mit seiner Ausbildung fertig ist.«

»Das ist ja toll.« Ich bemühe mich, Begeisterung in meine Stimme zu legen, denn ich bin immer davon ausgegangen, Struan würde einmal für Dad arbeiten, so wie sein Vater seit beinahe vierzehn Jahren.

Ethlenn scheint zu spüren, was mir durch den Kopf geht. Ohne mich anzusehen, meint sie: »Aber Stru weiß natürlich, dass er auf Badfearna gebraucht wird.«

Ja, denke ich, er wird dringend gebraucht. Aber sieht Stru hier auch seine Zukunft? Zwischen seinem Vater, der Dad treu ergeben ist, und Duncan, der die Entscheidungen meines Vaters, wie manche Dinge auf Badfearna gehandhabt werden sollten, immer öfter hinterfragt? Später, als die Sonne sich einen Weg durch die Wolken bahnt und ich auf dem Anwesen unterwegs bin, denke ich immer noch darüber nach, was Struan Carrick wohl für Zukunftspläne haben mag und ob Badfearna und ich darin eine Rolle spielen.

Bei der Weide, die das Anwesen zum Berg hin mit einer Feldsteinmauer begrenzt und auf der während der Jagdsaison die *Garrons*, unsere Hochlandponys, stehen, glaube ich meinen Augen nicht zu trauen. Ist das Fiona, die dort ganz allein vor dem Stall steht? Mum und Dad hatten mir die graubraune Ponystute zum dreizehnten Geburtstag geschenkt, nachdem ich auf der Isle Maree einen Penny in die Rinde des Wunschbaumes getrieben und mir aus tiefstem Herzen ein Pferd gewünscht hatte. Beim Wünschen hatte ich zwar ein edles Vollblut mit langen Beinen und glänzendem Fell vor Augen gehabt, aber als ich das kleine Fiona-Fohlen dann auf der Weide stehen sah, schloss ich es sofort ins Herz.

Ich schlüpfe durch den Koppelzaun, um Fiona zu begrüßen,

und entdecke hinter ihr ein Schimmelfohlen mit dünnen Beinen und knubbeligen Knien. Es kann noch nicht alt sein, höchstens vier Wochen. Augenblicklich vergesse ich Struan und gehe in die Hocke. Es ist ein Hengstfohlen. »Na, du bist ja ein hübsches Kerlchen.«

Highlandponys stammen von einheimischen Ponys ab, die schon vor Tausenden von Jahren hier beheimatet waren. Sie sind kräftig gebaut und haben einen freundlichen, ausgeglichenen Charakter. Während der Pirschjagd dienen sie uns als Lasttiere. Auf dem breiten Rücken eines *Garrons* wird der erlegte Hirsch ins Tal gebracht, eine Tradition, die nicht mehr auf vielen Jagdgütern gepflegt wird, weil der Unterhalt der Pferde und ihre dreijährige Ausbildung teuer sind. Schon als Jungtiere müssen sie an den Geruch von Blut gewöhnt werden und lernen, ihre tote, oft noch warme Last sicher ins Tal zu transportieren.

Das weiße Fohlen mit den hübschen grauen Flecken auf der Hinterhand drängt sich an seine Mutter, die mich mit einem freudigen Schnauben begrüßt. Ich atme Fionas vertrauten Pferdegeruch ein und streichele ihre weichen Nüstern. Das Hengstfohlen betrachtet mich mit Argwohn, aber irgendwann lässt es doch zu, dass ich seinen Hals berühre. Vielleicht hat Fiona ihm auf Pferdeart signalisiert, dass es mir vertrauen kann. Wobei wahrscheinlicher ist, dass Duncan gleich von Anfang an mit dem Fohlen gearbeitet hat und es an Menschen gewöhnt ist.

Fiona zeigt ihre gelben Zähne und stößt ein Wiehern aus. Als ich mich umdrehe, sehe ich Duncan am Koppelzaun stehen. Für den runden Geburtstag seiner Schwester trägt er die volle Montur, mit Kilt im Clan-Tartan der MacGowans, in dem die Farben Beige, Schwarz und Grün vorherrschen. Dazu eine schwarze Weste und ein Sporran mit Fuchsfellbesatz. Ich gehe zu ihm und begrüße ihn. »Du siehst toll aus, Duncan.«

»Du aber auch, *Lass*.«

Ich schaue an mir herunter: beige Cargohosen, T-Shirt, Regenjacke und bequeme Turnschuhe. Ich muss lachen.

»Ich meine deine Augen, kleine Distel«, sagt Duncan mit einem Schmunzeln. »Sie leuchten wie das Meer an einem sonnigen Tag.«

»Ich bin glücklich, wieder hier zu sein«, gebe ich zu. »Und da ist dieser kleine Kerl, von dem mir niemand erzählt hat.«

»*Druid*«, sagt Duncan, »ich habe ihn Druid getauft. Das Fohlen war dünn und schwach nach seiner Geburt und ich war nicht sicher, ob es überlebt. Deshalb habe ich die beiden auch hier runter auf die Weide geholt. Aber Druid hat es geschafft und jetzt ist er ein munterer kleiner Bursche. Du kannst mit ihm üben, *Lass*. Mir fehlt die Zeit dafür.«

»Das mache ich.«

»Bald müssen auch die anderen *Garrons* aus den Bergen geholt werden.«

»Du kannst auf mich zählen, Duncan.«

Wie es seit Jahrhunderten üblich ist, entlässt Dad die Hirschponys am Ende einer jeden Jagdsaison in die Freiheit. Auf den Berghängen oberhalb der Lodge können sie so lange wild herumstromern, bis die nächste Saison beginnt.

»Ich muss los, kleine Distel«, sagt Duncan. »Sonst komme ich noch zu spät zum Lunch. Wir sehen uns morgen früh.«

Am nächsten Morgen erstrahlt der Himmel in perfektem Blau und es verspricht ein warmer Tag zu werden. Punkt acht bin ich an Duncans weiß getünchtem Cottage und begrüße Archie, der mir schwanzwedelnd um die Beine streift, mit einem Leckerbissen.

Duncan trägt hohe, kreuzgeschnürte Wanderschuhe, halb

verborgen unter einer verbeulten, beigefarbenen Cordhose. Dazu eine derbe Tweedjacke im McGowan-Muster. Er ist Wildhüter in fünfter Generation, einer vom alten Schlag. Duncan schwört auf Tweed statt Outdoorkleidung und auf seinen Rundgängen oder der Pirsch korrekt gekleidet zu sein, zeugt von seinem Respekt gegenüber der Wildnis und ihren Bewohnern. Duncan ist ausgerüstet mit Gewehr, Feldstecher und einem Stock, um sein Knie zu entlasten. Ohne Gewehr sieht man den Wildhüter selten, der Stock ist neu. Ich trage Wasserflasche und Regenjacke im Rucksack und zwei Äpfel für alle Fälle. Die Kamera hängt um meinen Hals. Über die Jahre habe ich unzählige Fotos von Macbeth geschossen, aber ich werde nie müde, den weißen Hirsch in seiner wilden Umgebung zu fotografieren.

Wir laufen den Bergpfad am *Caoach Burn* entlang, der von alten Bäumen und bemoosten Steinen gesäumt ist. Sonnenstrahlen brechen durch grünes Laub, tanzen schillernd im klaren Wasser des Flusses, der aus den Bergen kommt und in kleinen Wasserfällen Richtung See strömt. Duncan schreitet forsch voran. Es scheint Tage zu geben, an denen sein Knie ihm kaum zu schaffen macht, und heute ist so ein Tag.

Archie verschwindet mit wedelndem Schwanz hinter Wurzeln und Steinen, jagt den unzähligen magischen Gerüchen nach, die seine Hundenase erschnüffelt. Ab und zu bleibe ich stehen und schieße ein Foto, aber die meiste Zeit laufen wir und reden. Duncan ist ein guter Zuhörer, einer, der nachfragt. Ich erzähle ihm von meinen Problemen in Mathe, von den Streitereien meiner Eltern und dem Gezicke mit Kelsi. Nur meine Struan-Pläne verschweige ich dem Wildhüter.

Nach etwas mehr als einer Stunde erreichen wir das Krähenmoor, ein parallel zum Berg verlaufendes Hochtal mit einem winzigen See und einem Moorbirkenhain, in dem ein Rudel Rothirsche äst. Um diese Jahreszeit findet man die Tiere meistens hier oben am Berg, weil das Grün hier noch zarter und schmackhafter ist als in den Wäldern unten am Loch.

Wir bleiben im Schutz von Heide und Sträuchern. Archie stellt seine Ohren auf, ihn packt das Jagdfieber, doch auf einen Befehl von Duncan setzt er sich und bleibt still. Der Alte lässt sich auf einen morschen Baumstumpf nieder und reicht mir sein Fernglas. Ich hocke mich neben ihn in die struppige Heide.

Die schlanken Stämme der Birken leuchten weiß im Sonnenlicht. Macbeth, er steht ein wenig abseits von seinen jüngeren Geschlechtsgenossen, hebt sein Haupt, das von einem schönen, ausladenden Geweih gekrönt ist. Wie verästelte Zweige eines Baumes ragen seine Enden in den Himmel. Der Hirsch lässt mit heraushängender Zunge ein lautes Röhren vernehmen, ein Ton, der in meiner Brust vibriert. Hat er uns bemerkt und will uns begrüßen? Seine Lauscher sind aufgerichtet. Schließlich geht er zu einer Birke und beginnt, sich am Stamm zu scheuern. Noch ist sein Geweih mit dem samtigen Bast überzogen.

Macbeth ist ein majestätischer Zwölfender mit einem weißen Körper und geheimnisvoll grünen Augen. Als Duncan ihn mir zum ersten Mal zeigte, damals war ich sieben oder acht, hatte der Hirsch gerade sein Geweih verloren und ich war der Überzeugung, ein Einhorn zu erblicken, das sein Horn verloren hatte. Damals fürchtete ich mich vor dem Tier, denn Duncans Frau hatte mir erzählt, frei lebende Einhörner seien gefährlich.

Seit Tausenden von Jahren ranken sich Mythen und Legenden um den weißen Hirsch und es gibt viele Geschichten über folgenreiche Begegnungen. In der Artus-Sage gilt er als das einzige Tier Schottlands, das nie gefangen werden konnte.

Heute weiß ich alles über weiße Hirsche. Zum Beispiel, dass

sie keine Albinos sind. Ihr weißes Aussehen ist auf Leukismus zurückzuführen, ein seltenes genetisches Muster, das ihr Fell und ihre Haut die natürliche Farbe verlieren lässt. Weiße Hirsche sind extrem selten, in ganz Großbritannien gibt es höchstens eine Handvoll. Der prächtigste von ihnen grast nur etwa hundert Meter von uns entfernt und ist sich seiner Schönheit und majestätischen Ausstrahlung nicht bewusst.

Ich schaue durchs Fernglas und zähle. Macbeths Rudel besteht aus über dreißig Tieren. In unseren Hirschwäldern leben derzeit an die zweitausend Rothirsche. Es sind so viele, weil Dad in den vergangenen beiden Jahren wegen Corona und der Renovierung der Lodge keine privaten Jagden veranstaltet hat. Die Restaurants waren geschlossen und Hirschfleisch nicht gefragt. Der kontrollierte Abschuss von überzähligem Rotwild ist gesetzlich vorgesehen, deshalb hatten Fergus und Duncan ein paar Tiere geschossen, aber bei Weitem nicht genug.

Im Winter mussten sie Futterrüben im Wald verteilen, weil sonst Tiere verhungert wären. Gibt es jedoch im Frühjahr zu viele Hirsche, zertrampeln sie die Gelege der Moorhühner und anderer Bodenbrüter in der Heide. Auch die zarten Baumschösslinge haben gegen ihren Appetit keine Chance. Das sensible Gleichgewicht zu halten, ist für Dad und seinen Wildhüter eine immerwährende Gratwanderung durch alle Jahreszeiten.

»Bis zum nächsten Frühjahr müssen wir dreihundert Hirsche schießen«, sagt Duncan leise, »sonst bekommen wir Ärger.«

Zum Glück besteht für Macbeth keine Gefahr, denn er ist das Maskottchen von Badfearna. Ohnehin werden Zwölfender nicht geschossen, es sei denn, sie sind krank.

»Das sind viele Tode.« Ich gebe Duncan das Fernglas zurück.

»Aye. Zum Glück gibt es wieder genug Abnehmer für das Fleisch.«

Ich suche einen stabilen Untergrund für meine Kamera und drücke ein paarmal ab. Auf meinem Insta-Account poste ich ausschließlich Tier- und Naturaufnahmen und habe es damit immerhin auf fast achthundert Follower geschafft. Fotos von Macbeth sind nicht für die Öffentlichkeit gedacht. Dass es den weißen Hirsch gibt, braucht nicht alle Welt zu erfahren. Man weiß nie, was manchen Leuten in den Sinn kommt, wenn sie ein seltenes Tier sehen, um das sich so viele Mythen ranken.

Ich zupfe einen Farnkringel ab, schiebe ihn in meinen Mund und kaue darauf herum. Er schmeckt nach Spargel und irgendwie grün. Im Gegensatz zu Kelsi glaube ich, dass ich zu dem werde, was ich esse: zu einem Teil der Natur. Deshalb verschwinden nicht nur Beeren, Pilze, Fisch und Wild in meinem Magen, sondern auch Blätter, Rinde, Gras und Blüten. Gelegentlich esse ich Sand und kleine Steine – wie ein Huhn. Dass ich so etwas Schräges tue, weiß niemand, nicht einmal der alte Wildhüter.

Auf dem Rückweg lässt Duncan Archie wieder frei herumstöbern. Der Hund rennt durchs Flussbett, dass es nur so spritzt. Auf der anderen Seite schüttelt er sich kurz und verschwindet hinter Felsen und Sträuchern. Irgendwann hören wir ihn aufgeregt bellen.

»Vermutlich hat er einen Fuchs gewittert«, sagt Duncan.

Füchse, Wiesel und Krähen sind Dad ein Dorn im Auge. Gibt es zu viele von ihnen, werden sie zur Gefahr für die Gelege und Küken der Moorhühner. Als Wildhüter eines Jagdgutes muss Duncan dafür sorgen, dass die Vögel so zahlreich wie möglich bis zur Moorhuhnsaison überleben, die landesweit am 12. August eröffnet wird, dem *Glorious Twelfth*. Dads Jagdgäste müssen tief in die Tasche greifen, wenn sie Moorhühner schießen wollen. Deshalb tötet Duncan im Auftrag meines

Vaters Füchse und Krähen. Gelegentlich stellt er auch Wieselfallen auf. *Raubtiermanagement*, so nennt sich das.

»Hast du in diesem Jahr viele Füchse geschossen?«

Duncan nickt. »Schon ein Dutzend.« An seinem Tonfall merke ich, dass er nicht stolz darauf ist. Aber weniger Füchse bedeutet: mehr Kiebitze und Goldregenpfeifer. Mehr große Bodenbrüter wie den Wachtelkönig. Darauf setzt Dad, das ist sein Argument für die Tierschützer, die ihm Mord aus Geldgier vorwerfen. Außerdem gibt es Geld vom Staat, wenn er geschützte Arten auf seinem Grundbesitz nachweisen kann.

»Das Frühjahr war zu nass und der Sommer ist bisher zu trocken«, sagt Duncan. »Zu viele Moorhuhnpaare haben nur zwei bis drei Küken, statt sieben oder acht. Am liebsten würde ich ein Jahr mit der Jagd aussetzen, damit sich die Population erholen kann.« Er bleibt stehen und stützt sich auf seinen Stock. »Aber davon will Fergus nichts wissen.«

»Und was sagt Dad dazu?«

Der Alte presst die Lippen zusammen und schüttelt den Kopf. »Vom *Glorious Twelfth* an ist die Lodge wochenlang ausgebucht. Dein Vater braucht das Geld der Jäger, kleine Distel. Dringend. Die Renovierung der Lodge und der Bau des Wasserkraftwerks haben mehr Geld verschlungen, als er eingeplant hat.«

Im Herbst vergangenen Jahres hat unser kleines Wasserkraftwerk am *Allt Furnace* seinen Betrieb aufgenommen. Seitdem hat Badfearna eine autarke Stromversorgung und Dad ist froh, dass wir nicht mehr vom lokalen Stromnetzwerk abhängig sind, das bei einem Sturm schnell mal zusammenbricht.

Während wir weiter absteigen, wollen Duncans Worte mir nicht aus dem Sinn. Dads Bauunternehmen läuft nicht mehr so gut. Seit dem Brexit fehlt es an Baumaterial, an Benzin und an Lkw-Fahrern, weil Gastarbeiter keine Arbeitserlaubnis mehr bekommen. Und ich weiß auch, zumindest ansatzweise, wie viel Geld Badfearna verschlingt. Dass Dad jedes Jahr finanzielle Einbußen hat. Aber um Geld habe ich mir bisher nie ernsthaft Sorgen gemacht. Muss ich das von nun an tun? Ich nehme mir vor, Dad danach zu fragen. Allerdings wird das Ganze am Ende nur wieder auf eine Diskussion um meine Studienrichtung hinauslaufen, was ich total nervig finde.

Ich stecke zwei Finger in den Mund und pfeife nach Archie. *Nichts.*

»Er ist alt und ein bisschen schwerhörig geworden.« Mit einem Ächzen setzt Duncan sich auf einen dick bemoosten Stein. Offenbar hat sich der Schmerz im Knie zurückgemeldet.

Zwar bezweifle ich, dass Archie meinen Pfiff nicht gehört hat, aber um Duncan eine Pause zu verschaffen, sage ich: »Ich schaue mal nach, wen er da gestellt hat.«

Indem ich mir Trittsteine suche, komme ich trockenen Fußes über den Fluss, der an dieser Stelle etwas mehr als zwei Meter breit ist. Auf der anderen Seite schlage ich mich durch struppiges Heidekraut, Büsche und Kiefernschösslinge. Schließlich sehe ich einen Fuchs, der wie ein kleiner König auf einer Felsnase thront. Sein rotbraunes Sommerfell leuchtet in der Sonne wie eine Flamme. Es ist ein Jungtier mit schmalem Kopf, wachsamen Augen und einem noch nicht völlig verheilten Riss im linken Ohr. Sein buschiger Schwanz mit der weißen Spitze zuckt.

»Hallo, Mr Fuchs«, sage ich.

Archie bellt sich irgendwo hinter dem Felsen die Kehle heiser, aber das schlaue Füchslein scheint zu wissen, dass der Hund alt ist und ihm da oben nichts anhaben kann. Ich muss lächeln und bin froh, dass Duncan mit seiner Flinte auf einem Stein sitzt. Nachdem ich ein paar Fotos von dem unerschrockenen Tier geschossen habe, umrunde ich die Felsnase, um Archie zu holen – und bleibe wie angewurzelt stehen.

Die Felswand im Rücken, steht vor mir ein Junge, die Hände schützend vor dem Gesicht, die Arme voller roter Mückenbisse. Seine Jeans sind an den Knien eingerissen und haben braune Torfflecke. Auf seinem grauen T-Shirt mit dem Kleeblatt-Logo des *Celtic FC* zeichnen sich dunkle Schweißflecke ab. Er ist groß und wirkt sportlich, doch im Gegensatz zu dem kleinen Fuchs hat der Typ offenbar Angst vor dem alten Archie.

»Archie, aus!«, rufe ich mit Nachdruck. Der Hund bellt noch zweimal, knurrt widerwillig, dann ist er still. »Guter Junge, sitz!« Archie gehorcht und zwischen den sich öffnenden Fingern des Fremden blitzen zwei dunkle Augen auf. »Er ist harmlos«, sage ich.

Langsam lässt mein Gegenüber die Hände sinken. Er hat weizenblondes Haar, das ihm wirr über die Augen hängt. Unter dem rechten Auge verläuft eine halbmondförmige Narbe und am Kinn sprießen helle Bartstoppeln. Der Mund des Jungen ist rot verschmiert, als hätte er gerade ein blutiges Mahl beendet. *Starr ihn nicht an, Lia.* Aber ich kann nicht anders.

»Könntest du deinen Hund vielleicht an die Leine nehmen?« Aus seiner Stimme, die unerwartet tief ist, höre ich Frust heraus, Misstrauen und einen Glasgower Akzent. Ein *Glaswegian*, Fußballfan. Auch seine Handflächen sind rot, fällt mir jetzt auf.

»Du kannst ja sprechen«, bemerke ich spöttisch. »Bist du verletzt?«

»Ich? Ähm ... nein.« Er betrachtet seine roten Hände und deutet schließlich mit einem halben Grinsen auf ein paar Himbeersträucher mit ihren in der Sonne leuchtenden Früchten. Reif und rot.

»Ich habe keine Leine dabei, aber Archie ist hinter dem Fuchs her und nicht hinter dir.«

Archie zieht die Lefzen hoch und zeigt leise knurrend seine gelben Zähne.

»Schon klar.« Der Junge streicht sich das Haar aus dem Gesicht und fährt mit der Hand in den Nacken, wo er sie lässt. »Na dann, schönen Tag noch.« Er macht Anstalten zu gehen, doch offenbar traut er Archies Friedfertigkeit nicht und will der Bestie nicht den Rücken zukehren. Ich kann mir ein Lächeln nicht verkneifen.

Der Fremde sieht ungewaschen aus, aber nicht unattraktiv. Von solchen Typen halte ich mich normalerweise fern, doch der hier macht mich neugierig. Ein Landstreicher auf unserem Land? Hin und wieder muss Dad sich mit der Zerstörungswut Fremder herumplagen: kaputte Wildzäune, Einbrüche im Gobhair Cottage oder sogar Wilderei.

»Du wanderst?«, frage ich, obwohl die nassen, schlammverschmierten Sneakers, die er an den Füßen trägt, kaum als Wanderschuhe taugen.

»Ich ... ähm, *aye*.«

Lügner. »Warst du schon auf dem Slioch?« Der Gipfel des Sliochs ist ein beliebtes Wanderziel für *Munrobagger*, Wanderer, die Berge sammeln wie andere Leute Briefmarken.

»Nein ... morgen.« Er holt tief Luft, als ob seine Geduld mit mir am Ende ist. »Morgen steht der Slioch auf dem Plan.«

»Überlege es dir gut«, warne ich ihn. »Eine Schlechtwetterfront ist im Anmarsch und wenn die Steine nass sind, wird der Pfad rutschig. Dem Slioch sind schon erfahrene Bergwanderer zum Opfer gefallen.«

Seine Augen werden noch dunkler – wie Torf. »Danke für den Tipp«, bemerkt er trocken. Zum Gruß legt er zwei Finger an die Stirn und ist gleich darauf hinter Büschen und Bäumen verschwunden.

Noch eine ganze Weile starre ich auf die Stelle, an der er gestanden hat.

Finn schnappt sich seinen Rucksack. Er läuft ein Stück gen Westen und springt dann in wilder Hast den farnbewachsenen Hang hinunter, bis er sicher ist, genügend Abstand zwischen sich und das Mädchen mit dem großen schwarzen Hund gebracht zu haben. Wo, verdammt noch mal, waren die beiden plötzlich hergekommen? Soll das hier nicht die letzte, ultimative Einsamkeit Schottlands sein? *Menschenleer?*

Erneut verflucht er den diebischen kleinen Fuchs, der ihm gestern sein letztes Sandwich weggefressen hat. Seitdem verfolgt ihn das Tier wie ein herrenloser Hund. Finn hasst Hunde. Oder besser: Er hasst seine eigene, tief sitzende Angst vor ihnen. Das schwarze Untier hat mit Sicherheit *ihn* gewittert, denn er hat sich seit Tagen nicht mehr gewaschen und stinkt garantiert schlimmer als ein Fuchs.

Finns Magen knurrt. Zwei Hände voll Himbeeren haben seinen Hunger nicht stillen können. Um Essen hat er sich keine Gedanken gemacht, genauso wenig wie um alles andere, als er Hals über Kopf aus Glasgow geflüchtet war. Sicher fahndet die Polizei schon nach ihm, aber dass er hier ist, weiß bis jetzt nur dieses Mädchen, und sie hat ihn nicht erkannt. Sein Smartphone hat er in den Fluten des Clyde versenkt, aus Angst, die Polizei könnte ihn orten und aufspüren. Wie viele Tage ist das jetzt her? Sechs? Oder schon sieben? Sein Zeitgefühl lässt ihn im Stich.

Als er den sprudelnden Fluss erreicht, hockt Finn sich auf einen Stein am Ufer, um mit beiden Händen vom klaren Wasser zu schöpfen. Kühl kribbelt es in seiner Kehle und schmeckt besser als jedes Wasser, das er je getrunken hat. Er wäscht sich Gesicht und Hände, fährt mit den Fingern durch seine Haare. Bestimmt sieht er furchtbar aus – wie ein Landstreicher.

Als er die Hände an seiner Jeans trocken reibt, spürt Finn den Stein unter dem Stoff. Er schiebt seine Rechte in die Vordertasche und holt den warmen Kiesel hervor. Er hat die Form eines Vogeleis, ist weiß und glatt geschliffen. Ein Stein, wie es vermutlich hundert andere gibt am Ufer des Sees. Bei seinem Anblick wird Finn überwältigt von Schmerz und Trauer.

Kann ein so unscheinbarer Stein derart viel Unglück bringen? Seine Mum muss es geglaubt haben, sonst hätte sie ihn nicht darum gebeten, den Kiesel auf die Isle Maree im Loch Maree zurückzubringen. Auf ihrer Beerdigung hat Finn gedacht: *Schlimmer kann es nicht kommen*. Doch, das konnte es.

In den Monaten nach ihrem Tod, in denen Finn finsteren Groll darüber hegte, dass seine Mum ihn allein zurückgelassen hat, war er nur noch sporadisch zum Fußballtraining erschienen. »Komm erst dann wieder, wenn du verdammt noch mal Fußball spielen willst!«, hatte Kevin Bell, sein Trainer, ihn angeblafft. Wegen der Pandemie waren die Stadien ohnehin dicht gewesen und es hatten keine Spiele mehr stattgefunden. Trotzdem hatte sein Manager ihm mit Vertragsstrafe gedroht.

Finn kam zu der Einsicht, dass er sein Leben von nun an ohne seine Mum meistern musste. Er beschloss, endlich ihren letzten Wunsch zu erfüllen und den Stein in die Highlands zurückzubringen. Danach wollte er sich überlegen, wie es mit ihm und dem Fußball weitergehen sollte, wenn sein Vertrag mit den *Celtic Fox Boys* ausgelaufen war.

Um für das Wetter in den Highlands gerüstet zu sein, wollte er seine Regenjacke aus dem Spind im Barrowfield-Trainingszentrum holen, die einzig wirklich wetterfeste Jacke, die er besitzt. Dort schlug der Fluch des Kiesels erneut zu. Die Vergangenheit holte Finn ein und das Schicksal gab seinem Leben eine unwiderrufliche Wendung, die all seine Profipläne zunichtemachte. Er versenkte sein Handy im River Clyde, damit […] gen konnte, und floh Hals […]

[…] Bus und lief tagelang auf […]aden durch die Wildnis, ge[…]ken, ohne Blick für die raue […] übernachtete er in *Bothys*, […]nderen Nächte schlief er […], hungrig, zerstochen und […]it seinen Inseln unter sich

[…] Mädchen mit den blauen […]f zum Slioch, dessen steile […]n. Dieser schroffe Gipfel […]n das Schicksal herauszu[…]rn und sein Magen meldet […] Ohne Stärkung schafft er es […]viel ist schon mal klar. Der […]eit Millionen Jahren reckt […] Himmel und thront über […]uss Finn da hinauf. Aber […]ute.

Auf dem Rückweg humpelt Duncan stark und muss sich auf seinen Stock stützen. Ich habe ihm weder vom vorwitzigen Fuchs noch von dem Jungen erzählt, keine Ahnung, warum. Der Fremde war mir seltsam vorgekommen, irgendwie verloren. In seinem Blick hat etwas Verzweifeltes, Hoffnungsloses gelegen, aber was weiß ich schon über Blicke von Jungen? Schließlich gehe ich auf eine reine Mädchenschule.

Während meine kleine Schwester gerne mit ihren Freundinnen shoppen geht, findet man mich meistens oben, am *Arthur's Seat,* dem Berg, der sich mitten aus der Stadt erhebt. An klaren Tagen kann man von dort auf der einen Seite Edinburgh Castle mit den darunterliegenden viktorianischen Häuserschluchten sehen und auf der anderen das Meer.

Hin und wieder erbarmt sich Zoé und begleitet mich hinauf zum Arthur's Seat. Allerdings hat meine beste Freundin wenig übrig fürs Wandern – und auch für Pflanzen und Tiere kann sie sich nur mäßig erwärmen. Meine Fotos versetzen sie zwar jedes Mal in echte Begeisterung, doch Natur erlebt sie am liebsten von ihrem sicheren Lesesessel aus. Zoé ist Büchernärrin, steht auf historische Krimis und Liebesromane mit todsicherem Happy End. Meine Freundin hat die sprühendste Fantasie, die ich kenne. Sie will eine berühmte Schriftstellerin werden, eine moderne Jane Austen. Die Verfilmung von *Emma* haben wir uns zusammen angeschaut – und sie danach noch dreimal. Ich fürchte, sie erhofft sich von mir eine Art Inspiration für ihren ersten Roman.

Der Wildhüter und ich sind noch ein ganzes Stück vom Ufer des Lochs entfernt, da stoßen wir auf eine verlassene Feuerstelle und weggeworfene Irn-Bru-Dosen. »*Damnadh*«, flucht der Alte, weil er beinahe in einen angetrockneten Kackhaufen getreten wäre. »Was für eine Sauerei. Früher, als es das Jedermannsrecht noch nicht gab, hätte ich solchen Schweinen eine Ladung Blei in den Hintern gejagt.«

Grinsend bücke ich mich nach den grellorangen Dosen und sammle sie in meine Umhängetasche. Duncan bedeckt den Haufen mit Zweigen und zerstört mit einem Fuß die Feuerstelle.

Granda Hamish war der erste Laird, der das Jedermannsrecht auf seinem Estate eingeführt hat. Es wird gemunkelt, dass eine seiner Liebhaberinnen, eine leidenschaftliche Bergwanderin, ihn dazu überredete. Auf seinen Vorstoß hin, Wanderern den Zutritt zu seinem Privatland zu erlauben, darauf zu zelten und sogar Feuer zu machen, wurde ein entsprechender Gesetzentwurf vom schottischen Parlament verabschiedet und erhielt einen Monat später die königliche Zustimmung. Seitdem gilt das Jedermannsrecht für jedes private Landgut in Schottland.

Unter den anderen Landlords hatte Granda Hamish sich damit keine Freunde gemacht. Sein eigener Sohn und Duncan halten das Ganze auch heute noch für einen großen Fehler.

Ob der streunende junge Kerl diesen Sauhaufen hinterlassen hat? Er ist mir einfach nicht wie ein Naturfreak vorgekommen – und wie ein Bergwanderer schon gar nicht. Vielleicht hat er eine Trinkwette mit seinen Kumpanen verloren und muss deshalb auf den Slioch steigen, als eine Art Mutprobe.

Vor seinem Cottage lässt sich Duncan ächzend auf die Holzbank sinken. Vielleicht ist er inzwischen doch zu alt für den

Job. »Wenn ich dir etwas helfen kann, Duncan ...«, setze ich an und kraule Archie mit beiden Händen hinter den weichen Ohren.

»*Aye* ... dann sage ich es dir, kleine Distel.« Der Alte reibt sein Knie. »Keine Sorge, es ist nicht immer so wie heute. Mein Knie spürt den nahenden Wetterumschwung, es gibt Regen, vielleicht ein Unwetter.« Er betrachtet mich mit seinen warmen dunklen Augen. »Ich habe dir noch gar nicht gesagt, wie leid mir das mit deinen Großeltern und dem Feuer tut, *Lass*. All sein Hab und Gut zu verlieren, muss furchtbar sein. Bestimmt hattest du dich gefreut, deine Großeltern nach so langer Zeit wiederzusehen.«

Ich nicke. »Meinem Grandpa geht es nicht gut, das ist das Schlimmste. Ich hoffe, Mum findet bald ein passables Haus für die beiden, dann klappt es vielleicht im Herbst mit einem Besuch.« Ich sehe Duncan von der Seite an. »Mach dir keine Sorgen um mich, du weißt doch, wie gerne ich auf Badfearna bin. Außerdem kommt Struan ja bald.« Ich spüre, wie ich rot anlaufe nach meinem letzten Satz, und hätte mir am liebsten auf die Lippe gebissen.

»Du magst den Jungen, nicht wahr?«, bemerkt Duncan. »Ich meine, aus ihm ist ein ansehnlicher Bursche geworden und ihr seid beide keine Kinder mehr.«

»Na ja«, ich lache, »er ist mein Freund. Und wir interessieren uns für dieselben Sachen: Badfearna, die Tiere.« *Küsse und vielleicht mehr.*

Duncan nickt, ein undefinierbares Funkeln in den Druidenaugen. »Ich muss rein, kleine Distel, mein Bein ein bisschen hochlegen. Hast du Lust auf einen Tee?«

»Jetzt nicht«, erwidere ich. »Es ist Lunchtime, Dad und Kelsi warten sicher schon auf mich.«

Ethlenns Gemüsepastete ist so köstlich, dass sogar Kelsi ordentlich zulangt. Dad ist furchtbar einsilbig. Als ich ihn frage, ob er sauer ist, weil ich ein paar Minuten zu spät gekommen bin, schüttelt er den Kopf. »Eure Mum hat mir die Hölle heißgemacht, weil ich nicht ihren berühmten Sterne-Koch aus Edinburgh für das Catering engagiert habe. Aber dieser MacSowieso ist einfach zu teuer.«

»Habt ihr euch schon wieder gestritten?«, fragt Kelsi, einen feuchten Schimmer in den Augen. »Ernsthaft? *Am Telefon?*«

Dad seufzt resigniert. »Du weißt, wie eure Mum sein kann.«

»Ich vermisse sie.« Kelsi schiebt ihren Teller von sich. »Ohne Mum ist es hier unerträglich öde.«

»Aber sie ist erst zwei Wochen weg und wird ja auch nicht ewig in Sacramento bleiben«, erwidert er versöhnlich.

Da bin ich mir allerdings nicht ganz so sicher.

Zum Nachtisch gibt es Himbeersorbet mit Sahne, das Kelsi verschmäht, sodass ich zwei Portionen essen kann. »Ich fahre noch eine Runde mit dem Kajak raus«, eröffne ich Dad, der auf dem Handy seine Nachrichten checkt. Er hebt den Kopf und schaut mich mit zerstreutem Blick an. Zum ersten Mal habe ich ihn nicht um Erlaubnis gebeten. Wird ihm das gerade bewusst? »Es ist sonnig und windstill, also bin ich bestimmt nicht allein auf dem See unterwegs«, schiebe ich hinterher.

Dad hat mir das Kajakfahren beigebracht und er ist unheimlich stolz darauf, dass ich in diesem Jahr die Schulmeisterschaft gewonnen habe. Er hat kein vernünftiges Argument, Nein zu sagen, und nickt schließlich.

»Also gut«, sagt er, »aber sei pünktlich zum Abendessen zurück. Und die Schwimmweste nicht vergessen.« Er wirft Kelsi einen fragenden Blick zu. »Was ist mit dir, kleine Elfe? Heute ist ein schöner Tag, zu schade, um die ganze Zeit im Zimmer zu hocken. Fahrt doch zusammen raus, du verlernst es sonst noch.«

Kurz halte ich die Luft an, denn auf meine kleine Schwester im Schlepptau habe ich nicht die geringste Lust. Kelsi konnte noch nie gut Kajak fahren, selbst Mum kann es besser. Ich würde mir ihr ständiges Genörgel anhören müssen und aufpassen, dass sie keinen Mist baut und absäuft. Außerdem will ich auf keinem ihrer Insta-Posts erscheinen, nicht mal von hinten.

Stöhnend verdreht sie die Augen. »Echt jetzt? Was soll ich denn da draußen? Ist doch stinklangweilig. Außerdem bin ich mit Cara auf FaceTime verabredet.«

Ja, klar.

»Dann geh dazu wenigstens in den Garten, sonst bist du ein bleiches Gespenst, wenn Mum wiederkommt, und ich kriege Ärger.« Dad hat wenig Ahnung von Porzellanteint und Sommersprossengefahr. Kelsi wirft ihre schwarze Lockenpracht über die Schulter und verlässt mit einem theatralischen Seufzen das Esszimmer. Mein Vater schaut mich an und hebt hilflos die Schultern.

»Sie pubertiert«, tröste ich ihn. »Das geht vorbei.« Ich glaube zwar selbst nicht, was ich da sage, aber Dad nickt hoffnungsvoll.

»Viel Spaß auf dem Wasser, Amelia. Das nächste Mal komme ich mit, versprochen.«

Ich mag meinen Vater, sehr sogar. Doch ich bin froh, dass er beschäftigt ist. Die Zeiten, in denen ich es cool fand, so viel wie möglich mit ihm gemeinsam zu unternehmen, sind eindeutig vorbei. Ich ziehe mich schnell um und mache mich auf den Weg zu unserem Bootsschuppen hinter dem Pier.

Neben der *Rosabel* ist noch ein Ruderboot dort vertäut und zehn verschieden lange Kajaks lagern in ihren Wandhalterungen. Dazu ein Dutzend Schwimmwesten und Paddel. Mein feuerrotes Kajak ist klein, nur dreieinhalb Meter lang und etwas mehr als einen halben Meter breit, sodass ich es gut allein handhaben kann. Ich trage es zum Ufer, schnalle eine Schwimmweste um und verstaue meine Kamera in einer wasserdichten Box. Fünf Minuten später bin ich draußen auf dem See und die rote Nase des Kajaks durchschneidet die funkelnde Wasseroberfläche.

Von Badfearna aus erstreckt sich Loch Maree jeweils zehn Kilometer in Richtung Osten und in Richtung Westen. Er ist ein dunkler, in der Eiszeit entstandener Gletschersee, lang gezogen, aber nur vier Kilometer breit und durch einen gebirgigen Streifen Land vom Meer getrennt. Ich liebe es, mit dem Kajak zwischen seinen zerklüfteten Inseln zu paddeln. Die meisten von ihnen sind klein und bestehen nur aus Felsen, die größeren jedoch sind dicht bewaldet. Auf ihnen wachsen vor allem *Scots Pine*, schottische Waldkiefern mit langen rötlichen Stämmen und ausladenden Wipfeln. Scots Pine wachsen seit fast zehntausend Jahren in dieser Gegend.

Ich habe mir vorgenommen, die *Eilean Sùbhainn* zu umrunden, die größte der Inseln, die stellenweise von besonders hohen Kiefern bewachsen ist. *Eilean Sùbhainn* bedeutet auf Gälisch »Beereninsel«, der Wacholderbüsche wegen, die auf ihr wachsen. Das Ufer ist zerklüftet und das Innere der Insel birgt drei kleine Seen. In einem der Seen liegt ein winziges Inselchen, im Durchmesser nicht größer als drei Meter, auf dem ein einsamer Baum wächst. Eine Legende erzählt, dass hier einst das Schloss der Feenkönigin stand. Als Kinder wollten Kelsi und ich immer, dass Dad mit uns auf die Insel rudert, in der Hoffnung, wir würden eines Tages einen Blick erhaschen auf die Feenkönigin in ihrem Schloss.

Es gibt fünf größere bewaldete Inseln im Loch Maree: *Eilean*

Sùbhainn, Eilean Eachainn, Garbh Island, Rory Island und die geheimnisvollste von allen: Isle Maree mit dem alten Friedhof, den Überresten der Kapelle und dem uralten Wunschbaum, in dessen Stamm Hunderte Münzen stecken, was ihr den Namen *Penny Island* eingebracht hat.

Über die Zahl der kleinen Inseln im See streiten sogar die Einheimischen. Fünfundzwanzig, sagen einige. Vierzig oder gar über sechzig, behaupten andere. Manchmal sind es mehr, manchmal weniger, das ist keine Magie, sondern hängt vom Wasserstand des Sees ab.

Ich paddele zwischen den Inseln hindurch und beobachte Vögel durch das Fernglas. Aufregung packt mich, als ich einen seltenen Prachttaucher entdecke und wenig später auf einer hohen Kiefer einen Fischadler. Mit gezückter Kamera warte ich ab, hoffe, den Vogel bei der Jagd auf eine Seeforelle fotografieren zu können. Ein seltenes Schauspiel. Die Jagd erfordert List und Geduld und nur einer von mehreren Versuchen wird erfolgreich sein, denn Fluggeschwindigkeit des Vogels, Winkel und Eintrittspunkt ins Wasser müssen exakt passen.

In Schottland gibt es etwa dreihundert Fischadler-Brutpaare. Ihr Winterquartier haben die großen Vögel in Westafrika, Spanien oder Portugal. Nur alle zwei Jahre kommen sie zurück, um hier zu brüten.

Tatsächlich setzt der Vogel zum Flug an. Ich sehe seinen weißen Bauch, das braun gefleckte Gefieder und mein Herz klopft schneller. Fischadlermännchen sind etwas kleiner als die Weibchen, doch ihre Flügelspannweite muss trotzdem über anderthalb Meter betragen. Meine Kamera klickt und ich erwarte jeden Moment, dass der Vogel sich auf seine Beute unter der Wasseroberfläche stürzt. Auf einmal ertönt der schrille Warnruf des Weibchens und zwei Kajakfahrer tauchen hinter einer Insel auf. Der Adler dreht ab und fliegt hinüber zum anderen Ufer. *Verflixt.* Enttäuscht schaue ich ihm nach und lasse meine Kamera sinken. Die beiden Kajakfahrer kommen in ein paar Metern Entfernung an mir vorbeigepaddelt. Sie grüßen winkend, nicht ahnend, welche Chance auf ein spektakuläres Foto sie mir verdorben haben.

Ich paddele an der felsigen Nordseite der Isle Maree entlang in Richtung Lodge, als ich aus der Bucht am Fox Point eine dünne Rauchsäule aufsteigen sehe. Noch mehr Kajakfahrer, vermute ich. Manchmal steuern sie meine Lieblingsbucht an und zelten für eine Nacht. Es gilt das Jedermannsrecht.

Ich paddele näher, bis ich den Kiesstrand einsehen kann, und greife zum Fernglas. Beim Heranzoomen des Ufers bin ich einigermaßen überrascht, denn am Feuer sitzt der blonde Typ von heute Vormittag und ... *liest*. Schon wieder dieser Störenfried in meinem Reich. Was macht er hier unten am Ufer des Lochs, wenn er vorhat, den Slioch zu besteigen? Wusste ich doch, dass er mich angelogen hat. Ich muss unbedingt verhindern, dass er noch einmal so einen Saustall hinterlässt.

Der Junge blickt erst von seinem Buch auf, als sich der Bug meines Kajaks knirschend in den Kies pflügt. Ganz offensichtlich ist er nicht glücklich darüber, mich wiederzusehen. Sein Gesicht verfinstert sich und kurz blickt er mich an wie ein Tier, das jeden Moment die Flucht ergreifen will.

»Hey«, begrüße ich ihn, gebe mich unbeeindruckt von der Wirkung, die mein Erscheinen auf ihn hat. Ich steige aus, ziehe das Kajak ein Stück auf das flache Ufer und sehe mich um.

Die Feuerstelle ist ordnungsgemäß von Steinen eingefasst und auf einem Stock röstet eine stattliche Seeforelle über den kleinen Flammen. Nasse Sachen liegen zum Trocken über den ausgeblichenen Baumstamm gebreitet. Ein Rucksack, ein ausgerollter Schlafsack und eine Wasserflasche liegen neben ihm auf dem Kies.

»Ich dachte, du wolltest auf den Slioch«, sage ich, die Hände auf den Hüften. Mein Blick haftet an den breiten Schultern des Jungen und ich versuche, die verschiedenen Bilder auf seinem tätowierten linken Oberarm zu erkennen, die durch keltische Tribals miteinander verbunden sind: eine Distel, ein Fuchs, ein Kleeblatt ...

»*Aye.*« Er blinzelt zu mir herauf und nur widerstrebend löse ich meinen Blick von seinem nackten Oberkörper. »Aber jemand hat mir gesagt, da braut sich was zusammen und dann wäre es gefährlich da oben, sogar für erfahrene Bergwanderer. Rutschige Steine und so.«

Gegen meinen Willen muss ich lächeln und auch in den graubraunen Augen des Fremden taucht ein flüchtiges Grinsen auf. Er erinnert mich an jemanden aus dem Fernsehen, einen Musiker oder einen Schauspieler, ich kann es nicht genau sagen. Als er sich die langen Haarfransen aus der Stirn streicht, sehe ich, dass nicht nur unterhalb, sondern auch über seinem rechten Auge eine geschwungene Narbe verläuft. Sieht aus, als hätte er Glück gehabt, sein Augenlicht nicht verloren zu haben. Noch mehr Narben in seinen vollen Lippen. Seltsame Linien, kaum noch erkennbar. Vielleicht hat er ja ausgeteilt, aber er hat auch einstecken müssen. In Anbetracht seiner sehr wahrscheinlichen Herkunft aus Glasgow und seines *Celtic*-Fan-T-Shirts vermute ich, dass die Verletzungen von einer Schlägerei unter Fußballfans stammen. In Glasgow gibt es mehr Messerstechereien, Prügeleien und Selbstmorde als in jeder anderen schottischen Stadt. Man nennt es den »Glasgow-Effekt«. Dad sagt, die überwiegende Zahl der Glasgower Jugendlichen sei zu faul für alles, außer für Fußball.

»Heute scheint die Sonne noch bis in den Abend«, bemerke ich, »du hättest es bis auf den Berg schaffen können.« Spätestens jetzt sollte ihm klar sein, dass ich ihn hier nicht haben will.

»Heute habe ich große Wäsche.« Der Fremde deutet auf seine Sachen. Er hat den Körper eines Sportlers, geschmeidige Muskeln, aber seine Haut ist blass, nur die Schultern sind gerötet von der Sonne.

Frag ihn was Unverfängliches, Lia. Sei nett. Ich setze mich auf der anderen Seite des Feuers mit gekreuzten Beinen in den dunklen Kies. »Was liest du denn da?«

Mit einem unmissverständlichen Seufzen klappt der Junge das zerlesene Buch zu und zeigt es mir. Robert Burns, *Every Man's Poetry*. Okay, dass jemand wie er auf Poesie steht, überrascht mich jetzt. Er legt das Buch zur Seite und stochert mit einem angekohlten Stock in der Glut. Einer von der wortkargen Sorte, schlussfolgere ich.

»Und hast du auch einen Namen?«

Sein Zögern dauert gar nicht so lange, doch es ist von großer Intensität. In diesem Moment spüre ich, dass er kein Wanderer mit leichtem Gepäck ist, auch wenn es auf den ersten Blick so aussieht.

»Finn«, sagt er schließlich, ohne mich dabei anzusehen.

»Finn *und?*«

Er wirft mir einen kurzen, frustrierten Blick zu. »Einfach nur Finn.«

Es ist jedes Mal dasselbe: Ich komme nicht gut an bei Jungs, obwohl ich sie eigentlich mag. Irgendwie finde ich den richtigen Tonfall nicht, nerve sie. »Also gut, *Einfach-nur-Finn*. Ich hoffe, du hinterlässt keine Spuren, wenn du hier fertig bist. Und überhaupt, hast du eigentlich eine Angelerlaubnis?« Keine Ahnung, warum ich so kratzbürstig reagiere. »Ist gar nicht so lange her, da durften Wilderer legal mit der Jagdbüchse erschossen oder per Schiff in die Kolonien geschickt werden, wenn sie in flagranti mit einer Forelle oder einem toten Moorhuhn erwischt wurden«, schiebe ich hinterher.

Finns Augen funkeln spöttisch. »Bist du so 'ne Art Wildhüter oder was?«

»Wenn schon, dann *Wildhüterin*. Nein, bin ich nicht, *noch nicht*. Aber meiner Familie gehört dieses Land und mein Vater kann sehr unangenehm werden, wenn die Leute ihren Müll herumliegen lassen und ihre Scheißhaufen nicht vergraben. *Jedermannsrecht* bedeutet auch: *Hinterlasse keine Spuren.*«

Finn schiebt eine Hand in seinen Nacken und ich sehe die flachen Muskeln unter seiner Haut wandern. So einen Körper bekommt man nicht vom Faulsein, denke ich. Und dann: Der Körper dieses Herumtreibers geht dich nichts an, Lia.

Er räuspert sich und sagt: »Bestell deinem Herrn Vater, dem *Landlord*, dass ich keinen Müll und auch keine Scheißhaufen hinterlasse. Und *nein*, ich habe keine Angelerlaubnis. Wozu auch? Ich besitze ja nicht mal eine Angel?«

Tatsächlich sehe ich nirgendwo eine Angelrute. Finn grinst amüsiert und das macht mich noch ungehaltener. »Willst du mir vielleicht weismachen, du hättest die Forelle mit den Händen gefangen?«

Nun ernte ich einen entwaffnend verständnislosen Blick. »Ich will dir gar nichts weismachen, ich kenne dich ja nicht mal.« Finn holt tief Luft. »Okay, kleine Lady, auch wenn du mir das nicht glauben wirst: Ich habe den Fisch geschenkt bekommen.«

Kleine Lady? Was bildet der Typ sich eigentlich ein? »Ja, klar«, sage ich. »Wahrscheinlich vom *Muc-sheilche* persönlich.«

Finn reibt sich mit Daumen und Zeigefinger über das stoppelige Kinn. »Von wem?«

»Dem Ungeheuer des Loch Maree.«

Er wirft einen misstrauischen Blick auf die ruhige Wasseroberfläche. »Nun, genau genommen waren es zwei englische Kajakfahrer.«

Ich erinnere mich an die beiden Männer, die mir in ihren Kajaks aus dieser Richtung entgegengekommen waren und den Fischadler verscheucht hatten. Vielleicht stimmt ja, was Finn behauptet. Ich stehe auf und klopfe mir imaginären Dreck von der Hose. Das hier führt zu nichts. Ich habe es versucht, aber ich kann mich einfach nicht normal verhalten in Gegenwart eines Jungen. Erst recht nicht, wenn er auf so verwegene Art gut aussieht wie Einfach-nur-Finn.

»Na schön, ich ... ausnahmsweise glaube ich dir«, lenke ich stotternd ein.

»So, tust du das, *aye?*« Finn zieht eine Augenbraue nach oben.

»Ja.« Ich lasse mich nicht provozieren. »Und ... kleiner Hinweis: Das nächste Krankenhaus ist in Dingwall und am Berg gibt es keinen Handyempfang.« Finns Miene verfinstert sich zusehends, doch ich setze noch eins drauf. »Vor ein paar Jahren ist ein Kletterer in eine Felsspalte gestürzt und die Retter konnten seine Leiche nicht finden. Sie liegt immer noch dort oben.«

Treffer!, das sehe ich an seinen Augen. »Danke für deine herzerwärmende Sorge«, erwidert er mit rauer Stimme, »aber ich komme schon klar. Hab ohnehin kein Handy.«

Kein Handy? »Wie du meinst«, erwidere ich mit einem Achselzucken. »Dann lass deine Forelle nicht anbrennen.« Ich gehe zum Kajak und als mir das Mückenspray ins Auge fällt, schnappe ich die Plastikflasche und gehe noch einmal zum Feuer zurück. Finn betrachtet mich von oben bis unten und unter seinen Blicken komme ich mir auf einmal unsexy vor.

»Was gibt's?«, fragt er. »Noch einen weisen Ratschlag vergessen?«

Ich reiche ihm das Spray mit den Worten: »Pass auf dich auf, ja?« Dann mache ich kehrt, schiebe mein Kajak ins Wasser und steige ein. Kräftige Paddelschläge bringen mich vom Ufer weg. Und von Finn ohne Nachnamen, der garantiert was ausgefressen hat.

»Hey«, ruft er mir hinterher, »danke. Wie heißt du eigentlich, kleine Lady?«

Ich wende das Kajak, sodass ich in seine Richtung schaue. »Wozu willst du meinen Namen wissen? Wir sehen uns ohnehin nie wieder.«

»Damit ich weiß, wie das Mädchen mit den blauen Augen heißt, von dem ich heute Nacht träumen werde.«

Das Blut steigt mir ins Gesicht. Ich drehe ab und paddele mit wild klopfendem Herzen davon.

Finn schaut dem Mädchen im roten Kajak noch so lange hinterher, bis es aus seinem Blickfeld verschwunden ist. Wie alt mag die kleine Kratzbürste mit der vornehmen Aussprache wohl sein? Fünfzehn? Sechzehn?

Vermutlich stammt sie von *Badfearna Estate*, diesem Anwesen hinter der Mauer, und ihr Vater ist irgend so ein reicher Gutsherr. Bevor sie mit diesem »das Land gehört meiner Familie«-Scheiß angefangen hat, war sie einfach ein Mädchen in Shorts und T-Shirt gewesen, mit frechem Mund, hübschen Kurven und den blauesten Augen, die er je gesehen hat. Die Kleine hat auf ihn nicht wie eine Tussi mit steinreichen Eltern gewirkt, sondern ganz normal. Und es hat ihm Spaß gemacht, mit ihr zu flirten.

Finn nimmt den Stock mit der Forelle vom Feuer und pustet auf den gegrillten Fisch, der appetitlich duftet. Aus seinem Magen kommt ein hohles Knurren. Vorsichtig entfernt er die Haut und zupft weißes Fleisch von der Mittelgräte. Obwohl er die Forelle nicht würzen konnte, schmeckt ihr Fleisch unglaublich gut und Finn genießt die Mahlzeit. An diesem stillen See zu sitzen, die warme Sommerluft auf der Haut, fühlt sich an wie ein Traum.

Nach diesem köstlichen Mahl überkommt ihn eine angenehme Schwere und er legt sich zurück auf den sonnenwarmen Kies. Die Hände hinter dem Kopf verschränkt, blickt Finn in die weißen Wolken am blauen Himmel und denkt an die blauen Augen des Mädchens. Er lauscht auf das leise Schwappen des Wassers am

Ufer. Vielleicht, so malt er sich aus, kann er hier im Feenreich untertauchen, so lange, bis Gras über die Sache gewachsen ist. Bis die Menschen in der wirklichen Welt ihn vergessen haben.

Aber das haben sie ja längst. Schnell und gnadenlos. Vor einigen Monaten war Finn noch in aller Munde gewesen. Hatte geschafft, wovon Tausende fußballbegeisterte Jungs in Schottland träumen. Auf dem Platz von Fans bejubelt, hatte er zahllose Interviews gegeben und einen Pressetermin nach dem anderen gehabt. Nachts war er durch die Clubs gezogen und die Mädchen hatten sich ihm reihenweise vor die Füße geworfen. Inzwischen kräht kein Hahn mehr nach ihm, im Frühjahr ist er einfach durch Gavin Adams ersetzt worden.

Ein Knacken und Schmatzen, nicht weit entfernt von seinem Kopf, lässt Finn hochschrecken und im ersten Moment glaubt er, einen roten Geist zu sehen. Aber es ist nur sein Schatten: der kleine Fuchs mit dem Riss im Ohr. Mit dem Fischkopf im Maul flüchtet er ein paar Schritte, um dann genüsslich weiter darauf herumzukauen. Das Tier behält Finn wachsam im Auge, wirklich scheu ist es jedoch nicht.

»He, du Racker«, sagt er. Der junge Fuchs hebt den Kopf, um ihn anzusehen, und in seinen bernsteinfarbenen Augen funkelt eine wilde Neugier. Finn findet noch ein Stück angekohlte Fischhaut auf einem Stein am erloschenen Feuer. Er überwindet seine Furcht vor scharfen Zähnen und hält sie dem Tier hin. »Na, komm her, ich tue dir nichts. Du scheinst genauso verloren zu sein, wie ich es bin.«

Eine ganze Weile blickt der Fuchs ihn nur an und Finn ist es nicht ganz geheuer, von einem wilden Tier so eindringlich beobachtet zu werden – als ob der Fuchs ihn durchschaut. »Na, komm, trau dich«, lockt er. »Ich trau mich doch auch.«

Der junge Fuchs kommt vorsichtig schnuppernd näher und

Finn betrachtet die Farben seines schön gezeichneten Fells. Wangen, Bauch, die Innenseite der Beine und die buschige Schwanzspitze sind weiß gefärbt, die Pfoten schwarz. Die Rute ist halb so lang wie das ganze Tier mit seinen zu großen Ohren.

Finn muss an den Fuchs denken, der vor drei Jahren während des Meisterschaftsspiels gegen die *Rangers* im *Parkhead*-Stadion über den Rasen lief, mitten in Glasgow. Die Fans der *Celtic Fox Boys* auf den Rängen johlten und das Spiel wurde unterbrochen, um das Tier vom Platz zu schaffen. Nur wenige Minuten später schoss Finn das entscheidende Tor für seine Mannschaft und seine Teamkameraden überrannten ihn vor Freude. Nach dieser magischen Begegnung auf dem Fußballfeld ließ Finn sich, nachdem er den Vertrag mit den *Celtic Fox Boys* unterschrieben hatte, einen sitzenden Fuchs auf den Oberarm tätowieren.

Das dünne Füchslein zieht die Lefzen zurück und entblößt die langen spitzen Eckzähne seines Mauls. *Er wird dich beißen.* Als das Tier nach der Fischhaut schnappt, zieht Finn ruckartig die Hand zurück. Aber der Fuchs hat nur die knusprige Haut erwischt, die er gierig verschlingt. Danach sieht er Finn aus seinen Bernsteinaugen erwartungsvoll an. Offenbar hofft er auf Nachschlag.

»Mehr habe ich nicht, okay? Und nun verschwinde!«

Der Fuchs läuft ein Stück von Finn weg, nur um gleich darauf zurückzukommen. Die beharrliche Gegenwart dieses Tieres ist etwas Neues für ihn. Finn hat nie ein Haustier besessen, dafür war die winzige Sozialwohnung in einem Betonblock in Barrowfield einfach nicht geeignet. Ohnehin hat er keinen besonderen Draht zu Tieren, woran seine unterschwellige Angst vor ihren Zähnen nicht ganz unschuldig ist. Was soll er anfangen mit diesem merkwürdig zutraulichen Fuchs? Will er sein Freund sein? Sind Füchse normalerweise nicht scheu und laufen davon? Hat das Tier womöglich Tollwut?

Weil seine Sachen noch nicht völlig trocken sind, nimmt Finn wieder das Buch seiner Mutter mit den Gedichten von Robert Burns zur Hand. Wahllos schlägt er eine Seite auf. Gedichte sind ihm suspekt, genauso wie Vierbeiner mit Reißzähnen. Doch der Fuchs und der Gedichtband seiner Mum sind die einzige Gesellschaft, die er hat. Der Fuchs sitzt auf dem warmen Kies und schaut ihn erwartungsvoll an. Also beginnt Finn laut zu lesen:
»*Farewell, my highlands, my native north!*
The cradle of freedom, of courage is found there.
Wherever I may wander, wherever I may be;
To the mountains, to the mountains I am drawn!«
Finn schluckt. *Auf die Berge, auf die Berge zieht es mich hin!*
Sein Herz krampft sich schmerzhaft zusammen und er klappt das Buch zu. Der Berg. Unwillkürlich muss er an diesen Kletterer in der Felsspalte denken, den man nie gefunden hat. Will er das wirklich riskieren? Und wenn nicht, was ist die Alternative? Sich stellen und ab in den Knast? Für Jahre? Finn weiß nur zu gut, was das bedeutet. In den Augen der schottischen Gerichtsbarkeit ist er erwachsen und würde in einem normalen Gefängnis landen. Vermutlich in Barlinnie, *The Big Hoose* im Nordosten von Glasgow, wo Dunkelheit und Gewalt herrschen. Wo er zusammen mit Mördern, Vergewaltigern und anderen Schwerverbrechern einsitzen würde.

Nein, er wird nicht ins Gefängnis gehen, das würde er niemals durchstehen. Ihm bleibt nur der Slioch, um dessen Gipfel sich jetzt die ersten dunklen Wolken zusammenziehen wie ein grauer Schal.

Ein Rascheln hinter ihm. Finn dreht sich um und sieht, wie der Fuchs den Kopf aus seinem Rucksack zieht und mit seiner ledernen Geldbörse im Maul hinter einem Felsen verschwindet.

»He, du Dieb!«, ruft er ungläubig. Mit einem wilden Satz ist er auf den Beinen und jagt hinter dem Tier her. Doch der Fuchs ist samt seiner Beute mit schnellen, langen Sprüngen zwischen Bäumen und Sträuchern verschwunden. Unauffindbar – wie ein Geist. Sekundenlang verharrt Finn in völliger Schockstarre, dann muss er lachen, so absurd ist das Ganze. Wie kann einem das Leben nur so einen Streich spielen? Nun sind auch seine Geldkarte, sein Ausweis und alle übrigen Papiere weg, die beweisen, wer er ist. Oder besser: Wer er einmal war.

Jetzt ist er ein Niemand. Sein ganzes bisheriges Leben hat sich in Luft aufgelöst. Wie benommen geht Finn zurück zur Feuerstelle und packt zusammen. Seine Sachen sind immer noch ein bisschen feucht, aber trocken genug, um sie anzuziehen. *Auf die Berge, auf die Berge zieht es mich hin!*

Er löscht das Feuer mit Seewasser, schlüpft in seine Sneakers und schaut sich noch einmal um. *Bloß keine Spuren hinterlassen.* Vielleicht erinnert sich das Mädchen später an ihn. Sie soll wissen, dass sie sich in ihrem Urteil über ihn geirrt hat.

Finn hängt den Rucksack samt Schlafsack auf die Schultern und läuft los. Bald erreicht er das Flussbett, wo er seine Wasserflasche auffüllt. Es geht ihm verzweifelt gut. Er fühlt sich sauber und satt und auf surreale Art frei. Der Unglückskiesel seiner Mutter steckt immer noch in seiner Tasche – ein passendes Maskottchen für sein Vorhaben. Er wünscht, er hätte keine Angst vor dem Tod, doch die hat er.

Über ihm fliegt ein Eichhörnchen von Ast zu Ast und verschwindet im Gipfel einer Kiefer. Jetzt, wo Finn auf dem Weg zu seinem Schicksalsberg ist, beginnt sich sein Blick zu öffnen für die raue Schönheit, die ihn umgibt. Den Wald mit seinen krüppeligen Eichen, Erlen, Birken und den alten Kiefern, deren Wurzeln sich wie Schlangen über den Boden winden oder tief in die Erde erstrecken. Die mit dicken Moosen und farbigen

Flechten bewachsenen Steine, zwischen denen das klare Bergwasser in kleinen Wasserfällen hinunter zum Loch sprudelt. Alles hier ist voll von Leben und fremden Lauten. Überall Geschmack, Geruch, Bewegung.

Nachdem Finn den Waldrand hinter sich gelassen hat, säumen Ginsterbüsche, Wacholder und Farne den Weg. Das violette Heidekraut beginnt gerade erst zu blühen und ein Schwarm Krähen steigt in einer Explosion von schwarzen Flügeln daraus auf. Eine Mückenwolke stürzt sich auf ihn und Finn ist dankbar für das Mückenspray.

Das Pfeifen eines Vogels weckt seine Aufmerksamkeit, ein seltsames Schnarren, als würde jemand mit dem Daumen über die Zinken eines Kammes fahren. Er könnte sein Vorhaben aufgeben und stattdessen herausfinden, was das für ein Vogel ist. Finn könnte noch ungeheuer viel herausfinden über das Leben. In der Grenzenlosigkeit der Wildnis erspürt er die Verbundenheit aller Dinge. Die Wechselbeziehung zwischen dem Fels unter dem Torfmoor, dem Wurzelgeflecht der Pflanzen, den Tieren, Insekten, dem Wasser und dem Wetter in all seinen Erscheinungen. Ob Vogel, Fisch, Baum oder Fluss, der Gedanke, bald selbst ein Teil dieses Kosmos zu sein, nimmt Finn die Angst.

Finn legt die Stirn an die papierne Rinde einer Birke. Seine Finger fahren durch niedrige Wacholderbüsche und zerdrücken die noch grünen Beeren, sie streifen über kratzige Flechten und erspüren das Muster der Farne links und rechts des Pfades. Er hebt Steine vom Boden auf und Vogelfedern. Taucht seine Hände in den eiskalten Fluss, spürt, wie das Wasser an seinen Fingern zieht. Finn berührt und lässt sich berühren. Diese lange unterdrückte Erfahrung verbindet ihn wieder mit dem Leben, ausgerechnet jetzt, wo es keinen Penny mehr wert ist.

Jahrelang hatte sein Trainer ihm gesagt, was er zu tun hat –

und Finn hat funktioniert. Hat in einer Blase gelebt, in der sich alles nur um Fußball drehte. Erst als eine Art Zuflucht, dann um besser zu werden als alle anderen. Am Ende war sein Wunsch, an einen Profivertrag zu kommen und viel Geld zu verdienen, zur Besessenheit geworden. Für seine Mum, hatte Finn sich immer wieder eingeredet. Damit sie endlich aus dieser schäbigen Wohnung in der East Side herauskamen, weg von Armut und Verfall. Damit er ihr die beste Behandlung zukommen lassen konnte. Damit sie nie mehr zwei Jobs machen musste, wenn sie erst wieder gesund war. Aber seine Mum war einfach gestorben.

Wäre ihrer beider Leben anders verlaufen, wenn sie diesen verdammten Kiesel damals auf der Insel gelassen hätte? Wenn sie seinen Vater gesucht hätte, nachdem sie wusste, dass sie schwanger war? Vielleicht lebt er hier irgendwo, in einem der Dörfer in den Highlands. Hat keine Kinder und wäre glücklich über einen Sohn. *Wäre. Wenn. Hätte. Vielleicht.*

Hirngespinste. Den Vornamen *Fraser* gibt es in den Highlands wie Sand am Meer und mehr weiß Finn nicht von seinem Vater. Er kann ja nicht einmal sicher sein, dass Fraser sein wirklicher Name ist. Finns Blick folgt dem steinigen Pfad, der weiter hinauf, mitten durch die baumlose purpurne Heide führt. *Geh weiter!*, befiehlt er sich. *Bleib jetzt bloß nicht stehen!* Einfach laufen und atmen und aufhören zu denken.

Ich schaue aus meinem Fenster hinauf zum Slioch, um dessen felsigen Gipfel sich dunkle Wolken zusammengezogen haben. Der Wind zaust Blüten, Büsche und Bäume, schleudert die ersten Tropfen gegen die Fensterscheibe. Der Regen weckt in mir die irrationale Sehnsucht, draußen zu sein und die Tropfen auf meinem Gesicht zu spüren, sie auf meiner Zunge zu schmecken.

Doch dann wird es schlagartig finster und nur hin und wieder erleuchtet ein Blitz die Silhouette des Berges. Laut *Weather Channel* ist ein Gewitter aus Richtung Meer vorhergesagt. Bei solchem Wetter können die Temperaturen schnell gen null sinken. Dann wird es gefährlich am Berg für unvernünftige Wanderer.

Ohne dass ich es will, kehren meine Gedanken zurück zu Einfach-nur-Finn. Was hat ihn hierhergeführt, in die Wildnis von Badfearna? Der Slioch bestimmt nicht, dafür war er zu schlecht ausgerüstet. Die Gegend ist einfach zu abgelegen, um mal eben so loszuziehen und einen Munro wie den Slioch zu besteigen.

Ich hoffe, dass Finn nicht ausgerechnet jetzt dort oben ist. Und frage mich, wieso ich überhaupt an ihn denke.

Die Sonne ist nur noch ein Schemen hinter grauen Wolken, flach wie eine Münze. Frischer Wind weht und die *Midges*, die kleinen Stechmücken, haben sich verzogen. Finn fröstelt in seiner dünnen Regenjacke. Hier oben gibt es nirgendwo Schutz und der Pfad wird zunehmend steiler und felsiger. Seine Kondition ist im Eimer, das Brennen in seinen Beinmuskeln macht ihm das schmerzlich bewusst. Doch er setzt einen Fuß vor den anderen.

Als Finn die ersten Tropfen ins Gesicht schlagen, muss er wieder an die Kleine mit den blauen Augen denken. »Pass auf dich auf«, hatte sie zu ihm gesagt. Zu seinem Bedauern hat sie ihm ihren Namen nicht verraten und nun wird er ihn vielleicht nie erfahren. Diese banale Erkenntnis bringt ihn ins Wanken. *Du musst das nicht tun,* sagt eine Stimme in seinem Kopf, *es gibt immer einen Ausweg.* Zweifel fallen ihn an, doch seine Beine bewegen sich automatisch voran.

Eine halbe Stunde später wird es schlagartig so finster, dass Finn kaum noch den Pfad vor Augen sieht. Regen drischt ihm ins Gesicht und er wünscht sich, er hätte seine gute Wetterjacke aus dem Spind. Wie kann es im Juli nur so kalt und unwirtlich sein? Zähneklappernd gibt er sich selbst die Antwort: *Das sind die Highlands, du Idiot.*

Finn war zwölf, als seine Mum mit ihm eine Woche lang Urlaub in den Bergen bei Inverness gemacht hat – die einzige Reise, die sie je gemeinsam unternommen haben. Damals war seine Welt noch in Ordnung. Finn erinnert sich an Regen in all seinen Variationen. Aber auch an Sonnenschein und strahlend blauen Himmel. An den Vanilleduft des Ginsters, an Nebelkrähen, an schimmernde Lochs und Dudelsackklänge. Vor allem aber erinnert er sich an das Lachen seiner Mum.

Olivia Campbell hat ihre Eltern nie kennengelernt, sie war in verschiedenen Pflegefamilien aufgewachsen und lebte in der festen Überzeugung, ihren Ursprung beim Clan der Campbells in den Highlands zu haben. Deshalb hatten sie auf dieser Reise auch das Schlachtfeld auf dem Culloden Moor nahe Inverness besucht und sich neben dem Clan-Stein der Campbells fotografieren lassen. Ein Jahr später wurde während einer Routineuntersuchung Brustkrebs bei seiner Mum festgestellt.

Es folgten zwei OPs und wochenlange, kräftezehrende Chemo. Seiner Mum waren alle Haare ausgefallen. Hätte Finn keinen festen Trainingsplan gehabt und wäre Kevin Bell ihm damals nicht zur Seite gestanden, er wäre durchgedreht vor Angst um seine Mum.

Zwischen den eiskalten Tropfen spürt Finn heiße Tränen über seine Wangen rinnen. Mit aller Kraft stemmt er sich gegen den heulenden Wind, den Regen, den Berg. Stellt sich vor, er wäre schon tot. Kämpft sich voran, nass und durchgefroren.

Plötzlich – wie aus dem Nichts – steht der leibhaftige Teufel vor ihm, mitten auf dem Pfad. Schwarz, mit langen, säbelartig nach außen gedrehten Hörnern, gelben Schlitzaugen und zottigem Kinnbart. Finns Hirn kommt nicht dazu, an etwas anderes zu denken als an Karma und strafende Gerechtigkeit. Da stürzt das gehörnte Wesen mit lautem Gemecker auf ihn los, ein massiger Körper, der Finn mit einem einzigen Stoß zu Fall bringt. Er landet in hartem Moorgras und rollt sich zusammen wie ein Embryo im Leib seiner Mutter.

Früher hatte seine Mum ihm vor dem Schlafengehen oft Geschichten und Mythen aus den Highlands vorgelesen. Von Tieren, die nicht das sind, was sie scheinen. Von Feen, Wechselbälgern und Naturgeistern. Auch vom Teufel. Daraufhin waren seine kindlichen Träume von furchterregenden Fabelwesen bevölkert gewesen, die ihn ängstigten und ihm den Schlaf raubten. Etwas, das er vor seiner Mum niemals zugegeben hatte. Selbst jetzt will Finn sich seine Angst nicht eingestehen. Er rappelt sich hoch und starrt in die von grimmigen Blitzen zerfetzte Nacht. Lauscht angestrengt, während Nässe ungehindert durch seine Hose und unter die dünne Windjacke dringt. Vom Teufel keine Spur. Hat sein Hirn ihm einen Streich gespielt? Wird er jetzt verrückt?

Und wenn. Alles Traurige, Schmerzhafte und Beängstigende wird dort oben auf dem Berg enden, wenn er in den Himmel springt und nie mehr zurückkommt.

Finn entledigt sich seines Rucksacks. Vom Ballast befreit, erklimmt er weiter den rutschigen Pfad. Kälte, Nässe und Schwärze, dazu der scharfe Wind und das Gewitter – das alles ist überwältigend und bedrohlich. Doch die Natur ist nicht hinterhältig, nicht böse, so wie Menschen es sein können. Die Natur schert sich nicht darum, wer dieser verzweifelte Zweibeiner ist und was er da treibt. *Ich bin vollkommen allein auf der Welt*, schießt es ihm durch den Kopf und der Boden unter seinen Füßen ist nicht mehr fest.

Vielleicht würde es eine Zeitungsnotiz geben, wenn man ihn irgendwann gefunden und identifiziert hat:

Ehemaliges Ausnahmetalent der Celtic Fox Boys tot am Fuße des Sliochs gefunden. Tragisches Ende eines Wunderkindes.

Oder es würde ihm ergehen wie diesem unglücklichen Kletterer in der Felsspalte: für immer verschwunden. Bringt er wirklich den Mut auf, das durchzuziehen? Wie lange würde er fliegen? Und was denkt man in so einem Moment?

Als Finn ein zweites Mal den Boden unter den Füßen verliert, reißt er reflexartig die Hände nach vorn, doch sein linkes Knie schlägt auf einen aus dem Pfad ragenden Stein und der Schmerz jagt wie ein glühender Blitz in sein Hirn. Für Sekunden findet er sich auf dem Spielfeld wieder, liegt auf dem Rasen, weil ein Spieler aus der gegnerischen Mannschaft ihm unbeabsichtigt mit voller Wucht vor das Knie getreten hat. Er hört das schrille Pfeifen des Schiedsrichters und durch den Nebel des Schmerzes sieht er seine Teamkameraden, die sich besorgt über ihn beugen.

Damals musste er drei Wochen lang aussetzen und konnte nicht am Viertelfinale gegen England teilnehmen. Bell war stinksauer gewesen.

Inzwischen kommt Finn das alles verrückt vor: wie besessen er vom Fußball gewesen war. Sein grenzenloser Ehrgeiz, Profispieler zu werden und viel Geld zu verdienen. Er hat seiner kranken Mum ein gutes Leben schenken wollen, hat aller Welt beweisen wollten, dass der Junge aus Barrowfield es schaffen konnte. Er hatte es geschafft, nur war der Preis dafür zu hoch gewesen. Und doch vermisst er das Spiel.

Bleib einfach liegen, denkt Finn, alles andere erledigt sich von selbst. Er will sich auflösen und verschwinden, aber nichts passiert, außer dass die Nässe ihm bis auf die Knochen dringt.

Finn rollt sich auf den Rücken und nun drischt ihm der eisige Regen ins Gesicht. Er beginnt zu lachen. Sein ganzer Körper wird von diesem Lachen geschüttelt, das in ein verzweifeltes Schluchzen übergeht und dann verebbt.

Als eine raue Zunge über Finns kaltes Gesicht leckt, reißt er zu Tode erschrocken die Augen auf. Über ihm eine schwarze Nase, weiße Reißzähne und bernsteinfarbene Augen. Ein Fuchs. Finn kneift die Lider zusammen. *Träumt er?* Nein. Er kann das Tier riechen: sein nasses Fell, seinen strengen Raubtieratem. Das ist verrückt. *Er* muss verrückt sein. Verrückt, aber nicht mehr allein in dieser Höllennacht am Berg.

»Du hast Mundgeruch, Kumpel.« Langsam öffnet er die Augen. Der Fuchs schnüffelt um ihn herum und Finn richtet sich auf. »Du hast mich übel beklaut und traust dich noch in meine Nähe?«, fragt er zähneklappernd. »Na, feige bist du jedenfalls nicht. Aber sorry, ich habe nichts mehr zu fressen für dich.«

Das Tier läuft ein Stück den Pfad hinauf. Das war's mit der Freundschaft, denkt Finn. Doch der Fuchs bleibt stehen und dreht sich zu ihm um. Sieht ihn an, als wolle er sagen: »Nun mach schon, hoch mit dir! Beweg deinen Hintern!«

Finn weiß nicht, ob er seiner Wahrnehmung noch trauen kann. Er weiß nur eins: Er will nicht sterben. *Wollte es nie.*

Auf allen vieren folgt er dem Fuchs. Doch dann, von einer Sekunde auf die andere, wird der Pfad zu einem Sturzbach und Finns Arme und Beine sind von eiskaltem, sprudelndem Wasser umgeben.

Finn verharrt wie gelähmt, weiß nicht, ob vor oder zurück. Blitzschnell werden seine Hände taub vor Kälte und er hat panische Angst, mitgerissen zu werden. Seine beinahe fühllosen Finger umklammern ein struppiges Grasbüschel. Dann das nächste und noch eins. Zentimeter für Zentimeter bewegt er sich so aus dem wilden Wasser, bis er sich mit den Füßen an einem aus dem Boden ragenden Stein abstützen kann.

Doch was jetzt? Um ihn herum rauscht und gluckert es. Regen prasselt erbarmungslos auf ihn nieder. Bleibt er liegen, wird er die Nacht nicht überstehen. Er würde auskühlen und erfrieren. *Mum, hilf mir,* fleht Finn wortlos, *ich brauche dich.* Es ist nicht fair. Seine Mutter sollte für ihn da sein und nicht in einem kalten Grab liegen. Ein tiefes Schluchzen kommt aus seinem Inneren und er wird von schwarzer Trauer überwältigt. Um seine Mum, den einzigen Menschen, der ihn bedingungslos geliebt hat und immer für ihn da war. Um alles, was er verloren hat, auch sich selbst.

Jemand zerrt am Ärmel seiner Jacke. Der kleine Fuchs, er ist immer noch da. Irrsinnig froh über dieses lebendige Wesen, dem er offenbar nicht gleichgültig ist, folgt Finn dem Tier kriechend durch das stachlige Gras, durch Dunkelheit und Sturm. Schon nach ein paar qualvollen Metern endet die Steigung abrupt und Finn kämpft sich auf die Beine. Vor ihm liegt ein Hochtal und durch den Regen glitzert die Wasserfläche eines Sees. Wieder zerrt der Fuchs an seinem Hosenbein.

»Wer bist du und wo führst du mich hin, mein Freund?«, murmelt Finn. Befindet er sich am Tor zur Anderswelt und der Fuchs, der eigentlich keiner ist, will ihn tiefer ins Feenreich hineinführen? Seine Mum hatte ihm von Menschen erzählt, die von Feen entführt und zu rauschenden Festen eingeladen worden waren. Als sie am nächsten Morgen wieder in ihrer Welt aufwachten, waren Monate, manchmal sogar Jahre vergangen.

Genau das ist es, was Finn sich jetzt wünscht: dass in dieser Nacht die Stunden zu Jahren werden und er in einer fernen Zukunft erwacht.

Sekundenlang erhellt ein Blitz das Tal und Finn sieht die weißen Mauern eines Hauses aufleuchten, das sich am Fuße einer steilen Wand in den Hang schmiegt. Vielleicht ein *Bothy*, eine Wanderschutzhütte, oder nur ein Trugbild, genau kann er das nicht sagen, in seinem nassen, halb erfrorenen Zustand.

Ein ohrenbetäubender Donnerschlag kracht und hallt an den Felswänden über dem Tal wider. Finn muss sich in Sicherheit bringen, sonst wird er noch vom Blitz getroffen in dieser leeren Landschaft. Er hat Angst, doch es ist eine neue, andere Art Angst: Finn fürchtet um sein Leben.

Mit letzter Kraft folgt er dem Fuchs, der ihn zielsicher durch nasses Gras und schmatzende Torfheide führt, bis Finn vor einem alten Steinhaus mit weiß gekalkten Wänden steht. Er berührt die Hausmauer, sie ist rau, kalt und real. *Gut gemacht, mein Freund,* denkt er, von plötzlicher Dankbarkeit überwältigt.

Zu seiner Enttäuschung ist es keine Schutzhütte. Die Tür ist verschlossen, da kann Finn rütteln, wie er will. In diesem Moment verwandelt sich der Regen in Eis und ein kräftiger Hagelschauer geht nieder. Die Hagelkörner sind groß wie Vogeleier und der kleine Fuchs drängt sich winselnd an Finns nasse Hosenbeine. Nun ist es an ihm, sie beide zu retten.

Mehr tot als lebendig, schnappt Finn einen faustgroßen Stein vom Boden und schlägt eine Scheibe im Sprossenfenster neben der Tür ein. Seine Finger sind so kalt und klamm, er merkt nicht, dass er sich schneidet, als er die Scherben entfernt. Finn entriegelt das Fenster, schiebt es nach oben und klettert hinein. Er öffnet die Tür und der Fuchs schlüpft ins Haus. Das Tier schüttelt die Nässe aus seinem Pelz und gähnt.

Als Finns Augen sich ein wenig an die Dunkelheit gewöhnt haben, treten die Umrisse im Inneren des Raumes deutlicher hervor. Er befindet sich in einer kleinen Küche mit einem Gasherd, sieht im hellen Licht eines Blitzes eine Sturmlampe auf dem Tisch stehen. Finn zieht Schubladen auf, sucht nach Streichhölzern oder einem Feuerzeug. Dabei fällt ihm auf, dass er blutet. Endlich wird er fündig, doch als er die Lampe anzünden will, stellt er fest, dass sie mit LEDs ausgerüstet ist. Finn blinzelt im grellen Licht der Lampe, schaut zu, wie sich das Blut in der Wunde neben seinem Handballen sammelt. Nun spürt er auch den pochenden Schmerz.

In einer Schublade liegen säuberlich gefaltete Geschirrtücher und er drückt eins davon auf die Wunde, um die Blutung zu stillen. Die Lampe in der Hand, am ganzen Körper bebend vor Kälte, erkundet Finn die übrigen Räume des kleinen Bauernhauses und fühlt sich in eine vergangene Zeit versetzt: Böden, Wände und Decken sind mit Holz verkleidet, das durch Alter und Torfrauch geschwärzt ist. Hier ist nie etwas modernisiert worden. Es gibt keinen Strom, nur die Sturmlampe, Petroleumlampen und Kerzen.

Im kleinen Wohnzimmer mit einer Couch, zwei Sesseln und einem Tisch mit zwei Stühlen am Fenster liegt Holz neben dem Kamin aufgestapelt. Finn zögert nicht lange. Auch wenn die Möglichkeit besteht, jemand könnte den Rauch sehen: Er friert so erbärmlich, dass er ein wärmendes Feuer braucht.

Als nach mehreren Anläufen die Holzscheite endlich brennen, schält Finn sich aus seinen nassen Klamotten und verteilt sie auf den beiden Stühlen vor dem Kamin. Neben dem winzigen Schlafzimmer mit einem bezogenen Doppelbett entdeckt Finn eine Kammer, in der er unter anderem einen Verbandskasten, eine Flasche zwanzig Jahre alten *Aberfeldy Single Malt* und eine Kiste mit Weinflaschen findet.

Er trinkt einen Schluck Whisky und desinfiziert den immer noch blutenden Schnitt. Nachdem er seine verletzte Hand notdürftig verbunden hat, stellt er den Whisky zurück und nimmt stattdessen eine Flasche Wein, denn Finn hält es für klüger, sich nicht sinnlos zu betrinken. Wenn man mit einem Kater aufwacht, hat sich nichts geändert – das weiß er aus Erfahrung.

In eine Decke gewickelt, geht er zurück in die Küche, wo der Fuchs suchend in einem leeren Hundenapf herumschnüffelt. »Okay, mein Kleiner«, sagt Finn und geht in die Hocke, »schauen wir mal, ob wir etwas zu futtern für uns finden.« Der Fuchs schaut ihn erwartungsvoll an. »Ich bin übrigens Finn. Und wer bist du?«

Der Geruch nach feuchtem, wildem Tier steigt ihm in die Nase. Der Fuchs beschnuppert Finn lautlos, um seinen fremden Geruch zu ergründen, und er hat das Gefühl, in einem verrückten Traum zu sein, weil einfach alles, was in den vergangenen Tagen passiert ist, nicht real sein kann.

Einer der Schränke ist voller Konservendosen: Ravioli, Mischgemüse, dicke Bohnen. Finn wird also nicht hungern müssen. Der Kühlschrank, der offenbar auch mit Gas funktioniert, ist leider leer. Finns Blick fällt wieder auf den Fuchs, der ihn mit hungrigen Augen und heraushängender Zunge anschaut. Und tatsächlich stehen unter der Spüle Dosen mit Hundefutter. Finn öffnet eine und füllt den Napf für den Fuchs, der sich sofort darüber hermacht.

»Weißt du, was, Kleiner, ich werde dich *Mooch* nennen.« Finn kniet sich auf den Steinboden, um seine unverletzte Hand nach dem Fuchs auszustrecken. »Ja, das bist du: ein kleiner Schnorrer.« Zu seiner Verwunderung lässt sich das Tier berühren, während es das Hundefutter verschlingt. Es fühlt sich an wie ein Hinübergreifen über die Grenze zwischen wild und zahm. Finn spürt das Beben des mageren Fuchskörpers unter seiner Hand, das feuchte Fell. Er wird Teil von Moochs Hunger, wird Teil seiner Welt. »Bist du auch allein, so wie ich?«, fragt er. »Was ist denn passiert mit deinen Eltern und deinen Geschwistern?«

Der Fuchs scheint seinen Worten zu lauschen, als hätten sie eine Bedeutung für ihn. Bestimmt hat irgend so ein reicher Idiot im Tweedanzug Moochs Familie mit seiner Flinte erschossen, denkt Finn und für einen Moment vergisst er sein eigenes Schicksal. Er öffnet eine Dose Ravioli, um sie sich auf dem Gasherd warm zu machen. Dann legt er noch zwei Scheite auf das Feuer im Kamin, das jetzt lustig flackert und knackt und Wärme verbreitet. Während er mit untergeschlagenen Beinen auf einer Decke vor dem Kamin sitzt, Wein trinkt und seine Ravioli löffelt, wird Finn endlich warm – von innen und von außen. Mooch hat sich satt und zufrieden auf dem Teppich zusammengerollt und beobachtet ihn durch halb geschlossene Augen.

»Keine Ahnung, warum du immer noch hier bist, bei mir«, sagt Finn, »das ist nämlich ziemlich abgefahren.« Die weiße Schwanzspitze des Fuchses zuckt, als hätte er die Worte verstanden. »Weißt du, was, Mooch? Ich wäre gerne du. Weil du nicht nachdenken musst. Und ich kann das Denken einfach nicht abschalten.« Er hält die Flasche hoch. »Aber vielleicht hilft ja der hier.« Er nimmt noch einen Schluck. Der Wein schmeckt köstlich und Finn studiert das Etikett. Es ist ein *Château Palmer* von 1989, also alt und vermutlich sauteuer. »Was soll's.« Er trinkt und fühlt sich zunehmend leichter.

Als sein Magen mit warmen Ravioli und gutem Wein gefüllt ist, wird Finn von einer schweren Müdigkeit erfasst. Sie ist wie ein tiefes schwarzes Loch, in das er unerbittlich hineingezogen wird. Er schafft es gerade noch, nach nebenan zu gehen und unter die Bettdecke zu schlüpfen, dann ist er weg.

Nach den heftigen Regengüssen in der vergangenen Nacht ist Duncan schon seit dem frühen Morgen im Gelände unterwegs, um nach Schäden Ausschau zu halten. Wahre Sturzbäche müssen in der Nacht über Wege und Rasen geschossen sein und der Wasserstand des Loch Maree ist hoch.

Dad hat heute Vormittag ein Treffen mit zwei Wissenschaftlern im *NatureScot Office,* der staatlichen Naturschutzbehörde in Kinlochewe, und er besteht darauf, dass Kelsi und ich ihn begleiten. Nach dem Meeting will er mit uns zum Lunch ans Meer fahren.

Fergus setzt uns mit der *Rosabel* über den See. Um den Slioch liegt ein Ring aus weißen Wolken und die Sonne beginnt zu wärmen. Die Schlechtwetterfront ist abgezogen.

Kelsi schmollt mal wieder. Vermutlich hat sie die halbe Nacht auf Insta verbracht oder gechattet und wollte ausschlafen. Ihre Augen sind schmale Schlitze, trotzdem sieht sie hübsch aus. Sie ist meine kleine Schwester und ich weiß so gut wie nichts von den Dingen, die in ihrem Kopf vorgehen.

Dads Land Rover steht auf dem gekiesten Parkplatz neben Donnas Haus, doch der weiße Polo von Duncans Schwester ist nicht da, sonst hätten wir kurz Hallo gesagt.

Die Straße nach Kinlochewe führt dicht am Ufer des Sees entlang in südliche Richtung und die Fahrt dauert nur eine knappe Viertelstunde. Das *Office* ist in einem einstöckigen, L-förmigen

Gebäude untergebracht, das früher mal ein größerer Bauernhof war. Im weiß getünchten Crofthaus mit den grünen Türen und Fenstern befindet sich das Hauptquartier für *NatureScot*-Mitarbeiter. Es beherbergt Unterkünfte, Tagungsräume und Einrichtungen für Freiwillige und Forscher, die im Naturreservat *Beinn Eighe & Loch Maree Islands* arbeiten. Das Treffen findet in einem kleinen Konferenzraum statt, mit einem langen Tisch und Fotos von seltenen Pflanzen und Tieren an den Wänden. Kelsi loggt sich gleich ins Internet ein und verschwindet in ihrer Welt.

Der Forstwissenschaftler Matt Jenkins hat schütteres blondes Haar und trägt Dreitagebart. Rory Wells, schwarzhaarig und durchtrainiert, arbeitet schon einige Jahre als Biologe für *NatureScot* und kennt unsere Familie gut. Dad und die beiden Wissenschaftler arbeiten an einem Zehn-Jahres-Managementplan für Badfearna, den sie gemeinsam entworfen haben und für den sie staatliche Fördergelder beantragen wollen.

Teile unseres Landes sind *Special Protection Areas*, weil man auf Badfearna die ältesten noch lebenden Waldkiefern gefunden hat – sie sind fünfhundertfünfzig Jahre alt und ihr Standort ist streng geheim. Sie werden genutzt, um Zapfen zu sammeln und neue Schösslinge zu züchten. Dad muss bei allem, was er auf seinem Land tut, strenge Regeln einhalten. Der angestrebte Zehn-Jahres-Plan bedeutet, dass er in dieser Zeit Geld vom Staat bekommt, wenn er bestimmte Tier- und Pflanzenarten schützt.

Dazu gehört, die richtigen Bäume zu pflanzen, aber auch, Grauhörnchen zu töten und rote Eichhörnchen anzusiedeln. Ende des 19. Jahrhunderts aus Amerika eingeschleppt, gibt es derzeit zweieinhalb Millionen Grauhörnchen in Großbritannien, aber nur noch hundertfünfzigtausend rote Eichhörnchen. Die grauen Einwanderer haben sich rasant ausgebreitet und ihre roten Verwandten nach und nach verdrängt. Um die roten Ureinwohner zu schützen, gibt es nur eine Alternative: die grauen Hörnchen zu töten.

Ich hasse das leidige Hörnchen-Thema und verdrücke mich nach draußen. Kaum stehe ich im Freien, bekomme ich einen Anruf von Mum. Sie will mit Dad sprechen. »Sein Handy ist ausgeschaltet«, sagt sie mit frustrierter Stimme.

»Ist etwas passiert?«, frage ich besorgt.

»Nein, Liebes, ich muss ihn nur dringend sprechen.«

»Wir sind in Kinlochewe im *NatureScot Office*. Dad hat gerade eine wichtige Besprechung, deshalb geht er nicht an sein Handy.«

»Dann soll er mich anrufen, sobald er fertig ist. Wie geht es denn meinen Mädchen?«

»Uns geht es gut, alles bestens. Wir vermissen dich, Mum.«

»Ich euch auch, Liebes. Aber du glaubst nicht, wie schwierig das hier alles ist. Ein bezahlbares Haus zu finden, ist fast unmöglich und die Versicherung zögert die Auszahlung des Geldes hinaus. Ständig fordern sie irgendwelche Papiere, aber die Dokumente sind mit allem anderen verbrannt und ich muss bei den verschiedenen Ämtern Kopien machen lassen. Die meiste Zeit verbringe ich mit ignoranten Menschen am Telefon oder sitze wartend vor irgendwelchen Bürotüren.«

»Dann kommst du also nicht so bald zurück?«, frage ich mit bangem Herzen.

»Nein, Lia. Ohne mich kommen Grandma und Grandpa noch nicht zurecht. Das verstehst du doch?«

»Ja, klar.« Ich werde in vier Wochen siebzehn, natürlich verstehe ich, dass Mum jetzt bei unseren Großeltern sein muss. Trotzdem spüre ich, dass etwas in der Luft liegt. Etwas, das unser aller Leben nachhaltig verändern wird. »Wirst du zu meinem Geburtstag zurück sein?« Auf einmal klinge ich wie ein kleines Mädchen, das seine Mum vermisst.

»Natürlich, Liebes.«

Ich habe Zweifel, will die Hoffnung aber noch nicht aufgeben.

»Kann ich Grandma sprechen? Ist sie in der Nähe?«

»Grandma ist mit Grandpa beim Ohrenarzt, er braucht ein Hörgerät. Versuch es doch morgen noch mal. Und sag Dad, dass ich ihn dringend sprechen muss.«

»Ja, mach ich. Bis bald, Mum. Grüß Granny und Grandpa von mir.«

»Das werde ich. Bis bald, Lia. Hab euch lieb.«

»Wir dich auch, Mum.«

Aus Finns Kehle kommt ein Laut, der nicht Sprache ist, sondern purer, brennender Hass. Die Gefühle wüten in ihm wie ein böses Unwetter, bis er explodiert und Bell, der ihn gepackt hat, von sich stößt. Plötzlich ist alles rot. Und still. *Zu still.* Panik flutet sein Inneres. Er muss hier weg. *Nur weg.*

»He, aufwachen, Bürschchen!«

Finn spürt den Druck von etwas Kaltem an seinem Kinn. Noch halb im Schlaf öffnet er die Augen und sein Blick gleitet den dunklen Lauf eines Gewehres entlang in das zornige Gesicht eines weißbärtigen alten Mannes mit schwarzer Wollmütze auf dem Kopf. *Verflucht, wer ist das? Und wo zum Teufel bin ich?*

Panisch rutscht Finn ein Stück zurück, bis er mit dem Kopf hart gegen das hölzerne Ende des Bettes stößt. Die Bettwäsche im Schottenkaromuster ist vollgeblutet. So viel Rot, das ihn verwirrt. Kurz schließt Finn die Augen, weil er hofft, dass das nur eine Verlängerung seines Albtraums ist. Doch als er sie wieder öffnet, starrt er in die schwarze Mündung eines Gewehrlaufes.

Vor dem Bett sitzt das Untier, dessen Bekanntschaft er gestern schon gemacht hat. Der Köter zeigt seine gelben Zähne und ein tiefes Grollen kommt aus seinem Inneren.

»Na los, hoch mit dir, Bürschchen!«, ranzt ihn der Alte an. »Wir gehen jetzt zusammen runter vom Berg, wo ich dich der Polizei übergeben werde. Und denk nicht mal daran abzuhauen, dann jage ich dir nämlich eine Ladung Schrot in den Hintern. Ich habe es so satt, hinter Idioten wie dir aufzuräumen, die keinen Respekt vor fremdem Eigentum haben. Hast du auch nur eine Ahnung, was so eine Flasche Wein kostet?«

Finn hat Mühe, den Worten des Alten zu folgen. Einzig ein Wort schrillt in seinem Kopf: *Polizei*. Sein Herz überschlägt sich in Panik. Er greift nach dem Lauf und drückt die Gewehrmündung auf sein Herz. »Drück ab, alter Mann. Vielleicht tust du mir ja einen Gefallen.«

Erschrocken zerrt der Alte ihm den Lauf aus der Hand und tritt einen Schritt zurück, Bestürzung in den dunklen Augen. Finn weiß jetzt, er muss hier abhauen. Weg aus dem Hexenhäuschen und diesem Tal. Aber zum Weglaufen braucht er Klamotten am Leib und die hängen nebenan vor dem Kamin. Seine Lage ist aussichtslos, er ist geliefert – *das war's*. Resigniert dreht er sich auf die Seite und rollt sich zusammen. Ihm ist kalt. Er ist hungrig. Alles tut ihm weh. »Ich gehe nirgendwo hin«, sagt er in Richtung Wand. »Lieber lass ich mich erschießen.«

Natürlich weiß Finn, dass der alte Mann ihn nicht erschießen wird. Und vielleicht kann er ihn ja überrumpeln und ihm das Gewehr abnehmen. Der Alte ist mindestens fünfzig Jahre älter als er und sieht aus wie ein keltischer Druide, nur eben mit Gewehr.

Die Matratze wird nach unten gedrückt, Finn hört ein dunkles Seufzen und spürt eine feste, warme Hand auf seiner

Schulter. »Da ist überall Blut, mein Junge. Was ist passiert? Bist du schlimm verletzt?«

Wir müssen ein paar Minuten warten, dann bekommen wir einen Tisch im Freien unter der alten Linde. Eine deutsche Familie mit drei Kindern beschwert sich, weil sie vor uns da war. Aber Dad beliefert Mr McLellan, den Besitzer des *Gairloch Hotels*, mit frischem, billigem Hirschfleisch, darum vertröstet der Wirt die Touristen mit freien Getränken und einem Tisch am Fenster im Gastraum.

Ein junges Pärchen aus dem Ort hat den Disput um den Tisch mitbekommen. Den Mann mit Ziegenbärtchen und schütterem Haar kenne ich, es ist ein Freund von Georgina, unserem Hausmädchen. Die Frau an seiner Seite mit den Rastalocken beschimpft uns als inzestuöse Adlige und Mörder. *Wow.*

»Hört nicht hin«, sagt Dad und damit ist die Angelegenheit für ihn erledigt. Aber die Frau ereifert sich immer mehr und am liebsten würde ich im Erdboden versinken, denn nun schauen auch die anderen Gäste zu uns herüber. Kelsis Gesicht ist vor Scham rot angelaufen. Eben fand sie es noch cool, eine MacKenzie zu sein, aber nun sind ihr die schadenfrohen Blicke zu viel.

»Wie ich das hasse«, schmollt sie.

»Tja, wenn du Model werden willst, solltest du damit klarkommen. Aufmerksamkeit ist nicht immer nur schön.«

Ein Blick tiefer Verachtung wird mir zuteil. »Kümmer du dich um deinen eigenen Mist, Lia.«

»Hey, hört auf damit«, schreitet Dad ein. »Wir wollen uns doch nicht noch gegenseitig zerfleischen.«

McLellan bringt unser Essen und bittet das aufgebrachte Pärchen, uns in Ruhe zu lassen.

»Wo es Privilegien für feudale Arschlöcher gibt, werde ich ohnehin nicht mehr einkehren«, bemerkt der Mann wütend. Er knallt Geld auf den Tisch und die beiden gehen. Ihre halb vollen Teller bleiben stehen.

»Tut mir leid«, entschuldigt sich der Wirt erneut bei uns, doch die Bedienung, ein Mädchen mit Zopf und Sommersprossen – nicht viel älter als ich –, bedenkt uns mit einem schadenfrohen Blick.

Am malerischen Strand von Gairloch ist der Vorfall schnell vergessen. Der *Big Sands Beach* ist beliebt bei Touristen, weil das Wasser hier aufgrund der Nähe des Golfstroms relativ warm ist. Dad und ich gehen gleich schwimmen und schnell wird klar, dass warmes Wasser im Meer auch Nachteile hat: Quallen. Die meisten von ihnen sind harmlos, aber einige können stechen. Für Kelsi sind die Quallen ein Grund, nicht ins Wasser zu gehen.

Ich erschrecke, als ich meine Schwester in ihrem neuen goldfarbenen Bikini sehe, der für einen glamourösen Strand in Kalifornien gedacht war und nicht für *Big Sands Beach* in Gairloch. Sie ist so dünn, dass ihre Hüftknochen hervorstehen. *Vogelknöchelchen*. Ich bemerke Dads besorgten Blick, doch er sagt nichts. Wie oft hat er mit Mum wegen Kelsi gestritten und dabei stets den Kürzeren gezogen. Mum hat ihre Model-Karriere aufgegeben, als sie mich bekam, und sie weiß genau, wie gnadenlos diese Branche ist. Trotzdem hat sie Kelsis Träumen nie Steine in den Weg gelegt und unterstützt sie bei ihren Plänen, wo sie nur kann.

Als Dad und ich uns auf unseren Badetüchern in der Sonne trocknen lassen, taucht eine Gruppe französischer Jungs am Strand auf, ich schätze sie auf Anfang zwanzig. Jeder einzelne von ihnen hat Muskeln und kein Gramm Fett am Körper. Sportler, vermute ich – da jagen sie auch schon einem Ball hinterher.

Kelsis Interesse ist geweckt. Mit ihrer Burberry-Sonnenbrille im Havanna-Look und betont schwingenden Hüften stolziert sie am Ufersaum entlang. Es funktioniert. Das ausgelassene Ballspiel der Franzosen erlahmt und alle bis auf einen starren ihr hinterher. Vermutlich wird es meine kleine Schwester einmal weit bringen auf dem Laufsteg.

Als eine kalte Welle ihre dünnen Fußknöchel umspielt, stößt sie einen spitzen Schrei aus und macht einen wenig damenhaften Satz. Dad und ich müssen lachen und für einen Moment herrscht Sommerfeeling in den Highlands.

Beim Frühstück am nächsten Morgen erzählt Dad, dass im Gobhair Cottage eingebrochen wurde. Mir wird warm im Gesicht, denn ich muss sofort an Einfach-nur-Finn denken. War er das gewesen? Zutrauen würde ich es ihm.

Gobhair Cottage ist ein altes Bauernhaus am Berg, in dem zuletzt ein einsamer Ziegenhirt gelebt hat, doch das ist schon über sechzig Jahre her. Granda Hamish hat im Steinhaus ein paar Dinge renovieren lassen, aber das meiste ist noch so, wie es früher war – ohne Strom, ohne Telefon. Als Junge hat Dad manchmal tagelang dort oben gehaust, wenn ihm seine Eltern auf die Nerven gingen. Inzwischen steht das Häuschen meistens leer, es sei denn, jemand von Dads Freunden aus Edinburgh braucht mal Einsamkeit ohne Komfort. In den Küchenschränken stehen immer ein paar Vorräte und in der Kammer liegen ein paar Flaschen guter Wein. Es ist das dritte Mal seit Granda Hamishs Tod, dass im Cottage eingebrochen wurde.

»Wurde schlimmer Schaden angerichtet?«, erkundige ich mich vorsichtig.

»Offenbar nicht. Ärgerlich ist es trotzdem. Fergus und Ethlenn müssen sich darum kümmern.«

Nach dem Frühstück widme ich mich schlecht gelaunt den Hausaufgaben, die wir über die Ferien aufbekommen haben. Mathe, Französisch und Geschichte. Mathe ist mein Hassfach, und schon als ich nur versuche, die Aufgabe zu verstehen, verknoten sich die Windungen in meinem Gehirn. Es geht um Integralfunktionen: Extremstellen, Wendepunkte, Hochpunkte und Tiefpunkte. Das soll Mathe sein? Ich starre auf die beiden Wellen über einer x-Linie und beschließe, mich doch zuerst der Geschichtsaufgabe zu widmen, einem Aufsatz über die Widerstände während der Einführung der Reformation in den Highlands. Es ist das Lieblingsthema unserer Geschichtslehrerin, die große Stücke auf mich hält, und ich habe auch schon eine Idee im Kopf.

Vor einiger Zeit hat Dad mir die Geschichte eines presbyterianischen Pfarrers erzählt, der zu Beginn des 18. Jahrhunderts seine Stelle in Gairloch antrat. Obwohl die reformierte Kirche zu dieser Zeit auch in den abgelegenen Highlands angekommen war, hielten damals hier noch viele Menschen am Katholizismus fest. Denn die Grundsätze der neuen Kirche waren Ordnung, Pünktlichkeit, Sparsamkeit, Nüchternheit, sexuelle Zurückhaltung und rastloser Wissenserwerb – Werte, die zuvor in den Highlands nicht allzu viel galten.

Die neue Kirche, genannt *The Kirk,* ging rabiat vor: Nachdem sie die Bischöfe abgeschafft hatte, wurden Statuen, Bilder, verzierte Altäre, die Buntglasscheiben und aller Pomp aus den Kirchen entfernt. Nichts sollte vom Wort Gottes ablenken. Sogar die Orgeln fielen der Reformation zum Opfer, denn die Menschen sollten sich wieder auf einfache Gesänge konzentrieren. Doch die Gemeindemitglieder waren nicht gewillt, sich das ohne Weiteres so gefallen zu lassen.

Schon am zweiten Tag nach der Ankunft in seiner neuen Gemeinde wurde der Pfarrer John Morrison von einem MacKenzie und seinen Leuten gefangen genommen. Mein Vorfahr sperrte ihn in einen Stall voller Vieh und Mist, wo er den armen Mann fünf Tage lang festhielt und ihm erst am dritten Tag etwas zu essen gab. Danach erklärte er dem Pfarrer nachdrücklich, dass sich in seinem Einflussgebiet besser keine Presbyterianer ansiedeln sollten, es sei denn, die Königin höchstpersönlich würde den Befehl dazu geben. Doch Morrison gab nicht auf.

Um den Pfarrer endgültig aus der Gemeinde zu vergraulen, nahmen ihn die damaligen Bewohner von Badfearna gefangen, zogen ihn aus und banden ihn nackt an einen Baum. Es war September und die Mücken hatten den Mann halb aufgefressen, bevor am Abend eine Frau aus dem Ort Mitleid mit ihm bekam und ihn befreite. Der Pfarrer floh und bis heute hält sich das Sprichwort, dass es auf Badfearna seitdem keinen wirklich frommen Mann mehr gegeben hat. Was vermutlich nicht nur ein Sprichwort, sondern die Wahrheit ist, denn meine Familie hat seit jeher wenig am Hut mit Religion.

Ich recherchiere im Internet und in den alten Aufzeichnungen, die ich mir aus der Bibliothek der Lodge geholt habe, schreibe Stichpunkte auf und mache eine erste Gliederung. Das Schreiben geht mir leicht von der Hand, im Gegensatz zu Mathe, Physik und Chemie – Fächer, mit denen ich auf Kriegsfuß stehe. Um diese komplizierte Matheaufgabe zu lösen, werde ich mich wohl mit verschiedenen YouTube-Tutorials herumplagen müssen.

Gegen elf hält mich nichts mehr in meinem Zimmer. Die Sonne scheint und es ist sommerlich warm draußen, die Ferien sind noch lang und meine Hausaufgaben kann ich auch an Regentagen machen. Jetzt zieht es mich zu Fiona und Druid, ihrem Schimmelfohlen. Der Weg zur Koppel führt an dem lang gezogenen, steinernen Wirtschaftsgebäude mit dem roten Blechdach vorbei, in dem das Feuerholz für die Kamine lagert, Heu für die Pferde und Futtergetreide.

Schon von Weitem höre ich Duncan Holz hacken. Das gehört zu seinem Job, aber er ist alt und sollte es nicht mehr tun müssen. Dad ist so mit seinem neuen Wasserkraftwerk, seinem Zehn-Jahres-Projekt und den Vorbereitungen für die Jagd beschäftigt, dass er nicht mehr merkt, was um ihn herum passiert.

Vielleicht, so hoffe ich, hat Duncan heute Nachmittag zur Teatime Zeit für mich. Ich könnte Ethlenn ein paar von den Haferkeksen stibitzen, die sie am Vormittag gebacken hat, und Duncan noch einmal über den unglückseligen Pfarrer John Morrison ausfragen.

Die große hölzerne Schiebetür steht offen, doch nach ein paar Schritten in die Scheune bleibe ich wie angewurzelt stehen. Wer da Holz hackt, ist nicht Duncan, sondern ein junger Mann mit strohblondem Schopf und einem tätowierten Oberarm. Ein verblüffter Laut schlüpft aus meiner Kehle. Es ist dieser Finn!

Er lässt die Axt sinken und dreht sich um. Steht da im verschwitzten, einstmals weißen Unterhemd und starrt mich ebenso überrascht an wie ich ihn. Seine rechte Hand ist verbunden und er hat rote Schrammen auf Nase und Kinn.

»Was machst du denn hier?«, rufe ich entgeistert.

Finn streicht sich eine Haarsträhne aus der feuchten Stirn. »Wonach sieht's denn aus?« Seelenruhig stellt er das nächste Holzstück auf den Hauklotz und hebt die Axt.

Ich kann nicht anders, als ihn dabei anzustarren. Seine langen Arme, die von Schweiß glänzen. Die Tätowierungen und die dunklen Härchen, die sich feucht unter seinen Achseln kringeln. Der Tanz von Muskeln und Knochen unter seiner Haut, als er die Axt niedersausen lässt.

»Was ist mit deinem Gesicht passiert?«, frage ich, als er nach dem nächsten Holz greift.

»Rutschige Steine«, antwortet er. »Immerhin, die Felsspalte ist mir erspart geblieben.«

»Und deine Hand?« Hat Finn sich beim Einbruch ins Gobhair

Cottage verletzt? Und wenn ja, würde er dann jetzt hier in der Scheune Holz hacken? Wohl kaum, Lia.

Finn hält inne und betrachtet mich abschätzig von oben bis unten. »Du magst ja die Tochter des Gutsherrn sein«, sagt er, »aber was meinen Körper angeht, bin ich dir gegenüber nicht zur Auskunft verpflichtet.«

Ich spüre, wie Hitze meinen Hals hinaufsteigt und meine Ohren zu glühen beginnen. »Und wer hat dich zum Holzhacken angestellt?«, frage ich und ärgere mich selbst über den schnippischen Unterton in meiner Stimme.

»Ist das jetzt ein Verhör?«

»Ich will doch nur wissen ...«

»Mein Großonkel«, unterbricht er mich.

»*Dein Großonkel?*« Das Ganze wird immer mysteriöser. Wer soll das denn sein? Fergus? Andy, unser Mädchen für alles? Nein, Andy McLeod ist zu jung für einen Großonkel. Habe ich etwas verpasst? Hat Finn bei Dad als Saisonarbeiter angeheuert und mich von Anfang an auf den Arm genommen?

Mit dem Handrücken seiner verbundenen Hand fährt sich Finn über die verschwitzte Stirn und seufzt. »Duncan McGowan ist mein Großonkel. Er hat mir angeboten, eine Weile bei ihm zu wohnen und mir über den Sommer hier ein paar Pfund zu verdienen.«

Duncan? Finn ist Duncans Neffe? »Und mein Dad weiß davon?« *Verdammt, Lia ...*

»Der Landlord?«, fragt Finn spöttisch. »Dem alles hier gehört?«

»Der Laird«, kontere ich. Wennschon – dennschon.

»*Aye*, der Laird ist von meiner Anwesenheit unterrichtet, Mylady.« Finn fasst sich an die Brust und deutet eine halbe Verbeugung an.

Idiot. Ich kann es nicht fassen. Finn wird den Sommer über auf Badfearna arbeiten. Mir jeden Tag über den Weg laufen. Ich weiß noch nicht, ob ich das gut oder schrecklich finden soll. Und warum weiß ich nichts davon, dass Duncan einen Großneffen in Glasgow hat? Einen so unverschämten ... so unverschämt gut aussehenden Neffen.

»Wenn die junge Lady mich jetzt entschuldigen würde. Ich muss meine Arbeit machen, sonst bekomme ich Ärger mit dem Laird und lande bei Wasser und Brot im Kerker.«

»Du hast sie ja nicht mehr alle«, erwidere ich und verschränke die Arme vor der Brust.

Finn spaltet das nächste Holz und weil ich mich nicht vom Fleck bewege, schaut er mich misstrauisch an. »Ist noch was?«

»Du musst für den Schlag mit dem ganzen Körper ausholen, nicht nur mit den Armen«, sage ich, drehe mich um und ziehe los, um nach Duncan zu suchen.

Ich finde den Wildhüter in der Kühlkammer, er ist dabei, einen Hirsch zu zerlegen, den er offenbar gestern geschossen hat – ein Sechsender. Duncan schneidet die dunkle Leber und das Herz heraus und legt beides in eine Blechschüssel mit glänzenden Innereien. Die Nieren sind von gelblichen Fettklumpen umgeben.

»Du hast mir nie erzählt, dass du einen Neffen in Glasgow hast«, platze ich heraus.

Der Wildhüter hält kurz inne, bevor er mit ruhiger Hand weiterschneidet. »Du bist Finn also schon begegnet«, stellt er fest.

O ja. Und zwar nicht zum ersten Mal. »Er hackt Holz.«

»Finn ist Gretas Großneffe«, klärt Duncan mich auf, ohne seine Arbeit zu unterbrechen. »Zuletzt hat sie keinen Kontakt mehr zu ihrer Nichte gehabt. Olivia ist letztes Jahr an Krebs gestorben und das hat den Jungen furchtbar aus der Bahn geworfen. Er hat einigen Blödsinn verzapft, nichts, wovon man gerne erzählt, kleine Distel. Finn wollte auf den Berg der Erkenntnis und ist dort oben vom Gewitter überrascht worden.«

Berg der Erkenntnis, *Beinn Eolais,* so nennt Duncan den Slioch manchmal. Wenn er als junger Mann nicht weiterwusste, ging er auf den Berg, um in Anstrengung, Natur und Einsamkeit Antworten zu finden. Er sagt, die Natur verhindert, dass wir Menschen den Verstand verlieren.

Nur, dass Finn vom Gewitter überrascht wurde, ist glatt gelogen. Schließlich hatte ich ihn gewarnt.

Archie schaut mit wedelndem Schwanz und bettelnden Augen zu seinem Herrchen hoch und bekommt ein Stück Herz, das er genüsslich verzehrt. »Dein Vater und ich sind froh über jede helfende Hand, *Lass.* Und der Junge, er braucht Struktur. Dein Dad hat ihn eingestellt.«

Wow, davon hat Dad nichts erzählt. Weil Badfearna so abgelegen ist, hat er jedes Jahr Probleme, Saisonkräfte zu finden. Nach der Arbeit wollen die Helfer im Pub ausspannen und Mädchen aufreißen, was hier draußen nicht so einfach zu bewerkstelligen ist, da man jedes Mal erst fünfzehn Minuten mit dem Boot über den See schippern muss, um drüben in einem winzigen Dorf zu landen, in dem nur selten etwas los ist.

»Wusstest du, dass er kommt?« Noch bin ich unentschlossen, ob mir der Gedanke, dass ich Duncan von nun an mit Finn teilen muss, gefällt oder nicht.

Der Wildhüter schüttelt den Kopf. »Nein, kleine Distel. Gestern stand er plötzlich vor meiner Tür, ganz verfroren und mit ein paar Blessuren, die er sich bei einem Sturz zugezogen hat. Aber Finn ist Familie, verstehst du?«

Ich nicke. Dass ich Finn vor dem heutigen Tag schon zweimal begegnet bin und er dabei mit keiner Silbe erwähnt hat, dass er zu seinem Großonkel will, der auf Badfearna als Wildhüter arbeitet, verschweige ich Duncan. Irgendetwas stimmt nicht mit diesem Jungen und ich werde herausfinden, was es ist.

Die Begeisterung seiner Mum für die Highlands hat Finn nicht geteilt, aber ein paar Dinge sind bei ihm hängen geblieben. Dass der Norden Schottlands lange, noch bis ins 19. Jahrhundert, von den Engländern als mysteriöses, feindseliges und gefährliches Land angesehen wurde. Bevölkert von Barbaren, den Nachkommen der Furcht einflößenden Pikten. Grausamen Stämmen, die ihre Gesichter und ihre Körper bemalt haben. Die so gefürchtet waren, dass sogar die römischen Legionen es für klüger hielten, sich nicht mit ihnen anzulegen. Stattdessen errichteten die Römer eine Mauer, den Hadrians Wall, um die Wilden von den zivilisierten Menschen fernzuhalten.

Später bildeten sich die Highland-Clans heraus: MacLeods, MacDonalds, MacKenzies und hundert andere Macs, die auf ihren Landgütern Pachtbauern schuften ließen, die sich mit dem Anbau von Hafer und Kartoffeln ihren kargen Lebensunterhalt verdienten. Mitte des 18. Jahrhunderts die Schlacht von Culloden und die *Highland Clearances,* die grausamen Vertreibungen der Bauern von ihrem angestammten Land. Danach kamen die Schafe und die Aristokratie aus dem Süden.

Seine Mum hatte für Schottlands Unabhängigkeit gestimmt, trotz ihrer heimlichen Schwäche für Blaublüter und deren extravagantes Leben. Badfearna hätte ihr gefallen. Die wilde, von Bergen umgebene Landschaft, mittendrin das Herrenhaus wie ein Schlösschen aus längst vergangenen Zeiten. Ein von einer zweieinhalb Meter hohen Mauer umgebener Rosengarten, englischer Rasen, pinkfarbener Rhododendron und blauer Hibiskus. Ein Pool, ein Obstgarten voller Früchte, Ponys und drei mächtige Hochlandrinder. Ein sexy Dienstmädchen mit roten Haaren und ein versnobter Landherr mit zwei Töchtern.

Mit den beiden würde er schon klarkommen. Alles, was Mädchen wollen, ist hier und da ein Lächeln, kleine Komplimente, ein paar Fragen und ab und zu einen netten Scherz. Seit gestern Abend weiß Finn *ihren* Namen. Sie heißt Amelia, die kleine Kratzbürste mit den perfekten weißen Zähnen, den blauen Augen und den runden Brüsten. Ihre jüngere Schwester heißt Kelsi, aber ihr ist er noch nicht begegnet.

»In ein paar Tagen beginnt die Jagdsaison und der Laird braucht dringend noch einen Helfer auf Badfearna«, hatte Duncan gesagt. »Wenn du hart arbeiten kannst, Junge, dann hast du nicht nur eine Bleibe, sondern auch einen Job. Aber falls du Ärger machst oder was verschwindet, ist die nächste Station die Polizei.«

An die Jagd hat Finn noch nie einen Gedanken verschwendet, aber er ist bereit, jede Arbeit auf Badfearna zu übernehmen, die anfällt. Beim Holzhacken wird ihm bewusst, dass sein einziges körperliches Talent darin besteht, einen Ball ins Tor zu bringen. Er ist ein Junge aus der Stadt und das hier ist eine andere Welt. Eine mit Herrschaften und Bediensteten. So etwas in der Art ist er jetzt offenbar: der Bedienstete eines Highland-Lairds. Was wohl seine Mum dazu sagen würde?

Sie war so verdammt stolz auf ihn gewesen, als er ihr seinen Vertrag mit den *Celtic Fox Boys* gezeigt hatte, seinen Fahrschein heraus aus Barrowfield und der East Side. Sie hat sich ein besseres Leben für ihn gewünscht, mit einer Familie, einem hübschen Haus und Reisen. Badfearna ist ein verwunschener Ort, weit entfernt von dem Leben, das Finn kennt, und jede Stunde, die er hier verbringt, fühlt sich an wie geliehene Zeit. Irgendwann muss er zurück. Aber nicht heute. Und morgen vielleicht auch noch nicht.

Er stellt ein neues Scheit auf den Klotz. Will nicht daran denken, was ihm blüht, wenn sie ihn finden. Wenn sie ihn den Journalisten zum Fraß vorwerfen, anklagen und einlochen. Auf dem Weg herunter vom Berg hat er Duncan gefragt, wie er jetzt weitermachen soll.

»Ganz einfach, mein Junge«, hat der Alte geantwortet. »Du machst eine Sache, dann kümmerst du dich um die nächste und du bleibst am Leben.« Finn holt aus, lässt die Axt niedersausen und teilt das Scheit in zwei Hälften.

Ob der Wildhüter ihm seine Geschichte glaubt? Finn hat ihm alles erzählt. Na ja: *fast alles*. Wer er ist und wer er gewesen war. Dass er kein Handy mehr hat, kein Geld, keine Papiere. Dass er für eine Weile von der Bildfläche verschwinden muss, bis er weiß, was er vom Leben will und welche Rolle der Fußball darin spielen soll. Aber vom vielen Blut und dass er vielleicht ein Menschenleben auf dem Gewissen hat – davon hat er geschwiegen.

Duncan McGowan deckt Finn. Ohne Papiere hätte der Laird ihn niemals eingestellt, also hat der Alte ihm erzählt, Finn wäre der Großneffe seiner verstorbenen Frau Greta und schon über achtzehn. Er hat den Laird vom Einbruch im Gobhair Cottage unterrichtet. Der Einbrecher hätte Hunger gehabt und gefroren, aber sonst weiter keinen Schaden angerichtet. Die Flasche *Château Palmer* hatte Duncan erst einmal unerwähnt gelassen. Aber Finn weiß inzwischen, dass er sich mit einem Tausend-Pfund-Wein in den Schlaf getrunken hat.

Finns Freiheit, ein Niemand zu sein, hat nur ein paar Stunden gedauert. Jetzt ist er Finn Fraser, der Großneffe eines Wildhüters, hat einen Job auf einem Jagdgut, ein winziges Dachzimmer für sich allein und drei Mahlzeiten am Tag. Finn ist immer noch ganz benommen von der erneuten unerwarteten Wendung, die sein Leben genommen hat. Aber eins ist ihm sehr wohl klar: Der alte Mann hat ihn völlig in der Hand.

Die Beweggründe des Wildhüters, ihn zu decken und auch noch bei sich aufzunehmen, sind Finn nach wie vor ein Rätsel. Er hat Duncan McGowan kaum eine Stunde gekannt, als der mit dem überraschenden Vorschlag herausgerückt war. Und Finn hatte die unverhoffte Chance ergriffen wie einen rettenden Strohhalm. Bestimmt hat der Alte den Laird noch nie belogen und Finn fühlt sich hundsmiserabel deswegen. Noch eine Sache mehr auf dem Konto mit dem schlechten Karma.

»Warum tust du das für mich?«, hatte er den Wildhüter gefragt.

»Jeder verdient eine zweite Chance, mein Junge«, war Duncans schlichte Antwort gewesen.

Finn ist dankbar. *Und auf der Hut.*

In der ersten Nacht im kleinen Dachzimmer in Duncans Cottage hatte Finn vom Fallen geträumt. Nur Sekunden bevor er auf dem Boden aufgeschlagen wäre, war er von seinem eigenen Schrei aufgewacht. Hatte minutenlang auf die Türklinke seiner Zimmertür gestarrt, weil er fürchtete, der Alte könne ihn gehört haben und er würde erklären müssen, warum er sich in seinem Zimmer einschloss. Doch dann hatte er Duncan unten schnarchen hören.

Finn stellt das nächste Scheit auf den Klotz. Für den Schlag holt er mit dem ganzen Körper aus, nicht nur mit den Armen, bevor er die Axt mit Schwung niedersausen lässt. Er hat nichts zu verlieren, weil alles schon verloren ist. Finn wird hart arbeiten und jeden Tag auskosten, den er auf Badfearna unbehelligt und in Freiheit verbringt. Mehr kann er nicht wollen. Keine Vergangenheit, keine Zukunft, nur das Hier und Jetzt.

Einfach so tun, als wäre alles in bester Ordnung mit ihm – bis die Polizei kommt, ihn zu holen.

Seit ich weiß, dass Finn den Sommer über auf Badfearna sein wird, kann ich an nichts anderes mehr denken als an ihn. Ich studiere ihn wie ein exotisch seltenes Tier, das sich in meine Gefilde verirrt hat. Frage mich, was für *Blödsinn* er wohl verzapft haben mag. War er ein Drogendealer, ein prügelnder Hooligan oder gar ein Dieb? Versteckt er sich hier vor dem zornigen Vater eines schwangeren Mädchens? Oder geht meine Fantasie mit mir durch?

Ständig frage ich mich, was Finn wohl gerade macht und wie er mit seinem Großonkel im Cottage auskommt. Versuche, ihn mir in dem kleinen Dachzimmer mit der Rosentapete vorzustellen, in dem er nur in der Mitte aufrecht stehen kann.

Mit Sicherheit ist Duncan froh, Gesellschaft und Hilfe zu haben. Manchmal fühlt der alte Wildhüter sich einsam, auch wenn er das niemals zugeben würde. Er vermisst seine Frau. Greta war ein herzensguter Mensch, immer um andere besorgt, bis sie vor ein paar Jahren ganz plötzlich an einem Herzinfarkt gestorben war. Die beiden hatten keine Kinder, vielleicht hat der Wildhüter Finn deshalb so vorbehaltlos bei sich aufgenommen. Die Familie mit ihren Ritualen, ihren Verpflichtungen, den Traditionen, daran glauben die Highlander.

Eines Morgens nach dem Frühstück, draußen wabert Nebel wie Watte zwischen den Bäumen und Ziersträuchern, entdecke ich Finn, wie er in der Nähe des Hühnerstalles unter den beinahe bodentiefen Zweigen einer Blautanne herumkriecht. »Suchst du etwas Bestimmtes?«, frage ich kopfüber. »Kann ich dir vielleicht helfen?«

Finn taucht unter den Zweigen auf, ein Weidenkörbchen in der Hand, in dem zwei Eier liegen. Einen Moment mustert er mich peinlich berührt, dann deutet er eine Verbeugung an und sagt: »Guten Morgen, Mylady. Die dämlichen Hühner legen ihre Eier statt im Stall im Gelände ab. Ich soll sie finden und einsammeln.« Finns Haare stehen wirr zu Berge, sie sind mit Spinnweben verklebt und braunen Tannennadeln gesprenkelt.

Ich muss lachen. »Es gibt schlimmere Jobs, oder etwa nicht?«

»Kommt darauf an, ob man gerne von Hühnern veralbert wird.« Das Lächeln auf Finns Gesicht, bei dem er Grübchen bekommt, schickt einen warmen Schauer durch meinen Körper, auf den ich nicht vorbereitet bin.

Wie lange dauert es eigentlich, bis man sich in jemanden verliebt? Muss man erst ein paar wichtige Dinge über ihn wissen oder geschieht es einfach so, während der andere nichts weiter tut als lächeln?

»Hilfe wäre cool.«

»Aber nenn mich Lia, in Ordnung?«

»Ihr Wunsch ist mir Befehl, Mylady.« Finn drückt mir das Weidenkörbchen in die Hand. »Na, dann mal los, Lia.«

Wir suchen unter nebelfeuchten Sträuchern und kommentieren jeden Eierfund mit einem »Yippie-ei«. Zehn Eier, von denen zwei zu Bruch gehen, weil wir damit Unfug treiben. Ich kann nicht glauben, dass er und ich das tun: *herumalbern*. Schließlich stehen wir uns verlegen gegenüber, Finn hält die letzten beiden Eier in der Hand.

»Gib her«, sage ich. »Ich bringe sie Ethlenn. Sie kann die Eier vielleicht noch zum Backen verwenden.«

Mit einer Vorsicht, die ich seinen großen Händen nicht zugetraut habe, übergibt Finn mir die beiden bräunlichen Eier. Dabei berühren sich unsere Finger und mir ist, als hätte ich an einen Weidezaun gefasst. Mein Herzschlag galoppiert los und ein Prickeln überzieht meine Haut vom Kopf bis zu den Füßen. Ich blicke Finn in die Augen und für einen Moment bin ich sicher, er spürt dasselbe wie ich, so dunkel, wie sie auf einmal sind.

Dann sieht er weg, schiebt seine Hände in die Hosentaschen und sagt: »Ich muss jetzt los. Mein nächster Job wartet.«

Verdammt, was war das denn? Steht das Mädchen unter Strom? Und was hatte er da überhaupt getan? War er wirklich mit der Tochter des Lairds unter nassen Sträuchern herumgekrochen, hat Hühnereier gesucht und auch noch Spaß dabei gehabt? Finn schüttelt den Kopf und grinst in sich hinein. Gleichzeitig ist ihm ganz elend zumute und er bezwingt seinen Drang, sich noch einmal nach Lia umzudrehen.

Finns Einsamkeit nach dem Tod seiner Mum war quälend, aber auch eine Art Sicherheit für ihn gewesen. Nun sind da auf einmal der alte Mann und das Mädchen, die an seinem Schutzpanzer kratzen. Lia hat ihn mit ihren blauen Augen angesehen, als wäre er jemand, den sie mögen könnte. Das darf Finn auf keinen Fall zulassen. Etwas in seinem Inneren taut auf, seit er hier ist. Herumalbern und charmant sein ... *Gar nicht gut.* In Zukunft wird er seine Arbeiten erledigen und Lia dabei aus dem Weg gehen. Falls sie sich begegnen, kann er immer noch so tun, als wäre sein Herz ein Stein.

Lia aus dem Weg gehen? Ein unmögliches Vorhaben auf Badfearna, das wird Finn schon wenig später klar, als er eine Schubkarre voller gesiebter Erde an der Koppel vorbeischiebt und Lia bei der Stute mit dem Fohlen stehen sieht. Erst will er so tun, als würde er sie nicht bemerken, doch wie soll das gehen, wenn die Stute mit blutverschmiertem Rücken auf der Weide steht und Lia ein bluttriefendes Stück Fell in der Hand hält? Auf einmal sieht Finn überall Rot und sein Magen dreht sich um.

»Ist was passiert?«, ruft er bestürzt und stellt die Karre ab.

»Hat sich das Pferd verletzt?« Er überwindet seine Panik, klettert zwischen den Zaunstreben hindurch und läuft zu Lia, um ihr zu helfen, was auch immer mit dem Tier passiert ist. Doch sie ... verdammt, sie *lächelt*.

»Nein, nur keine Panik. Fergus hat heute Vormittag einen Hirsch geschossen und auf Fionas Rücken ins Tal gebracht. Dafür halten wir die Ponys. Eine andere Möglichkeit, das erlegte Wild zu transportieren, gibt es in dem steilen Gelände nicht.«

Eine Möglichkeit wäre, die Hirsche am Leben zu lassen, denkt Finn angewidert. Blutgeruch steigt ihm in die Nase und er muss sich abwenden. Wie soll er als Jagdhelfer fungieren, wenn der Anblick von Blut eine solche Wirkung auf ihn hat?

»Und das ganze Blut bleibt auf ihrem Rücken? Hier sieht es aus wie nach einem furchtbaren Gemetzel.«

»Auf diese Weise gewöhnt sich das Fohlen daran.«

»Und was, zum Teufel, hast du mit dem Fetzen vor?« Finn deutet auf das blutige Stück Hirschhaut in Lias Hand.

Mit roten Fingern zeigt sie auf das Fohlen, das sich an den Leib seiner Mutter drängt. »Indem ich Druid das Fell immer wieder auf den Rücken lege, gewöhnt er sich an den Blutgeruch und das Gewicht. Er würde sonst ausflippen, wenn man ihm irgendwann einen toten Hirsch auf den Rücken schnallt.«

Ausflippen – das würde Finn auch. Hoffentlich merkt Lia nicht, wie verstörend das für ihn ist. Um keinen Preis will er vor ihr als Weichei dastehen. Das langbeinige Fohlen tut Finn leid, weil es etwas lernen muss, wofür es nicht geschaffen ist.

Reiß dich zusammen, du bist hier auf einem Jagdgut. Mach einfach gute Miene zum bösen Spiel, darin hast du doch Erfahrung. Lia legt dem Fohlen das blutige Fellstück auf den Rücken, aber es vollführt ein paar Sprünge und wirft seine makabre Last ab. Sie hebt das Fellstück wieder auf und das Spiel beginnt von Neuem.

»Viel Erfolg«, bemerkt Finn mit sarkastischem Unterton.

»Man braucht nur Geduld, das ist alles«, erwidert Lia.

Es ist etwas völlig Normales für dieses Mädchen, einem winzigen Fohlen eine blutgetränkte Hirschhaut auf den Rücken zu legen. Und auf einmal kommt es Finn gar nicht mehr so schwer vor, Lia MacKenzie aus dem Weg zu gehen.

Nachdem ich eine Stunde lang mit Druid geübt habe, verlieren wir beide die Lust und ich lasse das Fohlen für heute in Frieden. Nicht jedes Pony ist geeignet für den Transport eines toten Hirsches. Ich muss an den Hengst Ruadh denken, das übellaunigste Geschöpf, das mir je begegnet ist. Jedes Mal, wenn Struan am Morgen mit Duncan die Ponys satteln wollte, biss und trat Ruadh alle anderen bösartig. Und sobald der Hengst den toten Hirsch erblickte, wusste er, was auf ihn zukam, und bekämpfte den Jäger, den Stalker, Struan und den Hirsch mit aller Macht. Hatten sie den Hirsch nach mehreren Versuchen endlich auf Ruadhs Rücken geschnallt, ließ der Hengst seiner Wut freien Lauf. Es stürmte den Hügel hinunter und trampelte jeden nieder, der nicht schnell genug aus dem Weg sprang. Dad hatte Ruadh schließlich Duncans Schwester geschenkt, bei der er nun hinter dem Haus in Gesellschaft dreier Schafe auf der Weide steht, froh, seinem blutigen Job nicht mehr nachgehen zu müssen. Aber was Druid angeht, bin ich zuversichtlich, denn seine Eltern sind gute *Garrons*, sanft und gehorsam.

Bald ist Mittagszeit und ich gehe zurück, um mir vor dem Essen gründlich das Blut von den Händen zu waschen. Die Sonne hat den Kampf gegen den Nebel gewonnen und alles glitzert: die Kiesel auf den Wegen, der Rasen, die Blätter der Sträucher und die verschiedenen Blumen, die in der Sonne ihre bunten Blüten öffnen.

Aus dem ummauerten Rosengarten der Lodge höre ich eine lachende Mädchenstimme. Zuerst vermute ich Kelsi, die mit ihrem Liebsten oder mit Cara telefoniert. Doch dann höre ich, dass es Georgina ist, das Mädchen aus dem Dorf, das bei uns sauber macht. Gina ist eine hübsche Rothaarige mit wilden Locken, die sie allerdings während der Arbeit zu einem strengen Knoten am Hinterkopf bändigt. An *Hogmany* hatte Mum das Mädchen furchtbar gerügt, weil sie auf der Arbeitsfläche in der Küche ein rotes Haar gefunden hat.

Gina telefoniert nicht, sie unterhält sich mit jemandem. Und dieser Jemand ist Finn. Seine dunkle Stimme und sein Glasgower Akzent sind unverkennbar. Neugierig drücke ich mich in den von Rosen umrankten Torbogen und spähe in den blühenden Garten. Instinktiv halte ich die Luft an, lausche und beobachte die beiden. Finn sagt etwas und Georgina lacht aus vollem Halse. Sie teilen sich eine Zigarette, als würden sie sich schon ewig kennen. Offenbar verstehen die beiden sich blendend.

»Wenn du willst, zeige ich dir die Lodge«, sagt Gina mit lockender Stimme. »Der Laird ist beim Verwalter, Finn, das ist die Gelegenheit ...«

Gelegenheit für was?

Finn lacht. In Ginas Gegenwart scheint er ein anderer Mensch zu sein als in meiner, denn er flirtet, was das Zeug hält.

Ich zupfe ein rotes Blütenblatt vom Rosenstrauch und lege es auf meine Zunge. Es schmeckt ... nach Rose. Ein bisschen säuerlich, ein bisschen süß, ein bisschen parfümiert. Von nun an wird das für mich der Geschmack von Eifersucht sein. Ich will nicht wissen, ob Finn die Gelegenheit nutzt und Gina in die Lodge folgt, deshalb verlasse ich meinen Lauschposten, flüchte über den Steinweg zum Blackhouse und verkrieche mich in meinem Zimmer.

Wieso fällt es anderen Mädchen so leicht, mit einem Jungen zu flirten, und warum kriege ich das nicht hin? Klar, Gina ist hübscher und schlanker als ich – viele Mädchen sind das. Aber sie ist schon zweiundzwanzig und außerdem hat sie einen Freund. Finn ist erst achtzehn, was will sie also von ihm?

Trotz des schönen Wetters setze ich mich an mein Referat über den presbyterianischen Pfarrer, kann mich jedoch nicht konzentrieren. Immer wieder wandern meine Gedanken zu Finn und Gina. Sind sie zusammen in der Lodge? Es ist, als ob ich innerlich aufgeladen bin, voller Energie und einer kribbelnden Unruhe, die ich gar nicht von mir kenne.

Was hat Finn an sich, dass ich an ihn denke statt an Struan, der in wenigen Tagen kommt? Gestern hat Stru mir endlich eine Nachricht geschickt, allerdings weiß er den genauen Tag seiner Ankunft noch nicht. Aber er freut sich auf mich und Badfearna. Auf die Jagd. Struan Carrick gehört hierher, so wie ich. Finn wird wieder gehen, zurück nach Glasgow oder wohin auch immer. Zurück in die Welt, aus der er gekommen ist.

Am Nachmittag, ich will mit dem Kajak rausfahren und bin auf dem Weg zum Bootshaus, sehe ich Finn im schwarzen Tankshirt und knielangen Shorts am Pool stehen und mit einem Kescher Blätter aus dem Wasser fischen. In ihrem golden schimmernden

Bikini, hellblaue Kopfhörer auf den Ohren, liegt Kelsi auf einer Sonnenliege und blättert in einem dicken Modemagazin. Ich wette, hinter den dunklen Gläsern ihrer Sonnenbrille starrt sie auf Finns Rücken und sein Tattoo.

Schließlich erhebt sie sich und stolziert mit leichtem Hüftschwung am Beckenrand entlang bis zur Leiter, wo Finn gerade steht. Kelsi wirft ihr Haar über die Schulter und flirtet mit Finn, so wie sie mit allen männlichen Wesen flirtet, die unter dreißig sind. Schließlich vollführt sie eine perfekte Laufstegdrehung und steigt ins Wasser.

Finn zieht den Kescher heraus und mir wird bewusst, dass es seine langen Arme und Beine sind, die ihn so groß aussehen lassen. Er schaut Kelsi noch einen Moment beim Schwimmen zu, wirkt jedoch nicht allzu hingerissen, was ich mit einiger Genugtuung registriere. Schließlich wendet er sich ab und entdeckt mich.

Den Kescher in der Hand, kommt Finn zu mir herüber und fragt: »Ist deine Schwester magersüchtig?«

»Was? *Nein.* Sie achtet eben auf ihre Figur. Kelsi will mal Model werden, wie unsere Mum.« Finns mitleidiges Gesicht macht mich kühn. »Die meisten Jungs stehen auf sie«, sage ich, als würde mich das nicht tangieren. »Was hat sie denn zu dir gesagt?«

»Mylady sind heute wieder unglaublich neugierig.« Finn grinst. »Sie hat gesagt, der Pool wäre jetzt sauber genug und ich könne gehen.«

Oje. Kelsi kann wirklich furchtbar sein. Auf keinen Fall soll Finn denken, ich wäre genauso. »Das ... tut mir leid«, stammle ich. »Kelsi ist ... na ja, sie führt sich manchmal auf wie eine Prinzessin.«

»Prinzessin oder Lady«, spöttisch zuckt Finn die Achseln, »damit komme ich klar.«

Idiot. »Dann ist ja alles bestens«, sage ich und lasse ihn stehen. Als ich im Bootshaus mein Kajak aus der Wandhalterung heben will, ist er auf einmal hinter mir, oder besser: um mich herum. Finns Brust liegt an meinem Rücken, die Arme links und rechts neben mir, greifen seine Hände nach dem Kajak. Ich bin so überwältigt von Finns plötzlicher Nähe, seinem Duft nach Kiefernholz und dem Tattoo-Fuchs, der mich von seinem Bizeps anzulächeln scheint, dass ich vergesse, zu protestieren.

»Ich weiß, du kannst das allein«, sagt er und ich spüre seinen warmen Atem an meinem Ohr. »aber zu zweit ist es einfacher. Lass mich dir helfen, Lia.«

»Na schön.« Ich ducke mich weg und schlüpfe unter seinen Armen hindurch. Jeder an einem Ende, tragen wir das rote Kajak zum Wasser. Ich verstaue meine Kamera und steige ein.

Finn reicht mir das Paddel. »Viel Spaß«, sagt er, ohne jede Ironie. Ich paddele los, kann jedoch dem Drang, mich umzudrehen, nicht widerstehen. Finn steht noch am Ufer. Er sieht mir nach, wie er mir an jenem Tag nachgesehen hat, als er meinen Namen wissen wollte. Ich wende meinen Blick wieder nach vorn. Und während der ganzen Zeit, die ich auf dem Wasser bin, frage ich mich, ob es vermessen ist, mir zu wünschen, dass Finn von mir träumt.

Nach dem Abendessen verzieht sich Kelsi in ihr Zimmer und Dad bekommt einen Anruf. Mit einer entschuldigenden Geste verschwindet er in seinem Büro. Einen Moment bleibe ich allein am langen Eichenholztisch sitzen. Zum ersten Mal, seit ich auf Badfearna bin, fühle ich mich allein.

Mum fehlt mir. Sie kann anstrengend sein mit ihren Erwartungen an alle um sie herum, aber sie ist immer für eine Partie Cribbage zu haben, ob nun zu zweit, zu dritt oder zu viert. Außerdem hat sie stets dafür gesorgt, dass Dad hin und wieder einen Abend mit uns verbringt. Wir hatten gemeinsame Filmabende, Spielabende, Pubabende und Fashionabende. Kelsi und Mum hatten manchmal stundenlang zusammen Klamotten ausprobiert und sie dann Dad und mir vorgeführt. Meistens endeten diesen Modenschauen in schallendem Gelächter. Ohne Mum vergräbt Dad sich in Arbeit. Vielleicht hat er ja ein schlechtes Gewissen, aber das hindert ihn nicht daran, es trotzdem zu tun.

Ich habe keine Lust, schon auf mein Zimmer zu gehen, also mache ich mich auf den Weg zu Duncan. Vielleicht kann ich ja einen Tee mit ihm trinken und eine Runde Dame oder Cribbage zu spielen. Doch als ich vor der Tür seines Cottage stehe, fällt mir ein, dass Finn da ist und dadurch diesen Sommer nichts mehr so sein wird, wie es mal war zwischen Duncan und mir. Das vertraute Gefüge von Badfearna hat sich verschoben und Finns Anwesenheit ist der Grund dafür.

Kurzerhand überlege ich es mir anders und lenke meine Schritte durchs Tor hinaus in Richtung Fox Point. Eine Runde schwimmen wird mich auf andere Gedanken bringen. Zwar habe ich kein Handtuch und keine Badesachen dabei, aber es wäre schließlich nicht das erste Mal, dass ich in Unterwäsche ins Wasser steige.

Keine fünf Minuten später ist klar, dass ich Pech habe: Jemand schwimmt mit langen Zügen im See. Das Wasser ist spiegelglatt und es sieht aus, als würde der abendliche Schwimmer durch den flamingofarbenen Himmel gleiten. In diesem Moment wünschte ich, Granda Hamish hätte das Jedermannsrecht nicht eingeführt und ich bräuchte diese verwunschene Bucht nicht mit Wildfremden zu teilen.

Heute Abend steht mir nicht der Sinn danach, irgendwelche

Camper um Sauberkeit zu bitten, da dreht sich der Schwimmer auf den Rücken und ich sehe, dass es gar kein Fremder ist, sondern Finn. Er bewegt sich im Wasser, als wäre es sein Element. Egal, ob Brust, Rücken oder Kraul, ich erkenne einen guten Schwimmer.

Hätte ich meinen Bikini unter den Sachen, würde ich jetzt ins Wasser steigen, um ihn herauszufordern. Doch Finn in Unterwäsche gegenüberzutreten, dazu fehlt mir die Kühnheit. Womöglich kommt er noch auf den Gedanken, ich würde mich ihm genauso an den Hals werfen wie Gina oder meine Schwester.

Ich verberge mich im Laub eines Strauches. Finn kommt ans Ufer und schüttelt das Wasser aus seinen Ohren wie ein nasser Hund. Sein Körper ist längst nicht mehr so blass wie bei unserer Begegnung in dieser Bucht vor ein paar Tagen. Als er die nassen Boxershorts gegen trockene wechselt, beschert mir das einen kurzen Blick auf sein nacktes Hinterteil und ein sengendes Kribbeln kriecht unter meiner Haut entlang.

Finn hockt sich im Schneidersitz ans Ufer, mit Blick über den See, auf dessen gläserner Oberfläche sich die Felsen und Bäume der nahen Inseln spiegeln. Neid berührt mich, weil er die Bucht so einfach in Besitz genommen hat. Ich weiß, wie kindisch dieses Gefühl ist, und trotzdem ist es da.

Plötzlich läuft jemand von rechts ins Bild – jemand auf vier schwarzen Pfoten, einen alten Tennisball im Maul.

Unwillkürlich halte ich die Luft an. Der Fuchs lässt den Ball vor Finn auf den Kies fallen, fordert ihn auf, mit ihm zu spielen. Ich höre einen Namen: *Mooch* – »Schnorrer«. Finn kniet sich hin und streckt vorsichtig eine Hand nach dem Kopf des Fuchses aus, um ihm über das Fell zu streicheln. Erstaunt hole ich Atem. Ich kenne dieses Tier von meiner ersten Begegnung mit Finn. Das Fuchs-Tattoo auf seinem Oberarm steht mir deutlich vor

Augen und ich spüre ein Prickeln in meinem Inneren, weil dieser Junge immer mysteriöser wird.

Der Fuchs lässt sich vor Finn auf den Rücken fallen, damit der ihm den Bauch kraulen kann. Wie ist das möglich? Diese Vertrautheit zwischen den beiden? Finn richtet sich auf und wirft den Ball. Der junge Fuchs, ungestüm und voller Energie, umkreist den Ball mit lustigen Sprüngen, bevor er ihn zurückbringt. Spielend toben Junge und Tier am Ufer. Finns Bewegungen scheinen einer Art Choreografie zu folgen, wenn er mit dem Ball jongliert oder ihn ein paar Meter weit wirft, damit der Fuchs ihn holen soll. Finns lautes Lachen, seine unbeschwerte Ausgelassenheit, verändern etwas in mir. Auf einmal stört es mich nicht mehr, meine Lieblingsbucht mit ihm und seinem Fuchs zu teilen – es ist, als gehören die beiden hierher.

Ich ertappe mich dabei, in einer Weise an Finn zu denken, wie ich noch nie an einen Jungen gedacht habe – nicht mal an Struan. Nachdem ich meinen Mädchenträumen noch ein paar Minuten freien Lauf gelassen habe, kehrt die nüchterne Lia zurück. Weiß Duncan davon, dass sein Neffe einen wilden Fuchs zum Freund hat? Wenn das Tier auf dem Gelände der Lodge meinem Vater über den Weg läuft oder gar Fergus, dann ist es um ihn geschehen. Ich muss Finn warnen, bringe es jedoch nicht fertig, ihn in seinem Spiel mit dem Fuchs zu stören. Gedankenverloren schiebe ich mir ein Birkenblatt in den Mund und kaue darauf herum. Es schmeckt leicht bitter und grün. *Wie Verlangen.*

Zum ersten Mal seit Langem spielt Finn wieder Ball. *Mit einem Fuchs.* Mooch hat diesen alten Tennisball angeschleppt und ihn damit zum Spielen aufgefordert – als würde er etwas über Finn wissen, das er ihm noch nicht erzählt hat. Er rollt Mooch den Ball zu und der Fuchs stoppt ihn mit seiner Schnauze. *Unglaublich.* Wirft Finn den Ball, bringt Mooch ihn in seinem Maul zurück. Ist der kleine Fuchs vielleicht doch ein Wesen aus der Anderswelt, das irgendein unergründliches Ziel verfolgt? Hier auf Badfearna scheint alles möglich.

Heute, als er so dicht hinter Lia gestanden und die Wärme ihres Körpers gespürt hat, war ihm plötzlich nach Weglaufen gewesen. Gleichzeitig hat er sich gewünscht, sie einfach an sich zu ziehen und seinen Mund auf ihren Nacken mit den feinen Härchen zu legen, egal, was es für Folgen haben würde.

Finn nimmt Mooch den Ball aus dem Maul und wirft ihn erneut. Schon bald ist er so ins Ballspiel mit dem Fuchs vertieft, dass er überhaupt nichts mehr denkt, sich nur dem Spiel hingibt und der puren Freude, am Leben zu sein.

In den Aufzeichnungen wird Gut Badfearna Anfang des 17. Jahrhunderts zum ersten Mal erwähnt, als man unweit des *Furnace Burn* begonnen hat, Eisen zu verhütten. Ungefähr eine Meile südlich der Lodge mündet der Furnace in den Loch Maree. Überreste der Fundamente des alten Schmelzofens am Nordufer des Baches kann man heute noch sehen. Natürlich nur, wenn man weiß, wo man suchen muss – nämlich unterhalb des Wasserkraftwerks in einem kleinen Wäldchen, versteckt hinter einer alten Feldsteinmauer.

Den Schmelzofen von Furnace hatte man mit Ziegeln aus Torridon-Sandstein gebaut. In der großen Hitze, die zur Eisenherstellung notwendig ist, waren sie verglast und haben deshalb bis heute überdauert. Einige schön geformte Abfallstücke aus Eisenschlacke, die ich im Wäldchen gefunden habe, befinden sich in meiner Sammlung von Badfearna-Schätzen.

Der erste Bewohner auf dem Gut war der Eisenmeister Malcolm MacKelly, dessen Haus dort stand, wo sich jetzt das Blackhouse befindet. Später hatten die MacKenzies von Kintail das Herrenhaus gebaut und im Laufe der Jahre waren all die anderen Gebäude dazugekommen, die heute noch genutzt werden: Duncans Cottage, das Steinhaus des Verwalters, die Unterkünfte der Saisonarbeiter, die Ställe, Scheunen und Wirtschaftsgebäude.

Zu Beginn der Eisenverhüttung wuchsen Kiefern, Erlen, Birken, Eschen und Eichen von den Ufern des Lochs bis hoch zur

Baumgrenze, aber gegen Ende des 18. Jahrhunderts war die Hälfte des Waldbestandes abgeholzt und die Eisenproduktion wurde für immer eingestellt. Bei Unwettern hatte es den kostbaren Mutterboden von den Hängen gespült und der Baumbestand konnte sich nie mehr erholen. Wuchs an geschützten Stellen Jungwald heran, fraßen ihn die Hirsche und die wilden Ziegen.

Um die alten Schäden heilen zu lassen, hatte Granda Hamish schon vor Jahren damit begonnen, große Waldgebiete zu umzäunen, und Dad setzt diese Tradition fort. In den Schonungen wachsen und gedeihen nun wieder Eichen, Ebereschen, Buchen, Eschen und Moorbirken. Doch ausgerechnet diese Laubbäume sind einigen Naturschützern ein Dorn im Auge, sie wollen, dass nur mit schottischen Waldkiefern aufgeforstet wird.

Während Kelsi und ich unser Frühstücksporridge löffeln, klingelt Dads Handy, und ich sehe sofort, dass es keine guten Nachrichten sind. Sein Gesicht verfinstert sich zusehends.

»Ist was mit Mum?«, fragt Kelsi mit ängstlichem Blick, der sie für einen Moment wie ein kleines Mädchen aussehen lässt. Sie trägt Skinny Jeans und ein beiges T-Shirt im Schottenkaro. Die drei Sommersprossen, die auf ihrer Nase sprießen, hat sie sorgfältig überschminkt.

»Nein«, erwidert Dad frustriert. »Irgendwelche Idioten haben den Wildzaun um die Schonung weiter oben am Greenstone Hill beschädigt. Ein Wanderer hat den Schaden gestern Abend entdeckt, aber keiner weiß, ob der Zaun nicht schon seit ein paar Tagen beschädigt ist. Wenn die Hirsche die offene Stelle gefunden haben, dann war die Arbeit von drei Jahren umsonst.«

»Das waren bestimmt dieselben Leute, die uns in Gairloch beim Essen angegriffen haben«, platzt es aus Kelsi heraus. »Sie hassen uns, weil uns Badfearna gehört. Und ich wette, die sind auch ins Gobhair Cottage eingebrochen.«

Überrascht sehe ich Kelsi an. Offenbar macht meine kleine Schwester sich mehr Gedanken um das, was um sie herum geschieht, als ich ihr zubilligen will. Und noch etwas anderes geht mir durch den Kopf: Wenn Finn doch der Einbrecher war, hat er dann möglicherweise auch den Zaun zerstört?

»Vielleicht ja«, meint Dad mit gerunzelter Stirn. »Aber weder ist das sicher noch können wir es ihnen nachweisen. Fergus ist mit dem Boot rüber, um Wells und Jenkins abzuholen, sie müssten jeden Moment hier sein. Ich will mit ihnen ins Gelände gehen. Negativschlagzeilen kann ich jetzt nicht brauchen.« Er reibt sich das Kinn und sieht mich an. »Lia, kannst du Duncan bitten, den Schaden zu begutachten, damit wir Material kaufen und den Zaun so schnell wie möglich reparieren können. Vielleicht ist es ja noch nicht zu spät. Er soll seinen Neffen mitnehmen.«

»Ja. Am besten, ich begleite sie und mache Fotos.« Wenn Finn für den zerstörten Zaun verantwortlich ist, würde ich ihm das in irgendeiner Weise anmerken. Dad will etwas erwidern, doch in diesem Augenblick treten der Verwalter und die beiden Wissenschaftler von *NatureScot* auf den Plan und Dad setzt eine erfreute Miene auf, um die Männer zu begrüßen.

»Bis später, Dad«, sage ich, und weil ihm nichts anderes übrig bleibt, nickt er.

In meinem üblichen Badfearna-Outfit – T-Shirt, Khakihosen und leichte Wanderschuhe – mache ich mich auf den Weg zu Duncan. Ich finde ihn mit Finn vor dem Gerätehaus, wo er seinem Neffen Instruktionen für den Rasentraktor gibt. Finn trägt Jeans und Boots, beides muss Duncan ihm besorgt haben. Auf seinem taubenblauen T-Shirt prangt weiß das Emblem von Badfearna, ein Hirschkopf mit einer springenden Seeforelle zwischen den Geweihenden. Die Haare hängen Finn in langen, feuchten Fransen ins Gesicht. Er blickt mir entgegen und mein

Herz klopft schneller. Finn sieht verdammt gut aus, wirkt jedoch seltsam unnahbar – ein bisschen wie der Slioch. Ich begrüße die beiden, und ohne Finn dabei aus den Augen zu lassen, schildere ich, was mit dem Zaun passiert ist.

»Duncan kann nicht auf den Berg«, bemerkt Finn entschieden, »er hat üble Schmerzen im Knie.«

Jetzt, wo ich so dicht bei ihm stehe, rieche ich den frischen Duft von Duncans Kiefernseife, die an Finn eine ganz eigene, sehr männliche Note hat. Seine Antwort beunruhigt mich.

Der Wildhüter wirft seinem Neffen einen weichen Blick zu, bevor er sagt: »Finn hat leider recht, mein Knie schmerzt heute so sehr, dass ich wohl in meinem Sessel bleiben muss. Aber ihr schafft das auch ohne mich. Du kennst den Weg, *Lass*. Macht Fotos vom Schaden, damit dein Vater und ich uns das Ausmaß ansehen können.«

Finn holt tief Luft und greift sich in den Nacken. »Lia braucht nicht mitzukommen«, wendet er ein. »Ich schaffe das auch allein.«

Verflixt. Das ist in jeglicher Hinsicht die falsche Antwort. Finn will mich nicht dabeihaben. Entweder, weil er befürchtet, ich könne ihn entlarven, oder er hat etwas gegen mich. Mein Magen zieht sich zusammen, denn so oder so, ich empfinde seine Worte als Zurückweisung. Okay, ich bin nicht Georgina, aber wir gehen schließlich auch nicht zum Vergnügen in den Wald. Vergeblich suche ich nach einer souveränen Erwiderung.

»Mag sein, mein Junge«, kommt mir Duncan zuvor, »aber ich weiß nicht, wie mein Knie sich in den kommenden Tagen benimmt. Deshalb soll Lia dir die Pirschpfade zeigen. Die müssen bis zur Jagd freigeschnitten sein, damit die Ponys sie mit dem erlegten Hirsch auf dem Rücken gefahrlos begehen können.« Er wendet sich an mich. »Übernimmst du das, kleine Distel?«

Unwillkürlich zucke ich zusammen, als mein Kosename fällt, und mein Blick streift Finns Gesicht. In ihm spiegeln sich Spott und Frustration gleichermaßen. Seine Augen funkeln.

»Ja, klar.« Ich nicke.

»Dann mal los, ihr beiden. Und seid vorsichtig. Ich hoffe, diese Typen sind nicht mehr im Gelände.«

Bestimmt nicht, denke ich. Aber ich werde mit *dem Typen* im Gelände sein.

»*Kleine Distel?*«, fragt Finn spöttisch, als wir auf der Holzbrücke über den *Caoach Burn* angelangt sind.

Die Hände in die Hüften gestemmt, bleibe ich stehen. »Vergiss, was du gehört hast«, erwidere ich schroff und sehe ihn böse an. »Nur Duncan darf mich so nennen.«

»Okay, okay.« Finn hebt beschwichtigend die Hände. »Ich wollte dir nicht zu nahetreten.« Nach einer Weile fragt er: »Du magst meinen Großonkel?«

»Duncan ist der liebste Mensch, den ich kenne«, erwidere ich schroff. »Er ist wie ein Großvater für mich.«

»Dann sind wir jetzt also ... verwandt?«

»Bestimmt nicht«, fauche ich und höre Finn leise lachen. Wir passieren die Stelle, wo der Pfad zum Fox Point abzweigt. Ich muss an das Füchslein denken und an Finn, wie er gestern Abend ausgelassen mit dem Tier am Seeufer herumgetollt war.

»Übrigens, ich habe dich gestern mit deinem Fuchs gesehen.« Ich blicke ihn von der Seite an.

»Du stalkst mich?« Finn bleibt stehen, sein Gesicht verdüstert sich zusehends.

»Dich *stalken?*«, rufe ich empört und denke an seinen nackten Hintern. »Das ist zufällig meine Lieblingsbucht, in der ich sonst immer schwimmen gehe.«

Mit großen Schritten läuft Finn weiter. »Ich kenne keinen Fuchs«, sagt er. »Du hast geträumt.«

»Ja, klar«, erwidere ich und trabe ihm hinterher. Die Frage, was mit seiner Hand passiert ist, liegt mir auf der Zunge, aber ich will ihn nicht provozieren. *Noch nicht.*

»Warum hast du es nicht getan?«, fragt Finn.

»Was getan?«

»Bist schwimmen gegangen.«

»Weil du da warst. Mit einem Fuchs.«

»Es ist deine Bucht, nicht meine.«

Blödmann. »Duncan, mein Vater, Fergus ... wenn dein Fuchs ihnen vor die Flinte läuft, werden sie ihn erschießen.«

Abrupt bleibt Finn stehen, seine Haare wippen ihm schwungvoll ums Gesicht. »Das dürfen sie nicht«, stößt er hervor. Erschrocken stelle ich fest, dass seine wild funkelnden Augen plötzlich einen feuchten Schimmer bekommen. Dieses Tier liegt ihm am Herzen. Keine Ahnung, wie ich damit umgehen soll.

Finn fasst sich wieder. »Mooch spielt gerne Ball und kann ziemlich gut zuhören. Er ist ... *mein* Freund.«

»Das ist Anthropomorphismus.«

»*Was?*«

»Du vermenschlichst ein Tier.«

»Mooch ist nicht irgendein Tier, Lia. Er hat genauso Charaktereigenschaften wie wir Menschen. Er ist witzig und ... ich lerne von ihm.«

Das habe ich nicht erwartet. »Badfearna ist ein Jagdgut, Finn«, sage ich, nun etwas sanfter. »Füchse fressen die Gelege der Moorhühner und manchmal auch die unserer Hühner. Dein Mooch hat keine Scheu vor Menschen, das bringt ihn in Gefahr, erschossen zu werden.«

»Soweit ich weiß, ist die Fuchsjagd schon lange verboten, oder ist das nicht bis in euer Herrschaftsgebiet vorgedrungen?«

»Die Fuchsjagd mit Hundemeute und Pferden, ja«, erwidere ich ruhig, weil ich merke, wie aufgewühlt Finn ist. »Aber sie dürfen geschossen werden, wenn es zu viele gibt. Das nennt sich Wildtiermanagement.«

»*Fuck!*«, ruft er und reißt die Arme in die Luft. »Was kann ich tun?« Jetzt ist Panik in seiner Stimme. Fragend sieht er mich an.

»Sprich mit deinem Onkel, vielleicht hat er eine Idee. Duncan hatte auch mal einen zahmen Fuchs, als er ein Junge war.«

»Ernsthaft?«

»Ja. Das hat er mir jedenfalls erzählt.«

»Und was wurde aus ihm?«

»Mein Urgroßvater Andrew hat ihn erschossen. *Versehentlich*«, füge ich hinzu. Dann halte ich die Klappe und gehe weiter.

Wir kommen an einem Erlenhain vorbei, der von einer Trockensteinmauer umgeben ist. Genau einundfünfzig Erlen stehen hier. Granda Hamish hat sie in Gedenken an zwei junge Männer pflanzen lassen, die bei einem Unglück am Hügel hinter dem Hain starben, als eine Pirschhütte nach einem Gasleck in Flammen aufging. Das war vor meiner Geburt passiert. Einer der Männer war einunddreißig, der andere erst zwanzig gewesen. Eine kleine Gedenktafel auf einem Stein in der Mauer erinnert an die beiden: Callum MacFarlane und Donald Rudd.

Der schmaler werdende, aber noch befahrbare Weg führt uns durch einen verwunschenen Wald hinauf in die Hügel. Knorrige alte Eichenstämme, mit dickem Moos bewachsene Wurzeln und Steine. Graue Flechten, die wie Bärte alter Männer von den Zweigen hängen und nur da wachsen, wo die Luft sehr sauber ist. Die Luft im Wald ist erfüllt vom Geruch nach Rinde, harzigen Kiefernzapfen, Farnen, feuchtem Moos und Laub. Immer wieder wandert Finns Blick nach oben in die Kronen der Bäume, durch die Sonnenstrahlen fallen wie das Licht von Laserschwertern. Die nächsten beiden Kilometer sind wir in Licht und Schatten unterwegs.

In der Vorstellung vieler Alteingesessener ist der Wald ein dunkler, gefährlicher Ort, wo Elfen und Feen hausen. Für mich bedeutet er Abenteuer, niemals Angst. Doch dann, der Weg macht hinter einem hohen Felsen eine Biegung, stehen wir plötzlich Diabhar und seiner kleinen Herde gegenüber.

Aus seinen diabolischen Augen starrt uns der zottelige schwarze Ziegenbock streitlustig an. Die säbelartigen Hörner und der schwarze Kinnbart lassen ihn bösartig aussehen, dabei ist er halb zahm. Der Bock meckert und wir geben den Weg frei, Finn noch ein bisschen schneller als ich. Mit dem Rücken an die Felswand gepresst, atmet er geräuschvoll aus, als die meckernde Herde an uns vorbeigetobt ist.

»Alles okay?«, frage ich und kann mir nur mühsam ein Grinsen verkneifen.

»Ich bin ihm schon mal begegnet, in der Nacht, als ich auf den Berg wollte. Der Bock hat mich über den Haufen gerannt. Ich dachte, er wäre ein Fabelwesen.«

»Hast du dir dabei die Hand verletzt?«

Eine steile Falte zwischen den Augenbrauen, betrachtet Finn das Pflaster auf seinem Handballen. »*Aye.*«

»Duncan hat ihn Diabhar getauft – Satan«, sage ich. »Er ist ein echter Wandererschreck.«

»Satan und seine Ziegen, leben sie wild?«, fragt Finn, als wir weitergehen, dicht nebeneinander.

»Ja. Sie sind Nachfahren der Ziegen, die neolithische Bauern vor fünftausend Jahren hier in die Gegend gebracht haben«, erzähle ich ihm. »Diabhars Herde richtet eine Menge Schaden an, aber Dad lässt sie am Leben, weil die Leute in den umliegenden Dörfern die Wildziegen lieben. Man sagt, Robert the Bruce habe ein Gesetz zum Schutz der wilden Ziegen erlassen, nachdem eine Herde ihm auf seiner Flucht das Leben gerettet hat. Der Legende nach sollen die Ziegen die Soldaten abgelenkt haben, die nach dem König suchten, als er sich in einer Höhle vor ihnen versteckt hielt.«

Finn sieht mich von der Seite an. »Woher weißt du solche Dinge?«

»Von Duncan, er weiß alles über die Gegend. Sein Nachname, McGowan, kommt übrigens vom gälischen *Gobhair* und das bedeutet ›Ziege‹. Duncans Vorfahren waren Ziegenhirten in der Gegend hier.« Wir laufen weiter und ich hoffe, Diabhar und seine Truppe haben das Loch im Zaun nicht gefunden, sonst kennt Dad keine Gnade, Legende hin oder her.

Und dann sind wir an der umzäunten Schonung, die sich direkt an den alten Eichenwald anschließt. Auf ihr wachsen Birken, Ebereschen, Espen und Haselsträucher – alle erst hüfthoch. Jeder Verbiss wäre ein Todesurteil. Ich beobachte Finn, doch es gibt keine Anzeichen, dass er schon mal hier gewesen ist.

Inzwischen steht die Sonne hoch am Himmel und es ist warm geworden. Midges sind unterwegs, die kleinen schwarzen Biester, die einem Stücke aus der Haut fressen. Sie sind bloß einen Millimeter lang und leben nur wenige Wochen, doch in dieser Zeit quälen sie Menschen und Tiere gleichermaßen bis aufs Blut. Nicht die Männchen, die sind harmlos. Für die Stechattacken sind die weiblichen Midges verantwortlich. Ich habe mich zu Hause zum Schutz vor ihnen mit Mückenspray eingesprüht, aber Finn schlägt um sich.

Wir laufen am Zaun entlang in nördliche Richtung, denn hier soll sich der zerstörte Zaunabschnitt befinden. Ein Wanderer hat Fergus den Schaden gemeldet. Und dann stehen wir davor. Auf einer Länge von fast dreißig Metern sind Zaunpfosten aus der Erde gerissen und Draht wurde zerschnitten. Jemand will Dad schaden, so viel ist schon mal klar. Ein Klumpen bildet sich in meinem Magen. Konnte Finn das tatsächlich getan haben? Und wenn ja, warum?

Er kratzt sich an den Armen. »Wer tut so etwas?«

»Keine Ahnung. Spinner gibt es überall.«

»Das waren keine Spinner«, widerspricht Finn vehement.

»Nein«, gebe ich mit einem Seufzen zu.

Er bückt sich und hebt ein goldenes Bonbonpapier auf. *Buchanan's Highland Toffee.* Vielleicht haben es die Saboteure verloren, vielleicht aber auch der Wanderer, der Fergus den Schaden gemeldet hat.

»Mein Vater will einen Teil dieses Hanges vorrangig mit Laubbäumen aufforsten«, erkläre ich Finn. »Nach und nach immer weiter hinauf. Auch dort, wo der Boden über Jahrhunderte ausgelaugt ist und sogar die Forstwissenschaftler von *NatureScot* behaupten, dass dort keine Bäume mehr wachsen können, weil die Nährstoffe im Boden fehlen. Dad will ihnen das Gegenteil beweisen. Er will den Boden auf natürliche Art wieder mit Nährstoffen anreichern, aber dazu müssen diese Bäume groß und stark werden und Laub abwerfen.«

»Und was ist falsch daran?« Mit gerunzelter Stirn sieht Finn mich an, seine Finger glätten das Bonbonpapier. »Ich meine, das klingt doch vernünftig, also warum sollte jemand etwas dagegen haben?«

»Das ist ... kompliziert.«

Über Finns Gesicht wandert ein Schatten und er knüllt das Papier in der Faust zusammen. »Zu kompliziert für jemanden wie mich? Willst du das damit sagen?«

Schnell schüttele ich den Kopf. »Einige Umweltschützer sind der felsenfesten Überzeugung, hier dürfen nur Waldkiefern angepflanzt werden, weil sie meinen, der alte kaledonische Wald bestand ausschließlich aus dieser Art Kiefern. Aber das stimmt nicht. All diese Laubbäume wuchsen hier schon, bevor der Boden sich verschlechterte und die Hirsche alles wegfraßen.« Ich hole mein Handy heraus. »Mein Vater kann tun, was er will, Finn, es gibt immer jemanden, der irgendetwas davon aus irgendwelchen Gründen nicht gut findet.« Ich schieße ein paar Fotos vom zerstörten Zaun. »Manche Leute wollen uns einfach nur schaden.«

»Weil ihr reiche Aristos seid?« Finns Mundwinkel zucken spöttisch.

»Wir sind nicht reich«, kontere ich.

»Ach nein?« Finn hebt eine Augenbraue. »Wie groß ist noch mal euer Besitz? Vierzigtausend Acre? Fünfzigtausend?«

Siebzigtausend, denke ich und schweige betreten. Eben war ich noch überzeugt davon, dass Finn mit dem zerstörten Zaun nichts zu tun hat, doch nun bin ich mir nicht mehr so sicher.

»Wie dem auch sei, dein Dad ist ein Landlord mit ziemlich viel Land, einer eigenen Wasserkraftanlage und einem Fünf-Sterne-Märchenschloss mit Bediensteten.« Finn beginnt demonstrativ an den Fingern aufzuzählen: »Ein Verwalter, eine Köchin, ein Wildhüter, ein Gärtner, ein Zimmermädchen, ein …«

Das Wort *Zimmermädchen* lässt mich die Stacheln ausfahren. »Willst du mir das jetzt vorwerfen?«, unterbreche ich ihn wütend.

Finn zuckt die Achseln. »Ist nur eine Feststellung. Und bestimmt gibt es ein paar Leute in der Gegend, die von feudalen Strukturen nichts mehr halten.«

Feudale Strukturen? Sieht Finn mich und meine Familie etwa als eine Art aussterbende Spezies? Hat Georgina ihm diesen Floh ins Ohr gesetzt? Notgedrungen habe ich ihr hin und wieder beim Telefonieren zugehört und weiß, was sie von uns denkt.

»Jemandem seine Herkunft vorzuwerfen, ist genauso dumm, wie jemandem sein Geschlecht, seine Hautfarbe oder seine Größe vorzuwerfen«, entgegne ich und klinge defensiver, als ich wollte.

Er betrachtet mich nachdenklich und fragt schließlich: »Kennst du einen einzigen Menschen, der arm ist, Lia?«

Verflixt. Mir fällt auf die Schnelle niemand ein, ich will aber auch nicht klein beigeben. »Ja, dich«, erwidere ich herausfordernd.

Finns Blick ist schwer zu deuten. Amüsiere ich ihn? Ist er verärgert? Genervt?

»Ich bin kein Sozialfall«, sagt er, »mir wurde bloß mein Handy geklaut.« Missmutig deutet er auf den zerstörten Zaun. »Wie es aussieht, können wir hier nichts ausrichten ohne Werkzeug und Material. Kehren wir um?«

Offenbar kann er mich gar nicht schnell genug wieder loswerden. Was habe ich denn geglaubt? Dass Finn ein Fußmarsch durch den Feenwald die weniger schöne Tochter des Lairds mit anderen Augen sehen lässt? Dass er mich auf wundersame Weise interessant und anziehend findet, weil er einer ist, der auf innere Werte setzt?

Komm zurück auf den Teppich, Lia.

»Ja«, antworte ich gekränkt. »Aber wir müssen einen anderen Weg nehmen, damit ich dir die Pirschpfade zeigen kann.«

Wortlos laufen wir weiter am Zaun entlang und einige Male bin ich mir sicher, einen roten Fuchsschwanz hinter einem Strauch, einem Felsen oder im Farn verschwinden zu sehen. Am Fluss machen wir eine Pause und trinken kaltes Bergwasser. Da sehe ich ihn, wie er den Fluss auf Trittsteinen überquert, ein paar Meter oberhalb von uns.

»Hey, Mooch«, ruft Finn. Das Füchslein hält inne und schaut erst Finn an, dann mich. »Das ist Lia, vor ihr brauchst du keine Angst zu haben. Sie ist ganz okay.« In seinen Augen funkelt ein amüsiertes Lächeln.

Ganz okay? So sieht Finn mich also. Ich bin *ganz okay.*

Mooch setzt hinüber auf die andere Seite und verschwindet im Farn. Finn zuckt die Achseln. »Ich hab's versucht. Er traut dir nicht.«

Das werden wir ja noch sehen. Ich schiebe meine Zunge mit den Fingern zurück und stoße einen schrillen Schrei aus. Finn zuckt zusammen und im nächsten Moment steht der Fuchs wieder am Flussufer. *Reingelegt,* denke ich triumphierend. Mooch reckt den Kopf, wittert und schaut mich mit seinen zusammengekniffenen Fuchsaugen misstrauisch an.

»Was war das denn?«, fragt Finn, der mich nicht minder misstrauisch betrachtet.

»Der Schrei eines verwundeten Kaninchens«, erkläre ich. »Dem kann kein Fuchs widerstehen.«

Zwischen Finns Augenbrauen erscheint eine senkrechte Falte. Er klatscht in die Hände. »Hau ab, Mooch«, ruft er, »sie hat dich bloß verarscht.«

Zu diesem Schluss ist das Füchslein schon von selbst gekommen und Moochs buschiger Schwanz verschwindet im Farn. Mir ist klar, dass meine Vorstellung Finn nicht gefallen hat, aber ehe er etwas dazu sagen kann, durchbricht ein heiseres Bellen das Plätschern des strömenden Wassers.

»Und was war das?« Die senkrechte Falte erscheint erneut auf seiner Stirn.

»Hirsche«, antworte ich.

Ist es Macbeth mit seinem Rudel? Weiß ich, ob ich Finn wirklich über den Weg trauen kann? Duncan hat mich gebeten, ihm die Pirschpfade zu zeigen, und der erste führt geradewegs zu Macbeths Lieblingsplatz, dem Birkenhain am Krähenmoor. Früher oder später wird Finn ohnehin von der Existenz des weißen Hirsches erfahren, wenn er den Sommer über auf Badfearna bleibt.

Wir überqueren den Fluss auf Trittsteinen und biegen wenig später auf den Pirschpfad zum Krähenmoor ein. Als der Birkenhain zu sehen ist, prüfe ich, aus welcher Richtung der Wind kommt. Dann lege ich einen Finger an meine Lippen und wir schleichen uns an. Die letzten Meter kriechen wir nebeneinander durch kratzige Heidesträucher und Farnkraut.

Das Rudel hat sich in das kleine Birkenwäldchen zurückgezogen, wo es an Birkentrieben knabbert und die Hirsche ihre Leiber an den in der Sonne leuchtenden Stämmen schubbern können. Finn beobachtet die Tiere mit stummem Staunen und ich beobachte Finn von der Seite. Spüre mein Herz klopfen, weil ich ihm so nah bin. Sonnenlicht flimmert über sein Haar und ich erwische mich beim Gedanken an die Frage, wie es wohl schmecken mag.

Als Ersatz schiebe ich mir ein paar Heidedolden in den Mund, da wendet Finn den Kopf und schaut zu mir herüber. Ich schlucke, ohne zu kauen, verschlucke mich und presse eine Hand auf meinen Mund, weil ich husten muss. Im selben Moment ertönt ein tiefes Röhren und Finn entdeckt Macbeth, der ein wenig abseits von seinen Artgenossen steht. Der weiße Hirsch hebt sein Haupt mit dem mächtigen Geweih und lässt noch einmal sein lautes Röhren vernehmen.

Finns Erregung, als ihm klar wird, was er da sieht, ist beinahe greifbar. Mit einem überraschten, fast kindlichen Lächeln schaut er mich an, bevor sein Blick sich wieder auf den weißen Hirsch richtet. »Er ist wunderschön«, sagt er leise.

»Ja«, flüstere ich zurück. Und denke: *So wie du.* »Er heißt Macbeth und ist der König dieses Tals.«

Finn schenkt mir ein Lächeln, das das Durcheinander seiner unteren Zahnreihe entblößt. »War das gerade Anthropomorphismus?«

»Schon möglich.«

»Aber das sind ja alles nur Jungs«, bemerkt er verwundert. »Wo sind denn die Rehe? Hat der König gar keine Königin?«

»Rehe sind nicht die Frauen der Hirsche«, kläre ich ihn auf. »Das ist ein Junggesellenrudel, sie stärken sich für die Paarungszeit. Erst während der Brunft im Oktober ruft Macbeth seine Hirschkühe um sich.«

»Er besitzt also einen ganzen Harem?«

»O ja. Während der Brunft wird einer von seinen Kumpels dort versuchen, ihm seine Damen streitig zu machen. Aber das hat bisher noch keiner geschafft.«

»Wie alt ist er denn?«

»Siebzehn. In Hirschjahren allerdings schon siebzig.«

»Was passiert, wenn er doch besiegt wird?«

»Die Brunftkämpfe sind anstrengend für die Hirsche, weil sie kaum fressen in dieser Zeit. Manchmal wird der alte Hirsch dabei von einer scharfen Geweihspitze eines Rivalen verletzt und stirbt.« Macbeth lehnt seinen massigen Körper gegen eine Birke und scheuert sich am Stamm. Der ganze Baum vibriert und passend zum Namen des Moors fliegt zeternd ein Krähenschwarm auf. »Siehst du, sein Geweih ist noch mit Bast überzogen. Ende September löst sich der Bast und dann werden die Enden spitz wie Messer.«

Finn schaut mich an. »Du hast von alldem hier eine ziemliche Ahnung«, stellt er mit verhaltener Stimme fest.

»Ich will Wildtiermanagement studieren«, gebe ich mit gedämpfter Stimme zurück. Sehr schnell habe ich seine Vorbehalte mir gegenüber vergessen und erzähle ihm etwas über Hirsche, über unerwünschte graue und erwünschte rote Eichhörnchen, über Kornweihen, Moorhühner, Füchse und Waldkiefern. Finns Blick verändert sich, er wird weich, während er meinen Worten lauscht. Deshalb erzähle ich ihm von meinem Wunsch, Wildhüterin zu werden und in die Fußstapfen seines Großonkels zu treten.

»Bisher gibt es nur wenige weibliche Wildhüter in Schottland und meine Eltern halten das Ganze für eine Schnapsidee. Ich soll an die Uni gehen und Wirtschaftswissenschaften studieren, am besten in Amerika. Meine Mum ist Amerikanerin, weißt du. Sie ist gerade bei meinen Großeltern in Kalifornien und Kelsi wäre lieber auch dort, deshalb ist sie so unausstehlich. Aber ich will genau hier sein, bei den Tieren, in der Nähe des Berges.«

Finn hört mir zu, wie mir noch nie jemand zugehört hat, wenn ich über diese Dinge spreche – nicht einmal Zoé. Seine klaren graubraunen Augen lauschen, sein Blick hängt förmlich an meinen Lippen. Ich rede mich um Kopf und Kragen, weil ich will, dass er mich weiter so anschaut und ich ihn dabei anschauen kann.

»Viele Landbesitzer in den Highlands haben jahrzehntelang nicht an die Zukunft gedacht und nun bleibt ihnen nichts anderes übrig, als ihr ehemaliges Clanland an steinreiche Fremde zu verkaufen«, erzähle ich voller Leidenschaft. »Russische Oligarchen, arabische Ölscheichs oder nordische Milliardäre, die nichts anderes wollen als jagen und Lachse fischen. Badfearna ist seit fünfhundert Jahren der Clansitz meiner Familie und dieses Schicksal soll unserem Land erspart bleiben.«

»Aber dein Dad macht das doch auch«, bemerkt Finn. »Ich meine: jagen und fischen.«

»Ja, aber er versucht, dabei auch ans ökologische Gleichgewicht zu denken. Dieses Land ... wir sind dafür verantwortlich, verstehst du?«

Mir wird warm unter Finns eindringlichem Blick, der mir sagt, dass er noch nicht weiß, was er von alldem halten soll. In diesem Moment entdecke ich, woher die kleine Unordnung in seinem Gesicht rührt, die es für mich so anziehend macht. Es sind Finns Pupillen, die nicht ganz auf einer Linie liegen. Etwas, das einem nur auffällt, wenn man ihm so nah ist, wie ich es gerade bin. Finn hat dunkle Wimpern und dort, wo er sich nachlässig rasiert hat, funkeln kleine Inseln goldener Bartstoppeln auf Wangen und Kinn. Die Narben in seinem Gesicht glühen und ich muss an meine *Kintsugi*-Schale denken, die Schönheit im Unvollkommenen.

»Wird es dir hier denn nie zu einsam?« Finns Stimme ist noch dunkler als sonst und seine Frage verwirrt mich. Oder ist es sein Blick?

»Nein«, erwidere ich. »Meistens nicht.«

Er lächelt schweigend.

»Findest du mich seltsam?«

»Nein.« Finn schüttelt den Kopf. »Nur ... ungewöhnlich.«

Ungewöhnlich und *ganz okay.* Na toll! Ich wende meinen Blick wieder den Hirschen zu, die uns gehört oder gewittert haben und nun langsam äsend weiterziehen.

Finn mag es, Lias Stimme zu lauschen. Wie leidenschaftlich sie vom Wald und seinen Tieren erzählt. Von ihren Plänen und einer Zukunft an diesem abgeschiedenen Ort. Vor seinen Augen entsteht ein Bild, wie ein anderes Leben aussehen könnte. Ein Leben mit einer Aufgabe, im Einklang mit der Natur und ohne Streben nach Erfolg und Geld.

Er hat Lia unrecht getan. Sie mag die Tochter reicher Eltern sein, doch ein Glamour-Girl wie ihre kleine Schwester ist sie nicht. Die beiden MacKenzie-Mädchen sind verschieden wie Tag und Nacht. Kelsis Schönheit ist so offensichtlich wie ihre Unerträglichkeit. Lias kleine Schwester ist mit ihrem Smartphone verwachsen und würde mit Sicherheit keinen Moment zögern, seine Identität preiszugeben, wenn sie wüsste, wer er wirklich ist. Finn muss ihr gegenüber noch mehr auf der Hut sein.

Lia legt es nicht darauf an zu zeigen, wie hübsch sie ist, wie begehrenswert. Ihre Stärke rührt aus ihrer Verbundenheit mit der Natur, sie ist ein Teil von allem hier draußen. Und gerade das macht dieses Mädchen so interessant für Finn. Hätte es in ihm so eine tiefe Art Verbundenheit mit irgendwas gegeben, wäre ihm das alles vielleicht niemals passiert. Dann würde er jetzt auf dem Fußballfeld dem Ball hinterherlaufen, umjubelt von Fans, und nicht als Niemand dastehen vor Lia MacKenzie, einem Mädchen mit einem Stammbaum, der fünfhundert Jahre zurückreicht.

Finn setzt sich auf, lehnt sich gegen den Stamm einer Birke und blickt gedankenverloren dem Hirschrudel nach, in dessen Mitte der weiße Hirsch wie ein Geist aussieht. Auch er hat einmal große Pläne gehabt. War bereit gewesen, alles dafür zu geben, um sein Ziel zu erreichen. Und er hat *alles* dafür gegeben.

»Hier in den Highlands glauben die Leute, dass jemand, der einen weißen Hirsch erblickt, schon bald eine tiefgreifende Veränderung in seinem Leben erfahren wird.« Lia setzt sich ebenfalls auf und schickt ein Lächeln in seine Richtung.

Ein leises Stöhnen kommt aus Finns Innerem, bevor er es verhindern kann.

»Rede ich zu viel?« Lia hockt sich auf die Knie und streicht Dreck und kleine Äste von ihrem T-Shirt. Ihre Lippen sind rot und voll, wie reife Himbeeren.

»Nein, tust du nicht.« Finn versucht, Lia weder auf den Mund noch in den Ausschnitt zu starren. Ihre hübschen runden Brüste dürfen ihn nicht interessieren, genauso wenig wie ihre Lippen. In seinem Herzen hat sich zu viel Dunkles angesammelt, da ist kein Platz für ein Mädchen wie Lia MacKenzie.

Er rupft einen Heidestängel ab, sucht nach Worten.

»Verrätst du mir, was dir passiert ist, Finn?« Lias blauer Blick ist voller Wärme und Mitgefühl, doch ihre Frage erwischt ihn kalt.

»Was?« Sein Herzschlag pausiert ein paar Sekunden. »Wie meinst du das? Was soll mir denn passiert sein?« Alarmiert setzt Finn sich aufrecht hin.

»Deine Narben.« Lia hebt ihre Hand und für einen Moment fürchtet er, sie wolle sein Gesicht berühren. Doch sie lässt ihre Hand wieder sinken.

»Ach die.« Finn versucht, nicht zu erleichtert zu klingen. »Das ist lange her. Meine Mum, sie war mal mit einem Typen zusammen, der hatte seinen Hund nicht im Griff. Ich war zwei und kann mich nicht daran erinnern.« Was stimmt. Aber manchmal hat Finn seine eigenen Schreie im Ohr.

»Deshalb hattest du solche Angst vor Archie«, bemerkt Lia mit Bestürzung in der Stimme. »Jetzt verstehe ich ...«

»Gar nichts verstehst du«, unterbricht er sie harsch. »Ich habe doch keine Angst vor Duncans altem Köter.« Finns Worte kommen heftiger als beabsichtigt. Kein Mädchen, das ihn nicht nach seinen Narben gefragt hätte. Und alle haben ihn bedauert: den kleinen zweijährigen Finn, der so furchtbar verletzt worden war. Hinter diesen Narben hat er sich immer gut verstecken können – wie hinter einem Schutzschild. Aber Lia ist nicht wie andere Mädchen. Fragend sieht sie ihn an und unter ihrem Blick wird ihm schwindelig. »Verschwende bloß nicht zu viele Gedanken an mich«, sagt er und steht auf. »Glaub mir, es ist besser so.«

Finn fallen eine Menge Gründe ein, warum er nicht darüber nachdenken sollte, etwas mit Lia anzufangen, aber sie macht es ihm nicht leicht, mit ihrem blauen Blick und ihrer entwaffnenden Offenheit.

Auf dem Rückweg über den schmalen und steilen Bergpfad läuft Finn vor mir. Der Himmel hat sich zugezogen und Nieselregen geht in grauen Schleiern auf uns nieder, aber noch bricht die Sonne an manchen Stellen durch die Wolken. Ich mag diese Stimmung, dieses Licht, wenn Pflanzen und Steine mit dem silbrigen Glanz des Regens überzogen sind. Wie Tau legt sich der Niesel auch auf Finns weizenblondes Haar und färbt es dunkel. Er schweigt und ich habe ohnehin schon zu viel geredet. Wo ist er jetzt mit seinen Gedanken? Bei Gina vielleicht, die morgen wieder auf Badfearna sein wird, um sauber zu machen und alles für die Jagdgäste aus London vorzubereiten?

Waren die beiden in der Vorratskammer der Lodge übereinander hergefallen?

Natürlich habe ich keine Ahnung, woran Finn wirklich denkt, aber ich bin rasend eifersüchtig auf das Mädchen aus dem Dorf. Ihr hat er bestimmt nicht geraten, sie solle nicht zu viele Gedanken an ihn verschwenden. Warum hat er es zu mir gesagt? Weil ich ihm nicht gefalle oder weil ich die Tochter des Lairds bin? Ich werde einfach nicht schlau aus ihm.

In Gedanken verstrickt, den Blick in Finns Haar verfangen, rutsche ich auf einem nassen Stein aus und verliere den Halt. Mein Aufschrei lässt Finn blitzschnell reagieren, er fängt mich ab, bevor ich ernsthaft stürzen kann. Wir schliddern ein Stück über den steinigen Pfad, doch mit Bravour hält Finn das Gleichgewicht für uns beide, was eine sehr sportliche Leistung ist. Seine Arme halten mich fest umschlungen, auch dann noch, als wir wieder sicher stehen. Mein Herz donnert gegen meine Rippen, so laut, dass er es hören, nein, *spüren* muss.

»Das war knapp«, sagt er und lässt mich los.

Zu früh. Meine Beine fühlen sich wie Spaghetti al dente an. Als ich einen Schritt mache, fährt ein scharfer Schmerz aus meinem linken Knöchel bis ins Hirn. Ich ziehe geräuschvoll Luft durch die Zähne und suche instinktiv nach Halt.

Finn fasst nach meiner Hand. »Hey, alles in Ordnung?« Sein Griff ist warm und fest und ich möchte ihn nie wieder loslassen.

»Ich glaub, ich hab mir den Knöchel verstaucht.«

Finn legt meinen Arm um seine Schulter und führt mich zu einem kniehohen Findling, damit ich mich setzen kann. »Schlimm?«, fragt er mit zusammengezogenen Augenbrauen.

Der Schmerz summt in meinen Ohren und mischt sich mit dem wunderbaren Gefühl von Finns Besorgnis. Ich kann einiges aushalten, deshalb wird nie großes Aufsehen gemacht, wenn ich erkältet bin oder mir eine kleine Verletzung zugezogen habe. Kelsi kann kein Blut sehen und es gibt immer gleich großes Geschrei, wenn sie mal einen kostbaren Tropfen davon verliert.

Leider lässt der Schmerz sehr viel schneller nach als mein Verlangen, mich in Finns Fürsorge zu sonnen. »Es tut ziemlich weh, wenn ich auftrete, aber es wird schon gehen«, sage ich und versuche, etwas Bedürftigkeit in meine Stimme zu legen.

Eine Hand im Nacken, betrachtet Finn mich nachdenklich. »Nein, besser, du belastet den Fuß nicht mehr. Ich werde dich tragen.«

»Was? Auf gar keinen Fall«, erwidere ich brüsk und bereue mein kleines Theater sofort.

»Und warum nicht?« Finn klingt gekränkt.

»Weil ... weil ...« *Oh, verdammt.* »Na ja ... ich bin nicht so ein Fliegengewicht wie meine Schwester«, ringe ich mir mit glühenden Wangen ab. »Und der Pfad ist nicht ohne.«

Finn grinst. »Ich bin auch kein Fliegengewicht, okay?« Er dreht sich um und hockt sich vor mich, sodass er mich huckepack nehmen kann. Ich zögere noch. »Na los, sei nicht so stur, Lia MacKenzie.«

Selbst schuld, denke ich mit einem Seufzen, bevor ich meine Arme um seinen Hals lege. Für Finn werde ich ohnehin nie mehr sein als *ganz okay,* also was macht es schon, ihn mein ganzes Lia-Gewicht spüren zu lassen. Er greift unter meine Kniekehlen. Wenn er auch nur eine einzige dämliche Bemerkung macht, werde ich den ganzen Sommer kein Wort mehr mit ihm reden, das schwöre ich mir.

Mit einem Ächzen steht er auf. »Gut festhalten, okay.«

Ich halte mich gut fest. *Und wie gut.* An Finns Rücken gepresst, überträgt sich jede Bewegung seines Körpers auf meinen. So nah war ich einem fremden Jungen noch nie und die Erfahrung fühlt sich ... nun ja, herrlich an. Der Schmerz in meinem Knöchel ist augenblicklich hinter anderen, erquicklicheren Empfindungen verschwunden.

Vorsichtig setzt Finn einen Fuß vor den anderen, genau wie die *Garrons,* wenn sie einen toten Hirsch auf den Rücken geschnallt haben. Allerdings fühle ich mich so lebendig wie nie zuvor, die Nase in Finns feuchtem Haar, berauscht von seinem Geruch nach Heide, Regen und Kiefernseife. Der Geschmack seiner Haarsträhne in meinem Mund ist mein wunderbares kleines Geheimnis. *Bitte, kann dieser Weg nie enden!*

Mich zu schleppen, strengt ihn an, aber Finn schweigt ritterlich. Er konzentriert sich auf den Pfad, nur einmal bemerkt er mit halb erstickter Stimme: »Hey, ich kriege keine Luft mehr.« Erschrocken lockere ich meinen Klammergriff um seinen Hals.

Als der Nieselregen nachlässt, machen wir eine Pause am Rand des Flusses. Vorsichtig zieht Finn den Schuh von meinem Fuß, damit ich den Knöchel im kalten Bergwasser kühlen kann. Er ist geschwollen – zum Glück für meine Ehre. Als ich meinen Fuß trocknen lasse, um die Socke wieder anziehen zu können, kniet Finn sich vor mich hin und legt meinen nackten Fuß in seinen Schoß. Vorsichtig tastet er meinen Knöchel mit beiden Daumen ab und ich bin viel zu verblüfft, um zu protestieren.

Bisher habe ich mir nie Gedanken über das Aussehen meiner Füße gemacht, jetzt tue ich es. Finn wirkt vollkommen konzentriert. Der Druck seiner Daumen weckt den Schmerz erneut, doch ich bin hin und weg von Finns Händen, die groß sind und gleichzeitig so sanft, dass es mir vorkommt, als gäbe es eine direkte Verbindung von meinem Fuß bis zu meinem Herzen. Leider finde ich meine Füße hässlich und Finn bestimmt auch.

»Ist bloß eine leichte Bänderzerrung«, bemerkt er schließlich sachkundig. »Du musst einfach mal zwei Tage stillhalten und das Bein hochlegen.«

Ich räuspere mich. »Alles klar, Doc. Und woher weißt du das so genau?«

»Ich kenne mich ein bisschen aus vom ... Sport.«

»Was denn für Sport?«, will ich wissen, in der Hoffnung, ein Fitzelchen über Finns geheimnisvolles Dasein vor Badfearna zu erfahren.

»Ich war ... Läufer.«

»Warum hast du aufgehört?«

»Keine Lust mehr«, sagt er und erhebt sich. »Lass uns weitergehen, bevor es wieder anfängt zu regnen.«

Finn nimmt mich noch einmal auf seinen Rücken und ich genieße jede Minute, so unbequem es auf Dauer auch ist. Als er mich vor Duncans Haus absetzt, ist sein T-Shirt auf dem Rücken vollkommen durchgeschwitzt. Und meins auf der Vorderseite. Es klebt wie eine zweite Haut an meinen Brüsten.

»Danke, du bist mein Held.« Ich bin froh, dass ich so cool klinge.

Finns Blick haftet an meinem Gesicht. Er zupft einen kleinen Ast aus meinem Haar. »Soll ich dich nicht doch lieber bis vor deine Tür tragen?«

»Nein, lieber nicht.«

»Und weshalb nicht?«, fragt er mit einem bitter spöttischen Unterton. »Weil du nicht so mit mir gesehen werden willst?«

Ich nicke. »Wenn mein Dad uns so sieht, könnte er das falsch interpretieren und dann lässt er mich nie wieder mit dir irgendwohin.«

»Aber du hast eine Bänderzerrung.«

»Du kennst meinen Vater nicht.«

Es scheint, als ob Finn etwas erwidern will, doch stattdessen macht er eine leichte Verbeugung vor mir. »Ihr Packpferd sein zu dürfen, Mylady, war mir ein Vergnügen.«

Nun werde ich doch noch rot. *Packpferd?* Leider versagt in diesem Moment meine Schlagfertigkeit. »Die Fotos, ich lade sie im Büro am Computer hoch«, sage ich nur. »Da kann Duncan sie sich später ansehen.«

»Okay.« Finn nickt, die Hände in den Vordertaschen seiner Jeans vergraben. »Danke, dass du mir Macbeth gezeigt hast, das war etwas Besonderes für mich. Meine Mum, sie liebte die Highlands. Als ich klein war, hat sie mir ständig Geschichten darüber erzählt. Auch von weißen Hirschen. Mir wäre nicht im Traum eingefallen, dass ich mal einen leibhaftig sehe.«

Ich bringe kein Wort heraus. Sitze da, mit pochendem Knöchel und pochendem Herzen. Finn hebt die Hand zum Gruß, dreht sich um und geht ins Haus.

Vor der schwarzen Eingangstür sitzt Kelsi mit ihrem Handy auf der Bank und scrollt sich durch TikTok-Videos. Sie bemerkt mich erst, als ich direkt vor ihr stehe, und nimmt die Earpods heraus.

»Gibt's was Neues aus der Welt der Reichen und Schönen?«, frage ich sie und reiße meinen Mund zu einem künstlichen Lächeln auf. Dazu mache ich ein paar typische Influencerinnen-Handbewegungen.

Kelsi verdreht die Augen und seufzt. »Mach dich nicht über etwas lustig, wovon du keine Ahnung hast, okay?«

Völlig ahnungslos bin ich nicht, aber mein Knöchel schmerzt und ich will in mein Zimmer, also verkneife ich mir eine Erwiderung.

»Dad ist übrigens sauer, weil du zum Lunch nicht zurück warst. Was habt ihr denn so lange gemacht da oben im Wald, du und dieser Finn?« In Kelsis grünen Augen funkelt so etwas wie echtes Interesse. Klar, sie langweilt sich, also sucht sie nach Ablenkung.

»Nichts haben wir gemacht. Bis zur Schonung ist es nun mal weit.«

»Drei, allerhöchstens vier Stunden hin und zurück, sagt Dad. Ihr habt fast fünf gebraucht.«

Haben Kelsi und Dad etwa die Stunden gezählt, während ich mit Finn unterwegs war? »Duncan hat mich gebeten, Finn die Pirschpfade zu zeigen, deshalb mussten wir über den Bergpfad zurücklaufen. Dabei sind wir auf Macbeth und sein Rudel gestoßen.« Verflixt, ich *rechtfertige* mich.

»Magst du ihn?«

»Wen? Macbeth?«

Kelsi schnaubt. »Finn natürlich. Er sieht heiß aus mit seinen Narben im Gesicht und den Tattoos. Könnte als Model arbeiten, wenn man seine Zähne richtet und ihn in die richtigen Klamotten steckt.«

Seine Zähne richten? Hatte Finn in Kelsis Gegenwart gelacht? Die Vorstellung, Finn in einem abgefahrenen Männer-Fummel von *Alexander McQueen* auf dem Laufsteg zu sehen, ist so absurd, dass ich einen Ton von mir gebe, der eine Mischung aus Schnauben und Lachen ist.

»Sind das die beiden Kategorien, in die du Menschen einteilst?«, frage ich sie. »Laufstegtauglich oder nicht?«

Kelsi zuckt die Achseln. »Wonach beurteilst du Finn? Nach seinem schönen Verstand?«

Meine kleine Schwester zu unterschätzen, war schon immer ein großer Fehler. »Ich beurteile ihn überhaupt nicht. Wir waren zusammen an der Schonung und haben den Schaden fotografiert, das ist alles.«

»Hast du ihn gefragt, woher seine Narben stammen?«

»Was? *Nein.*« Bei meiner Lüge schießt mir das Blut ins Gesicht, aber ihr die Wahrheit zu sagen, hätte Kelsi noch mehr Munition geliefert.

»Warum gibst du nicht einfach zu, dass du scharf auf ihn bist?«, insistiert sie. »Warum kann ich mich mit meiner großen Schwester nicht über den einzigen heißen Typen unterhalten, den es in dieser Einöde gibt? Es wäre ein prima Mittel gegen Langeweile.«

»Ich habe keine Langeweile.«

»Nein, du warst ja auch mit dem heißen Typen fünf Stunden allein im Wald. Und um dich interessant zu machen, hast du ihm Macbeth gezeigt.« Kelsi schenkt mir ein wissendes Lächeln. »In deinem Fall ist das eine halbe Liebeserklärung, Amelia. Nur, dass der arme Kerl das noch nicht weiß.«

Nun reicht es aber. »Du spinnst ja.«

»Keine Sorge, ich werde Dad nichts sagen.«

»*Was* denn sagen?«

»Dass du in den Herumtreiber verliebt bist.«

»Finn ist kein *Herumtreiber*. Er ist Duncans Großneffe.«

»Das eine schließt das andere nicht aus, Schwesterherz. Ich habe versucht, ihn zu googeln, bin aber bei *Finn McGowan* nicht fündig geworden. Weißt du eigentlich, wie sein Nachname ist?«

Ich zucke die Achseln. »Frag ihn doch selbst.«

»Du gibst also zu, dass du nicht Nein sagen würdest, wenn Finn was von dir wollte.«

»Ich gebe gar nichts zu. Und Finn will nichts von mir.« Was ausnahmsweise und hundertprozentig der Wahrheit entspricht.

»Klar.« Kelsi grinst. »Das war ja auch nur eine hypothetische Frage.«

»Du nervst, Kelsi. Kümmere dich lieber um deinen Naveen oder Navin oder wie der Knabe mit den dünnen Beinen und dem HeroFiennes-Tiffin-Gesicht heißt.«

Kelsi wird blass. »Woher weißt du …?«

»Ich habe auch ein bisschen gegoogelt. Und ich werde Mum und Dad ebenfalls nichts erzählen«, erwidere ich triumphierend.

»Er heißt Navin«, sagt Kelsi und ihre Augen füllen sich plötzlich mit Tränen. »Navins Vater ist Inder und er will eine Inderin für seinen Sohn.«

Ich bin wie vor den Kopf gestoßen von ihrer Ehrlichkeit mir gegenüber. »Das ist … tut mir leid, Kels. Und was will Navin?«

»Na, mich. Aber er ist ein braver Junge und hört auf seinen Vater.« Kelsi schnieft und ich tätschele ihre knochige Schulter.

»Das wird schon wieder«, murmele ich. Vielleicht sollte ich mehr auf den Kummer meiner Schwester eingehen, statt sie mit blutleerem Trost abzuspeisen. Aber Kelsi ist fünfzehn und sieht aus wie die junge Keira Knightley, sie wird schnell Ersatz finden für Navin, den Gehorsamen.

»Wo ist Dad eigentlich?«, frage ich, denn mein Bein, auf dem ich die ganze Zeit stehe, beginnt zu zittern. Ich will in mein Zimmer und den Fuß hochlegen. Meiner Schwester entkommen.

»Mit den Typen von *NatureScot* bei seiner Wasserkraftanlage.«

Dad hat unser Miniwasserkraftwerk am *Furnace Burn* bauen lassen, oberhalb des alten Schmelzofens. Wenn es in den Bergen regnet, fließt das Wasser rasend schnell die Hügel hinunter und treibt im Kraftwerk eine Turbine zur Stromerzeugung an. Die Anlage kann bis zu hundert Kilowattstunden erzeugen und ist Dads größter Stolz. Aber natürlich gibt es – wie bei allem, was unsere Familie betrifft – einige Leute, die nicht gut finden, dass Badfearna autark ist und wir für unseren Strom nichts zahlen müssen.

Der Schaden am Zaun der Schonung ist das vorherrschende Thema beim Dinner. Dad hat bei einem Baumarkt in Gairloch Holzpfosten und neuen Drahtzaun bestellt, denn der Schaden muss so schnell wie möglich behoben werden, um die Baumschösslinge vor Verbiss zu schützen. Dad ist ernsthaft besorgt wegen der Sabotage und kann sich nicht erklären, wer dafür verantwortlich sein soll.

»Wie ist er denn so, Duncans Neffe, dieser Finn?«, will Dad mit seinem forschenden Vaterblick wissen.

Kelsi mustert mich ebenso eindringlich, doch in ihren Augen funkelt noch eine Portion Schadenfreude mit. Hitze steigt mir ins Gesicht. Ich zucke die Achseln und nehme noch ein Stück Sauerteigbrot, um die Soße auf meinem Teller aufzuwischen. »Finn ist in Ordnung«, antworte ich. »Er kommt aus der Stadt und hat noch nicht allzu viel Ahnung von den anfallenden Arbeiten, aber er lernt schnell und er macht alles.«

»Denkst du, er ist zuverlässig?«, will Dad wissen.

»Ja, wieso nicht?«

Kelsi grinst. »Lia hat ihm Macbeth gezeigt.«

Nun kann ich das Rotwerden nicht mehr verhindern. Meine Schwester ist ein Rabenaas und insgeheim wünsche ich ihr, dass Navin auch weiterhin auf seinen Vater hört. »Wir sind über den Bergpfad zurückgelaufen, weil Duncan mich gebeten hat, Finn die Pirschpfade zu zeigen. Macbeth war am Krähenmoor mit seinem Rudel.« Ich schiebe mir das Brot in den Mund, kaue und schlucke. »Das Rudel ist groß in diesem Jahr«, füge ich hinzu, in der Hoffnung, dass mein Vater darauf anspringt und vom Thema Finn ablässt.

Dad nickt bekümmert. »Viele Hirsche, Füchse und Krähen, aber zu wenig Moorhühner. Und nun auch noch der zerstörte Zaun. Hoffentlich liefert der Baumarkt schnell und wir können den Schaden beheben, bevor die Hirsche oder gar die Ziegen die offene Stelle finden.«

»Diabhar kam uns mit seiner Herde entgegen«, beruhige ich Dad. »Die Ziegen werden bestimmt eine Weile unten am Ufer des Sees bleiben.«

»Hoffentlich. Duncan macht sein Knie zu schaffen und ich brauche Fergus hier. Wenn nur Struan endlich käme, ich brauche den Kerl. Schließlich bezahle ich seine Ausbildung und war der Meinung, er würde sein Praktikum auf Badfearna machen. Bisher haben sich nur zwei Saisonkräfte gemeldet und die kommen auch erst in einer Woche.«

Wieder Kelsis bohrender Blick. Als ob *ich* dafür verantwortlich bin, dass Struan Carrick noch nicht da ist.

»Was ist mit Andy?«, frage ich. »Er und Finn können doch den Zaun zusammen reparieren.« Andy Sinclair, ein junger Mann aus dem Dorf, arbeitet an drei Tagen die Woche für Dad. Von Beruf ist Andy Tischler, er kann aber auch Mauern bauen, Dächer reparieren und hat sogar ein Faible fürs Gärtnern. Der Mann hat goldene Hände und Dad ist froh, ihn zu haben. Erst jetzt wird mir bewusst, dass ich Andy noch gar nicht gesehen habe, seit wir hier sind.

»Andy arbeitet nicht mehr für mich«, entgegnet Dad mit finsterer Miene. »Seine neue Freundin ist eine von den Tierschützern und hat gemeint, sie kann nicht mit jemandem zusammen sein, der für einen Feudalherren arbeitet, der auf seinem Land Tiere für Geld töten lässt. Sie hat Andy die Pistole auf die Brust gesetzt und er hat gekündigt. Donna hat Duncan erzählt, er hätte auf einem Fischerboot angeheuert.« Dad schiebt seinen Teller von sich. »Als ob Fische keine Tiere wären.« Er fährt sich mit den Händen durchs Haar, das ihm nun wild vom Kopf absteht. »Es kommt mal wieder alles zusammen. Der Einbruch ins Cottage, der zerstörte Zaun und heute habe ich bemerkt, dass das Dach vom Glockenturm undicht ist.« Dad seufzt. »Morgen muss ich nach Inverness zu einem Meeting. Aber ich habe zwei Männer angeheuert, die sollen helfen, den Zaun zu reparieren, wenn das Material morgen kommt.«

Später, in meinem Zimmer, erzähle ich Zoé per Skype vom Neffen des Wildhüters und meinen aufkeimenden Gefühlen für ihn. Meine Verdächtigungen gegen ihn verschweige ich ihr.

»Hast du ein Foto von Finn?«

»Nein, aber Kelsi meint, er wäre heiß und könne als Model arbeiten.«

Zoé grinst. »Hey, das ist ja mal aufregend. Eine Lady-Chatterley-Romanze.«

»Eine *was*?«

»*Lady Chatterley's Lover.* Ist so ein verstaubter Roman, den ich bei meiner Oma im Regal gefunden habe. Ein Lord sitzt nach einer Kriegsverletzung im Rollstuhl und kriegt keinen mehr hoch. Deshalb treibt seine junge Frau es mit dem gut gebauten Wildhüter.« Zoé kichert. »Na ja, bei dir ist es ein bisschen anders, *ma chérie*. Du treibst es mit dem gut gebauten Neffen des Wildhüters und betrügst den Sohn des Verwalters, der sich seit Monaten nach dir verzehrt.« Mir klappt der Mund auf und Zoé lacht. »Wo ist Struan eigentlich abgeblieben?«

Ich hole tief Luft. »Also, erstens: Ich treibe es mit niemandem. Zweitens: Stru weiß immer noch nicht genau, wann er kommt, also verzehrt er sich wohl kaum nach mir. Und drittens betrüge ich ihn nicht, weil zwischen uns gar nichts war.«

»Das hat nach *Hogmany* aber noch ganz anders geklungen.«

Nach *Hogmany*, nach dem ersten richtigen Kuss meines Lebens, bin ich tatsächlich wochenlang auf Wolke sieben geschwebt und habe Zoé die Ohren vollgeschwärmt. »Stru wird auf jeden Fall hier sein, wenn die Jagdgäste anreisen, also spätestens in zehn Tagen.«

»Bist du noch verliebt in ihn?«

»Keine Ahnung.« Ich stoße einen Seufzer aus. »Erst konnte ich es kaum erwarten, dass er endlich kommt. Doch nun denke ich dauernd an Finn und ... na ja, wie es wohl wäre, ihn zu küssen.« Mein Gott, was rede ich da eigentlich? Bin ich das wirklich? Amelia Belana MacKenzie?

Zoé klatscht begeistert in die Hände, ihre hellblauen Nägel funkeln. »Oh, *ma chérie*, das wird aufregend, wenn die beiden Rivalen um die Gunst der schönen Lady Amelia kämpfen müssen. Bei dir in deinem abgeschiedenen Märchenschloss ist es ja aufregender als hier bei mir an der Côte d'Azur. Du musst mir alles haarklein berichten, hörst du? Dann werde ich endlich meinen Roman schreiben und berühmt werden. Du inspirierst mich mit deinen Liebschaften.«

Meinen Liebschaften? Ich pruste los. »Tut mir leid, dich enttäuschen zu müssen, aber der gut gebaute Neffe des Wildhüters zeigt mehr Interesse an Georgina als an mir.«

»An eurem Dienstmädchen? Das wird ja immer besser!«

»Georgina ist nicht unser *Dienstmädchen*«, sage ich schmollend, »sie ist eine Mitarbeiterin.«

Zoé verdreht die Augen. »Dieser Finn hat dich auf seinem Rücken den halben Berg heruntergetragen. Das bedeutet etwas, glaub mir. Ich meine, außer dass er Muskeln hat.« Sie grinst. »Die hat er doch, oder?«

»Es war nur ein Stück des Weges und das hätte jeder Junge getan. Ich konnte schließlich nicht laufen.«

»Wie du meinst.« Zoés schwarze Augen funkeln amüsiert. »Hast du ihm denn gezeigt, dass du interessiert bist?«

Ich zucke die Achseln. »Glaub schon.«

»*Glaub schon?* Wie denn? Etwa auf Lia-Art?«

Zoé ist der Meinung, dass ich einschüchternd auf Jungs wirke. Meine Ausstrahlung würde suggerieren: Beweise erst einmal, dass du mir ebenbürtig bist. Jungs, die auf solche Mädchen abfahren, seien äußerst dünn gesät, und ich solle vielleicht doch mal versuchen, mich etwas mädchenhafter zu geben, mehr wie Kelsi. *Was ich ganz gewiss niemals tun werde.*

»Sei ein bisschen anschmiegsamer, okay?«

»Finn hat mich huckepack getragen. Notgedrungen war ich anschmiegsam.« Ich muss grinsen über meinen Witz und Zoés Gesicht.

»Und?«

»Nichts *und*. Unsere T-Shirts waren nass geschwitzt und er hat mir gesagt, es wäre ihm ein Vergnügen gewesen, mein Packpferd zu sein. Charmant, oder?«

Zoé lacht schallend. »Der Typ hat Humor, Lia, von dieser Sorte gibt es nicht allzu viele. Vermutlich ist er bloß eingeschüchtert. Du eine blaublütige Lady, er ein einfacher Bediensteter deines Vaters.«

»Ich bin nur ein winziges bisschen blaublütig und Finn ist kein Bediensteter, er ist Duncans Neffe«, erinnere ich sie. Außerdem ist Finn alles andere als *einfach*.

»Das ändert nichts an den Tatsachen.«

»Er kommt aus Glasgow, Zoé. Von verstaubten Standesunterschieden lässt er sich bestimmt nicht beeindrucken.«

»Finde es raus, *ma chérie*.«

Finde es raus ist Zoés Lieblingsspruch. Sie ist der offenherzigste Mensch, den ich kenne, und der festen Ansicht, dass die eigene Erfahrung das ist, was zählt im Leben. Weil sie einem ganz allein gehört und keiner sie einem mehr nehmen kann.

»Ich wette, er hat in Glasgow eine Freundin«, blocke ich ab. »Vermutlich ist sie schwanger und er ist bei seinem Onkel in den Highlands untergetaucht, um sich vor der Verantwortung zu drücken.«

»O mein Gott, das wird ja immer aufregender.«

»Und er hat einen Fuchs zum Freund«, füge ich hinzu, weil es ungewohnt ist, plötzlich interessant gefunden zu werden.

»Einen Fuchs?«

»Ja, ich habe sie zusammen Ball spielen sehen.«

Zoé kommt ganz nahe ans Display heran. »Hast du getrunken, Amelia Belana MacKenzie? Gibt es diesen Finn wirklich oder ist er bloß deiner blühenden Fantasie entsprungen?«

»Es gibt ihn wirklich, ich schwöre.« Ich kichere, als hätte ich tatsächlich getrunken. »Und Finn hat mit einem Fuchs Ball gespielt. Vielleicht ist er ja ein Elfenkönig aus der Anderswelt.«

»Wie dem auch sei, die große Frage ist: Bist du bereit, dich dem geheimnisvollen dunklen Unbekannten auszuliefern?«

»Finn ist blond, Zoé«, stöhne ich.

»Mach Fotos und beweise mir, dass es ihn wirklich gibt.« Zoé zwinkert mir zu. »Und halte mich auf dem Laufenden. Ich fange jetzt sofort an zu schreiben. Mein Debütroman wird der Hammer.«

Ich werfe Zoé eine Kusshand zu, beende Skype und lasse mich mit einem Lächeln auf dem Gesicht rücklings auf mein Bett fallen. Mein Knöchel pocht und erinnert mich daran, wie nahe ich Finn heute gewesen war. Nach einem holprigen Start waren wir einander doch ein wenig vertrauter geworden, auch wenn Finn kaum etwas von sich preisgegeben hat. Macbeth hat mir eine winzige Tür zu Finns Herzen geöffnet, jedenfalls ist es mir so vorgekommen.

Finde es raus. Zoé fällt so etwas leicht, mir nicht. Kelsi hätte bestimmt ein paar hilfreiche Tipps parat, aber ich will meiner Schwester nicht noch zusätzlichen Zündstoff liefern. Wenn wenigstens Mum da wäre, ihr könnte ich mich anvertrauen. Sie sollte längst hier sein, aber Dad sagt, es gibt Ärger mit der Versicherung und Mum muss noch ein paar Tage länger bei Granny und Grandpa in Sacramento bleiben. Dabei hat er bedrückt ausgesehen und ich vermute, es gibt da etwas, was er uns nicht sagen will oder kann.

Mum hat mir erzählt, die Eltern meines Vaters hätten sie nie wirklich gemocht. Besonders meine Großmutter Amelia war der Meinung gewesen, ihr halb blaublütiger Sohn hätte etwas Besseres verdient als ein amerikanisches Model, das in knapper Unterwäsche und auf High Heels über den Laufsteg geht. Einzig wegen des Geldes, das sie mit in die Ehe gebracht hatte – Geld, mit dem unser maroder Clansitz aufwendig renoviert worden war –, hatte meine Großmutter Mum akzeptiert.

Zum Glück lag Granny Amelia schon unter der Erde, als Mum mit der Inneneinrichtung der Lodge begann. Bestimmt wären sich die beiden sonst über jedes Stoffmuster, Möbelstück und die Dekoration in die Haare geraten.

Mum hatte sich mit Feuereifer in diese Aufgabe gestürzt und eine Mischung aus Noblesse und rauem Highland-Charme à la *Outlander* kreiert. Aber nun, da alles nach ihren Vorstellungen gestaltet ist, scheint ihr Interesse an Badfearna versiegt zu sein. Und, das beginne ich zu ahnen, auch ihr Interesse an Dad.

Mums guter Rat wäre mit Sicherheit, die Finger von Finn zu lassen. Aber ich würde nicht auf sie hören. Denn Zoé hat recht: *Finde es raus, Lia.*

12

Der Laird hat Finn zu sich ins Büro gerufen. Alexander MacKenzie trägt Cordjeans und einen roten Pullover. Sein Gesicht ist ernst, als er sich von den Fotos auf dem Computer Finn zuwendet. »Was denkst du?«, fragt er. »Sind da mehrere am Werk gewesen oder war es nur einer?«

»Ich habe keine Ahnung, Sir, das kann ich nicht einschätzen«, erwidert er wahrheitsgemäß. Finn ist unwohl und er will hier nicht sein. Ahnt Lias Vater etwas?

»Was glaubst du, wer das getan haben könnte?« MacKenzies Augen mustern ihn eindringlich. Sie sind blau, wie Lias, aber dieser Blick ist durchbohrend und misstrauisch. Finn hat das ungute Gefühl, geprüft zu werden.

Hat ihn jemand gesehen, in der Nacht, als er ins Cottage eingebrochen war? Hat Lia ihrem Vater etwas erzählt? *Nein, nicht Lia.* Glaubt der Laird etwa, er hat etwas mit dem zerstörten Zaun zu tun? Oder schlimmer: Hat es eine Meldung im Fernsehen oder in der Presse gegeben über ihn? Fragt sich der Laird, woher er dieses Gesicht kennt? Finns Haar ist jetzt länger, aber ein richtiger Bart will ihm einfach nicht wachsen. Ohnehin ist es ein verdammtes Wunder, dass ihn bisher noch keiner erkannt hat. Niemand auf Badfearna scheint ein Fußballfan zu sein. Oder irgendeine Magie schützt ihn ... *hat ihn geschützt.*

Finns Magen krampft sich zusammen. Ist seine Zeit im Feenreich abgelaufen und wird er die nächsten zehn oder fünfzehn

Jahre hinter Gittern verrotten?« »Tut mir leid, Sir, aber um diese Frage zu beantworten, bin ich noch nicht lange genug hier.« *Und das wissen Sie genauso gut wie ich.* »Lia meint, es wären irgendwelche Umweltaktivisten, die nicht wollen, dass Sie andere Bäume dort oben pflanzen als schottische Kiefern.« Bei der Erwähnung von Lias Namen verfinstert sich der Blick des Lairds noch mehr. »Vielleicht weiß Gina ja etwas«, schiebt Finn hastig hinterher, »sie kommt aus dem Dorf und kennt die Einheimischen.«

Bei seinen Worten kommt er sich vor wie ein Verräter. Finn mag Gina, sie ist unkompliziert und mit ihr kann er wunderbar lästern über die Aristos. Obwohl sie älter ist als er, flirtet sie mit ihm. Schon tun Finn seine Worte leid, aber es ist zu spät.

»Hat Georgina dir irgendetwas erzählt?«, fragt der Laird mit zusammengezogenen Augenbrauen.

»Nein.« Finn schüttelt den Kopf. »Nein, das war nur so ein Gedanke von mir.« Verdammt, was, wenn Gina wirklich etwas damit zu tun hat? Finn hat von Anfang an gespürt, dass es besser ist, die junge Frau nicht zu unterschätzen. Sie ist klug und ziemlich clever und er will ihr nicht schaden.

»Na schön, du könntest recht haben.« Das Festnetztelefon klingelt und Alexander MacKenzie hebt ab. Er legt eine Hand auf die Sprechmuschel und sagt: »Geh und schick das Mädchen zu mir ins Büro. Sie müsste drüben in der Lodge sein.«

»Okay.« Finn nickt, froh, dem Laird entkommen zu können.

Zum zweiten Mal betritt er die Jagdlodge. Über den Dienstboteneingang gelangt er in den Wirtschaftsraum mit dem roten Steinfußboden, in dem eine ganze Galerie Gummistiefel steht. An den Wänden hängen Barbour-Wachsjacken und Regenhüte. Bis hierher und nicht weiter war er mit Gina gekommen, als ihm klar wurde, was sie von ihm wollte.

Vom Wirtschafstraum geht es in eine glänzend saubere Küche im Bauernhausstil, mit Vorratsschränken, vier Backöfen und einem AGA-Herd mit unzähligen Türen. Aus der Küche tritt Finn in einen langen Korridor, dessen weiße Wände von viktorianischen Ölgemälden gesäumt sind. Das muss die Ahnengalerie des MacKenzie-Clans sein.

»Gina?«, ruft er. Keine Antwort.

Im Vorbeigehen betrachtet Finn die Porträts. Da sämtliche Türen, die vom Korridor abgehen, offen stehen, wirft er neugierig einen Blick in jeden Raum. Im geräumigen, kunstvoll vertäfelten Esszimmer hängen Bilder mit Jagdszenen und den unvermeidlichen Hirschgeweihen an den Wänden. Durch die weißen Sprossenfenster hat man einen Blick auf den Rasen mit den hier oben immer noch blühenden Rhododendronbüschen. In der Mitte des Raumes steht ein langer Tisch mit gedrechselten Beinen und weißer Leinentischwäsche, gesäumt von mindestens fünfzehn Stühlen. Mitten auf dem Tisch thront ein silberner Hirsch. *Macbeth.*

Finn kann vor sich sehen, wie hier diniert wird nach der erfolgreichen Jagd. Saftiger Hirschbraten, silbernes Besteck und roter Wein, der in Kristallgläsern schimmert wie Blut. Schnell geht er weiter. »Gina?«

Im Spielzimmer steht ein großer Snookertisch, der Raum gegenüber beherbergt die Bibliothek. Holzregale voller Bücher bis unter die Decke und der Geruch nach Leder. Gemütliche Sessel im Tartan-Look, alles gediegen und teuer. Sogar die Messinggitter vor dem Kamin glänzen. Gina hat ganze Arbeit geleistet, aber wo ist sie?

Vor dem Porträt einer jungen Frau bleibt Finn verdutzt stehen. Ein rundes Gesicht, zu einem Knoten auf dem Kopf gebundenes Haar, volle Lippen und große, strahlend blaue Augen. Lia, denkt er im ersten Moment. Aber es ist Lady Amelia MacKenzie, die Mutter des Lairds und Lias Großmutter. Die Ähnlichkeit ist verblüffend, nur dass Lady Amelia ein schimmernd grünes Kleid mit einer bestickten Borte trägt und darin aussieht wie eine Lady aus *Bridgerton,* dieser Netflix-Serie, die seine Mum so geliebt hat.

Im nächsten Rahmen, unter Glas, das Wappen der MacKenzies. Ein Gürtel mit dem Schriftzug *Luceo non uro,* goldener Schnalle und verzierter Krone. Im Inneren Leuchtfeuer auf grünen Hügeln. Latein ist nicht Finns Stärke, aber er wird herausfinden, was das heißt.

Als auf einmal Gesang an sein Ohr dringt, folgt Finn der schönen Frauenstimme und findet Georgina in der offenen Lounge, wie sie mit einem pinkfarbenen Staubwedel eine verschnörkelte Standuhr entstaubt. Finn bleibt in der Tür stehen und lauscht. Gina singt eine wehmütige Ballade von unerfüllter Liebe und einem schrecklichen Sturm auf hoher See. Sie hat eine bemerkenswerte Stimme und Stöpsel in den Ohren. Als Finn Georgina auf die Schulter tippt, stößt sie einen spitzen Schrei aus und lässt den Staubwedel fallen. Eine Hand auf ihr Herz gepresst, fährt sie zu ihm herum und funkelt ihn wütend an.

»Sorry«, sagt Finn, »ich wollte dich nicht erschrecken.«

Gina zieht die Stöpsel aus den Ohren. »Was zur Hölle machst *du* denn hier?«

»Dich suchen. Du sollst ins Büro des Chefs kommen.«

Sie runzelt die Stirn. »Ich? Warum das denn?«

»Ich weiß nicht, aber ich glaube, es geht um den beschädigten Zaun.«

»Der Zaun? Was habe ich denn mit dem idiotischen Zaun zu schaffen?«, fragt Gina entrüstet und bückt sich nach dem

Staubwedel. Ihr Gesicht ist von Röte überzogen, als sie ihn wieder ansieht.

»Keine Ahnung.« Finn hebt die Schultern. »Vielleicht meint der Laird, du hast etwas gehört im Dorf.«

Unwillig hebt das Hausmädchen die Hände. »Na schön. Aber so werde ich niemals fertig mit meiner Arbeit.«

»Gina ...?«

»Was denn noch?«, fragt sie ungehalten.

»Kann ich mal dein Handy benutzen, solange du beim Chef bist?« Finn fragt mit dem treuherzigsten Blick, den er draufhat. »Meins wurde mir geklaut und ich müsste dringend meine Mails und meinen Bank-Account checken.«

Georgina schüttelt den Kopf. »O nein, Kleiner, mein Handy bekommst du ganz bestimmt nicht.«

Tja, denkt Finn. Sex ja, Handy nein.

»Aber du kannst an den Gästecomputer. Na los, ich zeige dir, wo er steht.« Finn folgt Georgina in einen kleinen Raum, in dem auf einem polierten Holztisch ein Computer und ein Drucker stehen. »Das Passwort findest du unter der Tastatur.«

»Und es ist wirklich okay, dass ich ihn benutze?«

Gina zuckt die Achseln. »Du bist Duncans Neffe und arbeitest hier. Das wird schon klargehen.«

Als Gina fort ist, fährt Finn den Computer hoch. Mit wild klopfendem Herzen googelt er: *Glasgow, Barrowfield Trainingszentrum, Kevin Bell, 27. Juni* – und öffnet einen Artikel im *Glasgow Telegraph* mit der Überschrift:

Kevin Bell, Trainer der Celtic Fox Boys, schwer verletzt in seinem Büro im Barrowfield Trainingszentrum aufgefunden

Die Glasgower Polizei bittet um Mithilfe: Nach einem anonymen Anruf wurde am Montag, dem 27. Juni, der Jugendtrainer der *Celtic Fox Boys* schwer verletzt in seinem Büro im Barrowfield Football Trainingszentrum aufgefunden. Spuren weisen darauf hin, dass Mr Bell Einbrecher in seinem Büro überrascht hat, die die Vereinskasse plündern wollten, und er daraufhin von den Unbekannten brutal niedergeschlagen wurde. Er wurde ins Queen-Elizabeth-Universitätskrankenhaus gebracht, ist jedoch nicht ansprechbar. Die Polizei hat die Ermittlungen aufgenommen und bittet um Informationen.

Finn schluckt trocken und schließt die Augen. *Kevin. Bell. Ist. Nicht. Tot.* Also ist er auch kein Mörder. *Noch nicht.* Ihm wird erst heiß und dann kalt. Alles, was er zwei Wochen lang erfolgreich verdrängt hat, stürzt jetzt mit ganzer Macht auf ihn ein. Das Blut rauscht in seinen Ohren, sein Herz beginnt hart zu schlagen und er hat Angst, eine Panikattacke zu bekommen. Schließlich zwingt er sich, die Augen zu öffnen und weiterzulesen.

Detective Inspector Jacob Albright vom Polizeirevier Clydebank bittet um Hinweise aus der Bevölkerung. »Wir appellieren an alle, die am Montagabend am Barrowfield Trainigszentrum in der London Road etwas Verdächtiges bemerkt haben, sich zu melden, damit wir so viele Informationen wie möglich über den Vorfall sammeln können.«

Kein Foto von ihm, kein Name. Finn beißt sich auf die Unterlippe, bis er Eisen schmeckt und Salz. In seine Übelkeit mischt sich so etwas wie Erleichterung. Er will eine neue Google-Suche starten, um mehr über Bells Zustand zu erfahren, da hört er Schritte im Flur und schließt hektisch die aufgerufene Seite am Computer.

Nicht Gina steht nur Sekunden später in der Tür, sondern Kelsi, Lias kleine Schwester. Sie nimmt ihr Handy herunter und ihre grünen Katzenaugen weiten sich misstrauisch. »Was machst du denn hier?«, fragt sie spitz und betrachtet Finn, als hätte sie ihn in flagranti beim Stehlen erwischt.

Kelsi trägt ein leichtes Sommerkleid, so kurz, dass er ihre nackten Schenkel sieht. Für einen Moment ist Finn wie gelähmt, unfähig, Worte zu formen. Als er die Sprache wiederfindet, erwidert er: »Ich habe meine Mails gecheckt und musste was mit meiner Bank regeln.« Er hört die Panik in seiner Stimme und hofft, Kelsi bemerkt sie nicht.

»Und mein Dad hat erlaubt, dass du hier in der Lodge den Computer benutzt?« Ihre Augen funkeln. *Du gehörst nicht hierher*, scheint ihr grüner Blick zu sagen. *Du wirst auffliegen und dann ab in den Kerker mit dir.*

»Mein Großonkel hat gemeint, ich kann den Computer benutzen. Ist das ein Problem?« Finns Herz wummert in seinen Schläfen.

Überheblich zuckt Kelsi die Achseln. Ihr Hochmut reizt Finn beinahe zum Lachen, wäre die Situation nicht so brenzlig. Er will, dass sie geht, damit er den Browserverlauf löschen kann. Nicht auszudenken, dass Kelsi schnüffelt und den Artikel findet, dann wäre er geliefert. Dieses Mädchen kann ihn eindeutig nicht leiden. Und er sie auch nicht. »Ist es okay, wenn ich noch eine Mail schreibe? Dann bin ich auch schon weg.«

»An deine Freundin?« Kelsi mustert ihn mit einem neugierigen Lächeln. Zugegeben, sie ist schön. Ein Typ Mädchen, nach dem man sich auf der Straße umdreht. Schwarze, lockige Haare, Schmollmund, grüne Augen und eine zierliche Nase. Als wäre sie geradewegs dem *Vanity Teen Magazine* entsprungen.

»Erwischt.« Finn schenkt ihr ein charmantes Lächeln.

»Lebt sie in Alaska oder im Dschungel, dass ihr euch Mails schreibt, statt anzurufen?«

»Mein Handy wurde geklaut und ich habe noch kein neues.«
Verdammt, das kleine Biest ist hartnäckig.

In Kelsis grünem Blick blitzt etwas auf, ein diebisches Funkeln. »Weiß mein Schwesterherz eigentlich, dass du eine Freundin hast?«

»Nein ... ich meine, das war bisher kein Thema zwischen uns.« *Bisher? Was faselt er denn da?*

»Lia steht auf dich.«

»Okay.« Finn stößt ein überraschtes Lachen aus, auch wenn ihn nicht überrascht, was Kelsi sagt. Leider wird Lia schon bald glauben, er habe eine Freundin. Es ist besser so, denkt Finn und verspürt dennoch einen Stich des Bedauerns.

»Brich ihr nicht das Herz, okay? Amelia ist eine von den Guten.«

»Das habe ich nicht vor.«

Kelsi geht und Finn löscht rasch den Browserverlauf. Er tippt noch eine Weile blind auf der Tastatur herum, während seine Gedanken wie wild arbeiten. Offenbar hat niemand ihn und Robbie Talbot gesehen, als sie das Gebäude des Trainingszentrums an jenem Montag nur kurz nacheinander verließen. Und bisher hat der Nachwuchsspieler auch niemandem erzählt, dass Finn überhaupt dort war. Finn ist Robbies Idol, vielleicht schweigt der Junge deshalb.

Das bedeutet, die Polizei sucht nicht nach ihm. *Noch nicht.* Finn kommt es vor, als habe man seine Hinrichtung aufgeschoben, die Galgenfrist verlängert. So muss sich Bonnie Prince Charles nach der Schlacht auf dem Culloden Moor gefühlt haben, als er von den Engländern gnadenlos gejagt wurde und auf der Isle of Skye Unterschlupf fand. Der Prinz aus dem Haus der Stuarts floh schließlich in Frauenkleidern, mithilfe der unerschrockenen Flora MacDonald. Aber das war im Jahr

1746, damals liefen die Dinge noch ein wenig anders als heute. Frauenkleider würden Finn wenig nützen.

Hätte er seine Papiere und die Kreditkarte noch, könnte er die Insel mit der Fähre oder einem Flugzeug verlassen und in Mexiko oder sonst wo untertauchen. Er müsste nicht ins Gefängnis, denn da wird er früher oder später landen, ob Kevin Bell nun stirbt oder wieder aufwacht. Doch Finn hat keine Ahnung, wohin Mooch seine Geldbörse verschleppt hat. Vermutlich in einen unterirdischen Bau, wo er sie bewacht und niemand sie jemals finden wird.

Ist Badfearna Zuflucht oder Falle? Zum ungefähr hundertsten Mal fragt Finn sich das. Er sitzt nicht im Gefängnis und ist doch ein Gefangener. Die reale Welt ist noch da, aber unerreichbar für ihn. Er ist gefangen in der Anderswelt, zusammen mit einem kleinen Fuchs, einem weißen Hirsch und einem schwarzen Ziegenbock. Mit einem kaltherzigen Laird in einem weißen Schloss und seinen zwei sehr verschiedenen Töchtern. So lange, bis ihm hier jemand auf die Schliche kommt.

Der Fluch des Kiesels lässt ihn nicht los.

Als die Bootsladung mit Holzpfosten, mehreren Rollen Drahtzaun und einer Lebensmittellieferung ankommt, sehe ich Finn beim Ausladen am Pier – zusammen mit Fergus und zwei jungen Männern, die Dad für den Zaunbau angeheuert hat. Das Zaunmaterial wird auf einen Argo geladen, eine Art Amphibienfahrzeug mit sechs Rädern, mit dem man sich auch durch unwegsames Gelände fortbewegen kann. Manche Jagdgäste sind genervt, wenn sie kreuz und quer durch die Heide kriechen müssen, um an einen Schuss zu kommen. Dann lässt Dad sie mit dem Argo so nah wie möglich an die Hirsche oder Moorhühner herankarren. Was ich, hätte ich hier etwas zu sagen, niemals zulassen würde.

Es ist später Vormittag, als Duncan, Finn und die beiden Männer mit dem Argo aufbrechen.

»Irgendetwas stimmt nicht mit ihm.«

»Was?« Erschrocken wirbele ich herum. Hinter mir steht Kelsi.

»Finn«, sagt sie. »Er ist irgendwie seltsam.«

»Und was bringt dich zu dieser Erkenntnis?«, frage ich. »Hast du überhaupt schon mal ein Wort mit ihm gewechselt, abgesehen davon, ihn wie einen Untertanen zu behandeln?«

»Ich bin ihm heute Vormittag in der Lodge begegnet.«

»In der Lodge?« Meine Schwester hat mich am Haken. »Was hat er denn da gewollt?«

»Seine Mails checken am Computer.« Kelsi zuckt die Achseln. »Jedenfalls hat er das behauptet. Und hinterher seinen Browserverlauf sorgfältig gelöscht. Angeblich wurde sein Handy geklaut.«

Duncan hat gesagt, Finn hätte *einigen Blödsinn* verzapft. Ich habe das nicht vergessen, aber gehofft, dieser Blödsinn würde der Vergangenheit angehören. Was, wenn es nicht so ist?

»Vielleicht ist dein Finn ja für den Einbruch im Cottage und den kaputten Zaun verantwortlich«, behauptet Kelsi. »Ich finde, er sieht aus wie einer von diesen Umweltfreaks.«

Mein Finn? Ich lache prustend. »Gestern fiel er noch unter die Kategorie *heißer Typ*.«

»Das eine schließt das andere ja nicht aus.«

»Du wiederholst dich, Kelsi. Finn ist Duncans Großneffe. Und Duncan würde ihn nicht auf Badfearna dulden, wenn die Gefahr bestünde, dass er hier irgendwelchen Schaden anrichtet.«

»Der Neffe des Wildhüters zu sein, ist doch die beste Tarnung überhaupt«, schießt Kelsi zurück. »Du bist naiv, Schwesterherz. Aber Liebe macht ja bekanntlich blind.«

Ich schließe die Augen und hole tief Luft, um Kelsi nicht etwas an den Kopf zu werfen, das ich später bereuen werde. »Und du guckst zu viele Netflix-Serien mit Bad Boys«, erwidere ich. »Was ist eigentlich los mit dir, Kels? Warum unterstellst du Finn so etwas? Hat er irgendetwas zu dir gesagt, das nicht in dein Weltbild passt? Oder ist dir einfach bloß langweilig?«

»Ich ...« Ihr Gesichtsausdruck wird ernst und sie schüttelt den Kopf. »Keine Ahnung, ich traue ihm einfach nicht über den Weg.«

Ich seufze. »Finns Mutter ist letztes Jahr gestorben und er kommt nicht damit klar«, sage ich. »Vielleicht ist es ja das, was dir an ihm seltsam vorkommt. *Er trauert.*«

Das sitzt. Kelsi presst die Lippen zusammen und schweigt. Na endlich. Aber in mir ist die Saat des Zweifels gesät.

Der blaue Himmel ist mit flamingoroten Wolken gesprenkelt, die Abendluft noch warm. Ich habe mir *Die Geheimnisse von Loch Maree* von Donald MacKenzie aus der Bibliothek der Lodge geholt und sitze mit Stift, Schreibblock und Buch auf der Bank am Pier, um an meinem Aufsatz über die Reformation zu arbeiten.

Als ich Schritte höre, hebe ich den Kopf und mein Herz macht einen kleinen Satz, denn Finn hält geradewegs auf mich zu. Er steckt in seinen löchrigen Jeans und trägt ein schwarzes T-Shirt unter einem rot-schwarz karierten Hemd. Seine Haare sind noch feucht vom Duschen. Auch ohne irgendwelche Designerklamotten sieht er verdammt gut aus.

Ich lege das Buch zur Seite. »Hey.«

»Hi.« Finn stützt sich aufs Geländer und sieht mich von der Seite an. »Was macht dein Fuß?«

»Schon viel besser. Ich merke fast nichts mehr.«

»Das ist gut.« Finn lächelt und mein Herz schlägt Purzelbäume.

»Ist der Zaun repariert?«

»*Aye*. Hat keine zwei Stunden gedauert. Die beiden Jungs hatten es drauf.« Er deutet auf mein Buch. »Was liest du denn da? Einen Liebesroman?«

Ich halte ihm das Cover entgegen. »Hausaufgaben«, füge ich erklärend hinzu.

»Donald MacKenzie? Ein Verwandter von dir?«

»Ein entfernter Cousin meines Großvaters. Er hat sämtliche Mythen und Geschichten über den See und die Inseln zusammengetragen, die es gibt. Interessiert dich das? Du kannst das Buch ausleihen.«

Finn nickt. »Es interessiert mich tatsächlich.« Er dreht sich um, sodass er nun mit der Hüfte gegen das Geländer lehnt. »Ich habe gehört, auf einer der Inseln soll es einen Wunschbaum geben.«

»Ja, auf der Isle Maree. Von Fox Point aus ist es die kleine Insel, die dem Ufer am nächsten ist.«

»Fox Point?«

»Meine Lieblingsbucht, in der du schwimmst und dich mit deinem Fuchs triffst.« Über Finns Gesicht huscht ein ungläubiges Lächeln.

»Weshalb hast du mir damals eigentlich nicht erzählt, dass du zu deinem Großonkel willst?«

»Keine Ahnung.« Er zuckt die Achseln. »Vielleicht, weil ich zu diesem Zeitpunkt noch nicht wusste, was ich wirklich will.«

»Und jetzt weißt du es?«

»Ja. Ich will auf die Insel. Denkst du, es wäre okay, wenn ich mir eins der Kajaks ausborge?«

»Jetzt? Du willst *jetzt* noch zur Insel?«

»Warum nicht? Die Sonne scheint und es ist noch lange hell.«

»Also, ich glaube nicht, dass mein Dad etwas dagegen hat, aber du musst ihn fragen. Allerdings ...«

»Was?«

»Dad wollte nach dem Abendessen mit meiner Mum skypen und ... na ja, ihn dabei zu stören ist wenig ratsam.«

»Okay, verstehe«, sagt Finn mit deutlicher Enttäuschung in der Stimme. »Dann eben ein anderes Mal.«

Wir sehen uns an und mein Herz schlägt laut und schnell. Finn wird nicht bleiben, um weiter Small Talk mit mir zu machen. Er ist nur wegen des Kajaks hier, nicht meinetwegen. Aber ich will nicht, dass er geht. »Ich frage meinen Dad, okay?«

»Das würdest du für mich tun?«

Nicht nur das, denke ich und sage: »Ich kann es versuchen.«

»Cool. Danke, Lia.«

Ich schnappe meine Sachen und wir laufen zusammen zum Blackhouse. »Bist du schon mal Kajak gefahren?«, will ich von ihm wissen, weil man auf dem Loch Maree durchaus in Seenot geraten kann, wenn man keine Ahnung vom Kajakfahren hat.

»Keine Sorge«, erwidert Finn, »ich werde mich auf dem Wasser besser anstellen als am Berg.« Er hebt seine Hand mit dem Pflaster.

Wir stehen vor dem Haus. »Warte lieber hier«, sage ich.

Wie vermutet, ist Dad in seinem Büro und skypt mit Mum. Ich höre seine laute Stimme hinter der massiven Tür, sie streiten mal wieder. Langsam bin ich es leid. Aber ich habe Finn etwas versprochen, also klopfe ich. Dads Stimme verstummt und sein Kopf erscheint in der Tür. »Was gibt's, Amelia?«

»Kann ich Mum Hallo sagen?«

»Na gut, aber mach es kurz. Ich muss mit ihr ein paar wichtige Dinge besprechen.«

Ich folge ihm in sein Büro und sehe Mum auf dem Bildschirm, wie sie sich Tränen aus dem Gesicht wischt.

»Hi, Mum. Alles in Ordnung?«

»Ja, alles bestens, Liebes.«

Neben dem Computer liegen Kontoauszüge und ich vermute, Mum und Dad liegen sich mal wieder des Geldes wegen in den Haaren. Ich kann die Spannung, die zwischen beiden herrscht, im Raum spüren, obwohl Mum auf der anderen Seite des Ozeans ist. »Finn und ich wollen noch eine Runde Kajak fahren«, sage ich unvermittelt.

Dad starrt mich mit zusammengezogenen Augenbrauen an und Mum fragt: »Wer ist Finn?«

»Gretas Großneffe. Er wohnt bei Duncan und arbeitet den Sommer über für Dad.«

»Also, ich weiß nicht«, setzt mein Vater an. »Es ist schon spät und ...«

Dad weiß ganz genau, wie herrlich es ist, an so einem sonnigen Sommerabend zwischen den Inseln entlangzupaddeln. Es ist auch nicht das Kajakfahren an sich, das ihn mit seiner Antwort zögern lässt. Es ist das *Finn und ich,* das ihm nicht behagt. Offenbar hat Dad genau solche Vorbehalte gegen Finn wie Kelsi. Oder hat sie ihre von ihm?

»Finn ist supernett«, erkläre ich Mum. »Aber Dad mag es nicht, wenn ich mich mit einem nichtstandesgemäßen jungen Mann abgebe. Ich brauche dich hier, Mum.«

Mein Vater seufzt.

»Lass sie doch, Alexander«, sagt Mum. »Lia kennt den See, das weißt du.«

»Also gut«, meint Dad, der nicht die Nerven hat, auch noch darüber einen Streit mit Mum vom Zaun zu brechen. »Aber Punkt neun seid ihr zurück.«

»*Aye,* Käpt'n.« Ich gebe ihm einen Kuss auf die stoppelige Wange und in seinen grünen Augen leuchtet ein müdes Lächeln auf.

»Bye, Mum.« Ich winke ihr.

»Viel Spaß, Liebes. Und das nächste Mal erzählst du mir mehr von diesem Finn.«

Finn vermag nur schlecht zu verbergen, wie wenig begeistert er davon ist, dass ich ihn begleiten werde. Das versetzt mir einen herben Dämpfer. So viel zu *supernett.*

»Befürchtet dein Vater, dass ich mich mit einem seiner Kajaks davonmache, um es auf Ebay zu versteigern?«, fragt er missmutig, als wir zusammen zum Bootshaus laufen.

»Akzeptier es doch einfach«, entgegne ich und versuche, mir meine Enttäuschung nicht anmerken zu lassen. »Wenn ich Dad versichere, dass du mit dem Kajak umgehen kannst, lässt er dich das nächste Mal vielleicht allein fahren.«

Das *vielleicht* klingt schnippischer als beabsichtigt.

Finn holt Luft, um etwas zu entgegnen, doch Lia ist anders, seit sie bei ihrem Vater im Büro war. Irgendwie gereizt und stachlig. *Kleine Distel* passt ziemlich gut zu ihr. »Na schön«, bemerkt er trocken. »Dann teste meine Kajakkünste und führe mich zur geheimnisvollen Insel, Mylady.«

Lia gibt ein ärgerliches Schnauben von sich. Sie mag es nicht, wenn er sie mit *Mylady* betitelt, weil es sie daran erinnert, dass sie auf Badfearna das Sagen hat und er ihren Anweisungen folgen muss. Lia mag ihn. Und weil sie so anders ist als ihre Schwester und die Mädchen, mit denen er bisher zu tun gehabt hat, denkt Finn manchmal auf eine Weise an sie, die sein Inneres zum Flackern bringt. Aber er kann nicht aus seiner Haut, denn er hat keine mehr. Anstelle der Haut trägt Finn schon lange einen Panzer.

Unwirsch drückt Lia ihm eine Schwimmweste in die Hand.

»Alles okay mit dir?«, fragt er.

»Alles bestens.« Sie sieht weg. Dann schaut sie ihn wieder an. »Es ist in Ordnung, wenn du allein zur Insel paddeln willst. Es war meine Idee, dich zu begleiten. Ich dachte ...« Lia schüttelt den Kopf. »Ich hätte dir gerne die Insel und den Wunschbaum gezeigt.«

Verdammt, warum ist bloß alles so kompliziert? Er steckt

tief im Schlamassel und weitere Komplikationen kann er nicht brauchen. Aber er will den Kiesel loswerden. »Zeig mir deine Insel, Lia.« Finn macht eine leichte Verbeugung. »Es ist mir eine Ehre.«

»Es ist nicht *meine* Insel und du musst nicht nett zu mir sein, weil ich die Tochter deines Chefs bin. Ich bin ein großes Mädchen.«

Lia wendet sich zum Gehen und Finn sollte sie gehen lassen, stattdessen hält er sie am Arm fest. »Ich bin sauer auf deinen Vater, weil ich das Gefühl habe, er traut mir nicht. Als ob ich eine Gefahr für euer Tafelsilber bin oder so. Aber ich fände es schön, wenn du mir die Insel zeigst.«

»Wirklich?« Lias Augen leuchten.

Finn nickt und versucht ein Lächeln.

Zwanzig Minuten später sind sie mit zwei Kajaks auf dem See und paddeln in nördliche Richtung. Manchmal fällt Sonnenlicht in die Tiefen des Lochs und Finn kann bis auf den Grund blicken, so klar ist das whiskyfarbene Wasser. Es ist eine Weile her, dass er gepaddelt ist, aber sein Körper erinnert sich, und bald hat er seinen Rhythmus gefunden und kann mit Lia mithalten.

Mit gleichmäßigen Paddelschlägen folgt er ihr über den dunklen See und seine Gedanken wandern zurück zur *Celtic Youth*-Akademie, zum täglichen Kräftemessen mit seinen Kameraden. Zurück auf den Platz, wo er mit dem Ball am Fuß über den Rasen schwebt und seinen Gegenspieler ins Leere laufen lässt. Seine spektakulären Tore, die Partys, das Geld, die Mädchen. Ein anderes Leben, *Vergangenheit*. Es fällt Finn zunehmend schwer, sich an die leidenschaftliche Freude zu erinnern, die er beim Fußballspielen einst empfunden hat. Er war ein guter Spieler gewesen, ein starker Typ, immer bereit, alles zu geben. Wenn er das nun nicht mehr ist, wer ist er dann?

Finn sieht die Miettürme in Barrowfield vor sich, den räudigen Rasen auf dem Bolzplatz, die ständig überquellenden Mülltonnen, die Graffitis an den Wänden. Er hört die nie pausierende Geräuschkulisse, die heulenden Polizeisirenen. Sieht seine erschöpfte Mum, die nach der Schicht zusammengesunken auf der Couch hockte, ein Bier in der einen, die Fernbedienung in der anderen Hand. Wie wird man, wer man ist? Und welche Rolle spielt die Herkunft dabei? Wäre er ein anderer Mensch geworden mit einer Kindheit an einem Ort wie Badfearna?

Lia hört auf zu paddeln und wartet, bis er neben ihr ist. Sie nennt ihm die gälischen Namen der Inseln, die sie nun passieren: *Eilean Chalamhain, Eilean Mic an Fhularaich, Eilean Eachainn.* Der Sog des Dahingleitens erfasst ihn, während er den märchenhaft klingenden Namen aus Lias Mund lauscht. Inzwischen stört es ihn nicht mehr, dass sie bei ihm ist. Wie ein sanftes Kribbeln spürt Finn die Ehrfurcht vor der Schönheit, die ihn umgibt, und lässt sich auf die Welt des Sees ein.

Die Isle Maree ist eine zerklüftete kleine Insel nahe am Nordufer, etwas abseits der anderen Inseln. Sie paddeln in eine kleine Bucht an der westlichen Spitze, die von flachen Felsplatten und von kerzengerade gewachsenen Kiefern gesäumt ist. Dort gehen sie an Land, ziehen die Kajaks auf den Kieselstrand und entledigen sich ihrer Schwimmwesten. Kurz überlegt Finn, den verfluchten Kiesel auf der Stelle unbemerkt loszuwerden, entscheidet sich jedoch anders. Erst will er die Insel ein wenig kennenlernen, will herausfinden, ob sie ihm etwas zu sagen hat.

Lias blauer Blick streift ihn. »Bereit für ein paar Geschichten über die Isle Maree?«, fragt sie, und als er nicht gleich antwortet, sagt sie: »Ich will dir damit nicht auf die Nerven gehen.« Auf einmal wirkt Lia beinahe schüchtern, als wäre ihr gerade erst bewusst geworden, dass sie hier ganz allein mit ihm ist.

Finn macht eine leichte Verbeugung. »Ich wäre Ihnen sehr verbunden, wenn Sie Ihr geschätztes Wissen mit mir teilen, Mylady.«

Mit einem lauten Seufzen läuft Lia los und Finn folgt ihr. Von seiner Mum weiß er, dass die Insel seit heidnischen Zeiten ein heiliger Ort mit uralten Kultstätten ist, und jetzt lässt Lia mit ihrer warmen Mädchenstimme die vergangenen Zeiten vor seinen Augen auferstehen.

»Die Druiden und später die Priester haben ihrem Gott hier auf der Insel Stiere geopfert. Im Inneren der Insel stand sogar mal ein richtiger Opferaltar, aber davon ist nichts mehr übrig. Mitte des 6. Jahrhunderts kamen Columban und seine Mönche auf die Insel und stellten ein steinernes Kreuz auf.« Lia dreht sich zu ihm um. »Von dem ist leider auch nichts mehr übrig.«

Vom heiligen Columban, dem irischen Wandermönch, hat Finn wie jedes Kind in Schottland in der Schule gehört. Der Mönch hatte das Evangelium verkündet, überall in Schottland Klöster gegründet und ist bis heute wegen seiner Wunder bekannt. Die Geschichte, in der Columban das Ungeheuer von Loch Ness bezwingt, hatte seine Mum ihm immer wieder vorgelesen. Lias Stimme verwandelt sich in die seiner Mum ...

»Als das Ungeheuer sich mit aufgerissenem Maul auf einen von Columbans Mönchen stürzen wollte, rief Columban den Namen Gottes an, zeichnete das rettende Zeichen des Kreuzes in die Luft und bot dem Ungeheuer mit den Worten *Du wirst keinen Schritt weiter gehen, du wirst den Mann nicht berühren. Weiche sofort zurück!* die Stirn.«

Finns Magen zieht sich zusammen, als böse Erinnerungen ihn heimsuchen. Wie er versucht, es Columban gleichzutun und das Ungeheuer mit Worten zu bannen. Es ihm aber nicht gelang.

»Finn? Hörst du mir überhaupt zu?«, fragt Lia entrüstet.

»*Aye* ... Columban und sein Kreuz«, wiederholt er.

Lia mustert ihn. »Äh ... ich war schon hundert Jahre weiter.«
»Hundert Jahre weiter?« Finn runzelt verwirrt die Stirn.
»Ja.« Lia schüttelt den Kopf. »Da kam *Maelrubha*, der Rote Mönch, von Applecross auf diese Insel. Er fand den Opferstein der Druiden und Columbans Kreuz und baute eine Einsiedelei mit einer Kapelle drum herum.« Sie deutet auf einen Pfad, der zwischen Bäumen verschwindet. »Komm, ich zeige dir, was davon übrig ist.«

Knorrige Eichen mit Stämmen, die fast horizontal wachsen, Buchen, Erlen, Ebereschen und drei Meter hohe Stechpalmen, deren glänzende dunkelgrüne Blätter dornig gezähnt sind, empfangen sie, je tiefer sie ins waldige Innere der Insel tauchen.

»Bei den Druiden gab es den Brauch, Eicheln in Gräber zu legen«, erklärt Lia. »Und Maelrubha hat später die Stechpalmen auf die Insel gebracht. Dies ist die einzige Insel im ganzen See, auf der Eichen und Stechpalmen wachsen.«

Finns Blick wandert über Lias runden Hintern in den engen Jeans hinauf zu ihrem Haar, das auf ihren Schultern wippt. Haar, in das er sein Gesicht tauchen möchte. Finns plötzlicher Wunsch nach Nähe pulsiert in seinem Inneren an einer Stelle, an die er schon lange nicht mehr herankommt. Für einen Moment blendet er Druiden, Mönche und Stechpalmen aus und stellt sich vor, mit Lia unter dem Wunschbaum zu liegen, so wie seine Mum mit seinem unbekannten Vater.

Lia leitet ihn einen flachen Hang hinauf, der zu einem ungepflegten Gräberfeld mit bemoosten Grabsteinen führt. Einige davon sind sehr alt und natürlich weiß Lia auch dazu eine tragische Geschichte, die von einem Wikingerprinzen und seiner schottischen Liebsten erzählt. Nicht weit von den Gräbern entfernt, liegen die halb im Erdreich versunkenen Überreste der Kapelle und der alten Einsiedelei.

In diesem Moment entdeckt Finn den Wunschbaum – oder besser das, was davon übrig ist. In der rissigen Rinde der uralten Eiche stecken Hunderte oxydierte Kupfermünzen, einige von ihnen sind verbogen und unförmig, wie die geschmolzenen Taschenuhren auf diesem Bild von Dalí.

»Die meisten Münzen sind uralt«, sagt Lia, »aber es kommen immer noch Leute hierher, um eine Kupfermünze in den heiligen Baum zu treiben und die Insel um einen Gefallen zu bitten. Inzwischen ist der Baum allerdings mausetot, gestorben an einer Kupfervergiftung.«

Im trockenen Eichenlaub am Boden liegt ein großer, heruntergebrochener Ast. Hunderte von Grünspan in den verschiedensten Schattierungen überzogene Münzen lassen ihn aussehen wie ein schuppiges Ungeheuer, ein Fabelwesen aus der Anderswelt. Finn verschlägt es den Atem bei seinem Anblick, denn darauf ist er nicht vorbereitet.

Lia setzt sich auf ein dickes Moospolster und zieht die Beine an die Brust. »Früher gab es hier einen magischen Brunnen. Das Wasser des Sees und des Brunnens sollen Heilkräfte besessen haben, mit denen man Wahnsinn heilen konnte. Die Heilkur bestand darin, die kranken Menschen zu fesseln und mehrmals in den See zu tauchen. Danach mussten sie Wasser aus dem Brunnen trinken, dem See drüben am Fox Point ein paar Münzen opfern und *voilà*, sie waren geheilt.«

»Oder sie sind vor Angst wirklich verrückt geworden.« Finn lässt sich neben Lia nieder. In Gedanken versinkt er in längst vergangenen Zeiten, von denen nur noch ein Echo übrig geblieben ist, ein paar Kupfermünzen und Steine.

»Der Brunnen, was ist denn mit ihm passiert?«

»Den gibt es schon lange nicht mehr, er ist ausgetrocknet. Ein Ziegenhirt von Badfearna brachte seinen verrückten Hund hierher, um ihn zu heilen. Erst ertränkte er ihn halb in der Bucht, dann stieß er ihn in den Brunnen. Seit diesem Tag ist die Quelle versiegt und kann keine Wunder mehr vollbringen.«

»Wow, das ist ...« Finn sucht nach Worten.

»Verrückt?« Lias Augen funkeln amüsiert.

»*Aye*, das kann man so sagen.« Finn legt seine Unterarme auf die Knie und lässt den Blick erneut über den Ast mit den Münzen schweifen. Auf einmal spürt er einen Anflug von Hoffnung in seinem Inneren, ein Gefühl, als wäre doch noch nicht alles verloren. Er muss der Insel nur ihren Kiesel zurückgeben und sein Leben würde wieder in Ordnung kommen. Robbie Talbot würde ihn nicht verraten, die Polizei keinen Zeugen für seine Tat finden und er müsste nicht ins Gefängnis. Er könnte hierbleiben, auf Badfearna, das Feenmädchen mit den blauen Augen heiraten, eine Reihe Kinder mit ihr in die Welt setzen und glücklich im Märchenschloss leben bis ans Ende seiner Tage.

Lia mustert ihn mit einem fragenden Lächeln. Finn versucht, ihrem Blick standzuhalten, aber er schafft es nicht, er muss wegsehen.

Seine Hoffnungen sind kindisch, und das weiß er. Doch der Gedanke an die Möglichkeit von Liebe überwältigt ihn.

»Ist wirklich alles okay mit dir?«, fragt Lia mit einem besorgten Stirnrunzeln. »Du schaust so komisch. Was ... was hast du denn?«

Jemanden ins Koma befördert. Keine Papiere, kein Leben. Angst, dass wenn du mich berührst, ich meinen Panzer verliere und in Einzelteile zerfalle. Den brennenden Wunsch, dich zu küssen und dir alles zu erzählen, Lia MacKenzie. Aber dann würdest du schreiend vor mir davonlaufen.

»Ich bin auf dieser Insel gezeugt worden«, bricht es aus ihm heraus.

Mein Lachen ist eine Art Reflex. Ich glaube Finn kein Wort, aber ich würde ihn jetzt unheimlich gerne küssen. Dann sehe ich in seinen Augen, dass er wirklich meint, was er da gesagt hat.
»Tut mir leid, das war ... nicht cool von mir«, bekenne ich. »Aber es klingt irgendwie ...«
»Verrückt?«
Ich nicke. »Duncan hat mir erzählt, dass deine Mum gestorben ist. Es tut mir furchtbar leid, Finn, ich kann mir das gar nicht vorstellen. Sie zu verlieren, muss schlimm für dich gewesen sein.« Ich sehe ihn von der Seite an. »Wie ... wie war sie denn so? Erzählst du mir von ihr?«

Mit zusammengepressten Lippen reißt Finn eine Heidedolde ab und zerpflückt sie in ihre Einzelteile. Er wird nicht reden, denke ich, aber dann tut er es doch.

»Sie hätte dich gemocht.« Sein Lächeln ist warm und gleichzeitig traurig. »Mum hatte was übrig für blaublütige junge Damen und Herrenhäuser. Badfearna wäre ...«, er schüttelt den Kopf, »ich wünschte, sie hätte es sehen können.« Finn schweigt eine Weile und zupft am Heidezweig herum, bevor er ihn wegwirft. »Sie war die beste Mum der Welt. Liebevoll und lustig, eine Kämpferin. Bis der Krebs sie in die Knie zwang. Mum hat ... sie hat gekämpft.« Seine Stimme erstickt beinahe in Traurigkeit. »Und für eine Weile schien es so, als hätte sie ihn besiegt. Dann kam Corona und das Virus hat sie erwischt.

Sie hat sich im Krankenhaus infiziert, hing wochenlang an der Lungenmaschine, bevor sie starb. Mum war erst achtunddreißig, verdammt.« Finn holt geräuschvoll Luft und ich würde ihn gerne umarmen, doch ich wage es nicht, mich zu rühren. »Hier auf dieser Insel«, sagt er, »ich ... ich kann Mum fühlen, als wäre sie bei mir. Das ist ... verrückt.«

»Nein«, erwidere ich leise. »Es ist schön.«

Finn wischt sich über die Augen und mein Herz öffnet sich weit, um ihn mit all seiner Trauer darin aufzunehmen.

»Hast du Geschwister?«, frage ich.

Finn schüttelt den Kopf.

»Und dein Dad, was ist mit dem?«

Die nächste Heidedolde muss dran glauben. »Ich bin so ein Junge, der seinen Vater nicht kennt«, antwortet Finn. »Aber laut Mum stammt er hier aus der Gegend.« Er blickt mich kurz an und dann wieder weg. »Sie haben sich unter dem Wunschbaum geliebt.«

»Dann bist du also ein Wunschkind.« *O Lia.* Ich ziehe meine Hand zurück, weil ich mich für meine unbedachten Worte in Grund und Boden schäme.

»Wohl kaum.« Finn lacht kopfschüttelnd. »Es war nur eine einzige Nacht. Mum hatte einen festen Freund in Glasgow.«

Finns Familiengeschichte ist kein gutes Thema, stelle ich fest. War er deshalb von Glasgow hier heraufgekommen? Um nach seinem leiblichen Vater zu suchen? »Und du weißt gar nichts über deinen Dad?«, hake ich nach. »Vielleicht lebt er ja noch irgendwo hier in der Gegend.«

»Mum kannte nur seinen Vornamen. Er hieß Fraser und mehr weiß ich nicht.«

»Hat deine Mum gar nicht nach ihm gesucht? Ich meine, als sie merkte, dass sie mit dir schwanger war?«

»Nein. Sie hat ihren Freund in dem Glauben gelassen, ich wäre sein Sohn. Als ich zwei war, brachte er diesen Hund mit nach Hause, der mir das Gesicht zerfleischt hat – und das war's dann. Mum hat mich allein großgezogen. Hat jahrelang bei reichen Leuten geputzt und am Abend noch am Tresen in einer Bar gearbeitet.«

Mist. Nun wird mir einiges klarer. Mir fällt nichts ein, was ich darauf sagen könnte.

»Meine Mum, sie ... sie hat damals etwas mitgenommen von der Insel«, druckst Finn herum. »Einen Kiesel.«

»Aber das durfte sie nicht!«, rufe ich erschrocken. »Man darf nichts mitnehmen von hier, nicht einmal eine läppische Eichel. Das bringt jahrelanges Unglück.«

»*Aye,* ich weiß.« Finn lehnt sich zurück, schiebt eine Hand in die Vordertasche seiner Jeans und fördert einen Stein zutage, weiß, glatt und geformt wie ein Vogelei. »Er hat meiner Mum nichts als Unglück gebracht«, sagt er mit rauer Stimme. »Und es scheint so, als hätte ich den Fluch der Insel geerbt.«

Plötzlich begreife ich. »Deshalb wolltest du allein auf die Insel«, murmele ich mit belegter Stimme. »Um den Kiesel zurückzubringen?«

Finn nickt.

»Tut mir leid«, stammele ich. »Du hättest es mir sagen müssen.«

Er sieht mich von der Seite an. »Ich dachte, du lachst mich aus, wenn ich dir diese Geschichte erzähle.«

Verflixt. Genau das habe ich getan. Finn wendet mir sein Gesicht zu und mein Herz zieht sich schmerzhaft zusammen, so sehr trifft mich der Blick aus seinen dunklen Augen. »Der Wunschbaum ... funktioniert er noch?«

»Die Leute glauben es. Obwohl er abgestorben ist.«

»Und was glaubst du, Lia MacKenzie?«

Ich schätze, zwei Dutzend der türkisfarbenen Kupfermünzen in diesem Baum sind von mir.

»Lia?«

»Ich glaube, dass es einen Versuch wert ist.«

Finn steht auf und durchsucht seine Taschen. »Verdammt, ich habe keine Münze bei mir.« Die Enttäuschung in seiner Stimme geht mir durch Mark und Bein. Ich erhebe mich ebenfalls, fische ein kupfernes Zwei-Pence-Stück aus der Geheimtasche in meiner Jeans und reiche es ihm.

»Aber die Münze gehört *dir*, das wird nicht funktionieren«, protestiert Finn. »Bei all der Magie und den uralten Geistern hier auf dieser Insel sollte ich wohl besser nicht schummeln.« Er sagt das mit einem Lächeln, doch ich merke, es ist ihm ernst.

»Dann gib mir einfach irgendetwas, das dir zwei Penny wert ist.«

Demonstrativ krempelt Finn seine Taschen um. »Ich habe nichts, Lia. Nur diesen verfluchten Kiesel.«

Ich will Finn helfen, ahne, dass er den Tod seiner Mum noch längst nicht verarbeitet hat. Außer Duncan scheint er keine Familie mehr zu haben, niemanden, mit dem er reden kann. Finn soll hier und jetzt die Gelegenheit bekommen, seinen Wunsch auszusprechen. Es ist ihm wichtig – und mir auch.

»Ich habe eine Idee«, sage ich. »Mach deine Augen zu.«

Finn schüttelt den Kopf. Ihm ist das alles nicht geheuer, das spüre ich. *Ich* bin ihm nicht geheuer.

»Sei kein Feigling, mach sie einfach zu.«

Zu vertrauen fällt ihm schwer, doch ein Feigling will er nicht sein. Finn schließt die Augen. Seine Hand, die ich nehme, um die Kupfermünze hineinzulegen, ist groß, trocken und warm. Bestimmt werde ich das gleich bereuen, aber ich kann nicht anders. Ich stelle mich auf die Zehenspitzen und drücke meinen Mund gegen seinen.

Im ersten Augenblick scheint Finn einzufrieren, aber dann spüre ich seine andere Hand auf meinem Rücken und einen Arm, der mich fest an seine Brust zieht. Er öffnet die Augen, sie lächeln mich an.

»Du schummelst«, sage ich mit wild klopfendem Herzen. Und dann sage ich nichts mehr, denn Finn küsst mich. Sein Mund öffnet sich und seine Zunge drückt gegen meine Lippen, meine Zähne. Instinktiv gebe ich nach und mit sanften, warmen Bewegungen umkreist seine Zunge meine. Das ist kein Zwei-Penny-Kuss, dieser Kuss ist viel, viel mehr. Blaue Schmetterlinge. Sand in der Kehle. Regen und Sonne. Ich schmecke Finns Lächeln, seine dunkle Stimme, seine Geheimnisse. *Verlangen.* Ich werde eins mit dem Kuss.

Können Lippen und Hände tun, was der Kopf nicht will? Finn weiß, es ist falsch, Lia und sich selbst mit einem Kuss Hoffnungen zu machen. Sie können unmöglich zusammenkommen, trotzdem küsst er sie. Vergisst alle Vorsätze und taucht in Lias weichen, warmen Mund, mit seiner Zunge, mit seiner ganzen Sehnsucht. Lässt sich fallen in die Möglichkeit, jemandem wirklich nahe zu sein.

Lias keuscher Zwei-Penny-Kuss war der ehrlichste, den Finn je von einem Mädchen bekommen hat, und er hat seinen Schutzpanzer durchdrungen. Nun blutet Finn und fühlt und das tut verdammt weh. Es ist die bescheuerte Hoffnung, die sich durch den Riss im Panzer einen Weg aus seinem Inneren bahnt und nicht mehr zurückdrängen lässt. Wie ein Irrer, der zur Heilung seines Wahnsinns in den See getaucht wird, klammert er sich an Lia. Ihre Brüste unter dem T-Shirt sind fest und warm. Finn spürt ihren Druck an seiner Brust und Sehnsucht steigt in ihm hoch. Lia schlingt ihre Arme um ihn und nur ihre Umarmung verhindert, dass er ertrinkt.

So stehen sie eine Weile. Finn sammelt sich, um zu sagen, was er sagen muss. Vorsichtig, aber bestimmt fasst er Lia an den Armen und schiebt sie ein Stück von sich weg. Er schafft Abstand zwischen ihren Körpern, holt tief Luft, um etwas zu beenden, bevor es angefangen hat. Doch als Finns Blick in Lias blaue Augen fällt, versiegen ihm die Worte. In ihnen liegt, wonach er sich sehnt, was er jetzt braucht. Wärme und echte Zuneigung. Darauf kann er nicht verzichten. Nicht an diesem verrückten Tag, nicht hier, auf dieser magischen Insel.

»Das war ... schön.« Lia lächelt ihn an. »Jetzt gehört die Münze dir und du kannst dir etwas wünschen. Ich warte so lange bei den Kajaks auf dich.«

»*Aye*. Aber, Lia ...«

»Ja?«

»Ich weiß gar nicht, wie das geht.«

»Du weißt nicht, wie man sich etwas wünscht?«

Finn fährt sich mit dem Handrücken über den Mund. »Ich meine, gibt es etwas, das ich beachten muss?«

»Steck die Münze zu den anderen in den Stamm und sprich deinen Wunsch laut aus, das ist superwichtig. Du musst ihn laut aussprechen, damit der Zauber wirkt. Aber du solltest der Insel den Kiesel zurückgeben, *bevor* du dir etwas wünschst.«

Ich spüre Finns Blicke in meinem Rücken, als ich mit weichen Knien durch den Wald zum Ufer zurückgehe. Mein Kuss, gekauft für zwei Penny, war die spontane Idee eines verliebten Mädchens gewesen. Finns Kuss hat mir den Boden unter den Füßen weggezogen. Er rauscht immer noch wie eine Droge durch meine Adern und vernebelt mein Hirn. Ich fühle mich in jenen verzauberten Zustand versetzt, der im Altschottischen *Glamourie* heißt, in dem alles, auch das simpelste Ereignis, voller magischer Möglichkeiten steckt.

Kurz vor dem kleinen Kiesstrand stolpere ich über meine eigenen Füße, werde buchstäblich hinweggerissen vom Gefühl des Verliebtseins und kann gerade noch so verhindern, dass ich stürze. Durchdrungen von diesem Gefühl, schaue ich über den schimmernden See und frage mich, ob der Kuss auch für Finn eine Bedeutung hat. Mag er mich doch mehr, als er zu zeigen bereit ist? Oder ist Finn einfach jemand, der gut küssen kann? Jungs sind so, sie sagen nicht Nein, wenn sich ein Mädchen ihnen an den Hals wirft. Denn genau das hatte ich letztendlich getan – mich ihm an den Hals geworfen.

Noch bevor ich mir darüber zu viele Gedanken machen kann, kommt Finn zwischen den Bäumen hervor. Ich gehe zu meinem Kajak und lege die Schwimmweste an. Tuc so, als ob ich schon oft so geküsst worden wäre, und frage: »Alles erledigt?«

Verwundert schaut Finn mich an, als wäre ich plötzlich eine andere. »*Aye*, ich denke schon.«

»Wir müssen zurück«, sage ich. »Ich habe meinem Dad versprochen, spätestens um neun wieder da zu sein.«

»Verstehe. Nun, den Laird solltest du nicht warten lassen.«

Im Bootsschuppen verstaut Finn die Kajaks in ihren Halterungen und ich hänge die Schwimmwesten zurück. Schweigend laufen wir nebeneinanderher und ich wünsche mir aus tiefstem Herzen, Finn würde etwas sagen oder einfach nur meine Hand nehmen, um zu zeigen, dass dieser Kuss für ihn nicht nur irgendein Kuss war. Aber nichts dergleichen geschieht.

Vor der schwarz lackierten Eingangstür zum Blackhouse bleiben wir stehen. »Lia, ich ...«

Flehend sehe ich Finn an. Ich sollte ihn nicht so ansehen, aber ich will nicht hören, was er mir sagen will.

»Wir sollten nicht ... *verflucht.*« Finn legt den Kopf in den Nacken und schließt die Augen. »Ich kann nicht, Lia. Ich bin ...«

In diesem Moment öffnet sich die Tür und Kelsi kommt heraus, verkabelt mit ihrem iPod, umgeben von einer blumigen Duftwolke, als wolle sie auf eine Party.

Finn schiebt die Hände in die Vordertaschen seiner Jeans und sagt: »Danke, Lia. Für alles.« Er dreht sich um und geht.

Kelsi wirft mir einen fragenden Blick zu, aber ich zucke nur die Achseln und flüchte ins Haus.

Finns Kuss war eine Offenbarung gewesen und er hatte sich dabei an mir festgehalten wie ein Ertrinkender. Doch wie es scheint, hat er beides schnell bereut. Ich verstehe es nicht und brauche Rat von jemandem, der mit solchen Dingen Erfahrung hat.

»Hey«, meine beste Freundin sieht mich erwartungsvoll an. »Gibt es ein neues Kapitel für meinen Roman?«

»O ja.« Mir kommen die Tränen und ich wische sie mit einem Lachen weg.

»Was ist los, *ma chérie?*«

»Ich ... ich habe mir einen Kuss von Finn erkauft.«

»Du hast *was?*«

»Ein Kuss für zwei Penny, Zoé. Wir waren zusammen auf Penny Island und Finn brauchte eine Münze, weil er sich etwas wünschen musste. Aber er hatte keine dabei und geschenkt wollte er meine Münze nicht nehmen, also ...«

»*Oui*, das ist definitiv ein neues Kapitel«, ruft Zoé voller Begeisterung. »Eine unvorhergesehene Wendung, das ist wunderbar. Erzähl schon, Lia! Warum *musste* Finn sich etwas wünschen und was genau ist passiert?«

Während ich Zoé unseren Inselausflug schildere, merke ich, dass ich das eigentlich gar nicht will: ihr erzählen, was auf der Insel passiert ist. Schon gar nicht *genau*. Finn hat mir Dinge anvertraut, die ich mit niemandem teilen will, nicht einmal mit meiner besten Freundin. Aber ich brauche ihren Rat, also erzähle ich Zoé von meinem Kuss und von seinem und ich wiederhole Finns letzte Worte, bevor Kelsi aus dem Haus kam. *Ich kann nicht, Lia. Ich bin ...* »Was wollte er mir damit sagen, Zoé?«

Zoé beißt sich auf die Unterlippe. »Keine Ahnung, aber da gibt es so einige Möglichkeiten.«

»Zum Beispiel?«

»Zum Beispiel: ›Ich kann nicht, Lia, ich bin gerade Vater geworden.‹ Oder er ist religiös und aus einer Sekte abgehauen. Vielleicht hat Duncan ihm auch verboten, etwas mit dir anzufangen, weil er dich schützen will.«

»Mich schützen?«

»Na ja, ungefähr so: ›Ich kann nicht, Lia, ich bin ein schlechter Mensch‹, verstehst du? Vielleicht ist dein Finn ja so ein richtiger Bad Boy und hat etwas Schlimmes getan. *Shit happens, ma chérie.*«

Ich stehe nicht auf Bad Boys und mir wird ganz elend zumute. Was Zoé da über Duncan gesagt hat, würde allerdings zu ihm passen.

»Hey«, sagt sie in aufmunterndem Tonfall, »mach nicht so ein finsteres Gesicht. Vielleicht ist er auch bloß schwul, dein geheimnisvoller Finn. Hast du schon mal darüber nachgedacht? ›Ich kann nicht, Lia, ich bin vom anderen Ufer.‹ Das wäre eine sehr plausible Erklärung.«

Finn schwul? Nein, auf diesen Gedanken bin ich nie gekommen. Sind meine Hormone derart mit mir durchgegangen, dass ich jegliche Signale in diese Richtung überhört und übersehen habe? Kann man einen so sinnlichen Kuss nur vortäuschen?

»Ich weiß nicht ...«

Zoé lacht. »Na, ich weiß es auch nicht, Süße, ich kenne den Typen ja überhaupt nicht. Aber was du bisher erzählt hast, dieses Hin und Her ... es könnte durchaus sein. Schottische Jungs haben ein großes Problem damit, es sich einzugestehen, wenn sie schwul sind. Und falls sie dann doch den Mut aufbringen, sich zu outen, drehen ihre Väter durch, ihre Kumpels wollen nichts mehr mit ihnen zu tun haben, sie werden beschimpft und stehen plötzlich als Außenseiter da. Was das angeht, befinden wir uns immer noch im finsteren Mittelalter.« Zoé seufzt theatralisch.

»Finn hat mich geküsst, Zoé. Und es war ein schöner Kuss. Ein *richtiger* Kuss.«

»Oh, Süße, glaub mir, das muss nichts bedeuten. Er merkt, du magst ihn, aber er will sich nicht outen, also küsst er dich. Dir bleibt nur eins ...«

»Was?«

»Finde es raus, bevor du ihn heiratest.« Sie grinst.

»Wie denn, Zoé?«

»Das überlasse ich deiner Fantasie. Sei mutig. Das gilt übrigens auch für die anderen beiden Optionen.«

Typisch Zoé, sie nimmt nie ein Blatt vor den Mund. Na gut, ich auch nicht. Bisher jedenfalls. »Gibt es auch noch eine vierte Option?«, frage ich frustriert. »Eine mit Happy End?«

Zoé nickt. »Die gibt es.« Sie macht das Herzzeichen mit beiden Daumen und Zeigefingern.

Endlich kann auch ich lachen. »Ich wünschte, es wäre so einfach wie bei dir und Alec.«

Zoés Grinsen wird schlagartig verlegen, sie windet sich.

»Hey, was ist los?«

»Ich habe jemanden kennengelernt.«

»Was, das ist nicht dein Ernst«, rufe ich verblüfft. »Aber du liebst Alec. Du hattest Sex mit ihm.« Ich presse mir eine Hand auf den Mund, weil ich das so laut gesagt habe. Hoffentlich lauscht Kelsi nicht.

»Ja, na und? Jetzt habe ich Sex mit Luca.«

»*Wow, okay.* Ist er nett?«

»Der Sex?«

»Nein, dieser Luca natürlich.«

»Er ist umwerfend.« Zoé lacht wieder. »Du solltest mal dein Gesicht sehen, *ma chérie.*«

»Ich finde das alles ganz schön verwirrend, Zoé.«

»Aber das ist ja das gerade Aufregende am Verlieben, dieser Zustand der Verwirrung.«

»Ich finde ihn eher beängstigend.«

»Ach was. Sei einfach du selbst, Süße. Mach es auf Lia-Art. Ich wünsche dir von ganzem Herzen, dass dein Finn weder schwul noch ein frischgebackener Vater ist und du an deinem siebzehnten Geburtstag wilden Sex mit ihm hast.«

»Ich glaube, *wild* ist nicht Lia-Art«, erwidere ich skeptisch und doch auf seltsame Art hoffnungsvoll.

Zoé kichert. »Das wird sich erst noch erweisen, *ma chérie.* Aber jetzt muss ich ins Bett.« Sie gähnt. »Luca und ich wollen morgen wandern gehen.«

Wandern? Meine Zoé? Es muss sie wirklich schlimm erwischt haben. »Dann viel Spaß euch beiden.«

»Den werden wir haben. *Au revoir,* Süße.«

Zoé verschwindet vom Bildschirm und kurz darauf macht es *pling!* und ich bekomme eine Nachricht. Es ist ein Foto: Zoé und dieser Luca Wange an Wange, lachend. Sie sind ein schönes, ein strahlendes Paar: Zoé mit schwarzen Locken, Luca sommersprossig und blond. Ich beneide meine beste Freundin darum, dass die Liebe für sie so leicht ist.

Wie wird Alec es aufnehmen, dass seine große Liebe einen anderen hat? Wird Zoé es ihm überhaupt sagen oder ist dieser Luca nur ein Urlaubsflirt für sie? Wie auch immer, das ist Zoés Leben und meins ist hier. *Finn ist hier.* Nur etwa hundert Meter von mir entfernt in Duncans Cottage. Denkt er auch an unseren Kuss? Oder hat er ihn längst vergessen, weil er schon unzählige Mädchen auf diese Weise geküsst hat? Dieser Gedanke macht mich ganz zappelig. *Finde es raus. Finde es raus. Finde es raus.*

Wie jeden Abend geht Finn noch einmal zum See, um zu schwimmen. Laufen und schwimmen – ihm bleibt nur, seinen Körper in Bewegung zu halten, damit seine Ängste und seine Gefühle ihn nicht unterkriegen.

Mooch wartet auf ihn in der Dämmerung hinter der Brücke über den *Caoach Burn*. Finn füttert dem Fuchs Leckerbissen, die er vom Abendessen abgezweigt hat: Hackfleisch von der Shepherd's Pie. Das Tier schmatzt und lässt sich streicheln, während es frisst. »Ich habe schon wieder Mist gebaut, Mooch«, beichtet Finn. »Ich habe Lia geküsst und mich so verdammt lebendig gefühlt wie lange nicht mehr. Weißt du, was: Ich mag sie.«

Mooch hebt den Kopf und sieht ihn aufmerksam an. *Das ist doch gut,* scheint sein Fuchsblick zu sagen.

Finn schüttelt den Kopf. »Nein, nichts ist gut. Das darf einfach nicht noch mal passieren.«

Mooch folgt Finn in den See. Er schwimmt ein wenig am flachen Ufer herum und versucht, einen Fisch zu fangen. Beim

Schwimmen kommen Finn die Verrückten in den Sinn, die man früher in diesem Wasser geheilt hat. Vielleicht gibt es Heilung ja auch für ihn. Er taucht unter. Nein, keine Magie kann ihn vor dem Gefängnis retten. Das kann nichts und niemand.

Die Luft ist kühl, als er aus dem Wasser steigt. Finn tobt mit Mooch herum, bis er trocken ist und sich wieder anziehen kann. Mit nackten Füßen sitzt er am Ufer und wirft flache Steine in den See. »Trau keinem Mann mit einem Gewehr, Mooch«, warnt Finn. »Trau am besten niemandem außer mir, okay?«

Der Fuchs gähnt und niest.

»Ich werde nicht ewig hier sein, um dich zu füttern und auf dich aufzupassen, hörst du. Schon morgen kann es vorbei sein.«

Obwohl ein Tier unmöglich so viel verstehen kann, legt der kleine Fuchs den Kopf schief und es erscheint ein besorgter Ausdruck in seinen Augen. Hat Mooch ihn verstanden? Wie weit reicht sein Fuchsempfindungsvermögen?

»Das ist Anthropomorphismus, Finn«, sagt Finn zu sich selbst und muss lächeln. Ihm wird kalt und er macht sich auf den Weg nach Hause. An der Brücke versucht er, Mooch davon zu überzeugen, ihm nicht weiter zu folgen, als auf einmal ein fröhlicher Archie angelaufen kommt. Hund und Fuchs balgen, knurren sich an und spielen Fangen, wie sie es fast jeden Tag tun, oben im Erlenhain.

Plötzlich steht Duncan mit dem Gewehr auf der Brücke. Der Wildhüter legt an und nimmt den Fuchs ins Visier. Finn rutscht das Herz in die Hose, aber er überlegt keine Sekunde und stellt sich direkt vor die Gewehrmündung.

»Verschwinde, Mooch!«, ruft er panisch und klatscht laut in die Hände. Was in seinem Rücken passiert, kann Finn nicht sehen, aber der Fuchs scheint ihn verstanden zu haben, denn

Archie jagt los. »Der Fuchs gehört zu mir«, sagt Finn mit fester Stimme zu Duncan. »Wenn du ihn erschießt, kannst du mich auch gleich erschießen.«

Kopfschüttelnd nimmt der Alte das Gewehr herunter. »Das hatten wir doch schon, mein Junge.«

Duncan sieht wieder aus wie ein Druide mit seinem langen weißen Hemd, das über der Hose hängt.

»*Mooch?*«, fragt er.

Finn zuckt mit den Achseln. »Er ist ein kleiner Schnorrer.«

»Wenn Archie deinen Fuchs erwischt, Finn, wird er ihn töten.«

»Nein, alter Mann, du irrst dich. Die beiden mögen sich und spielen miteinander. Vermutlich schon, bevor ich nach Badfearna kam.«

»Ist das wahr?«

»*Aye*, sie sind Freunde. Ihr gemeinsames Hobby ist, sich verweste Mäuse zuzuwerfen. Verblüfft dich das?«

»Es gibt wenig, das mich noch verblüfft, Finn. Mein Archie ist alt geworden, so wie ich, und vielleicht ist er des Jagens müde.«

»So wie du?«

Daraufhin erwidert der Wildhüter nichts, doch sein Schweigen ist Finn Antwort genug. »Lass Mooch am Leben, Duncan. Der Fuchs hat mich gerettet dort oben am Berg.« Er erzählt dem Alten, wie er im Unwetter auf dem Pfad gestürzt war und aufgeben wollte, als Mooch ihm den Weg zum Cottage gezeigt hat.

»Warum hast du mir nie etwas davon erzählt?« Duncans Stimme klingt seltsam rau.

»Weil ich nicht wollte, dass du von Mooch weißt.« Finn zuckt die Achseln. »Lia hat mir eine Menge über die Aufgaben eines Wildhüters erzählt.«

Gutmütig schüttelt Duncan den Kopf. »Keine Angst, mein Junge, dein Freund ist sicher vor mir. Aber wenn er Fergus oder dem Laird vor die Flinte kommt, was dann? Für sie ist er nur ein Fuchs unter vielen, einer, der Moorhuhnnachwuchs tötet und Hühnereier stiehlt. Durch dich ist das Tier nun an Menschen gewöhnt, das macht es unvorsichtig.«

»Ich weiß. Vielleicht kannst du den Laird und Carrick darum bitten, Mooch zu verschonen. Man erkennt ihn an seinem verletzten Ohr.«

Duncan schüttelt den Kopf. »Wenn ich das tue, bin ich meinen Job los, Finn. Tut mir leid.«

Gemeinsam gehen sie zurück zum Cottage. »Lia hat mir erzählt, du hattest auch mal einen zahmen Fuchs.«

»*Aye*, das ist sehr lange her, ich war damals jünger als du. Es war eine Fähe und ich habe sie Vicky getauft.«

»Vicky?«

»Nach der Queen«, offenbart Duncan und dann müssen sie beide lachen. »Erzähl keinem, dass du einen Fuchs fütterst, okay? Das gibt nur Ärger.«

»Okay.«

»Du warst heute mit Lia auf der Insel?«

Finn schluckt trocken. »Woher weißt du das?«

»Das ist Badfearna, Finn, hier bleibt nichts verborgen. Der Laird war jedenfalls ganz und gar nicht begeistert, dass seine Tochter mit dir auf dem See herumpaddelt. Er hat mich gefragt, ob sich da was anbahnt zwischen euch. Sei vorsichtig, nimm dich in Acht vor ihm.«

Finn denkt an Lia und fühlt den Kuss. Fühlt die verräterische Hoffnung und versucht, sie aufs Neue zurückzudrängen. »Ich ... es war Lias Idee«, stottert er los. »Sie wollte mir die Isle Maree zeigen. Lia ist ...«

»Ein großartiges Mädchen. Sie hat das Herz auf dem rechten Fleck. Und sie mag dich.«

»*Aye*«, keucht er.

»Finn, mein Junge ...«

»Gib dir keine Mühe, Duncan, ich weiß, dass ich nichts mit Lia anfangen darf. Will ich auch gar nicht. Ich muss erst einmal mein eigenes Leben auf die Reihe bekommen, bevor ich mich auf ein anderes einlasse.«

Der Alte legt eine Hand auf Finns Schulter. »Ich kenne dich noch nicht lange, Finn, aber du scheinst mir ein ganz vernünftiger Bursche zu sein und ich habe dich in mein Herz geschlossen. Was Lia angeht, würde ich dir gerne etwas anderes raten, als auf deinen Verstand zu hören. Aber besser, du tust es.«

Es ist alles deine Schuld.« Kelsi stochert in ihrem Porridge, sie ist den Tränen nahe.

Wie jeden Morgen hat Ethlenn aufgetischt, was zu einem guten schottischen Frühstück gehört: Porridge, gebratene Würstchen und Black Pudding. Haggis, das nirgendwo so gut schmeckt wie von ihr zubereitet. Gegrillte Tomaten aus unserem Gewächshaus, gebratene Champignons, weiße Bohnen in Tomatensoße und gebratener Schinken. Dazu Kaffee, Toast, selbst gemachte Zitronenmarmelade, verschiedene Sorten Obst und frisch gepresster Orangensaft.

Dad schaut uns über den reich gedeckten Frühstückstisch hinweg finster an. »Ich liebe eure Mum«, sagt er, »auch wenn wir es in letzter Zeit nicht leicht hatten miteinander. Und ich habe mich darauf gefreut, dass wir den Sommer zusammen auf Badfearna verbringen.«

Kelsi verdreht die Augen. »Ach ja? Du bist doch mehr mit deinen Hirschen und Moorhühnern und irgendwelchen Wissenschaftlern beschäftigt als mit deiner Familie. Es ist tödlich langweilig hier, Dad. Für die Waldfee vielleicht nicht«, sie nickt in meine Richtung, »aber für mich schon. Es gibt nichts, was mir Spaß macht. Und ohne Mum ist es unerträglich. Ich vermisse sie.«

»Ich vermisse sie auch, Kels.« Dad schaut mich Hilfe suchend an. »Sie wird kommen, sobald sie für eure Großeltern alles geregelt hat. Spätestens zu Lias Geburtstag ist sie wieder hier.«

Kelsi presst die Lippen zusammen und schüttelt den Kopf. In ihren grünen Augen stehen Tränen und lassen sie wie kostbare Smaragde schimmern. Wütend schiebt sie ihre Porridge-Schale von sich und springt auf. »Mum kommt nicht, ich weiß es. Sie hasst Schottland und sie hasst dich. Ich hasse dich auch, Dad. Ich will bei Mum in Kalifornien leben. Du kannst Lia behalten, deine Lieblingstochter.«

Krawumm! Die Tür fällt hinter Kelsi ins Schloss und ich blicke Dad über den Tisch hinweg bestürzt an. »Weiß Kelsi mehr als ich?«

Er zuckt die Achseln. »Sie hat gestern Abend noch lange mit Mum geskypt, nachdem ... nun, nach dem Gespräch zwischen Mum und mir.«

»Lasst ihr euch scheiden?«, frage ich alarmiert.

»Um Himmels willen, nein, Lia, wie kommst du denn auf so eine absurde Idee?«

»Na ja, ihr streitet nur noch und Mum ist schon seit vier Wochen in Kalifornien bei Grandma und Grandpa.«

»Du weißt, warum sie dort ist.«

»Ja. Aber ich weiß nicht, warum ihr dauernd streiten müsst.«

»Es geht um Geld, Lia. Mein Bauunternehmen steht nicht besonders gut da durch Corona und den Brexit. Das Wasserkraftwerk, die Renovierung der Lodge, Mums kostspielige Ausstattung ...« Dad seufzt. »Und nun ist auch noch das Haus von Jack und Louise abgebrannt. Die Immobilienpreise sind seit der Pandemie horrend, Lia, und deine Großeltern brauchen Geld, um sich ein neues Haus zu kaufen. Sie wollen das Darlehen verfrüht zurück, das sie mir gegeben haben, um meine Firma zu retten.«

Daher weht also der Wind.

»Badfearna ist ein Verlustgeschäft, Amelia.«

»Aber du denkst doch nicht daran zu verkaufen?« Panik flutet meinen ganzen Körper.

»Nein, keine Sorge. Nur weiß ich bald nicht mehr weiter.«

»Duncan hat gesagt, die Lodge ist ausgebucht.«

»Das stimmt. Aber mit dem Geld der Jagdgäste kann ich kaum die laufenden Kosten decken.«

»Und du denkst auch nicht daran, Duncan zu entlassen?« Mir stockt der Atem. Das wird ja immer schlimmer.

»Nein, natürlich nicht. Aber ich kann auch niemand Neues mehr einstellen.« Dad fährt sich mit den Händen durchs Haar. Er hat dunkle Ringe unter den Augen, das fällt mir jetzt erst auf. Weil ich es nicht sehen wollte? Weil ich das alles nicht wissen will?

»Ich kann mehr Arbeiten übernehmen.«

»Willst du Zäune bauen? Dächer reparieren?« Dad lacht kopfschüttelnd. »Es tut mir leid, Lia, ich wollte dich und Kelsi nicht damit belasten. Im Augenblick wäre ich froh, wenn du dich ein bisschen um deine Schwester kümmerst. Kelsi ist anders als du, sie langweilt sich.«

Schon will ich protestieren, denn lieber würde ich tatsächlich Zäune bauen und Dächer reparieren, als meine gelangweilte Schwester zu bespaßen. Doch ich halte inne und nicke seufzend, weil ich Dad nicht noch mehr Kummer bereiten will.

»Na gut. Ich lasse mir etwas einfallen.«

Und ich habe auch schon eine Idee.

Am späten Nachmittag sitzt Finn auf dem Rasentraktor und mäht den Rasen vor der Lodge. Sein letzter Job für heute und eindeutig der vergnüglichste. Zuvor hat er einen Holzzaun ausgebessert und ein großes Schuppentor gestrichen. Bis jetzt hat er es geschafft, Lia aus dem Weg zu gehen.

Der Duft des frisch gemähten Rasens steigt Finn in die Nase, und als er mit seinem Gefährt einen Rhododendron dicht umkreist, glaubt er seinen Augen nicht zu trauen. Unter den Zweigen, inmitten der abgefallenen rosa violetten Blüten, liegt ein Fußball.

Adrenalin schießt in Finns Adern und sein Herz schlägt schneller. Was sich in ihm abspielt, lässt sich nicht aufhalten, er fühlt sich, als hätte er Drogen genommen. Finn stellt den Motor ab, steigt vom Traktor und holt den Ball unter dem Strauch hervor. Das Leder ist rissig, aber der alte Ball hat noch genug Luft. Misstrauisch lässt Finn seinen Blick über das Gelände schweifen. Ist ihm jemand auf die Schliche gekommen und will ihn in die Falle locken?

Instinktiv drückt er seine Nase an das Leder. *Verdammt.* Der Duft des frisch gemähten Rasens in Kombination mit dem Geruch des Leders – das ist Folter. Noch einmal schaut sich Finn um, aber es ist keine Menschenseele zu sehen.

Der Rasen vor der Lodge wird zum Fußballfeld. Finn legt den Ball vor sich ab und als sein Fuß ihn berührt, ist er nicht mehr zu bremsen. Er dribbelt einmal am Rhododendron vorbei und wieder zurück, den Fuß immer am Leder. Dann hebt er den Ball auf, schießt ihn hoch in die Luft und rennt über den Rasen, um ihn abzufangen, bevor er den Boden berührt. Mit einem gezielten Schuss befördert er den Ball in den Rhododendron zurück. Finn reckt die Arme in die Luft und ruft innerlich: *Tor, Tor, Tor!*, während der Jubel von den Rängen schallt.

Sein Blick gleitet über die Fassade der Lodge und da, hinter einem der Fenster im ersten Stock, bewegt sich etwas. War das das Funkeln eines Handydisplays? Rotes Haar blitzt auf. *Gina.* Sie wird doch nicht ... Plötzlich ein Geräusch, das Finn das Blut in den Adern stocken lässt. Es ist das Knattern von Rotoren, ein Helikopter, der schnell näher kommt. *Polizei*, denkt Finn. *Ich. Bin. Erledigt.* Sein Herz schlägt wie eine Trommel in seinen Ohren, die Kehle wird ihm eng und er bekommt keine Luft mehr. Wild wirbeln seine Gedanken durcheinander. Ist Kevin Bell aufgewacht und hat geredet? Oder ist er gestorben und Robbie Talbot hat in Finn nicht länger seinen Helden gesehen, sondern einen Mörder? Wird die Polizei ihm Handschellen anlegen? Und wo ist Lia?

Finn wird hundeübel und er hat das Gefühl, sich jeden Moment übergeben zu müssen. Inzwischen hämmert der Helikopter direkt über ihm. Finns Haare fliegen im Luftzug der Rotoren, die Zweige des Rhododendrons beginnen zu tanzen. Das Knattern wird so ohrenbetäubend laut, dass Finn fürchtet, sein Kopf wird gleich explodieren.

Lauf!, denkt er. *Hau ab, solange du noch kannst. Nimm die Beine unter den Arm und verschwinde!* Doch er ist unfähig, sich auch nur zu rühren. Wie ein Opfertier wartet er darauf, weggeholt und zur Schlachtbank geführt zu werden.

Endlich wagt Finn einen Blick in Richtung Helikopter und sieht zu seiner Verblüffung, dass der etwas transportiert. An einem Seil hängt eine Palette mit Schieferplatten, die nun vom Piloten vorsichtig auf der Wiese abgesetzt wird. Der Helikopter ist klein, unten gelb und oben rot. Nicht schwarz und gelb wie die Hubschrauber der schottischen Polizei.

Finn hat den Geschmack von Eisen und Salz im Mund, weil er sich fest auf die Innenseite seiner Wange gebissen hat. Es dauert eine gefühlte Ewigkeit, bis er wieder richtig Luft holen und ausatmen kann. Bis er begreift, dass hier bloß etwas angeliefert wird und niemand verhaftet.

Der Helikopter landet neben dem Paket und Lias Vater kommt

aus dem Blackhouse über die Wiese gelaufen. Er bedeutet Finn, zum Hubschrauber zu kommen, wo der Pilot inzwischen ausgestiegen ist, um den schweren Karabinerhaken des Transportseiles von der Aufhängung der Palette zu lösen.

»Ich komme noch einmal«, ruft er dem Laird zu. »Wäre gut, wenn jemand da ist, um den Haken zu lösen, dann brauche ich nicht noch mal zu landen.«

»Geht klar«, ruft Alexander MacKenzie zurück. »Der junge Mann hier wird das übernehmen.« Der Pilot mit seiner orangen Warnweste steigt wieder ein und kurz darauf hebt der Hubschrauber mit lautem Getöse ab. »Er wird gleich wieder hier sein!«, schreit Lias Vater Finn zu. »Sei vorsichtig und löse den Haken erst, wenn die Palette richtig auf der Wiese liegt.«

Finn nickt. Am liebsten würde er dem Laird um den Hals fallen. *Dachschiefer.* Vor Erleichterung knicken ihm beinahe die Beine weg.

Nachdem die zweite Palette mit Schiefer angeliefert ist, macht Finn sich auf die Suche nach Georgina. Er muss wissen, ob sie ihn gefilmt hat, das lässt ihm keine Ruhe. Aber als er die junge Frau endlich entdeckt, steigt sie am Pier zu einem Typen mit Ziegenbart und Rastalocken ins Aluboot und die beiden fahren davon.

Für den Rest des Tages steckt Finn der Schreck noch tief in den Knochen.

»Kelsi, mach auf!« Ich klopfe an Kelsis Zimmertür, aber vermutlich liegt sie mit Ohrstöpseln auf dem Bett und hört laut Musik. »Kelsi!« Ich benutze die Faust und schließlich öffnet meine kleine Schwester mit verheulten Augen.

»Was willst du?«

»Kann ich reinkommen?«

Sie überlegt einen Moment, dann geht sie zurück in ihr Zimmer und lässt sich aufs Bett fallen. Ich trage den Koffer hinein und setze mich zu ihr auf die Bettkante. Es riecht nach Granatapfel, Kelsis Lieblingsshampoo, und nach verschwitztem Mädchenkörper. Im ganzen Zimmer liegen bergeweise Klamotten verstreut. Auf den beiden Sesseln, dem Stuhl, dem Bett, am Boden. Kelsis Miffy-Lampen stehen auf dem Bord über ihrem Bett, sitzende weiße Hasen aus Plastik, der große einen halben Meter hoch, die beiden kleinen dreißig Zentimeter. Es sind nur noch drei, Miffy-Mum fehlt.

»Ist das Mums Nähmaschine?«, fragt Kelsi und zeigt auf den Koffer.

»Jap.«

»Und was soll ich damit?«

»Nähen, Kelsi. Du warst mal ziemlich gut darin, erinnerst du dich?«

Zu ihrem zwölften Geburtstag hatte Kelsi sich eine Nähmaschine gewünscht, weil sie Modedesignerin werden wollte. Mum brachte ihr das Nähen bei und meine kleine Schwester entwarf ihre erste eigene Kollektion, was ich damals ziemlich beeindruckend fand. Ich bin kein Modefreak, aber die Röcke und Oberteile hatten etwas. Etwas Eigenes. Doch dann begannen sich Jungs für meine Schwester zu interessieren. Von da an wollte sie nur noch Röcke und Blusen von Burberry, Bregazzi und anderen angesagten Labels tragen und ihr Interesse am Nähen verflüchtigte sich über Nacht.

Kelsi setzt sich auf und wischt sich die Tränen aus dem Gesicht. »Hat Dad dich geschickt?«

»Er macht sich Sorgen um dich.«

»Ich glaube, Mum kommt nicht wieder.«

»Das ist doch Schwachsinn, Kels.«

Sie sieht mich an mit ihren verweinten grünen Augen. »Du bist wie Dad. Kriegst nichts mit, weil du so mit deinem eigenen Kram beschäftigt bist. Bis es dann zu spät ist.«

»Was kriege ich nicht mit? Dass Dad Geldsorgen hat?«

»Zum Beispiel.«

»Er kriegt das hin, Kels. Dad ist kein leichtfertiger Mensch. Er wird Badfearna ...«

»Dad und du und euer verfluchtes Badfearna«, unterbricht sie mich. »Warum müssen wir Berge und Bäume und Hirsche besitzen? Würde Dad das alles hier verkaufen, wären wir reich und könnten ein schönes Leben haben.«

»Wir sind reich, Kels, und wir haben ein schönes Leben. Auch wenn diese Sommerferien vielleicht nicht deinen Vorstellungen entsprechen. Badfearna gehört unserer Familie seit vierhundert Jahren und dieses Land ist unbezahlbar. Dad wird niemals zulassen, dass wir es verlieren.«

»Nein«, sagt sie. »Stattdessen verlieren wir Mum.«

In Kelsis Stimme liegt eine derartige Gewissheit, dass mir angst und bange wird. Aber das darf ich sie nicht spüren lassen. Merke ich wirklich nicht, was um mich herum geschieht? Bin ich so zufrieden, auf Badfearna zu sein, so beschäftigt mit Finn, dass ich die Gefahr nicht erkenne, die unsere Familie zu zerstören droht?

»Mum ist bald bei uns und alles kommt wieder in Ordnung«, erwidere ich, obwohl ich ahne, dass es vielleicht eine andere Ordnung sein wird als die, in der wir bisher gelebt haben.

Kelsi nickt, den Blick auf die Nähmaschine gerichtet. »Meinst du, ich kann es noch?«

»Aber ja. Es ist wie Fahrradfahren. Man verlernt es nicht.«

»Ist Mums Stofflager noch da, wo es immer war?«

Lächelnd nicke ich.

Den ganzen Tag bin ich Finn aus dem Weg gegangen. Ich habe ihn gesehen, aber er mich nicht. Zoés *Finde es raus* hat mich hartnäckig verfolgt und ich habe versucht, in meinem Kopf Fragen zu formulieren wie: Was wolltest du mir gestern Abend sagen, Finn? Was sollten wir nicht und warum? Was kannst du nicht und wer bist du?

Und dann, der Tag ist fast vorbei, steht Finn urplötzlich vor mir, als ich aus der Küche komme, wo ich mir meine allabendliche heiße Schokolade gemacht habe. Erschrocken starre ich ihn an. Ich kann nicht sprechen, denn ich habe einen von Ethlenns Haferkeksen im Mund. Aber noch peinlicher ist mein Outfit: schlabberige graue Jogginghosen und mein geliebtes braunes *Squirrel-Girl*-T-Shirt, auf dem *Squirrel Girl* in ihrem sexy hautengen Dress mit Eichhörnchengefährtin *Tippy Toe* zu sehen ist. Dazu habe ich dicke Schafwollsocken an den Füßen, die Tante Heather gestrickt hat.

Finn, er hält einen großen Korb mit Kaminholz in den Händen, mustert mich eingehend. Schließlich grinst er und setzt den Korb ab. »Mylady, es tut mir furchtbar leid, Sie erschreckt zu haben. Aber Ihr Herr Vater, der Laird, hat mich gebeten, Feuerholz für den Kamin zu bringen. Wenn das gnädige Fräulein mir zeigen könnte, wo das Kaminzimmer ist, wäre ich sehr dankbar.« Er macht eine leichte Verbeugung.

»Hmmpf«, sage ich. Der Haferkeks in meinem Mund klebt fest zwischen Zunge und Gaumen. Ich stelle den Becher mit der heißen Schokolade auf dem kleinen Tischchen neben der Treppe ab und öffne Finn die Tür zum Kaminzimmer. Es ist ein Raum mit dunklen Deckenbalken, halbhoch vertäfelten Wänden und Holzdielen auf dem Boden. Eine gemütliche Ledercouch und zwei passende Sessel stehen um einen Couchtisch herum vor dem Kamin. Davor ein flauschiger Teppich. Auf einem Sims neben dem Kamin zeigt ein ausgestopfter Rotfuchs seine Zähne.

Finn trägt den Korb zum Kamin, wo er – nach eingehender Betrachtung des präparierten Fuchses – die Holzscheite in den fast leeren Holzständer stapelt. Mir gelingt es endlich, die klebrige Hafermasse in meinem Mund hinunterzuschlucken. Ich stehe da und fühle mich schrecklich unwohl in meiner Haut, was weniger mit meinen Klamotten als mit der Tatsache zu tun hat, dass Finn mir auf seine spöttische Art gezeigt hat, warum wir *nicht sollten*.

Er schichtet das letzte Scheit in den Messingständer, steht auf und reibt sich die Hände an den Hosenbeinen sauber. »Das wäre erledigt.« Erneut mustert er mich mit seinem dunklen, eindringlichen Blick. »Haben Mylady noch eine Aufgabe für mich oder darf ich mich jetzt zurückziehen?«

Finn scheint ja super drauf zu sein. Ich wische mir mit dem Handrücken über den Mund und starre auf seine Lippen, die mich auf der Insel so innig und voller Verlangen geküsst haben. Ich wüsste da schon so dies und das, aber ... *ach, verflixt.*

»Nein«, stammle ich. »Nein.«

Finn lächelt. »Nein, keine Aufgabe – oder nein, ich soll nicht gehen?«

»Ähm ... Keine Aufgabe.« *Nein, geh noch nicht.*

»Okay. Dann hab eine gute Nacht, Lia.« Er dreht sich um und geht.

»Finn?«

Mit fragendem Blick kommt er zurück in den Raum.

»Ich bin gar nicht so, wie du denkst.«

»Ich hoffe doch sehr, das bist du. Nur ich ...«

Mit wild klopfendem Herzen gehe ich ein paar Schritte auf ihn zu. »Was, Finn?«

Finn hält den Weidenkorb vor seinen Körper wie einen Schild. »Ich bin nicht gut für dich, Lia.« Er geht zwei Schritte rückwärts, sagt »Cheers!«, dreht sich um und die Haustür fällt hinter ihm ins Schloss.

Meine heiße Schokolade ist nur noch warm, aber die schokoladige Süße tut gut. Als ich die Holzstufen zu meinem Zimmer hochsteige, kommt Kelsi mir auf halber Treppe entgegen. »Mit wem hast du gerade gesprochen?« Neugier funkelt in ihren grünen Augen.

»Mit Finn, er hat Kaminholz gebracht«, antworte ich, obwohl ich mir sicher bin, dass Kelsi uns belauscht hat. In diesem Moment erscheint Dad im Flur, an dessen Ende die Treppe liegt, die zu seinem und Mums Zimmer führt.

»Ah, da sind ja meine Mädchen.« Betont fröhlich reibt er sich die Hände. »Lust auf eine Runde Cribbage? Wir können den Kamin anzünden und uns noch einen schönen Tee kochen.«

Eigentlich würde ich jetzt lieber allein sein und über das nachdenken, was Finn gerade gesagt hat. *Ich bin nicht gut für dich, Lia.* Aber ich will keine Spielverderberin sein, deshalb sage ich: »Bin dabei.«

Dad und ich schauen Kelsi fragend an, aber sie macht kehrt und verschwindet wieder in ihrem Zimmer. Meine kleine Schwester verzeiht nicht so schnell.

Duncan McGowan trägt ein sauberes Hemd, Tweedhose, Wollstrümpfe und lederne Schnürschuhe. Eine weinrote Krawatte verschwindet unter seiner Weste.

Verblüfft schaut Finn den Alten an. »Ich dachte, wir gehen auf die Jagd.«

Am Abend zuvor hatte Duncan ihn gefragt, ob er bereit sei zu lernen, wie man pirscht. Nach dem Zwischenfall mit dem Hubschrauber hatte Finn das Gefühl, ein Opfer bringen zu müssen, um auf Badfearna bleiben zu können. Also hatte er Ja gesagt.

»Und das tun wir auch«, erwidert Duncan.

»*So?* Du siehst aus, als wolltest du ein altes Mädchen aufreißen und keinen Hirsch schießen.«

In den dunklen Augen des Wildhüters glimmt ein Lächeln, dann wird er wieder ernst. »Aus Respekt vor dem Tier, das sein Leben für uns gibt, tragen wir zur Jagd ordentliche Kleidung.«

»Aus Respekt vor dem Tier – oder weil der Laird es so angeordnet hat, damit seine betuchten Jagdgäste das Gefühl bekommen, sie befänden sich im Viktorianischen Zeitalter und nicht etwa im 21. Jahrhundert?«

»Aus Respekt vor dem Tier, Finn. Gute Kleidung gehört zum Berufsethos eines Wildhüters.«

Finn schaut an sich herunter. »Und was ist mit mir? Neben dir sehe ich aus wie ein Landstreicher, was werden die Hirsche wohl denken?«

Duncan seufzt. »Dieses eine Mal werden sie dir verzeihen, mein Junge. Aber bevor die *Sassenachs* kommen, müssen wir dir ordentliche Kleidung besorgen. So kannst du mit den Jagdgästen nicht auf die Pirsch gehen.«

Finn lächelt in sich hinein. *Sassenach*. Auch seine Mum hat diesen gälischen Ausdruck benutzt, wenn sie über englische Gäste in der Bar schimpfte.

Es ist neun Uhr vorbei, als sie den Pfad den Fluss entlang nehmen. Bis vor Kurzem hat es noch geregnet und es tropft von Blättern und Zweigen. Die Spinnweben zwischen den toten Ästen sind voller funkelnder Wassertropfen. Nebelfetzen hängen über dem Pfad und der Slioch ist nur ein vager Schemen.

Archie läuft schwanzwedelnd voraus und Finn führt Fiona, die Ponystute, auf der Duncan sitzt, das Gewehr in der Satteltasche. In den vergangenen Tagen hat Finn sich ein wenig mit Fiona angefreundet und jetzt genießt er den warmen Tierkörper an seiner Seite, das leise Schnauben des Pferdes. Druid ist zum ersten Mal von seiner Mutter getrennt und bei Lia geblieben. Die Einsamkeit und die raue Schönheit der Wildnis umgeben ihn und es überkommt ihn der Wunsch, für immer bei Duncan auf Badfearna bleiben zu können.

Längst hat er sein Misstrauen aufgegeben und den alten Mann fest ins Herz geschlossen. Obwohl Duncan so viel über ihn weiß, behandelt er Finn, als wäre er tatsächlich ein Mitglied seiner Familie. Dieser alte Mann mit seinem schottischen Ehrgefühl und seiner großen Herzenswärme vertraut ihm. Etwas, das Finn auch nach all den Tagen, die er nun schon auf Badfearna ist, immer noch verwunderlich vorkommt. Duncan McGowan hat ihm ein Zuhause gegeben und versorgt ihn: mit Essen, mit Weisheiten, mit praktischem Wissen und rauer Zuneigung. So, als würde auch er darauf hoffen, dass Finn bleibt.

Inzwischen fühlt Finn sich besser für das Leben und die Zukunft gerüstet als je zuvor. *Wenn er eine Zukunft hätte.*
Der gestrige Schreck sitzt ihm noch tief in den Gliedern. Am Abend, als er mit Duncan vor dem kleinen Torffeuer saß, war er nahe dran gewesen, dem Alten alles zu erzählen. Doch er hatte es nicht gekonnt. In der Nacht hatte Finn sich in einem grauenvollen Albtraum wiedergefunden, von einer kalten Gefängniszelle und Händen, die nach ihm greifen. Schweißgebadet war er von seinem eigenen Schrei aufgewacht und hatte an die Rosentapete gestarrt, froh, dass der Alte unter ihm so einen festen Schlaf hat.

»Brrr«, macht Duncan. Finn und Fiona bleiben stehen und der Wildhüter steigt ächzend ab. Schon vor ungefähr einer halben Stunde sind sie auf einen schmalen Pirschpfad abgebogen und schlagen sich die letzten Meter zwischen hüfthohen Farnwedeln durch bis zu einer Gruppe von Birken. »Wenn du die Pirschwege freischneidest«, sagt Duncan, »dann hau auch eine Schneise in diesen Farnstreifen. Die Wedel kannst du hier am Boden ausbreiten – für das Jagdpicknick.«

»Aye, Sir.« Finn sieht die Jäger in ihren Tweedklamotten und albernen Sherlock-Holmes-Mützen vor sich, wie sie neben einem toten Hirsch in der Heide sitzen, teuren Champagner aus funkelnden Kristallschalen trinken und Hummerpastetchen verspeisen.

Duncan bindet das Pony an einen Birkenstamm und schultert sein Gewehr. »Bist du bereit, mein Junge?«

Finn nickt, auch wenn er kaum ahnt, was ihn erwartet. Kann man bereit sein, zuzusehen, wie ein lebendes Wesen ohne Notwendigkeit getötet wird? *Du bringst ein Opfer, Finn.*

Sie laufen bergan durch die kniehohe Heide und obwohl Duncan immer wieder stehen bleibt, um die Gegend mit dem

Fernglas nach Hirschen abzusuchen, hat Finn Mühe, mit ihm Schritt zu halten. Duncans Knie scheint einen guten Tag zu haben. Schließlich sieht der Wildhüter etwas und bedeutet Finn, auf alle viere zu gehen, denn die Heidelandschaft bietet ihnen kaum Deckung. Sie robben bestimmt hundert Meter, die ihm endlos vorkommen, durch feuchte Heide, bis über eine Hügelkuppe, von der aus sie das Hirschrudel in einer flachen Senke sehen. Nur wenige Tiere und kein weißer Hirsch unter ihnen, stellt Finn erleichtert fest.

Nebeneinander beziehen sie in der Heide Stellung. Duncan schaut eine Weile durch den Feldstecher und reicht ihn Finn. »Siehst du den Hirsch mit dem verkrüppelten Geweih?«

Der Wildhüter zieht sein Gewehr aus der Hülle, legt es an die Wange und blickt durch das Zielfernrohr. Finn drückt das Fernglas an seine Augen und zählt zwölf Tiere. Offenbar steht der Wind gut, denn die Hirsche haben sie noch nicht bemerkt. Bis auf zwei liegen alle in der Heide. Verdammt, *sie schlafen.*

Zwischen den liegenden Tieren entdeckt Finn den Hirsch, den Duncan meint. Sein Geweih ist auf der einen Seite normal gewachsen und hat acht Enden. Doch der Geweihast auf der anderen Seite ist klein und hat nur zwei verkümmerte, nach innen gebogene Enden.

Bäuchlings rutscht Duncan hügelabwärts und Finn tut es ihm nach – noch ein Stück näher heran an die Tiere, durch Hasenköttel und kratzige Heide. Pirschjagd, das hat Duncan ihm erklärt, bedeutet, dass man versucht, so nahe wie möglich an das Wild heranzukommen. Für einen sicheren Schuss bis auf zweihundert Meter, besser hundertfünfzig. Offenbar sind sie jetzt nahe genug, denn Duncan platziert das Gewehr wieder auf seinem Rucksack und blickt durch das Zielfernrohr.

»Worauf wartest du?«, flüstert Finn, der die Anspannung

kaum noch aushält. Er will nicht, dass der Hirsch stirbt, doch er weiß, er kann es nicht verhindern.

»Darauf, dass er aufsteht«, antwortet Duncan. »Solange er zwischen den anderen liegt, kann ich nicht auf ihn schießen.«

Die nächsten zwanzig Minuten vergehen in Schweigen. Die Sonne kommt hinter den Wolken hervor und beginnt schlagartig zu wärmen. Schwärme von Midges verlassen ihre Verstecke, aber Finn hat sich Gesicht und Hände mit Mückenschutz eingerieben, und der wirkt.

Duncan spürt seine Ungeduld. »Du musst lernen zu warten, Finn«, sagt er leise. »Der Hirsch kann besser hören und besser riechen als du und ich und wir befinden uns hier in seiner Welt. Pirschjagd bedeutet auch: menschlicher Verstand gegen den Instinkt der Tiere.«

Ist es nicht eher so, dass der Hirsch keine Chance hat? Der Alte wird dieses Tier zur Strecke bringen, wenn nicht heute, dann an einem anderen Tag. Wenn nicht er, dann ein anderer Jäger. Der Hirsch gehört dem Laird, wie alles andere hier auch. Er bestimmt, wer geht oder bleibt, welches Tier lebt, welches stirbt. Die Hirsche dort unten sind nichts anderes als Opfertiere und Finn fühlt eine seltsame Verbundenheit mit ihnen.

Auf einmal erhebt sich der Hirsch mit dem verkrüppelten Geweih, erst mit den Hinterbeinen, dann mit den Vorderbeinen. Langsam, als wäre er müde. Unvermittelt spürt Finn eine unangenehme Schwere im Bauch, aber auch ein verräterisches Kribbeln in der Brust. Er schaut erneut durchs Fernglas. Wie schön dieses Tier ist, trotz des verkümmerten Geweihs. Wie stolz der Hirsch sein Haupt erhebt. Er hat es geschafft zu überleben, auch mit dieser Fehlbildung. Und nun muss er sterben, weil der Mensch sich über ihn erhebt und meint, er sei minderwertig, weil er anders ist.

Neben ihm entsichert Duncan das Gewehr. Der Alte hält den Atem an, macht sich fertig für den Schuss. Finn ist nicht immun gegen das, was da vor seinen Augen passiert. Er will das Fernglas herunternehmen, nicht hinsehen. Doch dann wäre es kein richtiges Opfer. Der Alte hat ihn mit hier heraufgenommen, damit er etwas lernt. *Sei ein Mann, Finn,* beschwört er sich selbst. Der Hirsch hat nur noch wenige Sekunden zu leben und zu atmen. Es wird passieren, ob du nun hinsiehst oder nicht.

Der Schuss fällt, ein unspektakulärer Knall. Die Tiere erheben sich und rennen davon, doch die Flucht des getroffenen Hirsches ist nur kurz. Er bäumt sich auf und verdreht seinen Hals, dann bricht er zusammen und schlägt mit den Beinen.

Finn setzt das Fernglas ab und schließt die Augen. Er hat den Abzug am Gewehr nicht gedrückt. Doch es kommt ihm so vor, als hätte er es getan.

Die Beine des toten Hirsches liegen still in der Heide, als Finn und Duncan bei ihm ankommen, doch das Fell zuckt noch über den warmen Flanken. Die dunklen Augen sind blicklos, das Maul blutig. Finn zwingt sich, das tote Tier anzusehen, das vor ein paar Minuten noch arglos geschlafen und vielleicht von einer schönen Hirschkuh geträumt hat. *Verfluchter Anthropofuckingmorphismus!,* denkt er. Tränen steigen ihm in die Augen und er kämpft gegen sie an. Der Hirsch dauert ihn. Aus ihm wird nie ein Jäger werden, so viel ist klar.

»Das hier ist notwendig«, bemerkt Duncan, als habe er Finns Gedanken erraten. »Und es ist meine Aufgabe, es richtig zu machen.«

Aye, denkt Finn. Vermutlich haben schon Duncans Vorfahren auf ähnliche Weise nach Nahrung gesucht – mit einer Keule, einem Speer, einem Gewehr. Die Handgriffe des Wildhüters, die nun folgen, sind voller Bedacht und Finn spürt den Respekt des Alten vor dem toten Tier. Er beobachtet die routinierten Bewegungen seiner Hände, als Duncan den Bauchraum auftrennt. Ein Schnitt von der Leiste bis zum Brustbein und die Eingeweide quellen hervor, ein dampfendes, verschlungenes Gewirr, dem fauliger Geruch entströmt.

»Der *grüne Teil*, Gedärme und Blase, bleibt hier«, erklärt Duncan. »Füchse und Raben werden nichts davon übrig lassen. Den *roten Teil*, Lunge, Herz, Nieren und Leber, hole ich erst in der Fleischkammer heraus.«

Miteinander verbundene Knochen, Eingeweide, Haut und Blut. Nicht anders als bei einem Menschen. Nach wenigen Minuten ist der Hirsch ausgeweidet und gemeinsam ziehen sie das Tier an seinem Geweih den Hügel hinunter. Aus dem eben noch lebendigen Wesen ist etwas anderes geworden, denkt Finn. Es ist kein Hirsch mehr, sondern Fleisch.

Archie beginnt zu winseln, als sie mit dem erlegten Hirsch bei ihm und Fiona anlangen. Duncan schneidet ein Stück Leber aus dem Inneren des Hirsches und der Hund macht sich gleich darüber her. Das Messer und seine blutigen Hände wischt Duncan am Gras ab.

Fiona wiehert unruhig. Sie weiß von der Last, die sie gleich aufgebürdet bekommt. Duncan beruhigt die Stute mit ein paar sanften gälischen Worten und gemeinsam wuchten sie den Hirsch auf den Rücken des Pferdes, wo er mit drei Gurten festgemacht wird. Es sieht einfach aus, ist es aber nicht. Das tote Tier wiegt mindestens neunzig Kilo und die Geweihenden sind scharf, obwohl noch Bast an ihnen ist.

Mit dem vierten Gurt befestigt Duncan den Kopf des Hirsches. Er biegt ihn weit nach hinten, damit die scharfen Geweihenden Fiona beim Abstieg nicht verletzen. Die toten Augen des Hirsches blicken in den fast wolkenlosen Himmel und Finn

findet darin eine Art Trost, auch wenn das schöne Blau die Seele des Tieres nicht mehr erreicht.
Aber wer weiß das schon.

Voller Verzweiflung starre ich auf die komplizierten Formeln in meinem Mathebuch. Sie verschwimmen im Sonnenlicht, das auf das helle Papier scheint, und ich merke, wie ich Kopfschmerzen bekomme. Zoé hat mir einen Link auf YouTube geschickt, wo die Integrationsformeln idiotensicher in einem Tutorial erklärt werden. Aber ich kapiere es einfach nicht. Es scheint einen Filter zu geben in meinem Hirn, der alles, was mit Gleichungen zu tun hat, nicht durchlässt. Ich habe mir seitenweise Herleitungen ausgedruckt und vergessen, die Seiten zu nummerieren. Das Chaos ist perfekt.

Brauche ich Integralgleichungen, wenn ich Wildtiermanagement studieren will? Hoffentlich nicht. Genervt schiebe ich die Blätter zusammen und lege sie ins Mathebuch. Für heute habe ich genug von Zahlen und Gleichungen. Mit einem Satz bin ich auf den Beinen und renne ins Wasser, dass es spritzt. Nachdem ich so lange in der warmen Nachmittagssonne gesessen habe, trifft mich die Kälte wie ein Schock. *Einfach herrlich.*

Mit langen Zügen schwimme ich auf den See hinaus, pflüge durchs klare Wasser und schüttele Formeln und Koordinaten ab. Unangenehmes ausblenden, darin bin ich verdammt gut. Als plötzlich Finns Kopf neben mir auftaucht, stoße ich ein erschrockenes »O mein Gott!« aus.

»Nein«, sagt er prustend. »Ich bin's nur.«

Ich will ihm davonschwimmen, doch Finn ist schneller als ich. Als ich ans Ufer steige, sitzt er schon bei meinen Sachen und inspiziert mein Mathebuch. Er schaut auf und ich muss seinen Blick auf meinem Körper aushalten. Meinen Bikini mit den kleinen weißen Herzen hat Zoé für mich ausgesucht. Das Oberteil sitzt ein wenig knapp, aber meine stilsichere Freundin meint, das sei sexy. Mir bleibt nichts anderes übrig, als auf ihr Urteil zu vertrauen und so zu tun, als würden Finns Blicke mich nicht verunsichern.

»Hey, schnüffel nicht in meinen persönlichen Sachen herum!«, protestiere ich halbherzig und setze mich neben ihn.

Finn schiebt sich sein nasses Haar aus der Stirn. »Mathe? Wie persönlich kann ein Mathebuch schon sein?«

»Sehr persönlich, wenn man nichts davon versteht.«

Finns Blick gleitet über die Gleichungen und Kurven. »Integralfunktionen«, sagt er. »Was verstehst du denn daran nicht?«

»Alles«, erwidere ich frustriert, weil seine Frage klang, als wäre ich dumm. »Gib her.« Gereizt nehme ich ihm das Buch aus der Hand. »Du machst Wasserflecken aufs Papier.«

»Was bist du nur für ein Snob, Amelia MacKenzie.«

Wütend funkele ich ihn an. »Keine Ahnung, wie du drauf bist, aber ich behandele meine Sachen ordentlich.«

»Klar. Du bist ja auch eine Lady und ich nur ein dahergelaufener Proll aus Glasgow.«

Schon ist es wieder passiert: Kaum fünf Minuten sind vergangen und wir stecken in unseren Rollen fest. »Warum machst du das, Finn?«

»Was denn?«

»Ständig auf mir herumhacken.«

Finn blickt mich von der Seite an. »Das war nicht meine Absicht. Aber du kannst manchmal wirklich ...« Leise schnaubend schüttelt er den Kopf und pfeffert einen Stein in den See.

»Ein Snob sein?« Auf einmal schäme ich mich und habe das

Gefühl, mich bei ihm entschuldigen zu müssen. »Ich ... ich will das nicht und es tut mir leid.«

Finn schweigt. Ein zweiter Stein fliegt ins Wasser.

»Was meintest du gestern mit *Ich bin nicht gut für dich?*« Wo wir einmal beim Thema sind, will ich das endlich wissen.

Er zuckt die Achseln. »Das hier ist deine Welt, Lia, dein Lebensstil. Und es gibt da ein paar Dinge, mit denen komme ich einfach nicht klar.« Finn schleudert den dritten Stein. »Zum Beispiel das Töten.«

Duncan hat Finn heute mit auf die Pirsch genommen und einen Hirsch mit einem verkrüppelten Geweih erlegt. Seit ich denken kann, gehört die Jagd für mich zu Badfearna. Aber wer noch nie dabei war, wenn ein Tier getötet wird, das so groß ist und so schwer wie man selbst, den kann das fertigmachen. Duncan ist der Meinung, derjenige macht einen großen, unumkehrbaren Schritt. »Entweder spürt er dann die Verbindung mit dem Land und woher unser Essen kommt – oder er hat das Gefühl, als würde er zum Spaß etwas Wundervolles ermorden, und wird es nie wieder tun.«

»Jagen ist scheiße, Lia.«

Damit ist ziemlich klar, in welche Richtung Finns Schritt ging. Und das, obwohl er bloß zugesehen hat.

»Ich kann einfach nichts Sportliches und *Respektvolles* daran finden, die Überlegenheit des menschlichen Verstandes einzusetzen, um sich hinterhältig an ein glücklich lebendes Geschöpf der Wildnis heranzuschleichen und ihm dann eine Kugel ins Herz zu jagen«, sagt er leidenschaftlich. »Lieber würde ich selber sterben, als ein Tier zu töten.«

Innerlich muss ich lächeln, angesichts seiner dramatischen Sicht der Dinge. »Das Töten ist nichts, was irgendeinem hier auf Badfearna gefällt, Finn. Dad ist verpflichtet, jedes Jahr eine bestimmte Anzahl von Hirschen und Hirschkühen auf unserem Land zu töten. Das nennt sich *Bestandsregulierung* und wird von den zuständigen Behörden kontrolliert.«

»Eine bestimmte Anzahl?« Fragend sieht Finn mich von der Seite an.

»Zweihundert.«

»Ernsthaft? *Zweihundert tote Hirsche?*«

»Ja. Es gibt zu viele in den Wäldern und sie haben keine natürlichen Feinde mehr. Es muss sein, Finn.« Ich erzähle ihm, dass mein Vater im kommenden Winter nicht mehr zufüttern wird, um den Hirschbestand auch auf diese Weise zu regulieren. »Dad beteiligt sich an einer Studie von *NatureScot*. Das bedeutet, einige Hirsche werden verhungern im nächsten Winter. Außerdem muss Duncan graue Eichhörnchen schießen, damit die einheimischen roten Hörnchen eine Chance bekommen.«

Kopfschüttelnd stößt Finn Luft durch die Zähne. »Bis heute habe ich gedacht, ihr lebt hier im Paradies. Aber es ist ein Ort des Gemetzels.«

»Nein«, widerspreche ich fest. »Badfearna ist schön und wild. Und der Tod ist ein untrennbarer Teil dieser Schönheit und Wildheit. Grauhörnchen verbreiten die Eichhörnchenpocken, gegen die die Roten nicht immun sind. Abgesehen davon, eignen sich die Roten besser, um die Samen der Waldkiefern zu verbreiten, weil sie sich vorrangig von deren Zapfen ernähren, während die Grauhörnchen eher in Laubwäldern leben, wo Vögel die Samen ohnehin verbreiten.«

Finn will etwas erwidern, als ich eine Bewegung am Himmel wahrnehme und nach seinem Arm fasse, damit er still ist. »Sieh nur«, flüstere ich und sein Blick erfasst den Fischadler im beinahe senkrechten Sturzflug, der kaum langsamer zu werden scheint, bevor er mit dem Kopf voran in spritzender Gischt auf dem Wasser aufschlägt und darin verschwindet.

Es gibt Geschichten von schwachen oder kranken Fischadlern, die von ihrer Beute in die Tiefe gezogen wurden und ertranken. Einmal ihre Klauen hineingeschlagen, konnten sie ihre Beute nicht mehr loslassen und sich aus dem Wasser erheben. Lange Zeit schien das nur eine moderne Legende zu sein, aber inzwischen gibt es Bestätigungen aus glaubhaften Quellen.

Mit angehaltenem Atem starren wir auf den See. Werden Zeugen, wie sich die Wasseroberfläche teilt und der Adler sich in einer funkelnden Tropfenkaskade mit wildem Flügeltanz aus dem Wasser kämpft. In seinen Klauen windet sich schuppig schillernd eine riesige Forelle. Der Vogel hat sichtlich mit dem Gewicht seiner Beute zu kämpfen, doch er hält seine Beute fest und fliegt damit über unsere Köpfe hinweg in den Wald.

»Wow. Schönheit und Wildheit und Tod, *aye*?« Finn sieht mir ins Gesicht und dann auf meine Hand, die immer noch auf seinem Unterarm liegt. Glut steigt mir in die Wangen und ich ziehe meine Hand zurück. Für den Bruchteil einer Sekunde habe ich das Gefühl, Bedauern in Finns Augen zu lesen.

Duncans Knie schweigt und die nächsten beiden Tage ist er mit Finn am Berg, um die Pirschpfade freizuschneiden. Ich wäre gerne mit ihnen gegangen, aber Dad hat mir andere Aufgaben zugeteilt. Unkraut jäten, Tomaten im Gewächshaus anbinden, vertrocknete Blüten abschneiden, Beeren für Marmelade und unser Porridge pflücken.

Zwei Dachdecker kommen mit ihrem Boot und bauen ein Gerüst um den Glockenturm. Bis zur Ankunft der Jagdgäste aus London ist es bloß noch eine Woche hin und Dad wird immer unleidlicher, weil inzwischen auch noch einer der beiden angeheuerten Jagdhelfer abgesagt hat und es unmöglich scheint, so schnell Ersatz zu finden.

Für die Bewirtung der Gäste hat Dad inzwischen einen Caterer aus Inverness mit guten Referenzen engagiert. *Highland Chefkoch* Chris Anderson und sein Team, das aus zwei Mitarbeiterinnen besteht.

Aus Kelsis Zimmer ertönt das leise Rattern der Nähmaschine. Mein Aufsatz über die Reformation ist so gut wie fertig, aber mit Mathe bin ich noch keinen Schritt weitergekommen. Ich höre Musik von Lola Young, meiner Lieblingssängerin, und träume mit offenen Augen von Finn. Sein wechselhaftes Verhalten gibt mir Rätsel auf. Mal ist er offen und beinahe fröhlich, mal abweisend und finster. Irgendetwas bedrückt ihn und ich wünschte, er würde sich mir gegenüber öffnen, damit ich ihm helfen kann.

Ich möchte Finn dazu bringen, mich zu mögen, nur wie stelle ich das an? *Finde es raus, Lia MacKenzie!*

Der Sonntag ist uns MacKenzies heilig. Am Sonntag wird nicht gearbeitet und nicht gejagt. Der Sonntag gehört der Familie und obwohl Dad Stress hat, hält er sich daran.

Zu dritt verbringen wir den Vormittag in Ullapool beim alljährlichen *Book Festival*. Ullapool ist ein kleiner, malerischer Küstenort am Ufer des Loch Broom, einem weit ins Landesinnere reichenden Fjord nördlich von Sliochewe. Die Luftlinie von Badfearna nach Ullapool beträgt nur etwa dreißig Kilometer über die Berge, aber an Fahrzeit braucht es eine Stunde. Entweder muss man erst noch einmal weit ins Landesinnere fahren oder eine einspurige, kurvenreiche Straße an der Küste nehmen, um Ullapool von Sliochewe aus zu erreichen.

Obwohl der Küstenort die größte Ansiedlung weit und breit ist, leben hier nur etwas mehr als tausend Menschen. Heute allerdings wimmelt es von Leuten in den wenigen Straßen und unten an der berühmten weißen Häuserzeile am Hafen, die in jedem Reiseführer abgebildet ist. Ursprünglich hatte man das Buchfestival ins Leben gerufen, um Schreibende anzuregen, Romane und Texte über Ullapool und seine Umgebung zu verfassen, doch inzwischen ist es ein beliebter Höhepunkt für Schriftsteller aus ganz Schottland geworden.

Als wir endlich einen Parkplatz in einer Wohnstraße ergattert haben, kommt die Sonne heraus und ausnahmsweise hat sogar Kelsi gute Laune. Sie sieht hübsch aus in ihrem kurzen blauen

Sommerkleid mit den kleinen weißen Rosen und wirkt diesmal auch nicht overdressed. Zusammen mit anderen Besuchern bewegen wir uns erst einmal in Richtung Hafen, dem Mittelpunkt des Ortes. Er dient als Anlaufstelle für Fischerboote und Jachten und von hier aus verkehren die Fähren nach Stornoway auf Lewis, der Hauptinsel der Äußeren Hebriden.

Jeder von uns hat einen Plan. Kelsi will Jenny Fagan treffen, weil ihre Freundin Cara von der Autorin schwärmt und sie ihr Fagans Roman *Das Mädchen mit dem Haifischherz* signiert zum Geburtstag schenken will. Dad hat sich die Veranstaltung mit James Robertson ausgesucht, weil er dessen Schottlandroman *And the Land lay still* vor ein paar Jahren gelesen hat und begeistert davon war. Und ich will Alison Louise Kennedy hören, die aus *Leises Schlängeln* liest, ein Buch, das ich von Zoé zum fünfzehnten Geburtstag bekommen, jedoch nur bis zur Hälfte gelesen habe.

Die Veranstaltungen überschneiden sich zum Teil, also gehen wir getrennter Wege und wollen uns später im *Ceilidh Place* zum Lunch treffen.

A. L. Kennedy begeistert mich total. *Leises Schlängeln* erzählt von dem Mädchen Mary, das eines Tages in ihrem Garten die Schlange Lanmo aufstöbert und sich mit ihr anfreundet. Lanmo begleitet Mary durch schwierige Zeiten, heitert sie auf und lässt sie dieses Gefühl entdecken, das sich Liebe nennt. Bei den Textpassagen, die die Autorin vorliest, muss ich an Finn und Mooch denken. Dass die Freundschaft zwischen den beiden vielleicht eine ähnliche ist wie zwischen Mary und Lanmo. Kann der Fuchs Finn die Liebe zeigen, wenn er lange genug am Leben bleibt? Auf jeden Fall will ich *Leises Schlängeln* zu Ende lesen, wenn ich wieder in Edinburgh bin.

Auf dem Weg zum *Ceilidh Place* habe ich noch ein wenig Zeit und stöbere auf einem kleinen Bücherflohmarkt herum. An einem Stand fällt mir *Lady Chatterley's Lover* von D. H. Lawrence in die Hände. Es ist eine Ausgabe von 1973 und auf dem fleckigen Cover hält ein Typ mit hochgekrempelten Hemdsärmeln die Lady von hinten umschlungen. Sie trägt einen seidig glänzenden Unterrock, durch dessen Stoff ihre Brustwarzen piksen. Verschämt hält sie ein Blumensträußchen in den Händen und sieht dennoch aus wie ein leichtes Mädchen.

»Was kostet das?«, frage ich den Mann am Stand, der wie ein Seemann aussieht und nicht wie ein Buchliebhaber.

»Für fünfzehn Pfund gehört es dir, junge Lady.«

Fünfzehn Pfund? Die Seiten des Buches sind vergilbt und der braune Abdruck einer Kaffeetasse umrahmt die Illustration. Ich will dieses Buch, aber fünfzehn Pfund sind Wucher.

Der Seemann bemerkt mein Zögern. »Also gut, dann eben zehn.« Ich gebe ihm eine Zehn-Pfund-Note und lasse das Buch in meinem Rucksack verschwinden. »Süße Träume, junge Lady!«, ruft mir der Typ grinsend hinterher. *Idiot.*

Im *Ceilidh Place* ist es voll und wir müssen lange auf unser Essen warten. Aber die Stimmung ist entspannt, denn hier kennt uns niemand und wir laufen nicht Gefahr, als inzestuöse Adlige und Mörder beschimpft zu werden.

Noch auf der Heimfahrt schwärmt Dad von Robertson und wie der Autor dem Publikum die Hintergründe zu seinem komplexen Roman nahegebracht hat. Kelsi wirkt nachdenklich, aber vielleicht hat ihr Hirn auch nur auf Stand-by-Modus umgeschaltet.

Zurück in Sliochewe, parkt Dad den Land Rover auf unserem Privatparkplatz neben Donnas Haus. Kelsi muss dringend auf die Toilette, deshalb klingeln sie. Duncans Schwester öffnet ihnen und sie gehen hinein. Donna hat sonntags immer frische Scones gebacken, also wird es wohl länger dauern.

»Ich komme gleich nach«, sage ich, denn ich will Ruadh einen Besuch abstatten, der auf der anderen Seite des Hauses mit seinen drei Schafen auf der Weide steht. Seit das Hengstpony keine toten Hirsche mehr transportieren muss, ist es meistens gut gelaunt. Fröhlich schnaubend kommt Ruadh angetrabt und schüttelt seine schwarze Mähne. Ich streichle den Hengst und rede ein bisschen mit ihm, als ich lautes Jubelgeschrei höre. Auf dem Bolzplatz hinter der Weide spielen ein paar Schuljungen Fußball und ich muss zweimal hinsehen, denn ich glaube meinen Augen nicht zu trauen. Einer ist unter ihnen, der sie alle überragt, und das ist Finn. Neugierig gehe ich bis zum Metallgeländer, das den Sportplatz umgibt, und schirme meine Augen vor der Sonne ab, um besser sehen zu können.

Finn hat den Ball. Er läuft ein Stück über den räudigen Rasen, täuscht rechts an, links an und schießt ihn in die Luft. Die Jungen johlen begeistert auf, alle Köpfe blicken nach oben in den Himmel, wo der Ball an Schwung verliert und zurückkommt. Finn nimmt ihn mit dem Kopf an und die Mannschaft kommt in Bewegung, als der Ball über den Rasen rollt.

Einer der größeren Jungen, ich schätze ihn auf zehn oder elf, spielt Finn den Ball wieder zu. Als das Leder Finns Fuß berührt, kann ich sein entrücktes Gesicht sehen: Er ist vollkommen vertieft ins Spiel. Finn treibt den Ball vor sich her, vollführt noch ein paar Kunststückchen für die Jungen, dann schießt er ihn erneut hoch in die Luft. Als der Ball diesmal herunterkommt, stoppt Finn ihn mit einer blitzschnellen Bewegung und lässt seinen Fuß auf dem Ball liegen. Die Jungen umringen ihn und springen vor Begeisterung auf und ab, wie Gummibälle.

Irgendetwas wollen sie von ihm und ich sehe Finn lachend

den Kopf schütteln. Doch dann gibt er nach und legt sich den Ball zurecht. Die Jungen rennen wie gackernde Hühner umher und bilden eine Verteidigung. Finn stürmt mit dem Ball zum Tor, der Torhüter macht einen heroischen Satz, doch der Ball fliegt hoch ins Netz und erneut schallen die Begeisterungsrufe der Jungen über den Bolzplatz von Sliochewe. Finn strubbelt einem Rotschopf über den Kopf und will gehen, doch die kleinen Kicker haben noch nicht genug von seinen Ballkünsten und wollen ihn nicht vom Platz lassen. In diesem Moment entdeckt er mich und sieht erschrocken zu mir herüber. Finn sagt etwas zu den Jungen. Sie johlen und lassen ihn ziehen.

»Hey«, sage ich, als Finn bei mir angelangt ist. »Du kannst Fußball spielen.«

Mit einer verlegenen Geste streicht er sich eine feuchte Haarsträhne aus der Stirn. Die Narben in seinem Gesicht glühen rot. »In ihrem Alter war ich auch oft auf dem Bolzplatz.«

»Viel verstehe ich ja nicht von Fußball, aber das sah nach mehr als Bolzplatz aus.«

»Hab eine Zeit lang in einem Jugendverein mitgespielt.« Finn stützt sich auf dem Metallrohr ab und springt mit einem Satz über das hüfthohe Geländer. »Was machen Sie überhaupt hier, so fern von Ihrem Märchenschloss, Mylady?«

Ich könnte jetzt schmollen, weil er schon wieder von sich ablenkt, aber gerade habe ich Finn glücklich gesehen und außerdem weiß ich inzwischen, dass er mit diesem Mylady-Quatsch jedes Mal dann anfängt, wenn er seine Verlegenheit überspielen will.

»Wir waren in Ullapool beim *Book Festival*. Ich habe eine Lesung von A. L. Kennedy besucht und mir ihr Buch signieren lassen. Und was machst du hier?«

»Donna hat Duncan und mich zum Tee eingeladen. Ich war

so voll von Scones und Clotted Cream, dass ich mich ein bisschen bewegen musste, sonst wäre ich geplatzt.«

Finn lächelt und mein Herz hat einen kleinen Kurzschluss. Im Gegensatz zu Kelsi finde ich seine leicht schiefen Zähne durchaus sexy. Zusammen gehen wir zurück zum Haus und Finn fragt mich, was *Luceo non uro* bedeutet.

»Ich brenne nicht, ich leuchte«, antworte ich und der Blick, den er mir daraufhin zuwirft, bringt mich augenblicklich zum Leuchten – oder besser: zum Glühen. »Die Feuer auf den Hügeln in unserem Wappen, das sind Leuchtfeuer«, versuche ich, ihm zu erklären. »Damals ...« Der kleine Finger seiner Hand berührt meine Hand und ich verstumme. Dann stehen wir auch schon vor Donnas roter Tür.

»Ach, übrigens«, sagt Finn und zieht ein Klapphandy aus seiner Hosentasche, »Donna hat mir ihr altes Handy vermacht. Krieg ich deine ...«

Die Tür schwingt auf und Duncan kommt heraus, eine Tupperbox in der Hand, in der ich Scones vermute. Dad und Kelsi folgen ihm und Finn lässt sein Handy wieder in der Tasche verschwinden. *Mist.*

Der Reihe nach verabschieden sich alle von Donna. Die alte Frau umarmt Finn zum Abschied fest und meine Kehle wird eng wegen all der Dinge, derer ich ihn in Gedanken beschuldigt habe.

Während der Überfahrt unterhalten sich Dad und Duncan in der Kabine. Kelsi sitzt mit überschlagenen Beinen auf der Bank und liest in einem Fashion-Magazin, das sie in Ullapool erstanden hat – oder zumindest tut sie so, als ob sie lesen würde. In Wahrheit belauscht und beobachtet sie Finn und mich und dafür würde ich sie am liebsten erwürgen.

Wir sitzen ihr gegenüber, dicht beieinander. Und wenn Verlegenheit Krach machen würde, würde die meine das Tuckern des Motors übertönen. Mir ist vollkommen klar, dass unser verlegenes Schweigen Kelsi genau das erzählt, was sie nicht wissen soll. Die Situation überfordert mich restlos und mir fällt nichts, aber auch gar nichts ein, was ich zu Finn sagen könnte.

Als er sich zu mir beugt und nach dem signierten Buch fragt, wühle ich in meinem Rucksack nach *Leises Schlängeln*. Dabei rutscht das andere Buch heraus, mein Erwerb vom Flohmarkt, und fällt zwischen uns zu Boden. Wir bücken uns beide danach, doch Finn ist schneller und hebt es auf. Grinsend betrachtet er die Illustration auf dem Cover und liest den Titel. Ich bekomme glühende Ohren, ziehe es ihm aus der Hand und gebe ihm stattdessen *Leises Schlängeln*. *Lady Chatterley's Lover* lasse ich hastig wieder in meinem Rucksack verschwinden. Und das alles unter dem grünen Laserblick meiner Schwester.

Unterdessen hat Finn die Seite mit A. L. Kennedys Signatur aufgeschlagen und liest den Spruch, den sie mir hineingeschrieben hat:

Liebe Amelia, möge dein Leben so voller Liebe und Schönheit sein wie das von Mary. Alison Kennedy

Als Finn mir das Buch zurückgibt, flackert etwas in seinen Augen auf, eine Traurigkeit, die an Verlorenheit grenzt. Das wünsche ich dir auch, scheint sein Blick zu sagen, *deshalb* kann aus uns nichts werden. Er lehnt sich zurück, schiebt die Hände in seine Jackentaschen und blickt hinauf zum Slioch, um den sich graue Wolken zusammenschieben.

In der Nacht beginnt es zu regnen. Ich wälze mich in meinem Bett herum, meine zappelnden Gefühle wollen einfach keine Ruhe geben. Das Verlangen nach Finn hat mich durchdrungen und sich in mir festgesetzt. Ich möchte nicht nur seine Hände berühren, sondern sein ganzes Wesen, will seine einzigartigen Konturen unter meinen Fingern spüren.

Nach dem Frühstück verziehe ich mich wieder auf mein Zimmer, wo ich mir eine geschlagene halbe Stunde lang ein Tutorial für Integralrechnungen ansehe, bis ich aufgebe und den Laptop zuklappe. Lieber lese ich weiter in *Lady Chatterley's Lover*, womit ich schon am Abend zuvor begonnen habe. Anfangs fiel es mir schwer, mich in die verstaubte Sprache hineinzulesen, so was wie »... dass die Lieb' durch sie hindurchgegangen war ...«, doch inzwischen bin ich voll und ganz bei Connie und dem Wildhüter Mellors. Bis zum Lunch vergesse ich alles um mich herum.

Auch am Nachmittag strömt Regen ohne Unterlass in grauer Eintönigkeit vom Himmel. Eingelullt vom Plätschern des Regens in den Dachrinnen, schlafe ich mit vollem Bauch und *Lady Chatterley* in der Hand ein. Nach dem Abendessen hört es endlich auf zu regnen und Sonnenlicht überzieht ganz Badfearna mit einem funkelnden Schimmer.

Ich schlüpfe in Gummistiefel und drehe noch eine Runde über das Anwesen. Unten am Loch treibt der Wind kleine weiße Schaumkronen gegen den Beton des Piers, das Wasser ist schiefergrau. Ich streife umher, atme regendurchnässte Luft und versuche, mir darüber klar zu werden, was mit mir los ist. Dieses Kribbeln in meinem Bauch, wenn ich an Finns Hände und seinen Kuss denke. Der übermächtige Wunsch, wieder auf diese Weise von ihm geküsst zu werden. Vermutlich habe ich heute zu viel in *Lady Chatterley's Lover* gelesen und die Worte auf dem Papier haben meine sehnsüchtigen Wünsche noch mehr zum Flirren gebracht.

Meine Schritte lenken mich zur Koppel. Zwischen den tropfenden Hecken und Sträuchern komme ich mir vor wie im

Dschungel. Dicke Tropfen funkeln auf den Blättern und Blüten wie Quecksilber und überall stehen Pfützen. Ich versichere mich, dass Fiona und Druid trockenes Heu in ihrem Stall haben, und schaue sehnsüchtig hinüber zu Duncans Cottage, aus dessen Schornstein eine dünne Rauchfahne aufsteigt. In den Geruch des Regens mischt sich der würzige Geruch eines Torffeuers.

Plötzlich kommt ein großes, felliges Tier durch die Hecke geschossen und ich erschrecke zu Tode. Es ist Rory, Carricks großer Deerhound. Er braucht viel Bewegung und vermutlich dreht Fergus mit ihm seine Abendrunde über das Gelände.

Ich bin nur einsfünfundsechzig und der zottelige Hund mit den Schlappohren und der langen Schnauze reicht mir bis zur Brust. Früher, als es noch keine Gewehre gab, wurden die großen Hunde von schottischen Adligen zur Hirschjagd eingesetzt. Sie mussten schnell, mutig und kräftig genug sein, um einen Hirsch niederzureißen und so lange zu halten, bis der Jäger ihn mit seiner Lanze erledigen konnte.

»Rory, sitz«, befehle ich.

Der Hund schüttelt sich, dass die Wassertropfen nur so fliegen, dann setzt er sich brav und schaut mich aus seinen treuen Hundeaugen fragend an. Er hechelt und seine lange rosafarbene Zunge hängt aus seinem Maul. Das Monster mit dem sanften Gemüt ist der ganze Stolz von Fergus Carrick und da steht der Verwalter auch schon vor mir, in Gummistiefeln, Barbour-Jacke und seiner Sherlock-Holmes-Mütze auf dem Kopf. In der Hand trägt er ein Gewehr. Will Fergus jetzt noch auf die Jagd gehen?

»Guten Abend, Lia«, sagt er, »ich hoffe, Rory hat dich nicht erschreckt.«

»Nur ein bisschen«, gebe ich zu. »Er ist einfach zu groß und ungestüm in seiner Freude.« Ich lege meine Hand auf Rorys Kopf.

»Er ist hinter einem Fuchs her, der hier schon seit Tagen herumschleicht. Ich hatte gehofft, heute würden wir ihn endlich erwischen.«

O nein ... Mooch, denke ich und mir wird ganz mulmig zumute. »Können Sie den Fuchs bitte leben lassen?« Es ist heraus, noch bevor ich darüber nachgedacht habe.

»Was? Aber ...« Mit gefurchter Stirn sieht Carrick mich an.

»Er ist halb zahm und ich habe mich mit ihm angefreundet. Bitte. Mr Carrick.«

»Wenn das dein Wunsch ist, Amelia, na schön.« Carrick hängt das Gewehr wieder über seine Schulter. »Aber wenn Rory ihn erwischt, dann kann ich für nichts garantieren.«

»Rory ist ein guter Hund.« Ich streiche dem Deerhound durchs drahtige, feuchte Fell. »Er hört auf Ihre Befehle.«

Carrick murmelt etwas in seinen Bart und zieht mit Rory von dannen. Lange wird es nicht dauern, bis Dad vom zahmen Fuchs weiß. Ich muss mir etwas einfallen lassen.

Ich bin auf den letzten Seiten von *Lady Chatterley* angelangt, da klopft es leise an meine Zimmertür. Es ist nach acht, das kann nur Dad sein. Bestimmt geht es um den Fuchs, der Fergus Carrick keine Ruhe gelassen hat. »Ja?«, rufe ich.

»Kann ich reinkommen?«

O mein Gott, es ist Finn. »Ähm, ja ... nein, kleinen Moment.«

Vor dem Spiegel fahre ich mit den Fingern durch mein Haar, aber es ist sinnlos. Nachdem es draußen all der Feuchtigkeit ausgesetzt war, winden sich jetzt störrische Locken um meinen Kopf. *Was soll's.* Ich öffne die Tür einen Spalt. Eine betörende Duftwolke schlägt mir entgegen: Wacholderseife. Finn trägt saubere helle Jeans und ein schwarzes T-Shirt, darüber das rotschwarz karierte Hemd. Er sieht zum Anbeißen aus. Ich hingegen bin in meinen Schlafklamotten: *Squirrel-Girl*-T-Shirt und graue Baumwollhosen. *Nichts darunter.*

»Und?«, fragt er ungeduldig.

»Was *und?*«

»Kann ich jetzt reinkommen?«

»Ich ... also ... es ist schon spät.« Ich werfe einen Blick in den Flur, aber da ist niemand. Hoffentlich hat Kelsi ihre Kopfhörer auf, sonst bekomme ich ernsthafte Probleme.

»Es ist kurz nach acht. Gehst du immer so früh ins Bett?«

»Nein, ich ...« *Was will er bloß von mir?* Ich nehme Finn am Arm, ziehe ihn in mein Zimmer, schließe die Tür und lehne mich rücklings dagegen.

Unverfroren mustert er mein Gesicht, meine offenen Haare, meinen Mund, meine Brüste. Als Finn genug gesehen hat, schiebt er die Hände in die Vordertaschen seiner Jeans und dreht sich um. Sein Blick schweift über mein zerwühltes Bett mit der Distel-Bettwäsche und die Klamotten über dem Sessel, obenauf mein einfacher schwarzer Baumwoll-BH. Ich schweige, halte es aus. All das hier bin ich.

Er zieht Kreise in meinem Zimmer, betrachtet meine Schätze im Regal, den Fuchsschädel, die Schmelzstücke, einen vertrockneten Schmetterling, das gefleckte rötliche Ei eines Neuntöters. Sein Blick bleibt an der *Kintsugi*-Schale hängen und ich hole geräuschvoll Luft.

Finn hebt die Hände. »Keine Angst, ich fasse nichts an.«

»Es ist nur ... sie bedeutet mir viel. Mein Urgroßvater hat sie von seiner Japanreise mitgebracht.« Ich will zu einer weiteren Erklärung ansetzen, da entdeckt Finn die Fotos an den Wänden. *Meine Fotos.*

Eingehend betrachtet er sie. Den Slioch mit rot glühender Kuppe. Ein leuchtender Doppelregenbogen über dem Loch Maree. Ein Hirsch an der Futterraufe inmitten der Ponys. Eine Orchidee mit funkelnden Tautropfen auf der Blüte. Und mittendrin Macbeth in einem weißen Nebelbogen, ein Foto, das nur meine Familie und Zoé kennen, niemand sonst hat dieses magische Foto je gesehen. Und nun Finn. Erst jetzt scheint der Groschen bei ihm zu fallen. »Hast *du* all diese Fotos gemacht?«

Ich nicke.

Er sieht mich an, als wäre ich auf einmal eine andere. »Und was ist das?« Er deutet auf das Foto von Macbeth, auf den Nebelbogen, der den weißen Hirsch umspannt, als wäre er geradewegs aus dem Tor zur Anderswelt aufgetaucht. »Ist das irgendein Photoshop-Trick?«

»Nein«, sage ich vehement, »ich arbeite nicht mit Tricks.« *Nicht beim Fotografieren.* »Das ist ein *Frogbow,* ein Nebelbogen. Er wird aus den Tröpfchen im Nebel erzeugt, die das Licht streuen. Sie sind zu klein, um das Licht so stark zu beugen, dass sich die Farben im Regenbogenmuster aufspalten. Deshalb sind Nebelbögen weiß.«

»Das ist ein unglaubliches Foto«, bekennt Finn und ich höre ehrliche Bewunderung in seiner Stimme. »Damit kannst du einen Preis gewinnen und berühmt werden.«

Dass dieses Foto etwas Besonderes ist, weiß ich. Ein irrer Zufall der Natur. Und ich war zur richtigen Zeit am richtigen Ort. Tatsächlich habe ich auch schon darüber nachgedacht, es beim *Scottish Nature Photography Award* einzureichen. Aber dann käme unweigerlich Macbeths Aufenthaltsort ans Licht und dieses Risiko will ich nicht eingehen. »Ich möchte nicht, dass alle Welt weiß, dass es Macbeth gibt«, erwidere ich.

Finn geht zum Fenster und blickt hinauf zum Slioch. »Meinst du nicht, der ein oder andere Wanderer hat ihn gesehen? In all den Jahren?«

»Vielleicht. Aber wer auch immer ihm begegnet ist, denkt genauso wie ich.«

Schließlich entdeckt Finn die Mathearbeitsblätter neben meinem Laptop auf dem Schreibtisch. Er beugt sich darüber und wirft einen konzentrierten Blick auf die Aufgaben. Dann hebt er den Kopf. »Soll ich dir damit helfen?«

»*Du?*«, entfährt es mir und im gleichen Moment beiße ich mir fest auf die Unterlippe. »Ich meine, das würdest du tun?« Ich gehe zum Schreibtisch.

Finn fährt mit dem Finger die Linie der Kurve nach. »Eine einfache Fläche unter einer Kurve berechnen? Wo liegt das Problem?« Mit einem spöttischen Grinsen fügt er hinzu: »Aber ich bin nicht billig, Mylady.«

»Oh … verstehe«, stottere ich verlegen. Das Ganze kommt mir gerade etwas surreal vor: Finn nach acht in meinem Zimmer, duftend wie ein Wacholderbusch nach dem Regen, den Finger auf meinen unlösbaren Matheaufgaben. Wir sind uns jetzt sehr nah. So nah, dass ich durch den betörenden Wacholderseifenduft hindurch Finns Whiskyatem rieche.

»Hast du etwa getrunken?« Mensch, Lia, warum kannst du deine Zunge nicht einfach mal im Zaum halten. Wenigstens ein bisschen.

Mit einem leisen Schnauben schüttelt Finn den Kopf. Aber er scheint fest entschlossen, unser Muster zu durchbrechen und sich nicht provozieren zu lassen. Überhaupt scheint er heute ziemlich gut gelaunt zu sein. »Ein *dram* Ledaig mit Duncan, nach dem Essen.« Seine dunklen Torfaugen mustern mich eindringlich. Ich kann die feinen Verwerfungen der Narben in seinen vollen Lippen sehen und denke: *Kintsugi* – nach der Reparatur schöner und kostbarer als zuvor.

»Vielleicht musste ich mir ja Mut antrinken, um herzukommen.« Finns Augen sind voller silberner Funken. Vermutlich war es doch etwas mehr als nur *ein Schluck* Whisky, den Finn getrunken hat.

»Aber ...« Ich verstumme, weil er mich küsst. Nicht sanft und scheu, sondern hungrig und wild und so sehnsuchtsvoll, dass ich erneut den Boden verliere. Finns Arme halten mich. Ich spüre seine Hände warm und fest auf meinem Rücken. Meine Finger klammern sich in sein Hemd und ich erwidere seinen Kuss, von dem ich mir wünsche, er würde ewig dauern.

Finns rechte Hand wandert in mein Haar, seine rauen Fingerkuppen streicheln mich hinter dem Ohr und dann im Nacken. Mit einem Seufzer legt er seine Stirn an meine. In diesem Moment habe ich das Gefühl, als ob *die Liebe durch mich hindurchgegangen war*, und ich ahne, dass meine Brustwarzen durch den dünnen Stoff meines Schlafshirts piksen wie auf dem Cover von *Lady Chatterley's Lover*.

Und nun?

Finn zieht seinen Kopf ein Stück zurück und schaut mir tief in die Augen. »Eigentlich bin ich gekommen, um dich zu bitten, mit mir morgen die Ponys aus den Bergen zu holen. Ich kenne mich mit Pferden nicht aus.«

»Und um mir das zu sagen, musstest du dir Mut antrinken?«, flüstere ich mit rasendem Herzen.

In diesem Moment höre ich draußen die Badezimmertür klappen und lege Finn schnell eine Hand auf den Mund. Seine Augen beginnen zu lachen und seine Lippen unter meiner Hand auch. Daumen und Fingerkuppen seiner Rechten streifen langsam meinen Arm entlang nach oben und ich bekomme am ganzen Körper Gänsehaut, während mein Inneres glüht.

Kelsis Zimmertür fällt ins Schloss und ich nehme die Hand von Finns Mund.

»Solche Angst, mit mir erwischt zu werden, Mylady?« Er grinst – ein bisschen zu selbstzufrieden.

Noch immer klopft und pocht es in mir und ich frage mich, was Finn bewogen hat, hier aufzukreuzen. Schließlich hätte er mich auch anrufen können mit seinem Handy, Duncan hat meine Nummer. Spielt Finn mit mir? Will er mich verrückt machen mit seinen Küssen? Verrückt nach ihm? Ist das seine Art, sich und mir zu beweisen, dass er mich, die Tochter des Lairds, ganz einfach haben kann?

»Kelsi wird ihr Wissen gegen mich benutzen, wenn sie mitbekommt, dass du hier in meinem Zimmer bist. Darauf habe ich keine Lust. Außerdem weiß ich nicht, was genau du von mir willst, Finn.«

Finn löst sich von mir. »Die Frage ist doch wohl eher, was du von mir willst, Lia.« Er geht zur Tür. »Morgen früh um neun bei Duncan?«

»Ich werde da sein.« Ich reibe über meine nackten Arme. »Finn?« Doch er ist schon zur Tür hinaus.

Die Herde steht in der Nähe von Gobhair Cottage.« Duncan übergibt jedem von uns ein ledernes Halfter. »Versucht, zuerst Gael zu schnappen, dann folgen euch die anderen.«

»Klar.« Ich nicke. »Wir kriegen das hin.«

Das Halfter verstaue ich in meinem Rucksack, weil ich beim Laufen die Hände frei haben will, und Finn tut es mir nach. Er ist schweigsam und verschlossen an diesem dunstigen Morgen und vermeidet es, mir in die Augen zu sehen. Habe ich seinen Besuch in meinem Zimmer, seinen Kuss nur geträumt? Finns Verhalten verunsichert mich zutiefst und langsam macht mich das wütend.

Er geht voran und ich folge ihm schweigend. Im Kopf versuche ich, irgendeine lockere Frage zu formulieren, um das seltsame Schweigen zu brechen. Leider denke ich zu viel, deshalb verknotet sich alles, und dann dauert das Schweigen schon zu lange und mein Mut ist weg.

Der graue Dunst wird zu samtigem Zuckerwattenebel und schließlich kommt die Sonne heraus. Ich fange an zu schwitzen und ziehe meine Jacke aus. Auch Finn entledigt sich seiner Jacke – ohne stehen zu bleiben. Rucksack runter, Jacke aus, Rucksack wieder auf den Rücken. Was ist nur los mit ihm?

Irgendwann muss ich mal und verschwinde wortlos hinter einem Felsen. Ich hocke noch im Heidekraut, da kommt Finn um den Fels geschossen. Als er die Situation erfasst, dreht er sich um, bleibt aber stehen.

»Du kannst nicht einfach so verschwinden, Lia«, sagt er vorwurfsvoll.

»Entschuldigung, aber ich musste dringend mal.« Wütend ziehe ich meine Hose hoch.

»Warum hast du denn nichts gesagt?«

»Weil du schon seit einer Stunde nichts sagst. Weil es mir vielleicht peinlich ist.«

»Ach, du liebe Zeit.« Finn dreht sich um und macht eine ärgerliche Geste. »Und ich dachte, du bist schon groß und alles Natürliche ist dir nicht fremd.«

»Warum musst du eigentlich immer so ein Arschloch sein, Finn?« *Wow.* Flüche und Schimpfworte sind in unserer Familie tabu. Aber ich bin fuchsteufelswild und es tut gut, meiner Wut und der Enttäuschung freien Lauf zu lassen. »Habe ich dir irgendetwas getan?«

»Wo liegt dein Problem, Lia?« Seine dunklen Augen mustern mich prüfend und ich hasse die Distanz, die ich in ihnen erkenne.

»Du ... du bist in mein Zimmer gekommen und hast mich geküsst. Warum hast du mich geküsst, Finn?«

Er zuckt die Achseln. »Weil du mich so angesehen hast, als ob du geküsst werden wolltest.«

Gegen Mittag entdecke ich die kleine Herde durch mein Fernglas. Sie grasen auf einem Hügel über uns, acht Ponys von unterschiedlicher Größe und Farbe. Mausgrau, Creme, Schwarzbraun und zwei Schimmel sind dabei.

Finn ist in einem irren Tempo den Berg hinauf und mir zittern die Knie vor Anstrengung – ich brauche eine Pause. Erschöpft lasse ich mich auf einem Stein nieder, hole meine Thermoskanne mit Tee und meine Sandwiches heraus. Ich fühle mich durch Finns Verhalten verletzt und bin fest entschlossen, ihn nie wieder in mein Zimmer zu lassen und ihm auch nur andeutungsweise zu zeigen, wie verliebt ich in ihn bin. Von nun an werde ich eine echte Lady sein, zurückhaltend und verdammt stolz.

Auch Finn hat sich auf einen Stein gehockt und sein Lunchpaket ausgepackt. Kaum hat er ein paar Bissen von seinem Sandwich genommen, taucht etwas Rotgoldenes zwischen Heide und Steinen auf. Ein langer, buschiger Schwanz, eine schwarze Nase und Plüschohren: *Mooch.*

Der Fuchs schnürt einmal um Finn herum, nicht ohne wiederholt wachsame Blicke in meine Richtung zu werfen. Schließlich hockt er sich, den Schwanz um seine Pfoten geschlungen, direkt vor Finn, gähnt und blinzelt ihn verliebt an.

Na toll, denke ich. Finns Wirkung scheint auch vor Vierbeinern nicht haltzumachen.

Ich vergesse zu kauen, als Finn sein Sandwich mit dem Fuchs teilt. Dabei redet er mit sanften Worten auf ihn ein. Nicht ohne eine gewisse Vorsicht streckt er die Hand aus und streichelt das Tier hinter den flauschigen Ohren – so wie er mich gestern Abend hinter dem Ohr gestreichelt hat. Fasziniert beobachte ich die Vertrautheit zwischen dem Jungen aus der Stadt und dem wilden Tier. Spüre wieder dieses Flirren in meinem Herzen, die blauen Schmetterlinge. Wieso lässt sich das Gefühl nicht abstellen? Das Herz ist kein sicherer Ort, das wird mir in diesem Moment klar.

Ich schließe die Augen, fühle Finns Lippen auf meinen, seine rauen Fingerkuppen in meinem Nacken. Als ich merke, dass tatsächlich etwas brummt und krabbelt unter meinem Pferdeschwanz, fasse ich danach und spüre gleich darauf einen brennenden Schmerz. »Autsch.« Erschrocken springe ich auf und der Teebecher fliegt im hohen Bogen von meinem Schoß. Eine Biene fliegt taumelnd davon.

Mooch, verschreckt von meinem Schrei und dem fliegenden Teebecher, macht sich mit schnellen Sätzen durchs Gras davon. Finn ist im nächsten Moment bei mir. »Was hast du denn?«

»Mich hat eine Biene in den Nacken gestochen.«

»Bist du allergisch?« Da ist echte Besorgnis in Finns dunklen Torfaugen.

»Nein, alles bestens.« Inzwischen brennt der Stich zwar wie Feuer, aber ich bin immer noch sauer.

»Zeig mal her.«

»Ist nicht weiter wild«, wiegele ich ab. »Ich war nur erschrocken.«

»Sei nicht albern, Lia.« Finn fasst nach meinem Arm. »Vielleicht steckt der Stachel noch drin.«

Mist. Leider hat er damit recht. Ich drehe mich um, greife nach meinem Zopf und halte ihn zur Seite.

»Der Stachel steckt noch«, höre ich Finns Stimme in meinem Nacken.

Ich greife in die Hosentasche und reiche ihm mein Taschenmesser über die Schulter. »Vielleicht kannst du ihn damit vorsichtig entfernen.«

»Okay, ich versuch's.«

Ich höre das Klappen des Messers und gleich darauf spüre ich die kalte Klinge im Nacken. Ein vorsichtiges Schaben, die Kühle des Stahls an meiner Haut und dann – völlig unerwartet – Finns warmer Atem und seine Lippen. Ein kurzer Schmerz, als würde ich erneut gestochen.

Finn spuckt ins Gras. »Ist raus«, sagt er und gibt mir das Messer zurück.

Ohne mich vorzuwarnen, hat er das Gift ausgesaugt. Ich bin noch wie elektrisiert von seinen Lippen in meinem Nacken und frage mich, wo meine tollen Vorsätze hin sind. Von wegen zurückhaltend und stolz. Wenn Finn mich jetzt küssen würde, ich wäre wehrlos.

»Danke.« Ich lasse das Messer wieder in meine Hosentasche gleiten und drehe mich zu ihm um. »Hoffentlich reagierst *du* nicht allergisch auf Insektengift.«

Finn spuckt noch einmal ins Gras und wischt sich mit dem Handrücken über die Lippen. »Ich glaube nicht, nein.« Er deutet eine Verbeugung an und ein Lächeln huscht über sein Gesicht. »Und wenn doch, dann trauert nicht um mich, Mylady. Es ist mir eine Ehre, euer Leben gerettet zu haben.«

Ich hole tief Luft und stoße sie durch die Nase wieder aus. »Du bekommst einen Grabstein mit einem schönen Spruch im Erlenhain«, sage ich. »Versprochen.«

Wir packen zusammen und steigen die letzten Meter auf den Hügel zu den grasenden Ponys hoch. »Zuerst er.« Ich zeige auf einen weißen Hengst. »Gael ist das dominante Männchen.«

Finn will das Halfter aus seinem Rucksack holen, aber ich schüttele den Kopf. »Nicht. Wenn Gael es sieht, lässt er es sich nicht mehr anlegen. Er ist der Boss und mag es nicht, sich an die Leine legen zu lassen.«

»*Aye,* das kann ich gut verstehen.« Finn grinst. »Aber wie machen wir es?«

»Ich habe Karotten dabei. Ich gehe zu ihm und lenke ihn ab, dann kommst du mit dem Halfter dazu. Halte es hinter deinem Rücken.«

Durch seinen Körper abgeschirmt vom Blick des Hengstes, holt Finn das Halfter aus seinem Rucksack und hält es hinter seinen Rücken. »Kann losgehen.«

Gael kennt mich und lässt mich an sich herankommen. Die Karotten sind eine willkommene Abwechslung zur kargen Bergdiät und Finn und ich können ihm ohne Probleme das Halfter anlegen. Ich drücke Finn die Leine in die Hand. »Gut festhalten«, sage ich. »Gael ist stark und eigensinnig.«

Mit dem anderen Halfter hinter dem Rücken und einer Karotte in der Hand pirsche ich mich an Betty heran, eine kleine braune Stute. Als sie ihr Halfter umhat, führe ich sie zu Finn und dem Hengst, der ärgerlich schnaubt, weil er überrumpelt wurde. Auch Betty zerrt an ihrer Leine.

»Ich nehme Gael und du Betty.«

Ohne Kommentar übergibt Finn mir Gaels Leine und übernimmt die Stute. »Hallo, Betty«, säuselt er, »du bist ein braves Mädchen, nicht wahr?« Betty schüttelt den Kopf und ich muss lachen. Finn schlägt nach einem länglichen Insekt auf seinem Arm.

»Pferdebremsen«, sage ich. »Lass uns gehen.«

Wir führen die beiden Ponys den Pfad hinunter und die anderen folgen nach einigem Zögern. Gael und Betty zerren an ihren Leinen und schnauben missmutig. Nachdem sie ein halbes Jahr lang Urlaub in den Highlands genossen haben, sind sie wenig glücklich über die Aussicht, wieder mit der Arbeit zu beginnen. Pferde sind kluge Tiere.

Auch auf dem Rückweg nach Badfearna reden Finn und ich kaum miteinander. Für Betty scheint er ein besseres Händchen zu haben als für mich, die Stute folgt ihm bald lammfromm und mag es, von ihm zwischen den Ohren gekrault zu werden. Ich kann es ihr nicht verübeln.

Wir lassen die *Garrons* auf der Wiese neben der kleinen Weide von Fiona und Druid frei und Gael begrüßt seine lang vermisste Liebste mit einem freudigen Schnauben.

»Dürfen sie nicht zusammen sein?«, fragt Finn und stützt die Unterarme auf den Koppelzaun.

»Doch, aber noch nicht heute. Sie müssen sich erst wieder aneinander gewöhnen.« Ich reiche ihm mein Halfter und unsere Finger berühren sich kurz.

»Was macht der Stich?«

»Ich spüre ihn kaum noch.« Mist, ich werde rot.

»Wenn du Mathe hinter dich bringen willst«, sagt Finn, »du weißt ja, wo ich wohne.«

Am nächsten Tag treffen der Cateringservice mit Unmengen an Vorräten und der verbliebene Jagdhelfer ein. Logan Dunlop, der Ghillie, trägt Schnauzbart und Tweed, ist Mitte dreißig und nicht das erste Mal auf Badfearna. *Ghillie* ist ein Wort aus dem Gälischen und seine ursprüngliche Bedeutung liegt zwischen »Knecht« und »Diener«. Heute ist ein Ghillie jemand, der sich gut auskennt auf der Pirsch im Gelände oder auf dem See und in seinen Tiefen. Der Ghillie und die drei Caterer beziehen ihr Quartier, ein einfaches Steingebäude mit mehreren Zimmern, unweit des einstöckigen Steinhauses der Carricks. Auch Gina wird dort wohnen, solange zahlende Gäste in der Lodge sind.

Chefkoch Chris Anderson und seine beiden Mitarbeiterinnen Megan und Maeve sind eine fröhliche Truppe. Sie sehen einander verblüffend ähnlich und schnell stellt sich heraus, dass Megan und Maeve Schwestern sind und Chris ihr Cousin.

Mit dem Eintreffen des Küchenpersonals und des Ghillie ändert sich die Atmosphäre auf dem Anwesen. Hier und da ist Gelächter zu hören und Gläserklirren. Kelsi hat sich hübsch gemacht. In viel Spitze und eine blumige Duftwolke gehüllt, stolziert sie zwischen den Blumenrabatten umher und gibt die Dame des Hauses.

Das Dach des Glockenturmes ist repariert, das Gerüst wieder entfernt und das verbliebene Material in einem der Schuppen am Waldrand verstaut. Die *Garrons* stehen auf der Weide, die Sträucher sind beschnitten und Laub und Äste vom englischen Rasen entfernt. Der Pool ist gereinigt und mit frischem Wasser aufgefüllt. Die Kühlschränke und die Vorratskammer der Lodge quellen über von hochwertigen Lebensmitteln, im Weinkeller stapeln sich teure Weine und der Koch und seine beiden Küchenfeen machen sich mit den modernen Küchengeräten vertraut. Die Kamine sind mit Brennholz bestückt, die Betten in den Zimmern mit edlem Leinen bezogen und nirgendwo liegt noch ein Krümelchen Staub.

Obwohl alles läuft wie am Schnürchen, wird Dad immer angespannter und unleidlicher. Ich hoffe, die *Sassenachs*, wie Duncan die Jagdgäste aus London nennt, sind nette Menschen, die Abstand vom stressigen Stadtleben suchen und die Abgeschiedenheit Badfearnas zu schätzen wissen.

Mooch hat sich sein Fischrestemahl schmecken lassen und liegt nun zusammengerollt neben Finn auf dem Kies am Ufer des Sees. Beinahe andächtig lauscht er Finns dunkler Stimme, die vom leisen Schwappen des Wassers begleitet wird: »*Geknuspert hast Du Tag und Nacht / Am Stroh und Dir Dein Bett gemacht / Und dafür treib ich jetzt Dich fort, Von Hof und Haus. / In's öde Feld, durchstürmt vom Nord / Musst Du hinaus.*«

Mooch ist ein guter Zuhörer und Finn hat herausgefunden, dass er innerlich zur Ruhe kommt, wenn er dem Fuchs die Gedichte des Lieblingspoeten seiner Mum vorliest. Dann fühlt er sich in der Welt, auch wenn es eine Anderswelt ist. Das Gedicht heißt *An eine Maus*.

»*Doch, Mäuschen, Du zeigst nicht allein, / Dass Vorsicht kann vergeblich sein. / Der beste Plan von Maus und Mann / Gelingt oft nicht, / Und Leid und Kummer bringt uns dann / Was Lust verspricht.«* Finn wirft seinem vierbeinigen Freund einen kurzen Blick zu. »Genau das habe ich vermutet, mein Freund«, sagt er, bevor er das Gedicht zu Ende liest. *»Nur bist Du glücklicher als ich. / Das Heut allein bekümmert Dich, / Ich, wend ich rückwärts mein Gesicht, / Find, ach, nur Schmerz, / Und seh ich auch die Zukunft nicht, / Bangt doch mein Herz!«*

Mit einem Seufzen lässt Finn das Büchlein in seinen Schoß sinken, ihm ist auf einmal ganz elend zumute. Wie kann dieser Robert Burns, der seit über zweihundert Jahren tot ist, mit einer Abbitte an eine Feldmaus so ins Schwarze treffen?

Schaut Finn zurück, findet er Schmerz. Eine Zukunft sieht er nicht mehr und er hat Angst, auch wenn er die tagsüber gut verdrängen kann.

»Tut mir leid, mein Freund, aber das ist ein furchtbar trauriges Gedicht, findest du nicht?« Finn fährt mit der Hand über das seidig schimmernde Sommerfell des Fuchses. »Man macht Pläne, bemüht sich, so gut man kann, und doch ist alles vergeblich. Du und ich, wir sind zum Abschuss freigegeben, Mooch, weißt du das? Alles, was wir haben, ist ein bisschen geschenkte Zeit.«

Als Finn Schritte hinter sich hört, wischt er hastig mit dem Handrücken über seine Augen und dreht sich um. Es ist Lia. Sie steht bei den Felsen und er weiß nicht, wie lange schon. Mooch ist aufgestanden, doch er läuft nicht weg.

»Ich ... ich wollte euch nicht stören.« Lia hält ihr Handtuch hoch wie eine weiße Fahne.

»Schon gut, Mooch«, sagt Finn, »sie will bloß schwimmen.«

Lia kommt näher und der Fuchs springt auf einen Felsen, von wo aus er Lias Tun beobachtet. Sie zieht sich bis auf ihren Bikini aus, nimmt ihr Haar auf dem Kopf zu einem lockeren Knoten zusammen und geht ohne Zögern zum Wasser. Finns Blick ist gebannt von Lias gebräuntem Rücken, den Grübchen über ihrem Hintern, den glatten, wohlgeformten Beinen. Ohne auch nur einen einzigen dieser mädchenhaften Laute auszustoßen, verschwindet sie mit dem Kopf unter der Wasseroberfläche und taucht erst ein paar Meter weiter draußen wieder auf.

Finn sieht ihr beim Schwimmen zu und sein Herz tut ihm auf eine Art weh, die ihm Angst macht. Er ist nicht mehr der, der er lange Zeit war. Auf Badfearna ist Finn ein ganz normaler Junge, der sich nach Nähe sehnt. Und so ein Mädchen wie Lia ist ihm noch nie begegnet.

Vergangenen Sonntag, als er mit Duncan bei dessen Schwester Donna in Sliochewe war, hat er deren Computer benutzen dürfen und das Netz nach Neuigkeiten über Kevin Bell abgegrast. Doch gefunden hat er: *nada*, nichts. Was bedeutet, sein ehemaliger Trainer liegt immer noch im Koma und ist nicht ansprechbar. Finns Gnadenfrist hat sich verlängert. Was nichts daran ändert, dass er irgendwann im Gefängnis landen wird – so oder so. Er hätte gar nicht erst damit anfangen sollen, sich auf etwas oder jemanden einzulassen. Mooch, Badfearna, Duncan ... Lia. *Ganz besonders Lia.*

Aber noch kann Finn nicht loslassen.

Mooch ist verschwunden, als ich aus dem Wasser ans Ufer steige, aber Finn ist noch da. Und er sitzt nicht etwa an den Baumstamm gelehnt, nein, er steht am Ufer, mit meinem Handtuch in den Händen. Mein Herzschlag, der ohnehin schon rast von der Kälte des Wassers und vom Schwimmen, wird noch schneller. Ich will Finn das Handtuch aus der Hand nehmen, doch er hält es auf und hüllt mich darin ein. Finn reibt mich trocken und ich lasse es zu. Ich kann gar nicht anders, es fühlt sich viel zu gut an.

Doch als er mich küssen will, drehe ich mein Gesicht weg. Ich sage nichts und er auch nicht. Finn nimmt mein Kinn zwischen Daumen und Zeigefinger und dreht mein Gesicht so, dass ich ihm in die fragenden dunklen Augen sehen muss.

»Ich will nicht von dir geküsst werden«, sage ich. »Und falls es trotzdem danach aussehen sollte, dann irrst du dich.«

»Verstehe.« Sein Mund ist jetzt so nah, dass ich seinen Atem auf meinem Gesicht spüren kann. »Allerdings glaube ich dir nicht.«

Plötzlich ertönt Gelächter und wir fahren auseinander. Zwei Kajaks tauchen auf, weiß und gelb, in ihnen sitzen Megan und Maeve, die lustigen Catering-Schwestern. »Hey«, sie winken. »Das ist ja ein idyllischer Strand, unglaublich.« Und schon kommen sie an Land.

Beide tragen T-Shirts und Funktionskleidung. Megan ist die Schlankere und Schönere von beiden, aber Maeve ist attraktiv auf *Wabi-Sabi*-Art, mit ihren rotbraunen Locken und den lachenden Augen.

»Du bist doch Amelia, die Tochter des Landlords«, sagt Megan und schlüpft aus ihrer Schwimmweste.

»Lia«, sage ich und nicke.

»Und wer bist du?« Maeve wendet sich an Finn. »Wir haben dich heute ein paarmal bei der Arbeit gesehen, aber wir haben keine Ahnung, wer du bist.«

Drei Augenpaare blicken Finn erwartungsvoll an.

»Ich bin Finn«, sagt Finn, eine Hand im Nacken.

»Der Neffe des Wildhüters«, füge ich hinzu.

Die Schwestern schauen sich an und beginnen herzlich zu lachen. »Keine Sorge«, sagt Maeve mit einem Augenzwinkern,

»wir verraten nichts.« Die beiden wollen offenbar schwimmen und als sie anfangen, sich ihrer Kleider zu entledigen, ziehe ich meine wieder an.

»Du solltest deinen nassen Bikini ausziehen«, bemerkt Finn.

»Das hättest du wohl gern«, erwidere ich spitz.

Auf der Brücke greift Finn nach meiner Hand und ich überlasse sie ihm. Von seiner großen warmen Hand gehalten zu werden, weckt in mir etwas anderes als dieses verrückte Verlangen, das mich beim Küssen überfällt: Ich empfinde Geborgenheit. Mit dieser Geste will Finn mir etwas sagen, das er nicht mit Worten ausdrücken kann.

Unter der mächtigen Kastanie neben Duncans Cottage bleiben wir stehen und Finn sieht sich kurz um, bevor er mir einen schnellen Kuss auf die Lippen drückt und flüstert: »Gute Nacht, schöne Lady.«

»Finn«, sage ich, »was ist das nur mit dir? Hat Duncan dir verboten, etwas mit mir anzufangen?«

Finn legt seine Hand unter mein Kinn und sein Daumen streicht über meine Unterlippe. Er küsst mich noch mal. *Diesmal richtig.*

»Geh jetzt nach Hause, Lia, und zieh schnell deine nassen Sachen aus. Wir sehen uns morgen.«

19

Freitagmittag. Badfearna ist bereit für die Jagdgäste und Dad gibt allen Mitarbeitern frei. Bald werden sie rund um die Uhr im Einsatz sein und sollen noch ein paar Stunden die Möglichkeit haben auszuspannen. Dad, Duncan und Chris, der *Highland-Chefkoch*, sitzen mit Angeln am Pier. Kelsi liegt in Gesellschaft von Gina, Maeve und Megan am Pool und sonnt sich.

Ich halte Ausschau nach Finn, denn ich will endlich wissen, woran ich bei ihm bin. Bei Duncans Cottage angelangt, sehe ich ihn mit Archie durch das Tor joggen. Vermutlich will Finn sein Lauftraining absolvieren, trotzdem folge ich den beiden.

Finn joggt den Fahrweg hinauf, der zum Erlenhain führt. Unterdessen hat Archie mich bemerkt und kommt zu mir zurückgelaufen, um mich schwanzwedelnd und mit einem freudigen Bellen zu begrüßen. Finn ist stehen geblieben. Er trägt ein graues T-Shirt über schwarzen Jogginghosen und hat den alten neongrünen Tennisball in der linken Hand.

»Tut mir leid, wenn ich dich vom Laufen abhalte«, sage ich, als ich bei ihm angelangt bin. »Aber ich muss mit dir reden.«

Wortlos nimmt Finn mich bei der Hand und zieht mich den Berg hinauf bis zur ummauerten Erlenschonung mit dem Gedenkstein. Das eiserne Türchen quietscht beim Öffnen und Schließen. Normalerweise meide ich diesen Ort, denn alles hier, die einundfünfzig Bäume, der Gedenkstein und die Überreste der Jagdhütte, erinnern an die traurige Geschichte der beiden jungen Männer, die hier vor meiner Geburt gestorben sind. Die Jagdhütte war nach der Explosion völlig ausgebrannt und auf der Lichtung sieht man nur noch die Überreste des Fundaments.

Atemlos vom schnellen Laufen stehen wir am vom abendlichen Sonnenschein durchglühten Hang. Die Glockenheide leuchtet scharlachrot und die Aussicht auf den See und die Inseln ist atemberaubend. In der Ferne, auf der südlichen Seite des Lochs, liegen die grauen Torridon-Berge: *Beinn Alligin, Beinn Eighe* und der *Liathach*. Um uns herum summt und flattert es. Bienen, weiße und blaue Schmetterlinge, dicke Hummeln. Ausgelöst durch die Hitze, explodieren die Ginstersamen aus ihren Schoten und die weißen Büschel des Hasenschwanz-Wollgrases wiegen sich im Wind. Ich werfe Finn einen Blick zu. Er reckt das Gesicht in die Sonne, hat die Augen geschlossen. Sein Griff um meine Finger wird fester, als würde er meinen fragenden Blick spüren.

Was bin ich für dich, Finn?

Archie kommt bellend angelaufen, Mooch im Schlepptau. *Schlechtes Timing.* Finn lässt mich los und wirft den Ball – das Spiel beginnt. Fuchs und Hund balgen sich um den zerkauten Tennisball und es ist offensichtlich, dass sie das nicht zum ersten Mal tun. Ist das hier ihr geheimer Platz?

Ich setze mich auf die Fundamentsteine der alten Jagdhütte. Archie bringt den Ball zu Finn, der ihn aufnimmt und hinter seinem Rücken versteckt. Mooch zerrt an Finns Hosenbein, so heftig, dass er ihm beinahe die Hosen von den Hüften zieht. Mein lautes Lachen schreckt das Füchslein aus seinem wilden Spiel und Mooch verschwindet im Unterholz. Archie jagt ihm nach, der alte Labrador-Retriever scheint noch Reserven zu haben.

Finn wirft mir den Tennisball zu und ich fange ihn auf.

»Gutes Reaktionsvermögen.« Er lacht.

»Ich bin im Handballteam meiner Schule.« Ich werfe den Ball

zurück, so schnell, dass Finn nicht mehr ausweichen kann und am Kopf getroffen wird.

»Na warte!«, ruft er.

Kichernd sprinte ich los, aber zwischen Ginsterbüschen und kniehoher Heide komme ich nicht schnell genug voran und Finn holt mich ein mit seinen langen Beinen. Seine Arme umfangen meine Hüften, wir geraten ins Stolpern und fallen zwischen Heide und Farnkräuter. Es pikst im Rücken und kratzt an den nackten Armen, aber das nehme ich nur am Rande wahr, denn Finn liegt mit seinem ganzen Gewicht auf mir.

»Besonders schnell bist du aber nicht.« Sein Lächeln ist ein Sonnenstrahl zwischen dunklen Regenwolken.

Ich spüre Finns Wärme und in mir kribbelt der Übermut. Worte sind nicht mehr notwendig, denke ich, während mein Blick von Finns Lächeln zu seinen Augen gleitet. Auf einmal erlischt der Sonnenstrahl und Gefühle wirbeln durch seinen Blick. Er rollt sich von mir herunter, bleibt auf dem Rücken liegen und holt tief Luft.

Wie zwei Tiere liegen wir nebeneinander in einem Nest. Ich drehe mich zu Finn. Die grünen Schatten der Farnwedel werfen Muster auf sein schönes Gesicht, die Augen sind geschlossen. Helle Bartstoppeln funkeln auf seinen Wangen und am Kinn. Ich muss ihn einfach berühren, das will ich schon so lange. Ganz sanft ziehe ich die Narben um sein Auge nach, dann wandern meine Fingerkuppen zu seinen Lippen, die ich jetzt so gerne auf meinen spüren würde. Finns Augenlider zucken, aber er lässt sie geschlossen und bewegt sich nicht.

Wer bist du nur?, fragen meine Fingerkuppen.

Finn kann sich nicht rühren. Er kann nicht mehr atmen. Lias Finger zeichnen federleicht über sein Gesicht, doch der Schweiß bricht ihm aus allen Poren. *Panikschweiß.* So lange hat er sich Berührungen verschlossen, dass er sie nun kaum aushalten kann.

Finn will, dass Lia aufhört damit, denn sein Herz flackert beängstigend. Gleichzeitig will er, dass sie nie wieder aufhört. Es zerreißt ihn zwischen dem übermäßigen Wunsch nach Nähe und dem Impuls wegzulaufen. Lias Finger streichen eine Haarsträhne aus seiner Stirn und er kann ihren warmen Atem auf seinem Gesicht spüren, die Erregung, die ihr Körper ausstrahlt. Ihr warmer, weicher Körper, der mit seinem zusammen sein will. Gleich wird Lia ihn küssen und ihre Hände werden ihn überall verbrennen. Dann wird Finn es geschehen lassen oder ein für alle Mal beenden. Er presst die Lippen zusammen und öffnet die Augen. Lias Gesicht ist eine halbe Armeslänge von ihm entfernt. Weit genug, um atmen zu können, und doch hat er das Gefühl, keine Luft zu bekommen. Sie soll das nicht merken, also lächelt er.

Lias Mund nähert sich seinem. Ihr Kuss schmeckt nach Himbeeren, fruchtig und süß. Finn hört sich leise aufstöhnen. *Gleich.* Gleich reißt sein Panzer und er wird in tausend Teile zerspringen.

Zoé behauptet, ich sei das mutigste Mädchen, das sie kennt. Ich finde es nicht unbedingt mutig, allein mit einem Kajak auf dem See herumzupaddeln oder auf den Slioch zu steigen. Dass ich mich vor der Natur und den Tieren nicht fürchte, hat schlichtweg etwas mit Erfahrung zu tun. Hier in den Highlands ist es das Wichtigste, die Vorboten des Wetters zu kennen, wenn man wandern will oder Kajak fahren. Das Tückische ist die Schnelligkeit des Nebels oder das Hereinbrechen der Sommergewitter in den Bergen. Ich kenne die Anzeichen, die einem Wetterwechsel vorausgehen oder Nebel ankündigen. Dann kann ich das Richtige tun und mich in Sicherheit bringen.

Auf Badfearna kenne ich mich aus, aber Finn ist die Verheißung eines noch unerforschten Landes für mich. Ich habe keine Erfahrung, auf die ich zurückgreifen kann, nur meine Entdeckerfreude und eine pochende Sehnsucht. Ich möchte wissen, wie Finns Haut sich anfühlt, möchte ihn berühren und schmecken.

Anscheinend mag er, wie ich vorsichtig tastend mit meiner Zunge in seinen Mund vordringe, denn aus Finns Kehle kommt ein leises Stöhnen. Er schmeckt nach Gras und ein bisschen nach Mückenlotion. Meine Hand schiebt sich in Finns Nacken und von dort in sein Haar, das weich ist und störrisch zugleich. Ich will Finns Textur ertasten, seinen Körper kennenlernen und mit ihm vertraut werden, so wie mir alles hier vertraut ist.

Übermut prickelt in mir und ich gehe auf Tuchfühlung. Schiebe meine Hand unter Finns T-Shirt und fühle seine straffe, warme Haut. Unter meiner Berührung ziehen sich seine Bauchmuskeln zusammen und seine Finger graben sich in meine Hüfte. Wärme sammelt sich in meinem Schoß und eine nervöse Energie durchströmt mich, sodass ich mich noch fester an seine Seite presse.

In Finns Schritt hat sich eine Beule gebildet und plötzlich bekomme ich Lust, ihn dort zu berühren, mich hier und jetzt ins unerforschte Land zu wagen. Als ich meine Hand an seinem Bauch nach unten schiebe, bis unter den Gummizug und weiter bis in drahtiges Haar, fühle ich mich kühn, beinahe leichtsinnig.

»Lia«, stößt er hervor, »nicht.«

Aber ich bin schon da.

Finn stößt ein hartes Keuchen aus. Er packt mein Handgelenk, zieht meine Hand aus seiner Hose und setzt sich mit abgewandtem Gesicht auf. Die Sonne lässt seinen wirren blonden Haarschopf funkelnd aufleuchten wie einen Heiligenschein.

»Was ... was hast du denn?«, frage ich zutiefst verunsichert und setze mich ebenfalls auf. Sind es nicht immer die Jungs, die mehr wollen? Am liebsten gleich und richtig?

Ich kann Finns Gesicht nicht sehen, aber sein ganzer Körper strahlt Ablehnung aus. Was ist plötzlich in ihn gefahren, ich begreife es nicht. Mein Herz zieht sich zusammen, sein Rückzug schmerzt beinahe körperlich. »Wir haben uns gerade geküsst, Finn, und das ... das war doch schön, oder etwa nicht?«

Die Antwort ist Schweigen.

»Finn?« Ich berühre ihn zaghaft an der Schulter, doch er zieht den Oberkörper nach vorn, als könne er meine Berührung auf einmal nicht mehr ertragen.

»Tut mir leid«, sagt er schließlich mit zerknirschter Stimme und wendet sich mir wieder halb zu. »Ich kann das jetzt einfach nicht.«

Das hat sich bis eben aber noch ganz anders angefühlt. Ich mag unerfahren sein, doch Finns Erektion war keine Einbildung gewesen. »Jetzt nicht oder nie?«

»Lia«, Finn schüttelt den Kopf, »lass es.«

Unweigerlich höre ich Zoé sagen: *»Er merkt, du magst ihn, aber er will sich nicht outen, also küsst er dich.«*

»Liegt es an mir?« Tränen drängen sich brennend in meine Augen. Noch vor ein paar Minuten hat das Glück mich eingehüllt wie eine warme Decke, doch jetzt fühle ich mich nackt und schutzlos. Ich will nicht hören, dass Finn schwul ist oder in Glasgow die Liebe seines Lebens auf ihn wartet. Und ich will auch nicht hören, dass meine Gefühle einseitig sind, einfach weil ich nicht sein Typ bin.

Finn sieht mich unglücklich an. Nur kurz, und sein Blick landet wieder in der blühenden Heide. Er will etwas sagen, schüttelt jedoch erneut den Kopf.

»Rede mit mir, Finn«, bitte ich ihn mit bebender Stimme.

»Was ist los mit dir? Hast du eine feste Freundin? Oder ... stehst du vielleicht auf Jungs?«

»Was?« Mit einem einzigen Satz ist er auf den Beinen.

»Du kannst es mir sagen, es ist ...«

»Verflucht, Lia, wie kommst du denn auf so eine bescheuerte Idee?« Zornerfüllt tritt Finn nach einer morschen Wurzel, die in ihre Einzelteile zerfliegt. »Bloß weil ich nicht mit dir schlafen will, bin ich gleich schwul? Reagierst du immer so, wenn du nicht auf der Stelle bekommst, was du willst? Und ich dachte, du wärst anders.« Finn funkelt mich wütend an. »Aber ihr reichen Mädchen seid alle gleich.«

Einen Moment lang bringe ich kein Wort hervor. Mein Gesicht brennt vor Scham. Und Wut. Ich fühle mich gedemütigt. Es ist, als hätte Finn mir eine schallende Ohrfeige verpasst. *Jetzt bloß nicht losheulen, Lia. Nicht vor ihm.*

Ich hebe den Kopf und zwinge mich, ihm in die Augen zu sehen. »Ich werde mich nicht bei dir dafür entschuldigen, dass ich eine MacKenzie bin«, sage ich mit noch immer bebender Stimme. »Dafür kann ich nämlich nichts. Genauso wenig, wie du etwas dafür kannst, dass deine Mum arm war und du deinen Vater nicht kennst.« Ich schlucke und versuche, meine Stimme fester klingen zu lassen. »Ich weiß von dir so gut wie gar nichts, aber das ist ... das *war* mir egal. Ich ... ich habe dich vom ersten Tag an gemocht, Finn, auch wenn es vielleicht anfangs nicht so rüberkam. Und nach deinen Küssen war ich so naiv zu glauben, du empfindest auch etwas für mich. Ich hatte auch ganz bestimmt nicht vor, hier und jetzt mit dir zu schlafen. Ich wollte dich bloß berühren.« Ich hole tief Luft. »Wenn du also schwul bist oder in Glasgow ein Mädchen auf dich wartet oder ich aus irgendeinem anderen Grund nicht für dich infrage komme, dann wird mir das das Herz brechen. Aber eines tu bitte nicht: Spiel nicht mit mir.«

Ich rappele mich auf die Beine, drehe mich um und schlage mit schnellen Schritten den Weg zum Erlenhain ein, ohne mich noch einmal nach Finn umzudrehen. Als ich das eiserne Tor hinter mir schließe, laufen die Tränen in Strömen über meine Wangen.

Ich habe Finn berührt. Sein Haar gefühlt und seine Haut. *Seine Lust.* Aber er hat mich nicht gewollt. Und jetzt habe ich den bitteren Geschmack von Zurückweisung im Mund.

Ich bin verletzt, traurig und wütend. Das alles ist zu viel auf einmal und ich hoffe, ungesehen in mein Zimmer zu gelangen. Bevor ich über die Holzbrücke gehe, wasche ich am Fluss die Tränen aus meinem Gesicht. Niemand soll mir etwas anmerken. denn jede Nachfrage würde mich erneut in Tränen ausbrechen lassen. Es tut weh zu erkennen, dass ich mir in meinem tiefsten Inneren etwas vorgemacht habe.

Den Blick auf den Boden geheftet, laufe ich weiter. Bei der Scheune packt mich plötzlich jemand am Arm und zieht mich hinter die Mauer. Ich werde geküsst und finde mich in einer festen Umarmung wieder.

»Stru«, stoße ich hervor, als er mir die Gelegenheit dazu gibt.

Struan lacht breit und küsst mich gleich noch mal. Er nimmt mich an der Hand und zieht mich in die Scheune.

»Hey«, sage ich. »Wann bist du denn angekommen?«

»Schon vor einer Stunde. Mum und Dad haben mich in Achnasheen vom Zug abgeholt. Ich habe dich überall gesucht, Prinzessin.«

Prinzessin. Struans Kosename für mich, seit wir Kinder waren, aber jetzt kann ich dieses Wort kaum ertragen. »Ich ... ich war bei Macbeth.«

»Ja, klar. Wo sonst?« Struan lächelt. »Es tut so gut, dich

zu sehen, Lia.« Er streicht mir das Haar aus dem Gesicht und runzelt die Stirn. »Hey, sag mal ... hast du etwa geweint?«

Ich schüttele den Kopf. »Hab bloß was ins Auge bekommen.«

»Du siehst gut aus«, sagt er, »bist richtig braun. Aber es ist ja auch ein irre heißer Sommer.«

Wie man's nimmt. »Du siehst auch gut aus, Stru.«

Es ist wahr. Struan ist braun gebrannt und sein rotes Haar leuchtet wie eine Flamme in der Sonne. Es ist an den Seiten kurz und lockt sich in der Stirn. Die dunklen Sommersprossen auf seiner Nase und seinen Wangen tanzen.

»Lust, schwimmen zu gehen? Ich war gerade auf dem Weg.«

Ich schüttele den Kopf. »Heute nicht, Stru.«

»*Aunt Flo?*«, fragt er und ich nicke schnell.

Dass ich meine Periode habe, stimmt nicht, aber es ist die einfachste Ausrede. In diesem Moment wird mir wieder bewusst, wie einfach alles ist mit Struan Carrick.

»Dann sehen wir uns später, *aye?*«

»Ja«, sage ich und frage ihn, ob er meinem Vater schon begegnet ist. »Er ist, glaube ich, ein bisschen sauer auf dich, weil du jetzt erst kommst. Nur einen Tag vor den Gästen.«

»*Aye*, Dad hat schon so etwas angedeutet. Aber wie ich gehört habe, hat Duncans Großneffe als Saisonarbeiter auf Badfearna angeheuert. Ich wusste gar nicht, dass Dunc einen Großneffen hat.«

»Er heißt Finn«, sage ich mit kratziger Kehle. »Und er ist eigentlich Gretas Großneffe.«

»Ah, okay. Und wie ist er so? Dad sagt, Finn ist ein Glaswegian und hat von nichts eine Ahnung.«

»Er macht seine Sache ganz gut.«

»Das dachte ich mir schon. Vater hat im Grunde an jedem etwas auszusetzen, der nicht hierhergehört. Heute Abend beim Dinner werde ich Finn ja kennenlernen.«

Das gemeinsame Dinner am Abend, bevor die ersten Jagdgäste der Saison eintreffen, war auf Badfearna eine alte Tradition und ist irgendwann in Vergessenheit geraten. In diesem Jahr lässt Dad sie wieder aufleben. Es ist eine Bewährungsprobe für den Koch und seine Catering-Cousinen und eine Gelegenheit für alle, einander kennenzulernen. Dad hat für den Abend zwei Frauen aus dem Dorf engagiert, die das Essen auftragen und Getränke nachschenken sollen.

Am liebsten würde ich mich drücken, aber dafür müsste ich schon mit vierzig Grad Fieber im Bett liegen, denn bei manchen Dingen kennt mein Vater kein Pardon. Mit seiner Familie und den Bediensteten an einem Tisch zu sitzen, damit will er zeigen, dass wir nicht im Viktorianischen Zeitalter stecken geblieben sind, auch wenn es während der Jagdsaison den Anschein haben mag. Er will sich als netter Laird erweisen, der seine Leute zu schätzen weiß und gut für sie sorgt, so wie die Clan-Chiefs in vergangenen Zeiten.

Wir MacKenzies von Badfaerna waren bisher weitgehend vom tief verwurzelten Groll vieler Highlander verschont geblieben, der auf die Highland Clearances zurückgeht, die großen Räumungen, als schottische Kleinbauern von ihrem Land vertrieben wurden, um den Schafen Platz zu machen. Badfearna war Schmelzland, kein Ackerland. Viehzucht gab es hier nur in geringem Maße. Keine Vertreibungen, kein jahrhundertealter Groll. Aber nun hat Dad die Tier- und Umweltschützer am Hals und muss sein Image aufpolieren.

Das Essen findet im vertäfelten Speisezimmer der Lodge statt, am langen Holztisch, der festlich für dreizehn Leute eingedeckt ist. Die Atmosphäre ist zwanglos, so auch die Garderobe. Die Männer in dunklen Hosen oder Kilt und Hemden, die Frauen in Sommerkleidern. Sogar ich trage ein schlichtes safranfarbenes

Leinenkleid mit Rundhalsausschnitt, kurzen Ärmeln und zwei Taschen. Mum hat es für mich genäht und ich mag es, weil das Kleid bequem ist und trotzdem elegant aussieht. Ich brauche eine Rüstung für diesen Abend, denn mir ist immer noch, als wäre alle Energie aus meinem Körper verschwunden.

Dad sitzt zwischen Maeve und Logan Dunlop, dem Ghillie, Finn zwischen Gina und Duncan und ich zwischen Struan und Megan, die dauernd aufspringt, obwohl sie das an diesem Abend nicht soll. Kelsi hat Ethlenn an ihrer linken und den Koch auf der rechten Seite. Sie trägt ein – am gewagten Dekolleté mit kleinen Perlen besticktes – weißes Kleid mit Flügelärmeln, ein Outfit, bei dem Dad vermutlich kein Mitspracherecht hatte.

Der arme Koch weiß schon nach zehn Minuten nicht mehr, wo er hinsehen soll, und meine Schwester genießt ihren Auftritt als sexy Elfe.

Aus der Küche der Lodge zieht köstlicher Duft herein und schon die Vorspeise, eine feine Lauchsuppe mit Käse und selbst gebackenem Knoblauchbrot, bekommt großen Beifall. Nach dem Hauptgericht – Reh aus dem Ofen, angebraten mit Entenfett, in einer Pfannensoße aus Wildfond und Rotwein serviert, gesüßt mit Johannisbeergelee und abgerundet mit Highlandbutter, dazu Rübenpüree und Kartoffelbrei – sind alle sich einig, dass Chris Anderson ein genialer Koch ist und mein Vater mit ihm und seinen beiden lustigen Cousinen die richtige Wahl getroffen hat.

Das Essen ist köstlich, die Stimmung ausgelassen, sogar Fergus Carrick, der neben Megan sitzt, lacht und erzählt Anekdoten aus seinem Verwalterleben. Aber Struans Vater hat auch schon mindestens drei Gläser vom guten Wein getrunken. Dad lässt sich an diesem Abend nicht lumpen.

Mein Vater sieht gut aus, wirkt aber ein bisschen verloren.

Er ist ein unbeholfener Unterhalter. Dass Mum nicht an seiner Seite ist, frustriert ihn. Sie ist die beste Gastgeberin, die ich kenne. Vielleicht kann Kelsi ja an diesem Abend Mums Part übernehmen. Dad trinkt Wein und lacht halb abwesend über etwas, das Maeve ihm zuflüstert.

Struan kommt mir verändert vor, offener und selbstbewusster, und was er mir über sein Praktikum in den Cairngorms erzählt, klingt so spannend, dass ich ganz Ohr bin. Der dänische Milliardär, für den er gearbeitet hat, setzt auf Rewilding und Renaturierung. Sein Plan ist, in absehbarer Zeit Wölfe auf seinem Anwesen anzusiedeln.

»In zwei oder drei Jahren ist es vielleicht so weit«, schwärmt Struan. »Noch haben die Leute in der Gegend Angst und ich muss viel Aufklärungsarbeit leisten.« *Muss*, nicht *musste*?

Rewilding ist zurzeit in den Highlands in aller Munde, fast wie eine neue Religion. Doch um auf Badfearna Wölfe anzusiedeln, ist das Gelände viel zu steil. Man braucht Elektrozäune und die sind teuer. Das Estate ist abgelegen, das wäre einerseits gut, andererseits von Nachteil, weil die Anlieferung von Material schwierig und kostspielig ist.

Badfearna wäre geeignet, um Luchse anzusiedeln. Einst streiften diese Tier durch ganz Großbritannien und hier, in den Highlands, haben sie bis ins Mittelalter hinein überlebt. In einer Höhle in Sutherland hat man Luchsknochen gefunden und oben in den Bergen gibt es einen *Lugh Burn*. *Lugh* ist das gälische Wort für Luchs.

»Gehst du zu deinem Dänen in die Cairngorms zurück, wenn du mit deiner Ausbildung fertig bist?«, will ich von Struan wissen.

Er schaut in die Runde, bevor er antwortet, und ich sehe, dass Fergus uns im Blick hat. Struan beugt sich an mein Ohr: »Ich habe ein gutes Angebot von Pedersen. Und die Wölfe, die sind eine echte Herausforderung. Das sind faszinierende Tiere, Lia, ich würde liebend gerne mit ihnen arbeiten. Aber ich habe mich noch nicht entschieden.«

Struan ist offen zu mir. Er weiß, ich würde niemals damit zu meinem Vater rennen. Struan kann sicher sein, dass ich dichthalte, wir sind Freunde und es ist eine Frage der Ehre.

Ich trinke einen Schluck Wein – ein Glas hat Dad Kelsi und mir zugestanden – und versuche zu verarbeiten, was ich höre, sehe und fühle. Die Vertrautheit mit dem Jungen neben mir fühlt sich gut an, ist jedoch frei von jeglichem Aufruhr im Herzen. Beinahe muss ich lachen bei dem Gedanken, dass ich drauf und dran gewesen war, mein erstes Mal mit Struan zu haben.

Beim Gedanken an mein erstes Mal schaue ich unwillkürlich zu Finn hinüber, der leider unverschämt gut aussieht in seinem grauen Hemd mit Stehkragen. Eins zu null für Kelsi, er könnte wirklich als Model herhalten. Aber ich spüre auch, wie unbehaglich Finn sich fühlt an diesem Abend. Die Hälfte seines Gesichts ist unter schwingenden Haarsträhnen verborgen, die er immer wieder nervös nach hinten streicht. Er hat nur ein Glas Wein getrunken und hält sich seitdem an Wasser. Während Gina ihn ständig berührt und mit ihm flirtet, blickt er frustriert in die Runde, und ich ertappe ihn nun schon zum dritten Mal dabei, wie er länger zu Struan und mir herüberschaut.

Lächelnd und betont interessiert beuge ich mich zu meinem Freund, der immer noch mit Begeisterung von Wölfen spricht. Finn wirft mir einen ausgesprochen finsteren Blick zu. Ist er etwa eifersüchtig? Nach dem, was er heute auf der Lichtung abgezogen hat? Kann man für jemanden, der einen auf so verletzende Art zurückgewiesen hat, immer noch Gefühle hegen? Offenbar ja, denn als nach dem Dessert erst Finn und dann die schöne Georgina in ihrem eng anliegenden blauen Kleid nach draußen verschwinden, wird mir ganz schlecht vor Eifersucht und ich kann Struan und seinen Wölfen nicht mehr folgen.

Werden sich die beiden jetzt küssen hinter einer Mauer, einem Strauch? Wird Finn später zu Gina auf ihr Zimmer gehen und mit ihr all die Dinge tun, für die ich aus irgendeinem Grund nicht infrage komme?

Gina steht im Rosengarten und raucht. Als sie Finn ihre halb aufgerauchte Zigarette entgegenhält, schüttelt er den Kopf. Die junge Frau legt den Kopf in den Nacken und bläst den Rauch in die blütenschwangere Luft.

»Wird nicht leicht werden, die Banker und den reichen Russen aus London eine Woche lang zu ertragen«, sagt Gina. »Wenigstens sind der Koch und seine Cousinen lustig.«

Finn nickt nur, den Blick nach oben gerichtet, wo ein halber Mond am Himmel steht, inmitten von funkelnden Sternen.

»Mein armer Finn ist in die Waldfee verliebt.«

Der mitleidige Unterton in Ginas Stimme trifft bei Finn auf einen wunden Punkt. »Die Waldfee?«, wiederholt er, obwohl er genau weiß, wen Gina meint.

»Lia mag dir vielleicht anders vorkommen als der Rest der Familie, aber sie ist genauso ein Snob wie ihr Vater. Man sieht es ihr bloß nicht auf den ersten Blick an.« Sie zieht an ihrer Zigarette und schnippt die Asche in die Rosen. »Die MacKenzies sind ein anderer Menschenschlag als du und ich, Finn. Für die bist du nichts weiter als ein Saisonarbeiter, auch wenn du Duncans Neffe bist.«

»Und ich dachte, wir leben im 21. Jahrhundert«, bemerkt er und scharrt mit seinen Turnschuhen im Kies. Finn antwortet nur, um etwas zu antworten. Dass Lia reich ist, beeindruckt ihn nicht. Was sie für ihn empfindet, ist sein Problem.

Georgina zuckt die Achseln und zieht an ihrer Zigarette. »Vielleicht sind die Gefühle der kleinen Lady für dich ja sogar ehrlich, aber das wird dir nichts nützen. Denn ihr Herr Vater wird Mittel und Wege finden, sie von dir fernzuhalten, wenn er erst herausfindet, was läuft.«

»Glaub mir, Gina, da läuft nichts.«

Sie lacht. »Ich habe Augen im Kopf, Finn. Das Mädel himmelt dich an. Und ich kann es ihr nicht verdenken, du bist ein ausgesprochen hübscher Junge. So introvertiert und geheimnisvoll, welches Mädchen könnte da widerstehen?«

»Hör auf damit, Gina. Du nervst.«

»Womit soll ich aufhören? Dir die Wahrheit zu sagen? Ich will dich auch gar nicht entmutigen, nur warnen. Selbst wenn du einen Haufen Kohle verdienen solltest, wirst du in diesen Kreisen nie akzeptiert, Finn.«

Einen Haufen Kohle? Was meint sie damit? Finn wirft Gina einen misstrauischen Blick zu und macht sich Sorgen, was das wissende Funkeln in ihren Augen zu bedeuten hat. Weiß sie was? Ihm ist, als würde sich eine Schlinge um seinen Hals zuziehen.

»Ich habe nicht vor, in die MacKenzie-Familie einzuheiraten«, erwidert er.

»Gut«, sie zuckt die Achseln. »Lass besser die Finger von der Kleinen, sie wird mit Argusaugen bewacht, auch wenn du das nicht merkst. Mein Angebot steht: Komm zu mir, wenn dir danach ist. Was wir tun, wird keinen interessieren.« Georgina drückt ihre Zigarette an einem Mauersims aus und wirft sie zwischen die Blumen.

Am darauffolgenden Nachmittag treffen unsere Jagdgäste aus London ein. Fergus Carrick bringt die fünf mit ihrem üppigen Gepäck über den See und Dad begrüßt sie an der Lodge, wo sie mit Champagner und Lachshäppchen oder wahlweise mit Tee und frischen Scones empfangen werden, als wären sie eine Abordnung der Queen.

Dad hat Kelsi und mir erzählt, wie unfassbar reich sie sind: die Millers, die Palmers und ihr russischer Geschäftsfreund, der Oligarch Boris Baranow. Die beiden Engländer sind hohe Tiere bei Barclays, einer der wichtigsten Investmentbanken in der Londoner City. Colin Miller ist Leiter der Abteilung Globale Märkte, Eric Palmer Chef der Privatkundenabteilung. Ihr Geschäftsfreund Baranow hat sein Vermögen in Russland mit Erdöl und Erdgas verdient.

Alle fünf scheinen zwischen vierzig und fünfzig zu sein, aber da kann ich mich auch irren. Die Millers wirken wie Geschwister. Sophy und ihr Mann sind blond und von hagerer Statur. Sie haben beide helle Augen und schmallippige, blasse Gesichter. Die Palmers machen einen lebendigeren Eindruck. Beatrice ist eine burschikose Frau mit kurzen schwarzen Locken und eng beieinanderliegenden Augen, denen nichts zu entgehen scheint. Ihr Mann Eric hat eine gewisse Ähnlichkeit mit Hugh Grant. Der Russe sieht aus wie Daniel Craig. Ich mag seine stechenden grauen Augen nicht, die sind irgendwie kalt.

Kelsi und ich müssen Hände schütteln, werden aber bis zum Dinner mit dem Laird am letzten Abend nicht viel mit den Jagdgästen in Berührung kommen. Sie wollen entspannen, auf Pirschjagd gehen, Forellen angeln – und unter sich sein. Sowohl das Personal als auch Kelsi und ich sind dazu angehalten, uns, so gut es geht, unsichtbar zu machen.

Erneut verändert sich die Atmosphäre auf Badfearna. Auf einmal komme ich mir wie ein Gast in meinem eigenen Refugium vor.

Finn erweist sich als wahrer Meister im Sich-unsichtbar-Machen. Aber ich muss endlich mit ihm reden – und zwar allein.

Am Sonntagvormittag testen Duncan und Struan die Schießkünste der Gäste, das ist eine eiserne Regel auf allen Jagdgütern. Die fünf haben ihre eigenen Gewehre mitgebracht und müssen aus hundertfünfzig Meter Entfernung den Eisenhirsch am Seeufer ins Herz seiner Zielscheibe treffen, bevor sie am Montag auf Pirschjagd gehen dürfen.

Das Übungsschießen findet im Liegen statt, genau so, wie es später in der Heide sein wird. Die vier *Sassenachs* sind gute Schützen, ruhig und besonnen. *Ruiseanach,* wie Duncan den Russen auf Gälisch nennt, besitzt ein teures finnisches Präzisionsgewehr mit schwarzem Kunststoffschaft, doch präzise treffen kann er nicht.

Ich beobachte das Probeschießen eine Weile aus sicherer Deckung hinter einem Strauch und sehe die vielsagenden Blicke, die zwischen Duncan und Struan hin- und hergehen. Mit dem Übungsschießen werden die beiden noch eine Weile beschäftigt sein, das scheint mir eine gute Gelegenheit, um Finn allein zu sprechen.

Nach einigem Suchen finde ich ihn in der Scheune, er hackt

Holz und stapelt die Scheite. Er ist eindeutig nicht froh, mich zu sehen, und obwohl ich damit gerechnet habe, trifft es mich.

»Du arbeitest am Sonntag?« *Toller Einstieg, Lia.*

Die Antwort ist Schweigen.

»Hast du die Absicht, überhaupt jemals wieder mit mir zu sprechen?«, frage ich ihn.

Offenbar nicht.

»Finn, was ist los mit dir? Wieso gehst du mir aus dem Weg?«

Finn packt mich am Handgelenk und zieht mich tiefer in die Scheune. »Ich gehe dir nicht aus dem Weg«, sagt er mit zornig verhaltener Stimme. »Ich mache nur Platz für einen Typen, der offenbar ältere Ansprüche auf dich hat.«

»*Ansprüche?*« Ich gebe ein empörtes Schnauben von mir. »Niemand hat Ansprüche auf mich.«

»Ihr habt euch geküsst, Lia, ich bin nicht blind.«

Oh, daher weht also der Wind. Ist Finn mir am Freitag hinterhergelaufen, weil er sich entschuldigen wollte, und hat mich mit Struan gesehen? »Genau genommen hat Struan mich geküsst.«

Finn lässt mich los. »Sah nicht so aus, als ob es dir nicht gefallen hätte.«

Der zornige Aufruhr in Finns Augen verwirrt mich. »Du bist ja eifersüchtig.«

»Was? Du ...« Er schüttelt den Kopf und sieht weg.

»Wieso bist *du* eigentlich wütend?«, frage ich aufgebracht. »Du wolltest mich nicht, aber dass Struan mich küsst, passt dir auch nicht. Ich kenne Stru seit dreizehn Jahren und genauso lange war ich verliebt in ihn. Letztes *Hogmany* sind wir uns nähergekommen und er dachte wohl, er könnte da weitermachen, wo wir aufgehört haben. Aber ich ...«

»Damit lag er ja auch verdammt richtig«, unterbricht mich Finn.

»Nein.« Ich werfe meine Hände in die Luft. »Ich mag dich, Finn. Es war schön, dir so nahe zu sein und dich zu berühren. Für mich hat sich das zwischen uns nach mehr angefühlt, deshalb habe ich etwas gewagt. Und du ... du hast mich eiskalt abblitzen lassen und beleidigt. Ich war wütend und verletzt und dann war Stru plötzlich da. Es tut mir leid.«

»Das muss es nicht, Lia. Es ist okay.« Finns Stimme klingt jetzt schrecklich flach und vernünftig. Damit komme ich noch schwerer klar als mit seiner wilden Eifersucht. »Struan Carrick sieht blendend aus, dein Dad mag ihn, du bist schon ewig verliebt in ihn, das ist doch wunderbar.«

Ich bin wie vor den Kopf geschlagen von Finns Worten und merke, wie Zorn sich in meiner Brust breitmacht. »Hörst du mir eigentlich zu, Finn?«

»Nein«, faucht er mich an.

»Lia?« Plötzlich steht Struan im Scheuneneingang und mustert uns mit fragendem Blick. »Alles in Ordnung?«

»Ja«, sage ich. »Alles bestens. Finn und ich haben nur eine kleine Meinungsverschiedenheit.«

Mit einem Kopfschütteln lässt Finn mich stehen und geht an Struan vorbei nach draußen.

»Junge, Junge.« Struan sieht ihm nach. »Wenn Blicke töten könnten.«

»Wie viel hast du gehört, Stru?«, frage ich mit belegter Stimme.

»Genug, würde ich sagen.« Er wendet sich mir zu.

»Hör zu, ich ... es ...«

»Schon gut, Prinzessin«, unterbricht Struan mein Stammeln. »Es ist okay, dass du Finn magst.«

Ich brauche eine Weile, bis ich seine Worte eingeordnet habe. »Wirklich?«

»*Aye.*« Struan hebt ein Holzscheit auf und legt es auf den Stapel an der Scheunenwand. Windet sich vor Verlegenheit. »Auf dem Jagdgut in den Cairngorms, Lia ... ich habe da jemanden kennengelernt.« Er lacht und sein Lachen klingt ein bisschen zu wehmütig. »Es hat mich mächtig erwischt und ich wollte es dir schreiben, Prinzessin. Aber nach unserem Kuss an *Hogmany* habe ich das einfach nicht fertiggebracht. Ich mag dich. Du bist meine Freundin, aber ...«

»Aber du liebst mich nicht.«

»Doch, ich liebe dich«, sagt er. »Aber nicht so.«

Ich weiß nicht, was ich fühlen soll. Einerseits bin ich froh, weil sich das Problem so einfach in Luft auflöst, andererseits ... »Warum hast du mich dann an *Hogmany* geküsst?«

»Weil ich dich mag, Lia. Und weil du so ausgesehen hast, als ob ...« Er windet sich.

»Als ob ich geküsst werden wollte?«

»*Aye.*«

Verflixt! Ich kann nicht verhindern, dass mir die Tränen kommen.

»Hey.« Struan nimmt mich in die Arme und ich drücke meine Nase in sein Hemd.

»Wirke ich so bedürftig, Stru?«

Struan schiebt mich ein Stück von sich. »Bedürftig? Wie um Himmels willen kommst du denn darauf? Du hast an *Hogmany* wunderschön ausgesehen in deinem Kleid. Du hast gestrahlt vor Glück, ich musste dich einfach küssen. Ich könnte jetzt sagen, dass es mir leidtut, aber so ist es nicht.«

Ich wische mir die Tränen aus dem Gesicht und schenke ihm ein tapferes Lächeln. »Mir tut es auch nicht leid, Stru. Ich meine, dass du der Erste warst, der mich geküsst hat. Und als ich nach Badfearna kam, konnte ich es kaum erwarten, dich wiederzusehen. Aber dann habe ich mich Hals über Kopf in Finn verliebt. Leider ist das Ganze sehr einseitig.«

Struan grinst. »Keine Ahnung, aber Finn klang ziemlich eifersüchtig, meinst du nicht?« Er zieht ein Taschentuch aus seiner Hosentasche und reicht es mir. Ein echtes Stofftaschentuch im Schottenmuster.

»Danke.« Ich trockne meine Tränen. »Finn ist jedes Mal anders. Er kann unglaublich liebevoll und süß sein und es gibt Momente, da habe ich das Gefühl, ich bedeute ihm etwas. Aber dann, manchmal schon im nächsten Augenblick, ist er verletzend und kalt. Ich werde einfach nicht schlau aus ihm und wüsste gern, welcher Finn der echte ist.«

Struan nimmt mich noch einmal in die Arme. »Vielleicht kann ich ihm ja morgen auf der Jagd mal ein bisschen auf den Zahn fühlen.«

»Ich glaube nicht, dass Finn mit dir reden wird, Stru. Er liebt mich nicht, aber dich hasst er trotzdem.«

»Ich schaffe das schon, Prinzessin. Ich kann mehr als Hirsche schießen, das weißt du doch.« Ich schniefe in sein Taschentuch.

»Weißt du, was komisch ist?«, sagt Stuan. »Ich habe das Gefühl, Finn irgendwoher zu kennen. Aber ich komme einfach nicht drauf. Bist du sicher, dass er das erste Mal auf Badfaerna ist?«

»Ziemlich sicher.«

»Na ja, dann sieht er wohl nur irgendwem aus dem Fernsehen ähnlich.« Struan nimmt mich an der Hand und zieht mich zum Tor. »Und jetzt ...«, er wirft einen Blick aus der Scheune, »auch auf die Gefahr hin, dass ich mit meinem Leben spiele: Es ist ein herrlicher Nachmittag zum Kajakfahren. Wollen wir?«

»Bin dabei.«

Finn steht in seinem Zimmer am Fenster und sieht Lia mit Struan Carrick davongehen. Da ist eine Vertrautheit zwischen den beiden, die ihn verrückt macht. Aber er hat keinen Anspruch auf Lia. Er hat sie schon zu nah an sich herangelassen.

Mit seinem Prepaidhandy läuft Finn zur Lodge, um sich ins Internet einzuloggen. Zum zigsten Mal googelt er *Kevin Bell* und *Glasgow* und diesmal wird er fündig.

Erleichterung bei den Celtic Fox Boys – Nachwuchstrainer der Jugendmannschaft aus dem künstlichen Koma geholt

Nachdem ihr Trainer Kevin Bell am 27. Juni bei einem Einbruch im Barrowfield Trainingszentrum brutal niedergeschlagen wurde, herrscht nun Erleichterung bei den jungen Spielern der Celtic Fox Boys und allen Celtic-Fans. Drei Wochen nach dem Überfall, bei dem Kevin Bell eine schwere Kopfverletzung erlitten hat, soll der 44-Jährige nun schrittweise aus dem künstlichen Koma geholt werden. Die Aufwachphase wurde eingeleitet und der Patient reagiert bereits auf Berührung und Ansprache.

Bis die Polizei Bell zum Tathergang befragen kann, werden allerdings noch ein paar Tage vergehen, sagt Chefärztin Dr. Baker vom Queen-Elizabeth-Universitätskrankenhaus. Bell werde jetzt schrittweise von Schmerzmitteln und der künstlichen Beatmung entwöhnt. Wie lange die Aufwachphase dauert, sei individuell. Meist kommt es in diesem Zustand zwischen Schlaf und Wachsein zu Wahrnehmungsstörungen, und unter Umständen könne es auch vorkommen, dass der Patient sich nicht an Ereignisse erinnern kann, die vor dem künstlichen Koma passiert sind.

Nur langsam dringt das Gelesene in Finns Bewusstsein vor. Sein Trainer hatte im künstlichen Koma gelegen und wird nun nach und nach ins Leben zurückgeholt. Noch kann er nicht reden, aber lange wird es nicht mehr dauern, bis Bell auspackt.

In Finns Brust tobt ein Kampf. Er ist so unendlich erleichtert über die Gewissheit, kein Mörder zu sein, dass er das Gefühl hat zu fallen und sich an der Hausmauer abstützen muss. Gleichzeitig steigt Übelkeit in ihm auf, weil seine Tage auf Badfearna nun gezählt sind. Er hat es von Anfang an gewusst, aber nicht wahrhaben wollen. Die Magie lüftet ihren schützenden Zaubermantel und die Wirklichkeit wird ans Licht kommen. Noch gibt es die winzige Chance, dass Bell sich nicht erinnern kann, was im Trainingszentrum geschehen ist, und an dieser Hoffnung klammert Finn sich fest.

Das Kajakfahren mit Struan hat mich ausgepowert und abgelenkt, doch mein Herz ist immer noch wund und ich stochere lustlos in Chris Andersons köstlichem Johannisbeer-Apfel-Crumble, das es als Dessert zum Dinner gibt.

Während Kelsi von Boris Baranows sagenhaftem Reichtum erzählt, höre ich nur mit halbem Ohr hin: eine Zehn-Millionen-Pfund-Villa mit fünfzehn Zimmern im Stadtteil Belgravia, mit einer Tiefgarage, in der zehn Sportwagen stehen. Zwei Köche, zwei Zimmermädchen, ein Gärtner, ein Chauffeur und ein Butler. Dazu ein Landsitz in der Grafschaft Surrey, ein hässlicher Kasten mit Türmchen, Deckengemälden und einem Pool mit goldenen Kacheln. Pferdeställe mit Reitanlage und ein gigantischer Weinkeller, in dem sündhaft teure Weine lagern.

»Was will der eigentlich hier bei uns?«, fragt Kelsi.

»Jagen«, antwortet Dad. »Echte Wildnis, alte Geschichten und ein Hauch von Aristokratie. Ich nehme an, seine Geschäftsfreunde haben ihn eingeladen, damit er seine Millionen weiter auf ihrer Bank deponiert. Aber woher weißt du überhaupt all diese Dinge über Baranow, kleine Elfe?«

Kelsi zuckt die Achseln. »Ich war einfach neugierig und da gibt es allerhand über ihn im Netz. Wusstet ihr, dass London auch *Moskau an der Themse* oder *Londongrad* genannt wird, weil so viele reiche Russen dort leben?«

Dad runzelt die Stirn, als würde ihm erst jetzt bewusst, was seine jüngste Tochter da für Fragen stellt. Fragen, die normalerweise von mir kommen. Ich bin seltsam stolz auf Kelsi, die kleine Spionin.

»Ja«, antwortet er. »In London gibt es viele reiche Russen. Aber wir haben hier etwas, wonach sie sich sehnen, etwas, das man nicht kaufen kann. Für ein paar Tage verschaffen wir ihnen die Illusion, sie könnten es. Und mit ihrem Geld sorgen wir für die Erhaltung von Badfearna.«

Zurück in meinem Zimmer, vergesse ich *Ruiseanach* und sein Geld. Ich sehe Finn, wie er voller ehrlicher Bewunderung meine Fotos betrachtet hat, mir sein Mathehilfsangebot gemacht und mich geküsst hat. Dieser Finn ist immer noch hier, in meinem Zimmer. Ich kann seinen verdammten Wacholderduft riechen.

Als mein Handy sich meldet, schrecke ich zusammen. Es ist Zoé, die anklopft, und nach kurzem Zögern nehme ich ihren Videocall an. »Hey.«

»Oh, *ma chérie*, du klingst nicht gut. Was ist passiert?«

»Finn, er … er hat mich auf ziemlich ruppige Art abblitzen lassen.«

Zoé schweigt einen Moment, ihre schwarzen Augen sind voller Mitgefühl. »Oh, Süße, das tut mir so leid. Weißt du nun, warum? Ist er schwul oder vergeben?«

»Bei meinem Glück vermutlich beides«, brumme ich.

Zoé lacht. Sagt aber gleich darauf: »*Pardon.* Was war denn los?«

»Ich bin verwirrt, Zoé. Wir haben herumgealbert und uns geküsst. Finn war erregt und ich war mutig – nicht auf Lia-Art, sondern *wirklich mutig*, aber offenbar wollte er das nicht. Ich habe ihm gesagt, falls er schwul ist oder eine Freundin hat oder nicht auf mich steht, dann soll er es mir sagen, und Finn hat ...« Von Zoés schnaubendem Lachen unterbrochen, frage ich frustriert: »Was ist daran so lustig? Du hast gesagt, ich soll es herausfinden.«

»Ja, aber mit ein wenig mehr Fingerspitzengefühl.«

Beim Wort *Fingerspitzengefühl* glühen meine Ohren und ich hoffe, Zoé sieht es nicht.

»Vielleicht will er einfach die Kontrolle behalten, schließlich bist du kein normales Mädchen, sondern ...«

»Ich bin ein normales Mädchen«, unterbreche ich Zoé.

»Ja, klar. Als deine Freundin weiß ich das aus jahrelanger Erfahrung. Aber versuch doch mal, dich in ihn hineinzuversetzen.«

Ich schüttele stöhnend den Kopf. »Das kann ich nicht. Nicht mehr heute Abend. Ich war heute Nachmittag drei Stunden mit Stru Kajak fahren und bin schon fast am Einschlafen.«

»*Ouah!* Du verbringst drei Stunden mit Struan allein auf dem See und wunderst dich, dass der Junge, der in dich verliebt ist, seltsam reagiert?«

Seufzend verdrehe ich die Augen. »Finn hat mich *erst* abblitzen lassen und *dann* bin ich mit Stru Kajak gefahren. Außerdem ist das mit Stru inzwischen geklärt.« Ich hole tief Luft. »Ich habe Finn gesagt, dass ich mich in ihn verliebt habe und dass zwischen Struan und mir nichts läuft. Weißt du, ich glaube inzwischen doch, Finn ist schwul und will um jeden Preis verhindern, dass es herauskommt. Er hat so aggressiv reagiert auf meine Frage.«

Zoé wackelt mit dem Kopf hin und her. »Schon möglich. Es kann aber auch das genaue Gegenteil sein: Er ist megahetero und deine Frage hat ihn deshalb fuchsteufelswild gemacht.«

Mit einem Seufzen sage ich: »Das ist mir gerade zu kompliziert, Zoé. Ich glaube, ich muss meinem Hirn über Nacht Zeit geben, das zu verarbeiten. Wie läuft es denn mit deinem Luca?«

»Das ist auch kompliziert. *Mon père* und ich fliegen in ein paar Tagen zurück nach Edinburgh.«

»Was wirst du Alec sagen?«

»Ich weiß es nicht. Ich weiß nur eins, Lia. Ich liebe sie beide.«

Finn ist in Tweed gekleidet, der gewebte Stoff von Hose und Jacke ist grau wie die Granitfelsen am Berg, mit feinen dunkelvioletten Linien. Dazu trägt er breite Hosenträger, dreihundert Pfund teure Gummistiefel und eine alberne flache Schiebermütze, mit der er sich vorkommt wie Tommy Shelby aus *Peaky Blinders*.

Zusammen mit Struan Carrick soll er als *Ponyman* fungieren und Gael, Unna und Fiona führen. Fiona ist beladen mit kulinarischen Köstlichkeiten in zwei Picknickkörben, die beiden anderen *Garrons* tragen schwere Hirschsattel auf dem Rücken. Finn kann nicht glauben, dass er diese edlen Klamotten trägt, ein Picknickpferd führen und Leute mit Gewehren auf den Berg begleiten soll, die aus einem einzigen Grund dort hinaufwollen: um einem stolzen Hirsch das Lebenslicht auszublasen.

Er muss an das gruselige Geweihhaus am anderen Ende des Anwesens denken, mit seinen unzähligen Geweihen, die darin an der Decke und den Wänden hängen. Bald werden weitere Geweihe dazukommen.

Der Wildhüter in Tweedhose, Weste und polierten Schnürstiefeln geht mit den Millers und *Ruiseanach* voran, gefolgt von Logan Dunlop, der vom Laird als Headstalker eingesetzt worden ist. Die *Sassenachs* tragen teure Funktionskleidung, die alles in allem bestimmt so viel kostet wie die Jahresmiete von Finns Wohnung in Barrowfield. Baranow ist in Eichenlaub-

Tarnkleidung unterwegs und hat keine Ahnung, dass sich alle hinter seinem Rücken amüsieren.

Schon nach kurzer Zeit bleibt Struan mit Gael ein Stück hinter den anderen zurück, sodass er und Finn mit den Ponys jetzt dicht hintereinanderlaufen. Kurz dreht Struan sich zu Finn um. »Ich hab gehört, du hast einen zahmen Fuchs.«

Verdammt. Finns Sorge um Mooch ist eine pochende Wunde, jetzt, wo noch mehr Leute mit Gewehren auf dem Anwesen herumlaufen. »So, hast du das?«

»*Aye.* Wie hast du es geschafft, ihn zu zähmen?«, fragt Struan munter weiter.

»Ich habe ihn nicht gezähmt«, brummt Finn. »Er war einsam und hungrig und hat mir mein Sandwich weggefressen. Von da an kam er immer wieder. Mooch folgt keinen Befehlen oder so.«

»Na ja«, Struan lacht, »ich bin hier aufgewachsen, aber so etwas ist mir nie passiert. Bei meinem Praktikum in den Cairngorms habe ich 'ne Menge über Füchse gelernt. Sie sind kluge Tiere und einige von ihnen haben die Veranlagung, mit Menschen zu kommunizieren. Offenbar bist du so einem besonderen Exemplar begegnet.«

Langsam geht Struan Carrick Finn auf die Nerven. Was will er von ihm? »*Aye,* schon möglich.«

»Hey«, Struan bleibt mit Gael stehen, sodass auch Fiona haltmacht und Finn nicht weitergehen kann. »Wie auch immer es für dich ausgesehen hat: Lia und ich sind nicht zusammen, okay? Ich hoffe, das hat sie dir gesagt?«

»Wovon, verdammt noch mal, redest du?« Finn mustert Struan. Er hat sehr wohl verstanden, was der andere gesagt hat, und ihn durchströmt ein Gefühl der Erleichterung. Seit er weiß, dass Bell wach ist und sein Trainer der Polizei das Märchen vom Einbrecher erzählt hat, schöpft er wieder Hoffnung.

»Die Prinzessin gehört dir, Mann. Lia und ich sind nur Freunde.«

»Ich hab's begriffen.«

»Sie liebt dich, du Idiot. Lia liebt dich und du tust ihr weh, Finn. Das macht mich wütend, denn ich mag sie sehr.«

»Lauf weiter, okay?« Finn ist auch wütend, weil Lia mit Struan Carrick über ihre Gefühle geredet hat. Und er ist verwirrt, weil Struan mit ihm über seine Gefühle redet. Das kennt Finn nicht. Unter seinen Teamkameraden wurde immer nur von *flachlegen* und *nageln* gesprochen, von *geilen Möpsen* und *Blowjobs* – aber nie über Gefühle.

Schweigend laufen sie weiter und eine Stunde später sind sie am Picknickplatz, den Finn vorbereitet hat. Struan und er binden die *Garrons* an die Moorbirken und breiten die Picknickdecken aus. Das Hirschrudel ist da, wo es sein soll – *leider*. Duncan und Logan schauen durch ihre Feldstecher und geben sich Zeichen. Das Jagdfieber hat die drei Pirschjäger erfasst. *Ruiseanach* soll den ersten Hirsch erlegen. Der Mann kommt Finn vor wie ein gefährlicher Scharfschütze mit seiner Tarnjacke und seinem schwarzen Präzisionsgewehr, auf dem ein Schalldämpfer sitzt. Auch Duncan ist wachsam.

Zusammen mit dem Wildhüter und dem Stalker pirschen sich die drei an das Hirschrudel heran, während Finn und Struan bei den Ponys zurückbleiben. »Wärst du lieber dabei?«, fragt Finn, als sie sich in der Heide niedergelassen haben.

»Nein. Du?«

»Ich?« Finn schüttelt den Kopf. »Nein. Aber spätestens wenn ich den Herrschaften Champagner und Krabbenhäppchen servieren muss, werde ich mir wünschen, Logan Dunlop zu sein.«

Struan lacht und auf einmal ist das Reden ganz leicht. Finn

erfährt von Struan, dass seine Eltern lange gehofft haben, er und Lia würden mal heiraten. »Aber in diesem Sommer haben wir uns beide in jemand anderen verliebt.«

Finn hat nicht vor, sein Inneres auszubreiten, das hat er noch nie getan. »Und der Laird«, fragt er stattdessen. »Ich meine, du und Lia, wäre das für ihn okay gewesen?«

»Keine Ahnung, ich nehme an, er hat das Ganze nie wirklich ernst genommen. Vermutlich dachte er, es ist besser, Lia stößt sich bei mir die Hörner ab als bei einem Typen, den er nicht kennt.«

Finn blickt mit zusammengepressten Lippen zur Seite. Nur mit Mühe unterdrückt er einen neuerlichen Eifersuchtsanfall.

»Sorry«, Struan zuckt die Achseln, »aber du hast gefragt.« Er zieht eine Rolle Polo Mints aus seinem Rucksack, schiebt sich ein Minzbonbon in den Mund und hält Finn die Rolle entgegen. Um den schalen Geschmack der Eifersucht loszuwerden, nimmt Finn eins. Was hatte er denn geglaubt? Dass Lia auf einen Typen wie ihn gewartet hat? Scharfer Pfefferminzgeschmack explodiert auf seiner Zunge und er holt mit offenem Mund Luft.

»Gut, was?« Struan lacht. Dann sagt er: »Alexander Mac-Kenzie hatte einfach das Glück, am richtigen Ort von den richtigen Eltern geboren zu sein. Und natürlich ist er daran interessiert zu behalten, was er hier hat: Badfearna und all das Land. Siebzigtausend Acre.«

Siebzigtausend, denkt Finn. Unvorstellbar viel Land.

»Unglaublich, oder? Ein Highland-Laird ist meistens jemand mit viel Land und wenig Geld. Dafür heimst der Landadel jedes Jahr fette Summen vom Staat für Landwirtschaftsprojekte oder Naturschutzmaßnahmen ein. Leute wie Alexander MacKenzie sind die größten Sozialhilfeempfänger im Land, Finn. Sie wollen keine Steuern zahlen, haben aber keine Skrupel, Almosen von den Steuerzahlern anzunehmen. Der Laird ist so 'ne Art moderner Raubritter, verstehst du?« Struan lacht kopfschüttelnd. »Bent Pedersen hingegen, mein Boss in den Cairngorms, der hat mit seinem Modekonzern Milliarden angehäuft und sich ein riesiges Landgut im schönsten Teil Schottlands gekauft. Aber für MacKenzie sind Leute wie Pedersen Neureiche. Arabische Scheichs, russische Oligarchen, französische Bankiers, Donald Trump mit seinen Golfplätzen – sie alle kaufen wie die Irren riesige Landstriche hier in den Highlands. Sie kaufen sich Titel und Tartans, aber sie werden nie dazugehören, denn Leute wie Lias Dad, die werden immer fragen: Haben deine Vorfahren in Bannockburn gekämpft? Oder: Auf welcher Seite stand dein Clan 1764 auf dem Culloden Moor?«

Ungläubig lauscht Finn Struans Worten. Das ist es nicht, was er vom Sohn des Verwalters erwartet hat. »Du solltest dich mit Gina zusammentun«, sagt er. »Die redet genauso wie du.«

»Gina?« Struan lacht. »Nein.«

Ein Schuss fällt und ein qualvoller Tierlaut dringt an ihre Ohren. Struan hält inne. »Das ging schnell.« Er steht auf und schaut durch sein Fernglas. Zischt: »*Damnadh!*«

Finn kennt das gälische *Verdammt!* von Duncan und springt ebenfalls auf die Beine. »Was ist denn los?«

Da fällt ein zweiter Schuss.

»Baranow hat nicht richtig getroffen«, sagt Struan und reicht Finn das Fernglas. »Logan musste den Hirsch töten.«

Finn schüttelt den Kopf. »Nein danke, ich muss das nicht sehen.«

Als die drei Pirschjäger sich wenig später dem Picknickplatz nähern, entfährt Finn ein: »Ach, du Scheiße, er ist verletzt.«

Grinsend schüttelt Struan den Kopf. »Nein, ist er nicht. Du hast echt keine Ahnung, was?« Er erzählt Finn vom alten

Brauch auf der Pirschjagd, bei dem das Gesicht des Jägers mit dem Blut seines ersten Hirsches bemalt wird. »Normalerweise tupft Duncan nur ein paar Striche auf die Wangen, aber unser *Ruiseanach* scheint seine ganze Visage in den Hirsch getaucht zu haben.«

Boris Baranow und das Ehepaar Palmer sind fast bei ihnen angelangt, während Duncan und der Stalker hinter ihnen den toten Hirsch durch die Heide schleifen.

Struan beugt sich zu Finn. »Und weißt du, was? Der Brauch besagt, er muss das Blut dranlassen. *Den ganzen Tag.*«

Ich bin mit Druid und den übrigen *Garrons* auf der Koppel, als die Jäger zurückkehren. Das Gesicht des Russen ist über und über mit trockenem Blut verkrustet. Er scheint seltsam aufgedreht, gar nicht erschöpft, wie die meisten Pirschjäger es nach dem anstrengenden Marsch und dem langen Ausharren während der Jagd sind.

Baranow hat also Erfolg gehabt und einen Hirsch geschossen. Natürlich kenne ich das *blooding,* das Ritual des ersten Hirsches. Aber von Protzgesten halte ich wenig. Der Russe scheint regelrecht in Blut gebadet zu haben.

Die Gäste gehen zur Lodge, während Struan und Finn die drei Ponys auf die Weide zurückbringen. Ich merke sofort, dass die Feindseligkeit, die zwischen ihnen geschwelt hat, verschwunden ist. Vielleicht haben die beiden ja eine Art Waffenstillstand geschlossen.

»Was ist denn mit Baranow passiert?«

»Keine Ahnung, aber der Typ ist nicht ganz dicht«, antwortet Stru. »Erst hat er nicht richtig getroffen und der Stalker musste einen Fangschuss abgeben. Schließlich saß er so blutbesudelt beim Picknick und außer Baranow hat keiner einen Bissen von den leckeren Sachen runtergekriegt. Stattdessen haben sie sich mit Champagner betrunken.«

Ich muss lachen, weil ich die betretenen Gesichter der Millers beim Picknick vor mir sehe. Aber ein Blick in Finns Gesicht lässt mich verstummen. Er ist angewidert. Von der Jagd. Von den Jägern. Und vermutlich auch von mir, weil dies meine Welt ist. Finn verabschiedet sich und ich bleibe mit Struan allein auf der Weide zurück.

»Ich habe ihm gesagt, dass wir nicht zusammen sind.«

»Und?«

»Erst war er unausstehlich, aber später haben wir geredet.«

»Über mich?«, frage ich entgeistert. »Ihr habt über *mich* geredet?«

Struan lacht. »Nein, über alles Mögliche. Nur ein bisschen über dich, Prinzessin.«

»Hey.« Ich boxe ihn spielerisch vor die Schulter.

»Finn hat sich nicht in die Karten gucken lassen, tut mir leid, Lia. Wenn ich auf meinen Instinkt vertraue, würde ich sagen, er mag dich. Aber er hat nichts gesagt, gar nichts.«

»Na toll. Ich muss es also selbst herausfinden.«

»*Aye.*« Struan nickt. »Das musst du wohl.«

Noch am selben Abend starte ich einen Versuch. Finn und Duncan sitzen am Kamin, in dem ein gemütliches Torffeuer brennt. Die beiden sind ins Cribbage-Spiel vertieft und Duncan lädt mich ein mitzuspielen. Was ich dann auch tue, denn ein Blick in Finns Gesicht genügt und ich weiß, ich werde ihn nicht vom Spiel weglocken können. Er will nicht mit mir allein sein, will nicht reden.

Wir spielen zu dritt und ich höre die Geschichte der merkwürdigen Jagd noch einmal von Duncan. »Der Mann kann nicht schießen, kleine Distel. Er hat den Hirsch in den Bauch getroffen und Logan musste das verletzte Tier mit einem Fangschuss töten. Trotzdem hat *Ruiseanach* so getan, als wäre er ein großartiger Schütze mit seinem teuren Gewehr.«

»Das ist total daneben.«

»*Aye*. Zum Glück sind morgen die anderen dran. Aber *Ruiseanach* ist noch nicht fertig. Er will partout eine wilde Ziege schießen. Der Mann hat im wahrsten Sinne des Wortes Blut geleckt, und das gefällt mir nicht.« Duncan seufzt ärgerlich. »Trau keinem, der Boris heißt, nicht wahr? Ich bin froh, wenn diese Leute wieder weg sind.«

Finns Gesicht verfinstert sich zusehends. Er sorgt sich um Mooch. *Ich auch.*

»Wo warst du, Lia?«, ruft Dad aus dem Kaminzimmer, als ich ins Blackhouse zurückkehre und nach oben in mein Zimmer huschen will.

Ich halte kurz inne, bevor ich ein paar Schritte in den Raum trete. »Bei Duncan, Cribbage spielen.«

»Läuft da irgendwas zwischen Duncans Neffen und dir?« Dad sitzt im Sessel vor dem Kamin, ein halb volles Whiskyglas in der Hand.

»Was? *Nein*.« Ich klinge empört, aber nicht ganz so unschuldig wie erhofft.

»Du hast dich verändert, seit dieser Junge auf Badfearna ist, Amelia. Bist oft abwesend.« Ich setze mich auf die Armlehne des Sofas und warte herzklopfend, was noch kommt. »Ich verstehe das«, sagt Dad. »In deinem Alter, da kann man schon mal Gefallen finden an einem Jungen wie Finn. Aber denk doch mal nach. Er ist ein Glaswegian, mit allen Wassern gewaschen. Und du, du bist so …«

»Was?«, frage ich entrüstet. »Naiv? *Dämlich?*«

»... unschuldig, wollte ich sagen.« Dads Stimme schwankt ein wenig. »Lia, ich bin dein Dad und ich meine es gut mit dir. Duncans Neffe stammt aus prekären Verhältnissen, für ihn bedeutet ein Mädchen wie du doch ein gefundenes Fressen.«

Prekäre Verhältnisse? Gefundenes Fressen? Was redet Dad da bloß für einen Schwachsinn? Wie vor den Kopf gestoßen, starre ich ihn an. »Ich habe mit Duncan und Finn Cribbage gespielt, Dad. Du hast ja nie Zeit dafür.«

»Weil ich mich um die Belange von Badfearna kümmern muss«, erwidert er. »Uns steht das Wasser bis zum Hals, Lia. Ich versuche, euer Erbe zu retten. Wenn kein Wunder passiert, muss ich einen Teil unseres Landes verkaufen.«

Ich mustere ihn fassungslos. Dass es so schlimm um Badfearna steht, war mir nicht klar. »Kann ich irgendetwas tun?«

»Nein.« Dad lacht. »Oder doch. Kümmere dich mehr um deine Schwester und mach diesem Jungen keine schönen Augen. Er wird dir bloß wehtun, Lia.«

Das hat er schon, denke ich. Und trotzdem kann ich ihn nicht aufgeben.

Am darauffolgenden Jagdtag kommen die Palmers mit zwei erlegten Hirschen zur Lodge zurück und die Stimmung kann nicht besser sein. Sie bestehen darauf, dass Duncan und Logan nach der erfolgreichen Pirsch mit ihnen am Feuer sitzen, teuren Single Malt Whisky trinken und sie von den beiden ein paar Jagdgeschichten aus den wilden Highlands zu hören bekommen.

Ich nutze die Gelegenheit von Duncans Abwesenheit und diesmal habe ich Glück. Finn ist oben in seinem Zimmer. Er hat gerade geduscht und zieht sich schnell ein T-Shirt über.

»Wir müssen reden, Finn.«

Er schließt kurz die Augen und nickt. Ein paar nasse Haarsträhnen fallen ihm über die Stirn. Ich gehe zu ihm, bis ich ganz nah vor ihm stehe. »Zwischen mir und dir, da ist etwas.« Ich poche mit der Faust auf mein Herz. »Hier drin habe ich es gespürt. Aber wenn nur ich so empfinde, dann sag mir das und ich lasse dich in Frieden.«

Finn schweigt, sieht mich nur hilflos an.

»Es liegt also an mir«, sage ich mit bebender Stimme, denn ich bin den Tränen nahe.

»Es liegt nicht an dir, Lia, das hat es nie.« Finn fährt mit der Hand in meinen Nacken und diese zärtliche Berührung entzündet eine warme Flamme in mir. »Du bist genau richtig, so wie du bist.«

»Ein reiches Mädchen?«

Er lächelt. »Dafür kannst du ja nichts.« Aber gleich darauf wird er wieder ernst und zieht seine Hand zurück. »Es ist nur ... du bist der glücklichste Mensch, den ich kenne, Lia MacKenzie, und ich will dir dein Leben nicht ruinieren.« Finns Stimme klingt jetzt so traurig und resigniert, dass es wehtut. »Du suchst etwas, aber das würdest du bei mir mit Sicherheit nicht finden.«

»Woher willst du das wissen, Finn? Kannst du in mich hineinsehen?«

Mit beiden Händen fährt er sich durchs nasse Haar. »Ich fürchte, ja.«

Mein Blick sucht seine Augen, sie sind dunkel und undurchschaubar. Diese Kluft zwischen uns scheint unüberwindbar und ich will schon aufgeben, als ich sehe, wie Finn die Fäuste an seine Seiten drückt. Sein ganzer Körper ist angespannt, die Adern an seinen Armen treten deutlich hervor. Als ich ihm noch einmal ins Gesicht blicke, habe ich das Gefühl, dass er mich mit den Augen eines verwundeten Tieres ansieht.

Ich schlinge meine Arme um ihn und er seine um mich. Finn küsst mich und seine Hände schieben mein T-Shirt nach oben bis über meine Brüste. Völlig überrumpelt lasse ich zu, dass er es mir über den Kopf streift, aber als Finn versucht, mir die Träger meines Sport-BHs von den Schultern zu schieben, bekomme ich Panik. Ich drücke meine Handflächen gegen seine Brust und schiebe ihn ein Stück von mir. »Was ist nur los mit dir, Finn?«

Er fährt sich mit der Rechten in den Nacken, sieht mir in die Augen und sagt: »Ich stecke tief in der Scheiße, Lia. Und ich bin selbst schuld daran.«

»Was ... was hast du denn getan?« Ich hebe mein T-Shirt vom Boden auf und ziehe es über, denn auf einmal ist mir kalt.

»Etwas Schlimmes.«

Augenblicklich komme ich zu mir. »Etwas ... *Schlimmes?*«
Ich sehe, wie Finn nach Worten sucht, und ahne, dass ich etwas hören werde, auf das ich nicht annähernd vorbereitet bin. Doch das, was er dann sagt, zieht mir den Boden unter den Füßen weg.

»Ein Mann liegt im Krankenhaus. *Schwer verletzt*«, stößt er hervor. »Deshalb bin ich weg aus Glasgow und verstecke mich hier.«

Jäh zieht sich mein Herz zusammen und ich weiche vor Finn zurück. »Du bist ja verrückt.« Mir war schon die ganze Zeit kalt, doch nun wird mir noch kälter. Mit ausgetrocknetem Mund stehe ich da und starre ihn an. Ich will etwas sagen, doch meine Stimme gehorcht mir nicht mehr.

»Ich wollte das nicht, hörst du«, beteuert Finn. »Der Mann ... es war ein Unfall. Aber ich ...« Er verzieht das Gesicht und schüttelt den Kopf, »... ich bin abgehauen wie ein Kind und habe erst später den Notarzt gerufen.«

Ich schaue in seine Augen und verstehe endlich, warum da so viel dunkler Kummer ist. Es drückt mir das Herz zusammen, so heftig, dass ich kaum noch Luft bekomme. Ich liebe Finn. In diesem Augenblick liebe ich ihn mit einer Wucht, die ich noch nie gespürt habe, daran ändert auch seine Offenbarung nichts. Doch all meine Träume zersplittern gerade in tausend Teile und ich fühle mich so verstört und hilflos wie noch nie in meinem Leben.

Der Junge, dem mein Herz gehört, hat etwas *wirklich Schlimmes* getan. Etwas, das zerstören kann, was auch immer da zwischen uns begonnen hat. Ich weiß noch nicht, wie es weitergehen soll, aber eins steht fest: Nichts wird mehr so sein wie vorher.

Wir stehen uns gegenüber und meine Knie zittern.

»Du läufst nicht schreiend davon?«, fragt Finn. »Das solltest du nämlich tun: vor mir davonlaufen.«

»Das würde ich gerne«, erwidere ich, als ich endlich meine Stimme wiederfinde. »Aber meine Beine gehorchen mir nicht.«

»Verstehe. Dann gehe ich jetzt wohl besser.«

Er will an mir vorbei, doch ich halte ihn am Arm fest. »Was genau hast du getan, Finn?«

Unglücklich und voller Zweifel sieht er mich an. »Willst du das wirklich hören?«

»Ja«, sage ich, »ja, das will ich.«

Finn macht sich von mir los, er beginnt, auf und ab zu laufen. »Dieser Mann, er hat mich provoziert. Wir sind in Streit geraten, er wurde handgreiflich und ich habe ihn von mir gestoßen. Mit zu viel Wut und Kraft. Er ist gefallen und mit dem Kopf gegen einen Heizkörper geschlagen.« Finn reibt sich mit den Händen über das Gesicht, als wolle er die schreckliche Erinnerung daran fortwischen. »Da war eine Menge Blut am Heizkörper und um seinen Kopf. Er hat sich nicht mehr gerührt, ich bin in Panik geraten und weggelaufen. Weit weg. *Hierher.*«

Ich lasse mich auf den einzigen Stuhl in seinem Zimmer sinken. »Und ich dachte, du bist hergekommen, um den Kiesel deiner Mum zurückzubringen.« War alles eine Lüge, was Finn mir auf der Insel erzählt hat?

»Das wollte ich auch, Lia. Schon seit einer ganzen Weile. Aber dann ist diese schreckliche Sache passiert.« Er hockt sich mir gegenüber auf die Bettkante. »Ich habe mein Handy im Clyde versenkt, ein paar Sachen in den Rucksack gestopft und bin mit dem Zug nach Inverness und dann mit dem Bus nach Poolewe gefahren. Von dort bin ich parallel zum See gelaufen, in der Hoffnung, niemandem zu begegnen. Ich wollte auf die Insel rüberschwimmen und den Kiesel zurückgeben.«

»Aber Archie hat dich aufgestöbert.«

Finn nickt. »Ich hatte keine Ahnung, dass Badfearna bewohnt ist. Ich dachte, das Anwesen ist verlassen.«

Meine Gedanken wandern zu unserer ersten Begegnung, dann zur zweiten. »Und warum bist du auf den Berg in dieser Gewitternacht?« Ich mustere Finn, der mir auf einmal nicht mehr in die Augen sehen kann. Der die Achseln zuckt und auf seiner Unterlippe herumkaut.

»Damals dachte ich, der Mann wäre tot«, sagt er schließlich und sieht mich jetzt doch an, mit seinem dunklen Finn-Blick. »In Schottland stecken sie dich in den Erwachsenenknast, auch wenn du noch minderjährig bist. Mooch war mit meiner Geldbörse abgehauen, ich hatte keine Papiere mehr, keine Kreditkarte. Mein Leben war vorbei, Lia.«

Endlich begreife ich. »Du wolltest sterben auf dem Slioch«, murmele ich fassungslos. Ich presse eine Hand auf meinen Mund, weil ich sonst schreien muss.

Finn geht vor mir auf die Knie. »Ich ... ich wusste einfach nicht mehr, wie ich weitermachen soll. Ich war völlig neben der Spur, hab keinen Ausweg mehr gesehen.«

»Und ich Idiotin habe dich nach deiner Angelerlaubnis gefragt«, flüstere ich, Tränen in den Augen.

Über Finns Gesicht huscht ein Lächeln. »Es war ziemlich witzig, wie du dich als Gutsherrin aufgespielt hast. Aber, na ja, die Geschichte mit dem Typen in der Felsspalte ... o Mann. Damit hast du mich echt fertiggemacht.«

Inzwischen laufen die Tränen in Strömen über mein Gesicht.

»Wein doch nicht«, stammelt Finn und schaut mich durch seinen zotteligen Haarvorhang bekümmert an.

Ich schlucke gegen die Tränen an, die immer neu in mir aufsteigen. Vergeblich. Heiß spüre ich sie über meine Wangen rinnen. »Warum hast du …?« Ich schüttele den Kopf, bringe meine Frage nicht heraus.

»Warum ich es nicht getan habe?« Finn setzt sich zurück auf die Bettkante. »Keine Ahnung. Das alles da draußen, die Wildnis … irgendetwas hat das wohl mit mir gemacht«, sagt er und lacht dabei. »Ich bin gefallen und der Pfad hat sich plötzlich in einen Sturzbach verwandelt. Auf einmal hatte ich Angst zu sterben und da wusste ich, dass ich leben wollte.« Finn holt tief Luft, bevor er sagt: »Mooch hat mich gerettet.« Er klingt, als könne er das selbst nicht glauben. »Er ist mir die ganze Zeit gefolgt und als ich aufgeben wollte, hat er mich hochgescheucht und zu diesem Haus geführt.«

Ein Anflug von Reue blitzt in Finns Gesicht auf, als er mir seine Hand mit dem verheilten Schnitt entgegenstreckt. »Ich bin eingebrochen, sonst wäre ich da oben erfroren. Am nächsten Morgen hat Duncan mich gefunden und mir seine Flinte ans Kinn gedrückt. So bin ich in deiner Welt gelandet.« Er hebt den Kopf und lächelt sein seltenes Lächeln.

Ich wische mir die Tränen aus dem Gesicht. »Also ist Duncan gar nicht dein Großonkel?«

Finn presst die Lippen zusammen und schüttelt den Kopf. »Ich wünschte, er wäre es.«

Vielleicht ist es dieser kleine Satz, der mich dazu bringt, Finn einfach weiter zu lieben, auch wenn ich ihm das nicht gleich zeigen kann. »Weiß Duncan von diesem Mann?«

»Nein. Er weiß viel über mich, aber das konnte ich ihm nicht erzählen. Duncan hätte mich sonst der Polizei übergeben.«

Ich greife nach seiner Hand. »Mein Dad, er kann dir einen guten Anwalt besorgen.«

»Nein!« Erschrocken schüttelt Finn den Kopf. »Du darfst ihm nichts erzählen, hörst du? Nenn mir einen einzigen Grund, warum dein Vater das tun sollte? Er mag mich nicht, er duldet mich hier nur, weil sonst keiner für ihn arbeiten will. Wenn er die Wahrheit über mich erfährt, dann feuert er Duncan. Bitte, Lia, du musst es für dich behalten.«

Mir wird klar, dass Finn recht hat. Ich setze mich neben ihn. »Ich werde dir helfen«, sage ich entschlossen, »ich lasse dich nicht allein, Finn. Hier auf Badfearna vermutet dich niemand. Du könntest ...«

»Stopp, Lia, red keinen Unsinn. Der Mann lag bis gestern im künstlichen Koma, jetzt wecken sie ihn langsam auf. Wenn er reden kann – und das wird er bald –, ist es nur noch eine Frage der Zeit, bis die Polizei mich hier findet. Und dann werde ich für eine lange Zeit ins Gefängnis gehen. Glaub mir, ohne mich bist du besser dran.«

Nein, denke ich, *bin ich nicht*. Ich betrachte Finn von der Seite und sehe seinen Kiefer mahlen. »Was steht denn in der Presse?«, will ich von ihm wissen. »Hat die Polizei einen Verdacht?«

Finn steht auf, ich bin ihm wohl zu nah. »Die Polizei vermutet, dass der Mann einen Einbrecher überrascht hat.«

»Und, hat er?«

»*Was?*« Finn fährt zu mir herum. »Du denkst, ich wollte Bell berauben?«

»Bell?«

»*Fuck.*« Finn schließt die Augen und schüttelt den Kopf.

»Du kennst diesen Mann«, stelle ich ernüchtert fest.

»Lia, ich ... ja, ich kenne ihn.«

»Und warum habt ihr gestritten? Was wollte er von dir? Schuldest du ihm Geld?«

»*Aye.*« Finn holt tief Luft. »Besser, du gehst jetzt, Lia.« Seine Stimme klingt plötzlich hart. »All das Reden, es ändert nichts.

Ich muss nachdenken, okay? Du kannst mir nicht helfen, du machst alles nur schlimmer.«

Bei Finns Worten flammt in meiner Brust ein Schmerz auf, der kaum auszuhalten ist. Weil er mir gestanden hat, dass er etwas für mich empfindet, und mich trotzdem ein zweites Mal zurückweist. Ich stehe auf und verlasse sein Zimmer, ohne mich noch einmal nach ihm umzudrehen.

»Verdammt!« Wütend schlägt Finn mit der flachen Hand gegen die Wand. Er verflucht Lia, die es versteht, Worte und Gefühle aus ihm herauszuholen, die sonst verborgen bleiben würden. Warum hat er es ihr erzählt? Er hätte einfach von Badfearna verschwinden sollen, statt ihr noch mehr wehzutun. Was ist er bloß für ein Idiot! Er muss hier weg, bevor noch mehr Menschen verletzt werden.

In meinem Zimmer fahre ich den Laptop hoch und googele *Bell* und *Glasgow* und *Einbrecher*. Sofort werde ich fündig.

Nachwuchstrainer der Celtic Fox Boys von der Polizei befragt

Kevin Bell, Nachwuchstrainer der Celtic Fox Boys, wurde gestern aus dem künstlichen Koma geholt und ist inzwischen auf dem Weg der Besserung. Bell, der sich erstaunlich schnell erholt, bestätigte die anfängliche Vermutung der Polizei, dass er in seinem Büro in Barrowfield von einem Einbrecher überfallen worden war. Detective Inspector Jack Albright vom Polizeirevier Clydebank bittet um Zeugen. »Unsere Ermittlungen zu diesem Überfall gehen weiter und wir appellieren an alle, die diesen Mann am 27. Juni gegen 17 Uhr in der Nähe des Football Centre gesehen haben, sich dringend auf der Polizeidienststelle Clydebank zu melden.«

Ungläubig starre ich auf das Phantombild, welches die Glasgower Polizei nach Bells Beschreibung vom Einbrecher gemacht hat. Es zeigt einen Mann Ende zwanzig oder Mitte dreißig mit einem schwarzen Vollbart. Ich betrachte ihn genauer, aber selbst ohne Bart und mit viel Fantasie wird kein Finn daraus. *Niemals.*

Sekundenlang befindet sich mein Herz im freien Fall. In meiner Erleichterung kann ich nichts anderes denken, als zurück zu Finn zu laufen und ihm zu erzählen, dass die Polizei nach einem bärtigen Einbrecher sucht.

»Alles wird sich aufklären«, murmele ich, wie um mir selbst Mut zu machen. Doch dann setzt mein Denken wieder ein und ich frage mich, wie das alles zusammenpasst. Warum erzählt Finn mir, er hätte eine Auseinandersetzung mit diesem Kevin Bell gehabt und ihn dabei schwer verletzt – wenn dieser Mann angibt, dass er von einem schwarzbärtigen Einbrecher verletzt wurde?

Wie vor den Kopf geschlagen sitze ich da und weiß nicht, was das zu bedeuten hat. War dieser Bärtige Finns Kumpan und das Opfer hatte Finn nur nicht gesehen? Ist Finn ein skrupelloser Dieb und plant, auch uns zu bestehlen? Er ist ins Gobhair Cottage eingebrochen. Dort gibt es zwar nichts Wertvolles zu holen – abgesehen von ein paar Flaschen Château Palmer, aber das hat Finn ja nicht wissen können.

Nein, dieser Gedanke ist absurd. Wenn Finn uns bestehlen wollte, hätte er das längst tun und wieder verschwinden können. Außerdem habe ich Finn während seiner Beichte mehrmals in die Augen gesehen und bin sicher, er hat die Wahrheit gesagt. Ich mag verliebt sein, aber völlig verblendet bin ich nicht.

Das Ganze wird immer mysteriöser und mit einem schweren Klumpen im Magen bemühe ich noch einmal die Suchmaschine. Diesmal gebe ich *Celtic Fox Boys, Kevin Bell* und *Finn* ein.

Und dann sehe ich ihn auf einem Foto: *meinen Finn*. Mit kurzem Haar, in einem grün-weißen Fußballtrikot.

»Glorious Finnley« unhappy
Keine Leihe: Celtic Fox Boys Supertalent muss bleiben

Jugendtrainer Kevin Bell schart seine Schäfchen weiterhin um sich. Wie der »Glasgow Telegraph« berichtet, verweigerte der Trainer der Jugendmannschaften des Celtic FC dem 16-jährigen Stürmer-Talent Finnley Campbell im Sommer eine Leihe. Der Youngster wäre gerne andernorts aufgeschlagen, um dort auf Profiniveau regelmäßig Spielpraxis zu sammeln, denn aufgrund einer Knieverletzung zu Beginn der Saison kam Campbell unter Bell lediglich auf zwei Kurzeinsätze in der Premier League. Daher stand eine Leihe zur Debatte. Vereine wie Hibernian und Rangers zeigten Interesse.
Bell, der bekannt dafür ist, gerne mit jungen Spielern zusammenzuarbeiten, gewährte Campbell in der laufenden Saison allerdings erst sechs Ligaminuten. Darüber hinaus durfte der schottische U17-Nationalspieler 90 Minuten im EFL Cup ran.

Finn, *mein* Finn, ein Fußballstar?

Dieser Artikel ist vom vergangenen Sommer, aber ich finde andere, finde Hunderte Fotos von Finn im grün-weißen Trikot auf dem Platz. Immer am Ball. Finn mit einem strahlenden Lächeln und einem silbernen Siegerpokal in den Händen. Finn im Anzug, mit sorgfältig aus dem Gesicht gekämmten Haaren, wie er die Auszeichnung für den Nachwuchsspieler des Jahres entgegennimmt.

Ich bin wie im Fieber. Meine Finger rasen über die Tasten und mein Blick überfliegt Schlagzeilen.

Der großartige Finnley Campbell wird den Celtic FC zum Erfolg führen.

Finnley Campbell, der sagt:

»Der Platz ist mein Zuhause.«

Oder:

»Fußball bringt Menschen zueinander.«

Oder:

»Nach dem Angriff ist für Gefühle kein Platz mehr.«

Der strahlende, erfolgsverwöhnte Junge, der all diese Dinge sagt, hat keine Ähnlichkeit mit dem Finn, den ich kenne. Hin und wieder taucht der Name seines Trainers auf, des Mannes, den er in seinem Zorn so schwer verletzt hat.

> Der Stürmer Finnley Campbell hat begeisterte Kritiken für seine Leistungen unter der Anleitung von Kevin Bell erhalten. Er erzielte vier Tore in der Premier League und sein kometenhafter Aufstieg setzte sich weiter fort, bis der Tod seiner Mutter ihn aus der Bahn warf und er nicht mehr zum Training erschien.

Als ich auf die Uhr schaue, ist über eine Stunde vergangen. Ich schicke mir den Artikel über Kevin Bell und den Einbrecher aufs Handy, dazu das Foto von Finn mit seinem Pokal. Dann mache ich mich erneut auf den Weg zu Duncans Cottage.

Die Tür ist unverschlossen, aber Duncan offenbar immer noch bei den Jagdgästen in der Lodge. Ich will die Treppe nach oben nehmen, als mir der Zettel auffällt, der auf dem Tisch liegt.

Es ist ein Brief an Duncan.

Lieber Duncan,

danke, dass du mich bei dir aufgenommen und behandelt hast, als würde ich tatsächlich zu deiner Familie gehören. Du hast mich

vieles gelehrt und du warst gut zu mir. Das werde ich dir nie vergessen. Und ich verspreche dir, du wirst alles Geld zurückbekommen, das du für mich ausgegeben hast.
Du wirst enttäuscht von mir sein, aber ich muss fort von Badfearna, bevor Menschen verletzt werden, die mir etwas bedeuten. Sag Lia, dass ich sie liebe.
Dein Finn
PS: Das Kajak lasse ich bei Donna.

Ohne nachzudenken, falte ich den Zettel zusammen und stecke ihn ein. Auf dem Weg zum Bootshaus laufe ich Duncan in die Arme. Der Wildhüter schwankt leicht, die Jagdgesellschaft hat ihn mit Whisky abgefüllt. »Na, kleine Distel, wohin so eilig?«, nuschelt er in seinen Bart.

»Noch ein bisschen mit dem Kajak raus auf den See vor dem Abendessen.«

Am Pier stehen Georgina und Chris zusammen, sie lachen und flirten. Als ich mein rotes Kajak ans Ufer trage, fragt Gina: »Habt ihr da draußen auf einer Insel ein heimliches Date? Finn ist schon vor einer halben Stunde los.«

Ich antworte nicht, lege nur verschwörerisch einen Finger auf meinen Mund.

Gina betrachtet mich verdutzt, dann lacht sie und sagt: »Keine Sorge, ich werde schweigen wie ein Grab.«

Ich steige ins Kajak und begebe ich mich auf kürzestem Wege nach Sliochewe. Als ich nach einer halben Stunde straffem Paddeln dort ankomme, sehe ich ein blaues Kajak an Donnas Schuppen lehnen und Finn nimmt gerade den schmalen Pfad am Sportplatz vorbei zur Straße. Vermutlich war er kurz bei Donna und ist nun auf dem Weg zur Bushaltestelle.

Ich lege noch einen Zahn zu, ziehe mein Kajak ans Ufer und

laufe Finn hinterher. Als ich an der Straße bin, sehe ich ihn auf der anderen Seite im SPAR-Laden verschwinden und eine ungeheure Erleichterung überschwemmt mich. Leider spült sie auch alle Worte fort, die ich mir zurechtgelegt habe. Ich versuche, wieder zu Atem zu kommen und meine Gedanken zu sortieren.

Ich setze mich auf die Bank vor dem Laden, als auf dem Parkplatz auf der anderen Straßenseite ein blauer Saab einparkt. Eine Frau mit langem weißem Haar steigt aus und holt eine Einkaufstasche aus dem Kofferraum. Im selben Moment, als sie die Straße überquert, kommt Finn aus dem Laden. Ich springe auf und als er mich sieht, spiegelt sich Ungläubigkeit auf seinem Gesicht.

»Du wolltest einfach so ohne ein Wort verschwinden?«, rufe ich empört.

»Lia, was zum Teufel machst du hier?«

»Ich muss dir etwas zeigen.«

»Tut mir leid, aber mein Bus kommt gleich.« Er lässt mich einfach stehen und geht die Straße hinunter.

»Finn!«, rufe ich ungläubig und will ihm nachlaufen. Da höre ich einen erstickten Laut hinter mir und drehe mich erschrocken um. Die weißhaarige Frau hat ihre Einkaufstasche fallen lassen. Eine Hand auf dem Herzen haltend, steht sie am Straßenrand und schaut Finn hinterher, als hätte sie einen Geist gesehen. Die Frau wankt so bedrohlich, dass ich mit drei Schritten bei ihr bin und sie stütze.

»Alles in Ordnung mit Ihnen?«, frage ich besorgt. Die alte Dame bringt kein Wort hervor und ich merke, wie sie am ganzen Leib zittert. »Kommen Sie, ich helfe Ihnen zur Bank, dann können Sie sich setzen.«

Sie lässt sich von mir zur Bank führen, wo sie sich mit einem Seufzen setzt. »Tut mir leid, meine Kleine, aber dieser Junge ...

Für einen Augenblick hätte ich schwören können, mein Callum steht vor mir.«

Ich werfe einen Blick die Straße hinunter und sehe den Bus kommen. »Ich muss los«, sage ich, »mein Freund darf auf kleinen Fall in diesen Bus steigen.« Ich lasse die alte Dame auf der Bank zurück und erreiche im selben Moment wie der Bus die Haltestelle. Außer Finn wartet dort nur noch ein Paar in mittlerem Alter.

»Ich habe dir versprochen, dich nicht allein zu lassen mit allem, was auf dich zukommt«, sage ich voller Groll, »und du weißt, was ich für dich empfinde. Trotzdem machst du dich einfach still und heimlich davon?«

Der Busfahrer öffnet die Türen und zwei Jungen steigen aus.

Finn schüttelt den Kopf. »Ich bin nicht der, der du denkst, Lia, das wird es dir einfacher machen, mich zu vergessen. Lass mich jetzt in diesen Bus steigen, okay?« Flehentlich sieht er mich an.

Ich weiß, ich sollte Finn hassen, sollte ihn gehen lassen und ihm keine Träne nachweinen. Aber ich weiß auch, dass nicht wahr ist, was er sagt. Ich werde ihn nicht vergessen. Wie könnte ich das jemals tun? *Sag Lia, dass ich sie liebe,* hat er auf diesen Zettel geschrieben.

Ich ziehe mein Handy aus der Hosentasche, öffne sein Foto mit dem Pokal und halte es ihm unter die Nase. »Warum hast du mir nicht einfach gesagt, dass du ein angehender Profifußballer bist? *Glorious Finn,* das Supertalent der *Celtic Fox Boys.* Bester Nachwuchsspieler des Jahres. Ein verdammtes Fußballgenie.«

Erschrocken schaut Finn sich um, ob jemand gehört hat, was ich da gesagt habe. Er zieht mich weg von der offenen Bustür und zischt: »Woher weißt du …?«

»Ich mag ja ein Tiefflieger in Mathe sein, aber eins und eins zusammenzählen, das kriege ich noch hin.«

»Das war ich mal, Lia. Es ist ... Vergangenheit.«

Das Ehepaar steigt in den Bus.

»Warum, Finn?«, frage ich leise. »Warum hast du dich mit deinem Trainer so furchtbar gestritten? Und warum erzählt er der Polizei, ein schwarzbärtiger Einbrecher hätte ihn niedergeschlagen?«

Finns Kopf fährt zu mir herum. »Wovon, verdammt noch mal, redest du da?«

Ich scrolle zum Artikel über Kevin Bell und reiche Finn das Handy. Mit gerunzelter Stirn überfliegt er den Artikel. Alle Farbe weicht aus seinem Gesicht und seine Hand, die das Handy hält, beginnt zu zittern.

»Wollen Sie nun mitfahren, junger Mann?«, ruft der Busfahrer.

Finn scrollt nach unten und starrt auf das Phantombild des bärtigen Mannes. Er beißt sich auf die Unterlippe, dann schaut er mich verwirrt an.

»Kannst du mir das vielleicht erklären, Finnley Campbell?«

Die Bustür schließt mit einem Zischen und der Bus fährt ohne Finn davon. Mit meinem Smartphone in der Hand setzt er sich auf die Bank im Bushäuschen und liest den Artikel noch einmal.

Ungläubig betrachtet Finn das Phantombild, das die Glasgower Polizei nach Bells Beschreibung vom angeblichen Einbrecher gemacht hat. Es zeigt einen Mann Ende zwanzig oder Mitte dreißig mit einem schwarzen Vollbart. Kevin Bell hat der Polizei die Mär von einem Einbrecher erzählt. Finn versteht gar nichts mehr. Kein Wort von ihm in diesem Artikel. *Nada.* Nichts.

Lia scheint ihn mit ihren blauen Augen zu durchleuchten. »Wer von euch beiden lügt, Finn? Du oder dieser Bell, dein Trainer?«

Allein der Klang von Bells Namen trägt Finn an Orte, an

denen er nicht sein will. Er presst die Fäuste so fest zusammen, dass sich die Fingernägel schmerzhaft in seine Handflächen graben. *Verfluchtes Internet.* Finn schließt die Augen. Als es in seiner Welt nichts Gutes mehr zu geben schien, war Lia in sein Leben getreten. Entgegen allen Vorzeichen hat er sich in sie verliebt. Doch jetzt, wo er das endlich zulassen könnte, darf sie die Wahrheit nicht erfahren. *Niemand darf sie erfahren.* Sonst wäre sein Leben genauso zu Ende, als wäre er in jener Nacht vom felsigen Gipfel des Sliochs in die Tiefe gesprungen.

»Bell lügt und ich habe keine Ahnung, warum. Wir hatten Streit, er wurde handgreiflich und ich habe ihn von mir gestoßen. Mehr kann ich dir nicht sagen.«

»Aber was ist denn passiert, Finn? Der Fußball war dein Leben. Du warst einer der Besten, ein angehender Star. Warum wolltest du auf einmal nicht mehr spielen?«

War ja klar, dass Lia sich mit einer einfachen Antwort nicht zufriedengeben würde. Jemand kommt am Bushäuschen vorbei und Finn steht auf. »Lass uns wo hingehen, wo wir allein sind, okay?«

Sie gehen hinunter zum Seeufer und setzen sich ins Gras an der Uferböschung. Finn zupft einen Halm ab. »Du hast recht, Lia. Der Fußball war alles für mich.«

Und dann erzählt er ihr von der Glasgower East Side, von Dreck, Armut und Gewalt. Vom Wohnblock in Barrowfield, in dem er seine Kindheit verbracht hat und heute noch wohnt. Von seiner Mum, die zwei Jobs machen musste, um sie beide durchzubringen. Dass er deshalb oft auf dem Bolzplatz war mit seinen Freunden. »Ich wollte einfach nur spielen, verstehst du?«

Finn zerpflückt den Halm zwischen den Fingern, rupft einen neuen aus und zerpflückt auch den. Seine Geschichte ist die Geschichte von zahllosen Jungen aus armen Verhältnissen, bis

Kevin Bell in sein Leben trat. Finn versucht, sich vor Lia nicht anmerken zu lassen, wie schwer es ihm fällt, den Namen seines ehemaligen Trainers auszusprechen.

»Bell hat mich mit meinen Freunden kicken sehen und mich angesprochen. Er hat mich mit ins *Parkhead*-Stadion genommen und mir die Hoffnung eingepflanzt, ich könnte Barrowfield entkommen und ein besseres Leben haben. Er hat gesagt, wenn ich hart arbeite, könne ich es bis ganz nach oben schaffen. Und das wollte ich, mit aller Macht.« Finn kann Lia nicht ansehen. »Ich wollte reich werden, damit meine Mum sich nicht mehr für uns abrackern muss. Von da an wurde Fußballspielen mein Ein und Alles.«

Finn erzählt von der Akademie, seinem Ehrgeiz und wie verbissen er trainiert hat. Von seinen Erfolgen und was sie mit ihm gemacht haben. »Mein Ziel war, noch schneller, noch geschickter, noch besser zu werden als alle anderen.«

Und das wurde er: der Beste.

»Mein ganzes Leben hat sich nur noch um Fußball gedreht, Lia. Mit fünfzehn hatte ich bereits elf Mal für das U21-Team der *Celtics* gespielt und angefangen, richtig Geld zu verdienen.« Finn beobachtet Lia, als er das offenbart, und bemerkt, dass sie Fragen hat. Aber sie schweigt, hört zu.

»Als Mum krank wurde, habe ich nur noch verbissener trainiert. Der Platz wurde mein Zuhause und in meiner Freizeit habe ich mich mit Computerspielen abgelenkt, war pausenlos auf YouTube und Insta, um die Fans bei Laune zu halten. Sie haben mich geliebt, weil ... na ja, ich war aus Barrowfield. Einer von ihnen.« Finn lacht verlegen. »Letztes Jahr hat mich dann gleich zu Beginn der Saison eine Knieverletzung außer Gefecht gesetzt und ich fiel drei Wochen lang aus. Danach war ich in zwei wichtigen Spielen grottenschlecht und die Fans haben mich niedergemacht.« Er schweigt eine Weile, als die Erinnerungen an die Demütigungen ihn einholen. »Als junger Spieler musst du liefern, Lia. Niemanden interessiert, ob du nach einer Verletzung nicht richtig in Form bist. Das war bitter. Aber wegen der Pandemie gab es ohnehin keine richtigen Spiele mehr, nur die vielen Trainingsstunden. Mein ganzes Leben hat sich an der Akademie und auf dem Platz abgespielt. Immer nur Fußball, Fußball, Fußball. Nachdem dann meine Mum gestorben war, habe ich darin keinen Sinn mehr gesehen.«

Finn sucht Lias Blick. Er sieht ihr an, wie aufgewühlt sie ist, und hofft, dass sie ihm abnimmt, was er da erzählt, auch wenn es nur die halbe Wahrheit ist. Schließlich hat sie ihn auf dem Bolzplatz in Sliochewe gesehen.

»Aber dieser Kevin Bell, dein Trainer, der wollte dich nicht gehen lassen.«

»Nein. Ich war zwar schlecht in Form, aber mit hartem Training hätte ich es schnell wieder an die Spitze geschafft. Auf sein bestes Pferd im Stall wollte Bell nicht verzichten.«

Ich schaue auf das im Sonnenlicht funkelnde Wasser des Lochs Maree und bin froh, dass Finn endlich mit der Wahrheit herausgerückt ist. Trotzdem scheint es die Geschichte eines anderen Menschen zu sein und nicht die des Jungen, in den ich mich verliebt habe. »Und was hast du jetzt vor?«

Finn zuckt die Achseln. »Keine Ahnung.« Unermüdlich zupft er Grashalme aus und zerpflückt sie in ihre Einzelteile.

»Aber du musst doch irgendeinen Plan gehabt haben, als du in diesen Bus steigen wolltest.«

Finn schüttelt den Kopf. »Der Plan war, Duncan und dich aus allem rauszuhalten.« Er sieht mich an mit seinem dunklen Blick. Ist fremd und vertraut zugleich.

»Komm mit mir zurück nach Badfearna«, sage ich und ziehe Finns Brief aus der Hosentasche. Ich reiche ihm das gefaltete Blatt. »Duncan hat ihn noch nicht gelesen.«

Doch Finn schüttelt erneut den Kopf. »Wenn herauskommt, dass ich auf eurem Jagdgut untergetaucht bin, werden die Journalisten über deine Familie und Badfearna herfallen wie gefräßige Heuschrecken. Das kann ich nicht zulassen, Lia, versteh das doch. Ist ohnehin ein Wunder, dass mich noch niemand erkannt hat. Ihr scheint alle keine Fußballfans zu sein, das war mein Glück.«

»Struan ist Fußballfan. Und sein Dad auch.«

»Nun, dann hält wohl keiner von beiden für möglich, dass ich *ich* sein könnte.«

»Komm mit mir zurück nach Badfearna, Finn«, versuche ich es noch einmal. »Duncan hat dich sehr gern. Er braucht dich. Badfearna braucht dich. Und ich ... ich will nicht, dass du gehst.« Ich rücke näher an ihn heran, bis unsere Arme sich berühren. »Ich liebe dich, Finnley Campbell. Dagegen kann ich nichts tun. Und du auch nicht.«

Die Gespräche während des Dinners drehen sich fast ausnahmslos um die Jagdgäste aus London. Kelsi äfft deren Londoner Akzent nach und führt anschaulich vor, wie Sophy läuft. Sogar Dad, der befürchtet, jemand könnte lauschen, muss lachen. Nach dem Abendessen verschwinde ich gleich auf mein Zimmer und eine halbe Stunde später klopft es leise. Ich öffne die Tür und ziehe Finn herein.

Er setzt sich sofort an meinen Laptop und beginnt, sich selbst und *Kevin Bell* zu googeln, aber viel mehr, als ich am Nachmittag schon herausgefunden habe, findet er auch nicht.

Bell ist auf dem Weg der Besserung und kann die *Celtic Fox*

Boys voraussichtlich im Herbst schon wieder trainieren. Die Polizei fahndet weiter nach dem Einbrecher, aber neue Hinweise hat es bisher nicht gegeben.

»Das ist doch gut, oder nicht?«, frage ich Finn, weil er nicht sonderlich glücklich wirkt.

»*Aye*, das ist es.«

Er küsst mich und meine Hormone spielen verrückt. Sind wir jetzt zusammen? Finde es raus, höre ich Zoé sagen. *Trouve-le, bon sang!* Finde es, verdammt noch mal, endlich heraus!

Aber nein, nicht hier, nicht in meinem Zimmer, wo jederzeit Kelsi oder mein Vater vor der Tür stehen können. Ich habe nicht abgeschlossen, denn das wäre wirklich verdächtig. Also: verhaltene Küsse am Schreibtisch. Finns Hand auf meinem Bein, warm und groß. Ich wage es nicht, ihn zu berühren, weil ich Angst habe, dass dann die Pferde mit mir durchgehen. Aber ich will mich nicht beklagen. Finn ist hier. Er ist mit mir nach Badfearna zurückgekommen, weil er mich liebt.

Und er hilft mir endlich, diese verdammte Matheaufgabe zu lösen.

Während ich Finns Ausführungen über Y-Achse-Geschwindigkeit und X-Achse-Zeit lausche, kann ich mich nicht sattsehen an ihm. Wie er sich die Haare aus dem Gesicht streicht und mich immer wieder voller Wärme anlächelt. Seine dunkle Stimme vibriert in meinem Inneren und löst wildes Verlangen in mir aus. Ich küsse ihn und Finn schiebt seinen Daumen zwischen meine Lippen. Ich schmecke Salz und Finn. Möchte mehr von ihm. Dinge, die ich liebe, will ich erforschen.

»So wird das nichts, Lia. Versuch, dich auf Y, die Geschwindigkeit zu konzentrieren«, flüstert er an meinem Mund.

Oh, ich bin konzentriert. *Und wie.* Ich nehme seine Hand und schiebe sie unter mein T-Shirt. Kein BH diesmal. Finns Hand umfasst zärtlich meine Brust und ich bekomme eine Ahnung, wie es sein könnte, wenn wir endlich mal ungestört wären.

Mein Handy klingelt und Finns Hand ist fort. Es ist Zoé. Ich texte ihr, dass Finn bei mir ist und ich mich später bei ihr melde.

Finn löst meine Hausaufgabe und ich weiß, ich muss mir das Ganze von ihm noch dreimal erklären lassen, bevor ich es auch nur ansatzweise begreife.

Schließlich muss ich ihn gehen lassen. Ich prüfe, ob die Luft rein ist, damit er ungesehen aus dem Haus schlüpfen kann. Vom Pool klingen Gläserklirren und Gelächter herüber. Und Baranows durchdringende Stimme, die in gebrochenem Englisch eine Anekdote zum Besten gibt.

»Bis morgen«, sage ich.

Finn küsst mich ein letztes Mal, bevor er zwischen den Sträuchern verschwindet.

An ihrem vierten Tag werden unsere Jagdgäste von Fergus und Struan mit der *Rosabel* über den See geschippert. Inselbeschau und Angeln, wobei Struan und sein Vater als Ghillies fungieren. Struan weiß, wo sich die besten Angelplätze befinden, wo im Loch Maree die versunkenen, mit Felsbrocken übersäten Buchten sind, in denen die Fische sich versammeln.

Duncan ist auf dem Weg zu einem Termin bei einem Orthopäden im Krankenhaus von Dingwall, wo endlich sein Knie untersucht werden soll. Donna fährt ihn. Dad und Kelsi sind am Morgen zusammen mit Duncan übergesetzt, sie verbringen den Tag in Inverness. Dad hat ein Treffen mit einem Geschäftspartner und Kelsi will shoppen. Ich hatte keine Lust mitzufahren und habe Unwohlsein vorgeschoben. Am Wochenende, wenn die Jagdgäste abgereist sind, wollen Kelsi, Dad und ich ohnehin zusammen nach Edinburgh fahren. Großtante Ethlenn feiert am Sonntag ihren achtzigsten Geburtstag und von uns wird erwartet, dass wir erscheinen.

Einmal in der Stadt, wollen wir auch meinen Geburtstag am kommenden Dienstag in Edinburgh verbringen – das ist der Plan. Meine Hoffnung, Mum würde zu meinem Geburtstag zurück sein, hat sich still und heimlich aufgelöst wie Morgennebel. Aber Zoé kommt am Wochenende aus Frankreich zurück und sie wiederzusehen, ist die stundenlange Fahrt wert.

Es ist merkwürdig, plötzlich so frei zu sein. *Unbeobachtet.* Ich suche nach Finn und finde ihn bei den *Garrons,* wo er dabei ist, Pferdemist auf eine Schubkarre zu laden. Er lächelt, als er mich sieht, und küsst mich, ohne mich zu berühren.

»Ich brauche dich ganz dringend noch einmal für Nachhilfe in Mathe«, sage ich.

»Jetzt?«, fragt Finn mit großen Augen. »Ethlenn wartet im Gemüsegarten auf die Pferdeäpfel.«

»Dann beeil dich.«

Über Finns Gesicht huscht ein Lächeln. Er zieht einen imaginären Hut und macht eine leichte Verbeugung. »Euer Wunsch ist mir Befehl, Mylady.«

Bis Finn endlich kommt, dauert es fast eine Stunde. Eine Stunde, in der ich mich zehnmal umziehe, nur um dann in denselben Sachen vor ihm zu stehen, die ich schon am Morgen getragen habe. Finn kommt auf löchrigen Socken und bringt eine Wolke Pferdemist mit sich, aber ich tue so, als würde ich das nicht riechen. Ich umarme ihn. »Hey.«

»Hey.« Er zieht seine Mütze vom Kopf und schiebt mich auf Armeslänge von sich. »Tut mir leid, aber Umziehen war nicht drin. Und ich habe auch nicht viel Zeit. Ethlenn hat mich zum Essen eingeladen. Du kannst mitkommen, wenn du willst.«

»Ja, vielleicht. Setz dich doch.«

Finn riecht an seinem Hemd und schaut an sich herunter. »Besser nicht. Ich stinke.«

»Das ist mir egal.«

Finn muss der Anflug von Verzweiflung in meiner Stimme aufgefallen sein, denn er grinst in sich hinein und ich merke, wie mir das Blut in die Wangen steigt. »Was ist denn nun mit Mathe?«, fragt er.

Ich deute auf meinen Schreibtisch. Das obere Mathearbeitsblatt ist voller kleiner roter Herzen, die auf dem Kurvenintegral

tanzen. Die darunterstehende Gleichung lautet *Finn + Lia =* 🖤.
Finn stützt sich auf die Tischplatte und als er meine Botschaft liest, wendet er den Kopf und lächelt mich an.

»Komm her«, sagt er und zieht mich an seine Brust.

Sein Pferdegeruch hüllt mich ein und ich presse meinen Mund auf sein Lächeln. Will mehr von Finn.

Plötzlich klopft es an der Tür und wir fahren erschrocken auseinander. »Lia?«, ruft es von draußen. *Georgina.* Ich öffne die Tür.

»Hey, ich ... hi, Finn.« Ginas Blick wandert zwischen Finn und mir hin und her. »Ich soll heute hier sauber machen«, sagt sie schließlich, »und ich wollte sichergehen, dass ich dich nicht störe. Dein Vater hat gesagt, dir geht es nicht gut.« Der Spott in Ginas Stimme ist nicht zu überhören.

»Mir geht es schon besser«, erwidere ich verdattert. »Du ... du störst nicht.«

»Soll ich dein Zimmer nun sauber machen?« Ginas Augen funkeln, sie genießt die Situation sichtlich.

»Nein, nein, das mache ich schon selbst.« Verflixt, ich wage es nicht, Finn anzusehen, weil ich befürchte, auch in seinen Augen Spott zu entdecken. In diesem Moment fühle ich mich tatsächlich wie ein verwöhntes, reiches Mädchen.

»Okay.« Georgina zuckt die Achseln. »Wie du meinst.«

Ich schnappe meine Jacke vom Sessel, schiebe Finn hinaus und schließe die Tür hinter uns. Ginas Blicke bohren sich in meinen Rücken, als wir die Treppe hinuntergehen. Finn legt seine Hand auf meinen Hintern und ich muss lächeln.

Am späten Nachmittag kehren die Angler vom See zurück. Sie haben reichen Fang gemacht und Struan nimmt die Seeforellen in der Jagdkammer aus, denn Chris und die Cousinen sollen sie zum Abendessen zubereiten.

»Soll ich dir helfen?«, frage ich ihn. Weil Struan ständig im Einsatz ist und ich nur noch mit Finn beschäftigt bin, sind wir bisher kaum zum Reden gekommen.

»Nein, lass gut sein, Lia. Ich mache das schon.« Struan ist seltsam wortkarg, während er die Fische ausnimmt und die Innereien in einem Blecheimer verschwinden, als Leckereien für die Hunde.

»Ist alles in Ordnung?«, frage ich vorsichtig.

»*Aye*, alles gut.«

»Bist du sauer, weil mein Dad dir bei der Hirschjagd diesen Logan als Stalker vor die Nase gesetzt hat?«

Struan schüttelt den Kopf. »Nein, das juckt mich nicht. Ich mache das, was der Boss sagt, und es ist okay. Das ist mein Job. Aber meinen Dad, den grämt es. Er ist so verflucht ehrgeizig und will unbedingt, dass ich Duncan beerbe und Wildhüter auf Badfearna werde.«

»Aber das ...«

»Ist dein Plan, ich weiß, Prinzessin.« Struan hält inne und schaut mich an. »Dad lebt noch im vorigen Jahrhundert«, sagt er mit einem Achselzucken. »Du bist die Tochter des Lairds und die kann nun mal kein Wildhüter werden, höchstens einen heiraten.«

»Wildhüter*in*«, sage ich und muss grinsen. »Meine Eltern finden die Idee auch völlig daneben.«

»Manche Dinge ändern sich nie, oder?«

»Doch. Das tun sie. Auf Badfearna dauert es nur etwas länger als anderswo.«

»Meine Eltern haben wohl gehofft, dass du und ich ... na ja, dass wir mal heiraten und hier leben und Kinder haben, die sie dann aufwachsen sehen können.«

Ich weiß nicht, was ich sagen soll, denn noch vor ein paar Wochen war das auch meine geheime Hoffnung gewesen. Struan und ich als Wildhüterehepaar, das auf Badfearna in Zukunft alles richtig machen würde, mit den Hirschen, den Moorhühnern, den Bäumen, dem Land und den Menschen.

Struan greift sich die nächste schillernde Forelle, schneidet sie auf und entfernt die Innereien. »Es gab eine Zeit, da habe ich das auch gehofft, Lia. Es schien mir ein guter Plan zu sein.«

»Ging mir genauso«, sage ich.

»Was ist passiert mit uns?«

»Ganz viel, Stru.«

Nachdenklich schaut er mich an. »Finn und du, seid ihr jetzt zusammen?«

»Ja, ich denke schon.«

»Du denkst es?« Struan lacht, es ist ein warmes Lachen.

»Es ist kompliziert.«

»Wegen der Dinge, die sich auf Badfearna langsamer ändern als anderswo? *Aye,* das glaube ich dir.« Er dreht den Wasserhahn auf und reinigt die Edelstahlfläche von Fischblut. »Gib nicht auf, Lia, Finn ist es wert. Ich weiß, er ist Gretas Großneffe, aber er hat was von Duncans Art und der Alte ist ein cooler Typ.«

Struans letzte Worte versetzen mir einen Stich, denn Finn ist weder Duncans noch Gretas Großneffe. Er ist Finnley Campbell, der angehende Fußballstar, der bei einem Streit mit seinem Trainer ausgerastet ist und sich auf Badfearna vor der Polizei versteckt. Irgendwann wird das Kartenhaus zusammenbrechen und bei dem Gedanken daran wird mir übel. Weil ich Finn davon abgehalten habe zu gehen.

Dad hat mir eine Nachricht geschickt, dass es spät wird, weil er und Kelsi noch ins Kino gehen und sich *Avatar 2* ansehen wollen. Ich sehe Finn, wie er neues Kaminholz in die Lodge bringt und mit Gina wieder herauskommt. Finn blickt sich misstrauisch um, schüttelt den Kopf und fährt sich mit beiden Händen durchs Haar. Die beiden scheinen zu streiten und ich frage mich, worum es geht.

Hat Finn mir auch wirklich alles erzählt?

Ich scrolle mich durch die Fotos auf Finns Instagram-Profil. Sein letztes Foto hat er vor fast anderthalb Jahren hochgeladen und hat trotzdem sage und schreibe dreißigtausend Follower. Die meisten Fotos zeigen Finn im grün-weißen *Celtic*-Trikot auf dem Fußballrasen. Beim Training mit Teamkameraden. Mit seinem Trainer, Kevin Bell, einem Mann Mitte vierzig, der auf jedem Foto ausgesprochen freundlich aussieht. Finn mit einer Medaille um den Hals oder einem Pokal in der Hand.

Um mehr über Finns Liebesleben zu erfahren, googele ich *Finnley Campbell* und *Freundin,* werde jedoch nicht fündig. Es gibt Posts von Mädchen, die ihm erzählen, wie großartig er ist. Selfies, auf denen sie an seinem Hals hängen oder ihn auf die Wange küssen. Jede Menge Herzchen. Das macht mir ein bisschen Angst. Aber eine Freundin scheint es nicht zu geben.

Gegen sieben – um diese Zeit gibt es gewöhnlich Abendessen bei Duncan und Finn – finde ich den Wildhüter pfeiferauchend auf der Bank vor seinem Cottage. Ich setze mich zu ihm und frage ihn, was bei der Untersuchung herausgekommen ist.

»Ein Riss im Meniskus«, sagt Duncan. »Ich habe einen OP-Termin in zwei Wochen. Das ist mitten in der Jagdsaison, aber die Schmerzen sind manchmal so schlimm, dass ich es kaum noch aushalte. Ich muss das jetzt machen lassen.«

»Natürlich musst du das. Finn und ich werden uns nach der OP um dich kümmern. Und Stru, er ist nicht nur ein guter Ghillie, sondern auch ein hervorragender Stalker. Außerdem ist Logan ja auch noch da.«

Duncan zieht an seiner Pfeife und nickt. »Ja, irgendwie wird es gehen müssen.« Er sieht mich an und lächelt. »Du hast dich hübsch gemacht, kleine Distel. Für mich oder für Finn?«

Mir wird warm im Gesicht. Statt Funktionsklamotten trage ich eine petrolfarbene Cordhose, ein eng anliegendes weinrotes T-Shirt und sogar ein wenig Kajal um die Augen.

Meine Verlegenheit ist Duncan offenbar Antwort genug. Mit seiner Pfeife weist er den Berg hinauf. »Finn sucht mit Archie nach dem *Sionnach*. Sein kleiner Freund hat sich drei Tage lang nicht blicken lassen.«

»Glaubst du, dem Fuchs ist etwas passiert?«, frage ich erschrocken.

»Ich vermute, er ist schlau und lässt sich nicht blicken, solange der Russe mit seinem schicken Gewehr hier herumstolziert, als hätte er Badfearna gekauft.«

Ich hoffe, Duncan hat recht und Mooch ist bloß abgetaucht. Aber mich befällt ein mulmiges Gefühl. Irgendwann wird der Fuchs zur falschen Zeit am falschen Ort sein. Badfearna ist ein Jagdgut und kein Platz für einen kleinen *Sionnach*, der sich einen Menschen zum Kameraden auserkoren hat.

»Ist Finn schon lange weg?«

»Nein, höchstens fünfzehn Minuten. Weit kann er noch nicht sein, kleine Distel.«

Archies und Finns frische Spuren im morastigen Stück des Weges zeigen mir, dass sie den Pfad vor der Brücke genommen haben. Ich bin schnell, der Weg ist mir vertraut und die Sonne, die hoch am Himmel steht, ist noch nachmittagshell.

Langsam komme ich ins Schwitzen, so schnell, wie ich den steinigen Pfad hinaufsprinte mit meinen leichten Turnschuhen. Endlich, nach einer guten halben Stunde, entdecke ich Finn weiter oben am Hang, auf der anderen Seite des Flusses. Mit einer Hand an einen einsamen Birkenstamm gestützt, steht er gebeugt in kniehohem Farn. Ich halte inne, weil Finns Anblick mir die Kehle zusammenschnürt. Im nächsten Moment schlägt er mit der Hand gegen den Stamm und stößt einen Schrei aus, der nicht menschlich klingt und mir durch Mark und Bein geht.

Bitte nicht! »Finn«, rufe ich voller böser Vorahnung.

Erschrocken fährt er herum und wischt sich mit dem Ärmel über den Mund. Ich springe über die Trittsteine im Fluss – zu schnell. Auf dem letzten rutsche ich weg und trete ins kalte Wasser. Ich fluche und schlage mich quer durch die Heide zur Birke, zu Finn. Archie bellt los, als er mich sieht.

»Bleib weg!«, ruft Finn und schüttelt den Kopf.

Aber ich kann unmöglich wegbleiben.

»Komm nicht her, Lia. *Bitte!*«

Etwas in Finns Stimme jagt einen eisigen Schauer über meinen Rücken, trotzdem laufe ich weiter, langsamer jetzt, aber mit jagendem Herzen und kaum noch Atem in der Lunge. Als ich bis auf ein paar Meter heran bin, sehe ich Tränen über Finns Wangen laufen. Der Geruch nach frischem Blut zerschneidet die Luft wie eine Messerklinge. *Es ist passiert,* denke ich. *Irgendein Idiot hat Mooch erschossen.*

Doch was da vor Finn in der Heide liegt, ist kein toter Fuchs. Es ist Macbeth. – Oder eher das, was von ihm noch übrig ist. Wo einmal sein stolzer Kopf mit dem herrlichen Geweih auf dem Hals gesessen hat, klafft eine blutige Wunde. Mein Magen hebt sich, doch Finn ist mit drei Schritten bei mir und zieht meinen Kopf an seine Brust. Mein ganzer Körper wird von wilden Schluchzern geschüttelt und ich schlage mit beiden Fäusten auf Finns Rücken ein. Es kann nicht sein, dass jemand Macbeths edle Schönheit, sein Wesen zerstört hat. Macbeth, der ein Teil von Badfearna ist, so wie ich es bin.

Ich bin mit der Gewissheit des Todes aufgewachsen, doch jetzt greift ein anderes Wissen nach mir: dass wir völlig unerwartet verlieren können, was wir lieben – heute, morgen, an einem warmen Sommertag wie diesem, in jedem unvorhersehbaren Moment.

Das Bild des toten Hirsches hat sich längst unauslöschlich in mein Hirn gebrannt, deshalb drehe ich den Kopf zur Seite und werfe einen zweiten Blick auf den von Fliegen umschwirrten, kopflosen Hals. Das Blut ist dunkel, fast schwarz. Macbeth muss schon ein paar Stunden tot sein. Auf seinem hellen Körper prangt ein blutiger Stiefelabdruck. Weiter hinten sehe ich blutige Schleifspuren im Gras.

»Wer immer das getan hat, muss ein extrem dreister Wilderer sein und diese Aktion gut geplant haben«, sagt Finn. »Auf jeden Fall ist er längst über alle Berge.«

Ich spüre seine Lippen auf meinem Scheitel und presse meine Nase noch einmal an seine Brust. Meine Tränen tränken Finns T-Shirt und ich kann seinen aufgebrachten Herzschlag spüren.

Duncans Worte über Boris Baranow lassen mir keine Ruhe. Plötzlich bin ich mir sicher, dass kein Wilderer den weißen Hirsch getötet hat, sondern *Ruiseanach*. Nur, wann hatte Baranow die Gelegenheit dazu – er war doch mit den anderen angeln gewesen? Und wo ist Macbeths Kopf? Mit dem ausgewachsenen Geweih muss er an die acht oder neun Kilo wiegen. Die schleppt man nicht einfach mal so durch die Gegend.

»Ich muss Struan sprechen«, sage ich und hebe den Kopf. »Ich will wissen, ob Baranow heute den ganzen Tag mit den anderen auf der *Rosabel* war.«

»Baranow? Du glaubst, er hat Macbeth auf dem Gewissen?«

Ich zucke die Achseln. »Duncan hat auch gesagt, er traut ihm nicht. Ich habe keine Ahnung, wie er es angestellt hat, aber ich werde es herausfinden, das schwöre ich dir.«

»Das solltest du deinem Vater überlassen, Lia.«

Mein Blick fällt erneut auf den Hirschkörper, der jetzt nur noch Knochen und Blut und Fleisch ist. Ein Überbleibsel dessen, was Macbeth einst war: Eleganz, Stärke und Stolz. Etwas, das voller Magie war, ist unwiederbringlich verloren. Nie wieder wird der weiße Hirsch an seinem Lieblingsplatz unter den Moorbirken stehen und zarte Triebe fressen oder seine Hirschkühe verteidigen.

»Gehen wir«, sagt Finn. »Hier können wir nichts mehr tun.«

Wir haben beschlossen, zuerst mit Duncan zu reden, aber dann sehe ich die *Rosabel* am Pier liegen. Dad steht mit Struan unten am Wasser, also eilen wir weiter.

»Lia?« Wie ein Geist tritt Kelsi aus dem ummauerten Rosengarten der Lodge, ihr Handy in der Hand. Sie ist totenbleich im Gesicht und hat rot geweinte Augen. »Baranow, er .... er hat Macbeth erschossen.«

»*Was?* Woher weißt du das?«

Kelsi hält uns ihr Handy entgegen. Sie hat Boris Baranows Instagram-Profil geöffnet und zeigt uns seinen letzten Post. Die Wangen mit roter Kriegsbemalung verschmiert, eine Hand am Geweih und den Stiefel auf dem weißen Körper des toten Hirsches steht er da, mit einem Siegergrinsen im Gesicht.

»Wie hast du das gefunden?«, fragt Finn und nimmt ihr das Handy aus der Hand.

»Ich surfe jeden Tag seine sozialen Netzwerke ab, um zu sehen, was Baranow so über Badfearna postet. Scroll mal nach unten, er gibt sich gerne als Großwildjäger.«

Finn scrollt durch den Account des Oligarchen. Unzählige Fotos, auf denen er vor seinen Sportwagen steht, zusammen mit wechselnden, aber immer blonden Frauen. Weiter unten Baranow mit seinem Präzisionsgewehr, einen Fuß auf einem toten Löwen, einem Zebra, sogar posierend vor einem toten Elefanten.

In diesem Moment erschallt Gelächter aus Richtung Lodge und das schneidende Wiehern von Boris Baranow dringt zu uns herüber. Ich sprinte los, es ist wie ein Reflex.

»Lia, nicht!«, höre ich Finn hinter mir rufen, doch meine Wut auf den Mann, der Macbeth auf dem Gewissen hat, brodelt wie Lava in mir.

Der Russe steht breitbeinig auf dem Kies, ein Glas Whisky in der Hand, und erzählt Erik Palmer mit triumphierender Stimme von seinem Schuss, mit dem er den weißen Hirsch zur Strecke gebracht hat – ein starkes Wesen mit Muskeln und mächtigem Geweih, der Inbegriff von Männlichkeit.

»Sie sind ein Scheusal«, gehe ich mit Worten auf ihn los, »ein feiger Mörder. Das wird mein Vater Ihnen niemals durchgehen lassen. Macbeth war tabu.«

Baranow lacht bloß amüsiert. Da ist es endgültig vorbei mit meiner guten Erziehung und ich spucke ihm ins Gesicht. Damit hat keiner, vor allem er, nicht gerechnet. Für Sekunden stehen alle schockiert und stumm und reglos da. Sie starren Baranow an, der sich mit dem Handrücken die Spucke von der Wange wischt und wieder zu lachen anfängt, noch dröhnender und siegessicherer als zuvor. Bevor ich mich mit einem Fauchen und ausgefahrenen Krallen auf ihn stürzen kann, reißt Finn mich an der Schulter zurück und umschlingt mich mit seinen Armen.

»Die kleine Lady haben ganz schön Feuer«, höhnt Baranow. »Du solltest sie mehr nehmen dran, junge Mann. Sie gehören gezähmt.« Er lacht anzüglich.

Sophy Miller lässt einen pikierten Seufzer hören und presst die Hand auf ihren roten Mund. Nun macht Finn Anstalten, auf den Oligarchen loszugehen, aber Struan kommt gelaufen und stellt sich ihm in den Weg. »Aufhören, ihr beiden!«, brüllt er. »Mr Baranow ist Gast auf Badfearna und so geht man nicht mit Gästen um.«

»Aber er hat Macbeth getötet!«, schreie ich, immer noch zitternd vor Wut. »Er hat ihm den Kopf abgeschnitten und den Rest dort oben liegen lassen für die Füchse und Krähen. Gast hin oder her, er hat gegen die Regeln von Badfearna verstoßen.«

Mein Vater kommt auf uns zu, seine schnellen Schritte knirschen im Kies. Gleich wird Dad diesem durchgeknallten Barbaren zeigen, wer hier das Sagen hat. Macbeth wird das nicht wieder zum Leben erwecken, aber dieser schreckliche Mann muss von hier verschwinden. Menschen wie er haben auf Badfearna nichts verloren.

Dad ist bei uns angelangt. Betreten schweigend stehen alle da. Struan lässt Finn los. Die Londoner in ihren legeren Klamotten halten verkrampft ihre Weingläser in den Händen. Die Sonne ist hinter dem Berg verschwunden und mir ist plötzlich sehr kalt.

Struan, das wird mir jetzt klar, war überhaupt nicht schockiert von meiner schockierenden Offenbarung. Hat er es gewusst?

»Zeig Dad das Foto«, fordere ich Kelsi mit zornbebender Stimme auf.

Kelsi hält unserem Vater das Handy unter die Nase und ich sehe, wie seine Kiefermuskeln anfangen zu mahlen. Er schließt kurz die Augen, dann sieht er Baranow mit finsterem Blick an und der hört endlich auf zu grinsen.

»Ich entschuldige mich für das Verhalten meiner Tochter Amelia, Mr Baranow«, sagt Dad. »Ich werde mit meinen beiden

Töchtern in Ruhe über die Angelegenheit sprechen und komme später noch einmal zu Ihnen.«

»Aber, Dad«, brause ich ungläubig auf.

»Halt jetzt den Mund, Amelia.« Mein Vater packt mich unsanft am Arm und zieht mich hinter sich her. Kelsi folgt uns verstört bis ins Kaminzimmer im Blackhouse, wo Dad mich endlich loslässt und sagt: »Setzt euch.«

Er schenkt sich einen großen Whisky ein, leert das Glas in einem Zug und schenkt gleich noch einmal nach.

Kelsi und ich sitzen nebeneinander auf dem Sofa vor dem Kamin und werfen uns fragende Blicke zu. Es ist ein merkwürdiges Gefühl, ausnahmsweise mal im selben Boot zu sitzen. Auf Kelsis Wangen glitzern Tränenspuren und sie steht genauso unter Schock wie ich.

Nachdem Dad auch das zweite Glas geleert hat, wischt er sich über die Lippen und sieht uns mit schulderfülltem Blick durch seine Brillengläser an. »Es tut mir leid«, sagt er. »Ich hatte keine andere Wahl.«

Helle Mondsplitter funkeln auf dem Wasser des Sees, aber ich habe keinen Blick für Schönheit. In mir schäumen so viel Zorn und Schmerz und Enttäuschung, dass ich das Gefühl habe, gleich zu explodieren. Ich streife Schuhe, T-Shirt und Hose ab. Die Luft ist kühl und der Kies unter meinen Füßen auch. Mit schnellen Schritten wate ich geradewegs in den See, tauche unter und schwimme unter Wasser, solange ich die Luft anhalten kann. Der Kälteschock nimmt meinen Gefühlen etwas von ihrer Intensität und als ich mit einem wilden Atemzug Luft hole, geht es mir schon ein wenig besser.

Ich schwimme noch ein kleines Stück auf den See hinaus, wo die Inseln wie dunkle Urtiere auf der Wasseroberfläche liegen.

Vor mir springt eine Forelle aus dem Wasser und ein Kuckuck ruft, sonst ist es still. Als ich umkehre, sehe ich jemanden unruhig am Ufer auf und ab laufen. Es ist Finn – mit einem Handtuch in der Hand. Ich bin so froh über seinen Anblick, dass mir trotz Kälte innerlich ganz warm wird.

Ich schmiege mich in das kratzige Handtuch, fühle mich geborgen in Finns Armen. Mit kräftigen, sanften Bewegungen reibt er mich trocken.

»Mein Dad wusste es.«

Finn hält inne. »Was, Lia? Was hat dein Vater gewusst?«

»Dad hat Baranow erlaubt, Macbeth zu töten.«

Behutsam streicht Finn eine nasse Strähne aus meinem Gesicht. »Aber das ist absurd. Warum sollte er das tun? Macbeth ist … er *war* das Maskottchen von Badfearna. Ein silbernes Abbild von ihm steht in der Lodge. Und Duncan hat mir erzählt, auf Badfearna gibt es keine Trophäenjagd, *niemals*. Kein Jäger ist je mit einer Trophäe von hier weggegangen, also warum sollte dein Dad so etwas tun?«

»Baranow hat ihn dafür bezahlt.«

Aus Finns Kehle kommt ein verblüffter Ton, eine Mischung aus Schnauben und Lachen. »Das glaube ich jetzt nicht? Dein Vater hat Macbeth geopfert? Für ein paar lächerliche Pfund?«

»Nicht für ein paar lächerliche Pfund, Finn. Baranow hat Dad eine halbe Million für die Trophäe geboten. Macbeths Kopf ist schon auf dem Weg nach London, wo er präpariert wird, um später eine Wand in Baranows Millionen-Villa zu schmücken.«

»Eine halbe Million?«, wiederholt Finn. »*Wow.* Da konnte der Laird mit der klammen Kasse natürlich nicht Nein sagen.«

Zum ersten Mal höre ich nicht nur Spott, sondern echten Zynismus in Finns Stimme und in mir zieht sich alles zusammen. »Fergus war als Einziger eingeweiht, er hat dafür gesorgt, dass niemand sonst etwas merkt. Wie bei einem Mord.« Ich schlucke. »Dad hat gesagt, er musste es tun, um Badfearna zu retten.« Trotzig füge ich hinzu: »Das werde ich ihm nie verzeihen.«

Finns dunkle Augen funkeln in der Dämmerung. »Doch, Lia«, sagt er, »das wirst du. Er ist dein Dad. Und frag dich mal ganz ehrlich, was du getan hättest, wenn du zu verlieren drohst, was dir alles bedeutet.« Forsch schiebt er mich zu meinen Sachen auf dem Baumstamm.

Eine schwache Entschuldigung für die ungeheuerliche Tat meines Vaters! »Ist das alles, was dir dazu einfällt? Es ist Macbeth, Finn!« Heiße Tränen füllen meine Augen und rollen über meine Wangen.

»Mir fällt eine ganze Menge dazu ein, Lia. Aber das war ein schlimmer Tag und du bist durcheinander, also ...« Er beugt sich über mein Gesicht und küsst mich. Seine Lippen sind wunderbar warm und weich und Finns Zunge schmeckt nach Duncans Ledaig Single Malt Whisky.

»Danke«, flüstere ich und lehne meine Stirn an seine Brust.

»Zieh deine nassen Sachen aus, okay? Du zitterst.«

Ja, ich zittere. Aber nicht vor Kälte, sondern vielmehr weil mir auf einmal bewusst wird, dass ich halb nackt bin und Finn und ich jetzt irgendwie zusammen sind. Und dass, wenn ein Junge und ein Mädchen zusammen sind, alles zwischen ihnen möglich ist – selbst nach so einem schrecklichen Tag.

Finn wischt mit seinem Daumen die Tränen von meinen Wangen. »Selbstverständlich werde ich meinen Blick züchtig abwenden, Mylady.«

Finn dreht sich von mir weg und ich entledige mich meiner nassen Unterwäsche. Während ich in meine Hose schlüpfe, dreht er sich langsam um und sieht mich an. Ich zögere noch einen Moment, bis ich mein T-Shirt überziehe. Finn zieht sein Hemd aus, legt es um meine Schultern und küsst mich noch einmal. So süß, dass ich bereit bin, mir die Kleider auf der Stelle wieder vom Leib zu reißen. Meine Hände fahren unter sein T-Shirt und streifen tastend über die warme glatte Haut auf seinem Rücken.

»Hey«, flüstert er an meinem Ohr. »Schau mal.«

Sanft dreht Finn mich in seinen Armen um, bis ich Mooch sehen kann, der auf dem Felsen thront. Die Silhouette des Fuchses wird umrahmt von einem großen Vollmond. Wachsam schaut Mooch zu uns herüber und ich bin so erleichtert, ihn zu sehen, dass mein Blick verschwimmt.

»Einen Penny für seine Fuchsgedanken.« Finn schlingt von hinten die Arme um meine Hüften und drückt seine Lippen in mein nasses Haar. »Na komm, ich bringe dich nach Hause.« Er löst sich von mir und greift nach meiner Hand. »Dein Dad macht sich bestimmt schon Sorgen, wo du bleibst.«

»Ja, vielleicht«, murre ich. »Aber das ist mir egal.« In dem Moment, in dem Dad Kelsi und mir die Wahrheit über Baranow und Macbeth erzählt hat, ist etwas in mir unwiderruflich kaputtgegangen. Meine Kindheit hat sich verabschiedet, ich bin nicht mehr dieselbe, die ich noch heute Morgen war. In mir ist viel Trauer – um Macbeth, um unsere Familie, die mehr und mehr zerbricht. Doch da ist auch ein Gefühl von Freiheit und ungeahnten Möglichkeiten.

Ich liebe Finn. Der vielleicht angeklagt und verurteilt wird. Der mit Sicherheit nicht Mum und Dads Traumschwiegersohn ist. Mit dem ich endlich zusammen sein will.

Auf der Brücke fasse ich mir ein Herz. »Sag mal«, frage ich ihn, »gefalle ich dir eigentlich?«

Abrupt bleibt Finn stehen. »Was? Wie meinst du das?«

»Na, gefallen dir mein Mund, meine Augen, meine Beine, mein Hintern ... meine Brüste?«

Finn schiebt eine Hand in seinen Nacken. »Ähm, *aye*. Ausnahmslos alles an dir ist wunderschön, Lia. Und ich ... ich wollte dir das auch noch sagen ... bei Gelegenheit.«

Sagen? Ich hatte nicht an Worte, sondern an *Leidenschaft* gedacht. Glühendes Erforschen und wilde Küsse ohne Halten.

»Ich bin dir nicht zu dick?«

»Zu dick?« Finn schnaubt und hebt die Hände in einer ungläubigen Geste. »Keine Ahnung, aber du scheinst völlig falsche Vorstellungen zu haben, worauf Jungen bei Mädchen Wert legen.«

»Lass mich raten«, sage ich, lege einen Zeigefinger an die Lippen und tue so, als würde ich überlegen. »Es sind innere Werte wie Klugheit, Humor, Hilfsbereitschaft.«

Finn betrachtet mich mit gerunzelter Stirn.

Ich zucke die Achseln. »Du vergisst, dass ich eine perfekte Schwester habe, sei also einfach ehrlich.«

»Perfekt gibt es nicht, Lia, also ...«

Ich verschränke die Arme vor der Brust und funkele ihn ungläubig an.

»Na schön«, sagt Finn. »Dein Hintern und deine Beine, die sind völlig Ordnung. Dein Busen ...«, er legt den Kopf schief, »der auch.«

Völlig in Ordnung? Ich schlucke entgeistert, aber dann sehe ich, dass Finn sich das Lachen kaum noch verkneifen kann. Er nimmt mein Gesicht in seine Hände. »Ich bin verrückt nach dir, Lia MacKenzie, nach allem an dir. Aber wenn ich hier und jetzt anfange, dir das zu zeigen, dann lande ich mit Sicherheit für lange Zeit im Kerker des Lairds.« Er versetzt mir einen kleinen

Nasenstüber mit seiner Nase. »Wir müssen dringend Kondome auftreiben.«

Wieder in meinem Zimmer, sehe ich, dass Zoé versucht hat, mich zu erreichen. Doch als ich auf Skype bei ihr anklopfe, meldet sie sich nicht. Ich versuche es auf dem Handy.

»Das mit Macbeth tut mir so leid, Süße«, beginnt Zoé ohne Begrüßung.

»Woher weißt du ...« Ein erneuter Anfall von Trauer schnürt mir die Kehle zu.

»Kelsi hat mir eine Nachricht geschickt, sie macht sich Sorgen um dich. Aber du warst nicht zu erreichen.«

Meine kleine Schwester macht sich Sorgen um mich? Jetzt fließen die Tränen unaufhaltsam und ich bringe kein Wort mehr heraus.

»Lia«, fragt Zoé besorgt, »bist du okay?«

»Ich ... ja.« Ich schluchze schniefend auf und atme einmal tief durch. »Ich war mit Finn zusammen und du weißt ja, hinter der magischen Grenze gibt es keinen Handyempfang.«

»Du warst mit Finn hinter der magischen Grenze?« Ich höre die mühsam im Zaum gehaltene Neugier in Zoés Stimme und muss beinahe lächeln.

»Wenn du das im übertragenen Sinne meinst, dann: nein, *noch nicht.*«

»Ein echter Gentleman also.«

Schniefend wische ich mit dem Ärmel die Nässe aus meinem Gesicht. »Ich fürchte, es liegt eher an der schlichten Tatsache, dass es auf Badfearna keinen Kondomautomaten gibt.«

24

Die Stimmung beim Frühstück ist so bedrückend wie noch nie. Kelsi stochert in ihrem Porridge und auch in meinem Mund scheinen die Haferflocken immer mehr zu werden. Hat Dad die halbe Million Blutgeld schon auf dem Konto?

»Die Gäste werden heute abreisen«, sagt er.

»Was denn«, frage ich, »kein Dinner mit dem Laird? Mit Schottenrock und Dudelsackklängen?«

»Nein. Die Lust darauf ist ihnen offenbar vergangen. Sie reisen nach dem Frühstück ab. Und wir fahren auch schon heute nach Edinburgh.«

»Ich komme nicht mit«, sage ich mit fester Stimme. »Richte Tante Heather meine herzlichsten Glückwünsche aus und sage ihr, ich bin krank vor Trauer um einen guten Freund und mir steht nicht der Sinn nach Feiern.«

»Erzähl nicht solchen Unsinn, Amelia!« Dad nimmt die Brille ab und reibt die Nasenwurzel zwischen Daumen und Zeigefinger. Tiefe Furchen zeigen sich auf seiner Stirn. »Es der achtzigste Geburtstag meiner Tante und du kommst mit. Das gehört sich einfach.«

Darüber, was sich *gehört* und was nicht, würde ich gerne mal ausgiebiger mit Dad diskutieren, aber nicht heute, denn ich habe andere Pläne. »Willst du mich mit Gewalt auf die *Rosabel* schleifen?« Trotzig verschränke ich die Arme vor der Brust.

»Aber wir wollten doch bis zu deinem Geburtstag in Edinburgh bleiben und schick essen gehen«, schaltet Kelsi sich ein. »In diesem Jahr findet das Filmfestival wieder statt. Cesar Domboy wird in der Stadt sein. Bitte, Lia.«

Ja, klar. Eine Woche lang Stars und Sternchen auf der Royal Mile, das darf Kelsi sich natürlich nicht entgehen lassen. Was ich für Vorstellungen von meinem Geburtstag habe, ist ihr völlig egal. Ich schüttele den Kopf. »Ich möchte hier auf Badfearna sein an meinem Geburtstag.«

»Aber hier ist doch nichts.« Kelsi sieht aus, als würde sie gleich in Tränen ausbrechen.

Da irrst du dich, Schwesterherz. Hier ist alles für mich. Auch wenn Macbeth nicht mehr da ist.

»Es ist Lias Geburtstag«, lenkt Dad unvermittelt ein, offenbar schwer geplagt von Schuldgefühlen. »Also gut, dann werden wir Montagabend wieder hier sein.«

»Ich komme trotzdem nicht mit.«

Dad setzt seine Brille wieder auf. »Na schön, Amelia.«

Kommt noch etwas? Ein Haken? Oder hat mein Vater begriffen, dass ich erwachsen werde und er mir nicht mehr alles vorschreiben kann?

Doch er sagt nur: »Pack deine Sachen, kleine Elfe.«

Weil ich nicht das geringste Bedürfnis verspüre, mich von unseren Jagdgästen zu verabschieden, gehe ich nicht mit zum Pier, wo Struan und Finn dabei sind, das Gepäck der Londoner auf die *Rosabel* zu laden. Es klopft und Kelsi steht mit ihrem pinkfarbenen Suitcase vor meiner Zimmertür. Sie reicht mir ein Bündel Stoffstreifen.

»Was ist das?«

»Wünsche für Macbeth. Du hast gesagt, er liegt unter einer Birke. Vielleicht kannst du die Streifen in die Zweige hängen.«

Tränen schießen mir in die Augen und ich umarme Kelsi fest.
»Danke, Kels. Das mache ich. Hab ein aufregendes Wochenende. Ich drücke die Daumen, dass du Cesar Domboy auf der Royal Mile begegnest und ein Autogramm von ihm ergatterst.«
Kelsi ist zwar kein ausgesprochener *Outlander*-Fan, doch der französische Schauspieler, der den einarmigen Fergus Fraser spielt, hat es ihr schon lange angetan.
Struan kommt die Treppe hoch, um Kelsis Suitcase nach unten zu tragen. »Was hast du dadrin, Kels?«, fragt er stöhnend.
»Magische Steine?«
»Wohl eher magischen Schönheitszauber, um Cesar Domboy zu umgarnen«, sage ich und Kelsi zeigt mir grinsend den Mittelfinger.

Eine Stunde später sind Duncan, Finn und ich mit Fiona und Archie auf dem Pfad am *Caoach Burn* unterwegs, um Macbeth die letzte Ehre zu erweisen. Duncan reitet und die Stute trägt auch unsere Rucksäcke mit dem Proviant. Es ist eine schweigende Prozession, aber um uns summt und zwitschert es fröhlich und das Plätschern und Rauschen des Flusses ist unsere ständige Begleitmusik.
An Macbeths Kadaver haben sich in der Nacht Tiere zu schaffen gemacht und ein Fliegenschwarm steigt auf, als wir uns nähern. Dazu stinkt es nach Verwesung, deshalb haben wir jeder eine Corona-Stoffmaske eingepackt.
»Wenigstens war es ein ordentlicher Schuss«, bemerkt Duncan, der Macbeths Kadaver untersucht. Finn und ich tragen Steine heran und Duncan schichtet sie um den Kadaver herum, bis er vollständig damit bedeckt ist. Am Ende hat Macbeths Ruhestätte Ähnlichkeit mit einem *Cairn*, einem bronzezeitlichen Hügelgrab, und das gefällt mir. Es hat Würde, das Grab

des Königs. Ich binde Kelsis bunte Stoffstreifen in die Zweige der Birke und sie flattern fröhlich im Wind.

»Macbeth hatte ein gutes und langes Leben«, sagt Duncan, als wir unsere Sandwiches essen und Tee aus der Thermoskanne trinken. »Vielleicht wäre schon in diesem Herbst ein jüngerer Rivale stärker gewesen und hätte ihm seinen Rang und die Hirschkühe streitig gemacht. Diese Niederlage ist ihm erspart geblieben.«

Duncan versucht auf seine Art, mich zu trösten. Mit seinen siebzehn Jahren hatte Macbeth längst ein greises Hirschalter erreicht, älter als zwölf Jahre wird selten ein Hirsch in freier Wildbahn. Aber ich hätte ihm gewünscht, sein weißes Haupt mit dem schönen Geweih eines Tages in die Heide zu betten und in Frieden sterben zu dürfen.

»Ich komme nicht mit euch«, eröffne ich Duncan und Finn, als sie sich auf den Rückweg machen wollen.

Beide schauen mich überrascht an.

»Ich will auf den Berg der Erkenntnis, und das ist beschlossene Sache.«

Duncan runzelt die Stirn. »Weiß dein Vater von dieser *beschlossenen Sache, Lass?*«

»Nein«, antworte ich wahrheitsgemäß. »Und er soll es auch nicht erfahren. Was er nicht weiß, macht ihn nicht heiß.«

Finn grinst in sich hinein.

»Na gut, kleine Distel. Aber nur, wenn Finn bereit ist, dich zu begleiten. Das Wetter soll umschlagen am Nachmittag und ich möchte nicht noch ein Grab aufschichten müssen. Ihr geht zu zweit oder du kommst mit uns zurück.«

Mein Herz jubiliert, alles läuft nach Plan. Fragend sehe ich Finn an, der verständlicherweise überrumpelt aussieht, aber nicht besonders unglücklich. »Okay«, meint er mit einem Achselzucken. »Warum nicht? Schließlich wollte ich schon immer mal da hoch.«

Ich umarme Duncan zum Abschied und stecke ihm einen zugeklebten Umschlag zu. Darauf steht: *Bitte erst später öffnen.* Der alte Wildhüter schaut mich aus seinen dunklen Druidenaugen wissend an. Er streicht mir über den Kopf und sagt: »Seid vorsichtig da oben.«

Finn nimmt meinen Rucksack auf seine Schultern und gibt mir seinen leichten, dann laufen wir los. Und obwohl ich diesen Weg schon zig Mal genommen habe, kommt es mir so vor, als wären Finn und ich zwei unerfahrene Wanderer, die zu einer gefährlichen Tour aufbrechen.

Bei jedem Schritt erinnert sich Finn an die finstere stürmische Nacht, in der er diesen Pfad gegangen war, allein und verzweifelt. Jetzt liegt Sonnenlicht auf allem um sie herum und die Flanken des Sliochs schimmern rötlich silbern.

Nach ungefähr einer Stunde nehmen sie einen Abzweig und der jetzt steilere Anstieg führt sie über grasbewachsene Hänge und sprudelnde Bachbetten. Lia nennt Finn die Namen der Bäche, der Hügel, Berge und Lochans, der kleinen, schimmernden Bergseen. *Coire na Sleaghaich, Sgurr an Tuill Bhain* und *Beinn a' Chaisgein Mor,* Letzteres übersetzt sie ihm mit »großer, abschreckender Hügel«. Die englischen Namen sind nicht weniger magisch: *The Black Notch of the Wailing, The Big Hollow of the Wolf, Peak of the Hatchet* und *Loch of the Beast's Lair.*

Das Wasser des *Caoach Burn* wird durch eine Schlucht mit steilen Flanken getrieben, während er hoch oben seinem Lauf durch ein schmales Tal folgt. Sprudelnd stürzt der Fluss unzählige Wasserfälle hinunter, wobei sein Tosen zu einem

Crescendo ansteigt, als sie sich seinem östlichen Ufer nähern. Finn seufzt erleichtert, als er sieht, dass es einen stabilen Steg gibt, der den Fluss überspannt. Und ihm wird klar, dass er es in jener Nacht niemals bis auf den Gipfel des Sliochs geschafft hätte.

Die Brücke über den *Caoach* hat zwei morsche Planken, die so bald wie möglich repariert werden müssen, damit kein Wanderer zu Schaden kommt. Wir steigen weiter den Pfad hinauf, der uns entlang nackter Felsenklippen zum nächsten Pass hinaufführt, wo wir keuchend stehen bleiben und eine Verschnaufpause einlegen, um den Blick zu genießen, der weit über ein grünes Tal mit zwei schimmernden Bergseen reicht. Das letzte Stück des Weges zum Gipfelplateau müssen wir über einen steilen, mit Felsen gespickten Hang hinaufsteigen. Und dann liegt er vor uns, der schmale, beinahe waagerechte Grat zum Gipfel. Er ist steinig und hat zwei Engstellen, an denen man ernsthaft in die Tiefe stürzen kann.

»Bist du schwindelfrei?«, frage ich Finn, der schwer atmend neben mir steht.

»Bin ich«, erwidert er und läuft an mir vorbei. Vorsichtig betritt er den Grat. Setzt einen Fuß vor den anderen und breitet seine Arme aus, als würde er auf einem Seil über luftigen Höhen balancieren. Auf dem Plateau angekommen, stößt er einen Siegesschrei aus und reckt beide Fäuste in die Luft.

Finn dreht sich im Kreis und sein Blick streift über die Bergkuppen und Täler hinunter zum Loch Maree und weiter zu den hohen Torridonbergen mit dem *Ben Eighe*, dem *Liathach – The Grey One* – und dem glitzernden *Beinn Alligin*, auf Englisch *The Hill of the Jewel*.

»Du wusstest, dass Duncan dich nicht allein gehen lassen

würde, nicht wahr?« In Finns Torfaugen leuchtet etwas, das ich zuvor noch nicht darin entdeckt habe: ein Lächeln, das von einem tiefen, besonderen Ort zu kommen scheint. Ein Ort, den er bisher vor mir verborgen hat.

»Ja«, gebe ich zu. »Ich wollte, dass wir zusammen hier oben stehen.« Ich sehe ihn an. »Der Slioch, Finn, er ist wie du. Unnahbar, wunderschön und jede Anstrengung wert.«

Finns Lächeln wird unsicher. »*Schön* ist was für Mädchen«, sagt er und küsst mich.

Wir setzen uns auf einen Stein und ich hole ein zweites Lunchpaket aus meinem Rucksack, um es mit Finn zu teilen. Wir trinken Tee und schweigen ehrfürchtig angesichts der erhabenen Weite, der Unermesslichkeit dieser wilden Landschaft. So sitzen wir lange, ohne etwas zu sagen.

Doch von Meeresseite zieht eine Nebelbank heran und so bleibt uns nichts anderes übrig, als uns schon bald wieder an den Abstieg zu machen. Meinen Rucksack auf den Schultern, die Mütze tief im Gesicht, dreht Finn sich ein letztes Mal um die eigene Achse und lässt seinen Blick über die Täler zum fernen Horizont schweifen.

»Sag mal, wie weit reicht euer Besitz eigentlich?«, fragt er beiläufig. »Struan hat gesagt, deiner Familie gehören siebzigtausend Acre.«

Unwillkürlich zieht sich mein Magen zusammen. Ich weise in die vier verschiedenen Himmelsrichtungen, erkläre es ihm anhand von Hirschwäldern, Lochs und Bergkuppen. Finns Miene verfinstert sich und ich ahne, was jetzt kommt. Irgendwann wäre es ihm bewusst geworden, aber warum musste es ausgerechnet heute sein?

»Der Slioch«, fragt er mit ungläubiger Stimme, »dieser Berg, auf dem wir hier stehen … er gehört deinem Vater?«

Ich nicke. Zum ersten Mal schäme ich mich dafür, dass die Dinge so sind, wie sie sind.

»Und irgendwann wird er dir gehören.« Es ist eine Feststellung, keine Frage. Finn schüttelt den Kopf. »Wie kann etwas so Gewaltiges, etwas so Altes und Wildes, jemandem gehören?« Fragend sieht er mich an. Seine Augen glitzern dunkel, die Narben in seinem Gesicht pulsieren rot.

»Jeder, der das will, darf auf den Berg wandern und hier oben stehen, so wie wir«, verteidige ich, was ich bin. »Aber weil das Land uns gehört, können wir es besser bewahren.«

»Ach ja?« Finn stößt verächtlich Luft durch die Zähne. »Und dein Vater, der Laird, der weiß, was das Beste ist für dieses Land?« Finn fängt an, hin und her zu laufen. Mit an die Seiten gepressten Fäusten bleibt er vor mir stehen. »Lia, wach auf! Du lebst hier in deiner Traumwelt wie in einem Königreich. Rote Eichhörnchen oder graue. Moorhühner und Fischadler. Luchse oder gar Wölfe.« Er wirft die Arme in die Luft. »Du kannst dich diesen Luxusproblemen doch nur widmen, weil du keine anderen hast.«

»Jetzt wirst du unfair.«

»Ach, ich bitte dich. Deiner Familie gehört dass *alles* hier, so weit das Auge reicht. Berge, Seen, Wälder, die Tiere ... dein Dad, er spielt Gott, Lia. Er hat Macbeth geopfert. Der Hirsch durfte nur deshalb so alt werden, weil er *weiß* war, etwas Besonderes. Aber die anderen, die *normalen* Hirsche ... erst füttert ihr sie, damit sie überleben, dann werden sie für Geld abgeknallt. Ihr seid Besitzer, Lia, keine Bewahrer. Und an euren scheiß Privilegien darf keiner rütteln.« Er stößt ein frustriertes Schnauben aus. »Kapierst du überhaupt, was los ist? Da draußen, in der wirklichen Welt, explodieren die Lebensmittelpreise, Benzin ist unbezahlbar und in den Krankenhäusern fehlt das Personal. Aber ihr jagt Hirsche und kleine Moorhühner mit irgendwelchen steinreichen, durchgeknallten Typen, die mal eben so eine halbe Million Pfund zahlen können, um zu kriegen, was unantastbar sein sollte. Ich kapier es nicht, Lia. Wie kannst du das nur gutheißen?«

Mein Blick ist verschwommen, als ich meine Daumen unter die Riemen meines Rucksacks schiebe und Finn auf dem Gipfel stehen lasse, mit all seiner Wut und seinen Vorwürfen gegen mich, meine Familie, gegen unsere ganze Daseinsweise.

Es will nicht in seinen Kopf: Der Slioch gehört dem Laird.

Finn folgt der wütenden Lia über den schmalen Grat. Als sie abrupt stehen bleibt und sich zu ihm umdreht, wäre er beinahe mit ihr zusammengestoßen.

»Was, Finn, gibt dir das Recht, über mich und meine Familie zu urteilen?« Lia sticht mit einem Zeigefinger nach ihm. »Du warst auf dem besten Weg, Fußballprofi zu werden. Millionen dafür zu kassieren, dass du auf einem Stück grünem Rasen einem Lederball hinterherjagst und ihn in ein dämliches Tor schießt, während die meisten deiner Fans sich nicht mal das Ticket fürs Stadion leisen können. Das war bis jetzt dein ganzer Plan und einen anderen hast du offensichtlich nicht für dein Leben.«

Lia dreht sich um und läuft weiter. Sie ist schnell und behände wie die Ziegen, die ihre Pfade kennen. Hinunter ist der Weg nicht etwa einfacher und Finn muss höllisch aufpassen, wo er seine Füße hinsetzt. In ihm kocht es. Weil Lia, verflucht noch mal, recht hat – und das wurmt ihn. Er ist der Typ ohne Papiere, ohne Plan; der nur knapp am Knast vorbeigeschrammt ist. Aber Mylady fährt trotzdem auf ihn ab. Verdammt, warum kann Lia nicht einfach so eingebildet und zickig sein wie ihre kleine Schwester? Warum musste ausgerechnet eine Lia MacKenzie seinen Schutzpanzer durchdringen und nach seinem Herzen greifen?

Der Nebel kommt so plötzlich, dass Finn nicht weiß, wie ihm geschieht. Kaltes, feuchtes Grau gleitet um Felsen und Steine, schwebt über den Pfad, hüllt alles ein, hüllt ihn ein und verschluckt ihn. Mit einem Schlag sind alle Farben, alle Konturen ausgelöscht. Finn hat das Gefühl, nicht mehr atmen zu können. Sein Herz rast, das Blut rauscht in seinen Ohren. Die Sicht beträgt noch höchstens fünf Meter ... und dann nur noch einen. Finn macht einen Schritt, aber ist das auch die richtige Richtung? Und wo, verflucht, ist Lia?

»Lia?«, ruft er, doch der dicke feuchte Nebel verschluckt seine Worte. Er ist wie graue Watte, sogar die Vögel klingen gedämpft.

Auf einmal ist Lia da. Mit ihrer roten Wetterjacke taucht sie aus dem Grau wie eine rettende Fee. Wortlos nimmt sie Finns Hand und führt ihn Schritt für Schritt den steilen Pfad hinunter, bis sie die Hochebene am *Loch nan Carn* erreichen und unversehens vor dem weiß getünchten Bauernhaus stehen – Gobhair Cottage.

Das Fenster ist repariert. Lia holt den Schlüssel unter einem Stein hervor und schließt auf. *Na toll!* Finn denkt an jene Gewitternacht vor vier Wochen, als der Berg und die Wildnis ihn etwas gelehrt haben über das Leben. Damals hatte Mooch ihn hierhergeführt. Der kleine Fuchs war mit einem Lohn aus Hundefutter und Streicheleinheiten zufrieden gewesen.

Finn will etwas sagen, doch er weiß nicht, was.

Schweigend hängt Lia ihre Jacke an einen Haken an der Wand und verschwindet im Bad. In der Tür dreht sie sich zu ihm um. »Bitte schön«, faucht sie ihn an, »dann erfülle ich eben das Klischee des verwöhnten Aristo-Mädchens für dich,

Finnley Campbell. Aber ich mochte dich schon, da wusste ich noch nichts über dich, außer vielleicht, dass was nicht mit dir stimmt. Als ich erfahren habe, was du getan hast und dass du Angst hattest, im Gefängnis zu landen, haben sich meine Gefühle für dich nicht geändert. Und auch nicht, als ich herausfand, wer du wirklich bist. Dabei kann ich mit Fußball in etwa so viel anfangen wie du mit der Jagd.« Erst jetzt holt sie Luft. »Glaubst du, die Insta-Girls, die dich daten, wollen mit dir zusammen sein, weil sie wirklich etwas für dich empfinden? Diese Mädchen sind bloß scharf auf dein Geld und hoffen, dass ein bisschen Glanz von dir auf sie abstrahlt. Werde doch glücklich in deiner Fussballwelt.«

Die Tür donnert hinter ihr ins Schloss und Finn hört den Riegel zuschnappen. Wütend schlägt er mit der flachen Hand gegen die holzvertäfelte Wand. Lia ist das ehrlichste Mädchen, das er je kennengelernt hat. Wieso kann sie ihre Gefühle für ihn einfach so aussprechen, während er seine nicht einmal sich selbst gegenüber zulassen will?

Finn fühlt sich klamm und kalt, also hängt er seine Jacke neben Lias und macht sich daran, ein Feuer im Kamin zu entfachen. Darin ist er inzwischen ziemlich gut. Die Feuerstelle ist gefegt, trockene Holzscheite und Anbrennholz stehen in zwei Körben neben dem Kamin bereit. Innerlich schickt er einen Dank an Duncan.

Als die Flammen am Holz lecken und zu wärmen beginnen, hat sich Finns Zorn gelegt, aber nicht sein innerer Aufruhr. Er kann an nichts anderes mehr denken als an die Tatsache, dass sie ganz allein sind in dieser Hütte und dass sein Begehren, das er die ganze Zeit vor Lia versteckt hat, ihn jetzt mit voller Wucht heimsucht. Finn legt sein Ohr an die Badezimmertür. Von drinnen kommt ein Schniefen.

»Lia?« Finn dreht am Türknauf, die Tür öffnet sich und er steht ihr direkt gegenüber. Aus Lias blauen Augen blitzt ihm Angriffslust entgegen. Und noch etwas, worauf er nach den Beleidigungen, die er ihr an den Kopf geworfen hat, nicht gefasst ist: Verlangen.

»Ich ... ich habe Feuer im Kamin gemacht.« Verlegen fährt er sich mit der Hand in den Nacken. »Gleich wird es warm.« Verdammt. Lia will nicht vom Feuer gewärmt werden, sondern von ihm, da macht er sich nichts vor. Doch noch ist sie zu wütend dafür.

Lia schlüpft an ihm vorbei in die Küche, wo sie den Wasserkessel füllt und auf den Gasherd setzt. Finn lehnt sich in den Türrahmen und schaut ihr zu, wie sie Tee in ein Sieb füllt und sich auf die Zehenspitzen stellt, um einen Keramikkrug vom Regal zu holen. Er möchte sie küssen und aus ihren Kleidern schälen, aber die Blicke, mit denen Lia ihn ansieht, treffen ihn wie tödliche blaue Pfeile.

Er lächelt, weil er weiß, es wird trotzdem passieren. Finn schiebt seine Hand in die Hosentasche und ertastet das knisternde Päckchen, das er heute Morgen in einer Innentasche seiner Windjacke gefunden hat – ein Überbleibsel aus glorreichen Zeiten. Der Wasserkessel beginnt zu pfeifen und Lia gießt Wasser auf die Kanne. Finn geht zu ihr, umfasst ihr Kinn und schiebt es mit sanftem Druck ein Stück nach oben, sodass sie ihm in die Augen sehen muss. »Du magst also keinen Fußball, soso.«

Lia verdreht die Augen. Ihre Mundwinkel zucken verräterisch, als ob sie sich ein Grinsen kaum verkneifen kann. »Ich halte von Fußball ungefähr genauso viel wie von Mode.«

Wow, nicht viel, also. »In Glasgow kann dich diese Einstellung den Kopf kosten, das weißt du, nicht wahr? *Celtics oder Rangers?* – eine Frage auf Leben und Tod.«

»Aber wir sind hier nicht in Glasgow, wie du vielleicht schon bemerkt hast.«

»*Aye*. Wir sind im Land der Feen und ich bin mit der Herrin des Berges im Nebel eingeschlossen. Ich habe sie beleidigt und sie hat mich verflucht, das kann ich nicht auf mir sitzen lassen.«

Er beugt sich über ihr Gesicht und drückt ihr einen zärtlichen Kuss auf die Lippen. Lia weicht nicht zurück. Ihr Mund ist leicht geöffnet und seine Zunge streift ihre. Finn weiß, wie er den Fluch brechen kann. Es der richtige Moment und der richtige Ort und er will es genauso wie Lia.

Er braucht nur noch eine Minute.

25

Mit gerunzelter Stirn blickt Finn auf das *MacCondom*-Viererpäckchen mit Whiskygeschmack, das ich aus meinem Rucksack gefischt habe und ihm auf der offenen Hand präsentiere. Einen Moment weiß ich nicht, wie er reagieren wird, doch dann lacht er. »Auf so was stehst du? Woher hast du die?«

»Wir haben immer welche vorrätig für die Jagdgäste.« Meine Stimme klingt ein wenig fremd, angesichts meines Mutes, gepaart mit nahezu vollkommener Ahnungslosigkeit in praktischer Hinsicht. Wobei: *Ahnungslosigkeit* trifft es nicht ganz. Mein Leben lang habe ich die Tiere da draußen genau beobachtet, also weiß ich, wie es läuft.

»Dass wir hier sind, ist kein Zufall, nicht wahr?« Finn sieht mir in die Augen und ich schüttele den Kopf.

»Aber der Nebel ...«

»Feenzauber«, antworte ich. »Eine meiner leichtesten Übungen.«

»Muss ich Angst vor dir haben?«

Lächelnd zucke ich die Achseln.

Finn küsst mich und streicht mit dem Daumen über meine Unterlippe. »Warte hier einen Moment«, sagt er. »Nicht in Luft auflösen, okay?«

Ich schüttele den Kopf. Hoffe, dass der Moment sich nicht zu lange dehnt und ich doch noch kalte Füße kriege. Aber nach weniger als einer halben Minute steht Finn wieder vor mir.

»Willst du das?«, fragt er mit funkelndem Blick. »Ich meine, Sex mit einem Normalsterblichen? Einem Fußballtypen? *Mit mir*, Lia?«

Ich meine sein Herz klopfen zu hören und streiche ihm nickend eine Haarsträhne aus der Stirn. Finn drückt einen Kuss in meine Hand und zieht mich nach nebenan, wo das Kaminfeuer lustig flackert und wohlige Wärme verbreitet. Auf dem Teppich hat er uns in Windeseile ein Lager aus Kissen und Decken bereitet. Ehe ich weiter nachdenken kann, zieht er mich an sich heran. Seine Hände schieben sich unter mein T-Shirt und wandern nach oben, bis sie meine Brüste umfassen und sanft liebkosen. Ich mag seine Hände. Was sie tun, entlockt mir kleine Seufzer, die Finn zum Lächeln bringen. Er küsst mich so tief und voller Begehren, dass der Begriff *Schmelzpunkt* zu etwas wird, das ich in mir spüren kann.

Finn löst sich von mir. Er schlüpft aus seinem Hemd und zieht sein T-Shirt über den Kopf. Ich tue es ihm nach und meine Hände fahren in sein immer noch nebelfeuchtes, wirres Haar. Die Narben in seinem Gesicht glühen. Als Finn seine Jeans gleich samt Boxershorts über die Hüften schiebt, halte ich den Atem an. Klar, er macht das nicht zum ersten Mal – im Gegensatz zu mir. Es gibt so vieles, das ich noch nicht über Finn weiß, und für einen Moment habe ich das flatternde Gefühl, eine Grenze zu überschreiten, ohne richtig auf die Reise ins unbekannte Land vorbereitet zu sein.

Doch Finn zieht mich wieder an sich, seine warmen kräftigen Hände bedecken meinen Rücken, während er mich küsst. Geschickt lösen seine Finger den Verschluss an meinem BH und streifen ihn von meinen Schultern. »Wir sollten ... uns hinlegen«, murmelt er und zieht mich herunter auf die Decke. Dann ist sein Mund auf meinen Brüsten, sein kratziges Kinn streift meinen Bauchnabel. Es ist, als wäre ein Damm gebrochen, und nun gibt es kein Halten mehr. Finns Finger nesteln am Reißverschluss meiner Hose und ich helfe ihm. Ich will das hier, will Finn endlich auf diese Weise kennenlernen, weil es auf andere Weise beinahe unmöglich ist.

Als ich auf Kissen und Decken gebettet, vollkommen nackt vor ihm liege, entdeckt er das kleine Hirsch-Tattoo in meiner Leiste. »Hey, was haben wir denn da?« Finn geht mit dem Gesicht so nah heran, dass ich seinen warmen Atem dort unten spüre.

»Zoés Geschenk zu meinem sechzehnten Geburtstag«, stoße ich bebend hervor. »Meine Eltern wissen bis heute nicht, dass ich es habe.« Ich lege meine Hände auf seinen Kopf und versuche, ihn von dort wegzuschieben.

Doch Finn murmelte etwas von »kleine Rebellin« und drückt seine warmen Lippen auf das Tattoo. Seine Knie schieben sich zwischen meine Knie und seine Finger verleihen dem Begriff *Schmelzpunkt* noch einmal eine ganz neue Dimension.

Mit wild klopfendem Herzen beobachte ich Finn, wie er das knisternde Päckchen aufreißt und sich das Kondom überzieht. Dann hält mich sein dunkler Blick fest und ich bin überwältigt vom Gewicht seines Körpers auf meinem und dem brennenden Druck zwischen meinen Beinen. Ich höre Finns stockendes Einatmen, kann sein Herz in mir schlagen hören. Sein Gesicht schwebt dicht über meinem und etwas ist auf einmal anders.

Ich berühre seine stoppelige Wange und schenke ihm mein tapferstes Lächeln. Hoffe, dass er jetzt nicht fragt, ob er mir wehtut oder aufhören soll oder so etwas in der Art.

Aber Finn sagt nur dicht an meinen Lippen: »Immer schön weiteratmen.« Sein Blick ist weich und voller dunkler Wärme. So hat er mich noch nie angesehen. Dann ist sein Mund auf meinem und seine Zunge sucht meine Zunge. Dieser Kuss ist auch Bewegung und der Schmerz flammt noch einmal auf. Aber Finns Körper bewegt sich behutsam und dann bewegen wir uns zusammen. Ich frage mich, wann man dabei aufhört, zwei getrennte Wesen zu sein. Und dann weiß ich es.

»Hey?« Finn hebt den Kopf aus meiner Halsbeuge, um mir in die Augen zu sehen. Er schiebt sich von mir herunter und stützt seinen Kopf in die Hand.

»Hey.« Ich wende mich ihm lächelnd zu.

»Ich ... ich wusste nicht, dass du ... warum hast du denn nichts gesagt? Tut mir leid, ich war zu schnell, ich ... «

»Finn, Finn ... es war wunderschön.« Ich schlinge eine seiner blonden Strähnen um meinen Zeigefinger.

Er lacht verlegen. »Es war dein erstes Mal.« Seine rauen Fingerkuppen wandern meinen Arm entlang.

»Na, was dachtest du denn?«, necke ich ihn. »Ich bin ein braves Mädchen, eine echte Lady. Ich habe auf den Richtigen gewartet.« Dass ich gerade einen Pakt eingelöst habe, davon soll Finn besser nichts erfahren.

»Und *ich* bin der, den du dir dafür ausgesucht hast?«

»Meine beste Freundin hat gesagt, mach es beim ersten Mal mit einem, bei dem dir die Luft wegbleibt.«

Finn lächelt und für dieses Lächeln würde ich alles tun. »Aber du hast gesagt, Struan und du, ihr seid euch an *Hogmany* nähergekommen.«

»Damit meinte ich einen Kuss, Finn. Mehr gab es nicht zwischen Stru und mir.«

»Dann warst du also noch keinem so nah wie mir?«

»Nein, Finn. Keinem.«

Ich sehe, wie seine Augen sich mit Freude, gleichzeitig aber auch mit Furcht füllen. Wird ihm gerade wieder bewusst, wer wir sind? Ich will nicht, dass er darüber nachdenkt, denn es hat keine Bedeutung. »Aber du ... du hattest bestimmt schon viele Freundinnen, nicht wahr?«

Mit einem Seufzen setzt er sich auf. »Du meinst die Insta-Mädchen, die nur mein Geld wollen und ein bisschen von meinem Glanz?« Das Lächeln, das seinen Worten folgt, wirkt wenig überzeugend. »Davon gab es ... nun ja, einige.«

Finn steht auf, schnappt sich seine Boxershorts und verlässt den Raum. Ich lasse meinen Kopf auf das Kissen fallen. Dumme Kuh, denke ich, warum musstest du ihm diese Frage stellen? Wir haben miteinander geschlafen und es war wunderschön. Aber Finn ist nicht frei, das kann ich spüren.

Trotz des Feuers ist mir auf einmal kalt und ich ziehe die Decke fester um meinen Körper.

Er stützt seine Hände auf den Waschbeckenrand. Im Spiegel sind seine Augen dunkel, die Narben leuchten rot. Finn hat das Gefühl, seinen Panzer verloren zu haben, der ihn jahrelang geschützt hat. Trotzdem fühlt er sich nicht nackt und er zerfällt auch nicht ihn seine Einzelteile. Denn in den Wochen auf Badfearna ist ihm unter seinem Panzer eine neue Haut gewachsen, weich und geschmeidig und doch fest genug, ihn zu schützen. Nun fühlt er sich merkwürdig leicht und befreit.

Zum ersten Mal hat er, während er mit einem Mädchen schlief, noch etwas anderes gefühlt als Lust. Da waren auch Hoffnung, Zärtlichkeit und Liebe gewesen.

Liebe. Dieser Gedanke versetzt Finn in helle Panik. Sex ist einfach, Liebe verändert alles. Aber Sex mit jemandem, den man liebt, ist mit nichts vergleichbar, was er je erlebt hat.

»Für etwas, das du liebst, gibst du alles«, hatte seine Mum zu ihm gesagt. Bisher war sie der einzige Mensch in Finns Leben, den er je geliebt hat. Jetzt gibt es Lia. Und er will es richtig machen.

In der Küche legt Finn seine Hand an den Wasserkessel, das Wasser darin ist noch warm. Im Bad füllt er das warme Wasser aus dem Kessel in eine Porzellanschüssel, wirft einen Waschlappen hinein und bringt die Schüssel nach nebenan, wo er sie neben Lia auf den Boden stellt.

»Falls du dich waschen willst«, sagt er. »Das Wasser ist warm.« Als er Lia ansieht, entdeckt er voll Bestürzung Tränen in ihren Augen. »Hey, was ist denn los?«

»Ich ...« Sie schüttelt den Kopf.

Finn hockt sich neben sie. »Diese Mädchen, Lia, sie waren alle älter als ich und sie wussten nicht mehr über mich, als in der Presse stand oder auf Social Media. Ich habe keine von ihnen vorher gekannt und es gab nicht eine, mit der ich zweimal schlafen wollte. Ich war nie verliebt.«

Eine Träne hängt an Lias Kinn und er wischt sie fort. Finn sieht die vielen Fragen in ihren Augen und wappnet sich. Doch als Lia ihm dann eine Frage stellt, muss er lächeln.

»Und mit mir willst du zweimal schlafen?«

Finn küsst Lia, es ist ein salziger Kuss. »Zweimal«, ein zweiter Kuss, »dreimal«, dritter Kuss, »viermal« ...

»Okay, okay«, Lia lacht, »ich denke darüber nach.«

Finn sieht sie an. Zum ersten Mal, seit er sie kennt, hat Lia *okay* gesagt und nicht *in Ordnung*. »Ich möchte sie mit dir erleben, Lia, diese vielen Male«, sagt er und noch nie hat er etwas so ernst gemeint wie seine Worte in diesem Moment. Finn steht auf. »Ich koche uns mal neuen Tee, damit du in Ruhe nachdenken kannst. Okay?«

Lias verdutzten Blick, den genießt er noch einen Moment, bevor er in die Küche geht.

Wenn man liebt und diese Liebe erwidert wird, ist das ein unvergleichliches Gefühl. Finn scheint ein anderer zu sein, seit wir den Gipfel des Sliochs erklommen und das erste Mal miteinander geschlafen haben. Ich weiß jetzt, dass es nicht nur Berggipfel gibt, und lerne so dies und das über die Anatomie des männlichen Körpers.

Als der Nebel sich lichtet, will Finn aufbrechen, doch ich erzähle ihm von meinem Brief an Duncan und dass wir diese Nacht im Cottage bleiben können, ohne dass jemand sich ernsthaft Sorgen um uns macht. »Natürlich nur, wenn du das auch willst«, füge ich hinzu.

»Ich will«, sagt Finn feierlich, als gäbe er ein Eheversprechen vor dem Altar ab. »Aber wovon leben wir?«, fragt er gleich darauf besorgt. »Liebe machen macht hungrig.« Sein Magen knurrt und wir müssen beide lachen.

»Keine Bange«, beruhige ich ihn. »Ich werde uns Brot backen und in meinem Rucksack sind ein paar Dinge, die wirst du mögen.«

Schon bald zieht der Duft frisch gebackenen Brotes durch die Räume des kleinen Hauses, während Finn draußen am See steht und angelt. Er fängt zwei Forellen und seine Freude über den Erfolg bringt mich zum Lächeln. Wir schwimmen nackt im kalten See und danach essen wir vor dem Kamin unser Festmahl: gegrillten Fisch, frisches Haferbrot mit Butter und Tomaten. Dazu öffnet Finn eine Flasche Château Palmer. Mir ist nicht wohl dabei, zumal er mir beichtet, dass es sich bereits um seine zweite Flasche handelt. Aber mit einem Augenzwinkern versichert er mir, dass er seine Schulden an meinen Vater zurückzahlen wird.

»Du hast immer so getan, als wärst du ein armer Schlucker, aber in Wirklichkeit bist du ein verwunschener Prinz mit einem dicken Bankkonto«, necke ich ihn. Finns Offenbarung, dass er mal richtig viel Geld verdient hat, habe ich nicht vergessen, ihn jedoch nie danach gefragt.

»Ich kann deinem Dad seinen Wein bezahlen«, erwidert Finn, »aber das Geld auf meinem Konto wird wohl für die Vertragsstrafe und einen guten Anwalt draufgehen.«

Ich sehe ihn an. »Können wir heute, *nur heute*, nicht über Geld reden?«

»Du hast damit angefangen.« Er schiebt sich ein Stück Brot in den Mund. Aber dann lächelt er. »Am besten, wir lassen das Reden ganz.«

Sein Kuss schmeckt nach frischem Haferbrot und seine Lippen sind weich von der Butter. Es ist für uns beide das erste zweite Mal und wir gehen es langsamer an. Mit Erstaunen stelle ich fest, dass es diesmal umgekehrt ist: Ich fühle mich freier und Finn ist der Verlegenere von uns beiden. Seinem Körper fällt es nicht leicht zu vertrauen. Später, als wir verschlungen vor dem Feuer liegen, gibt Finn das flüsternd zu. Dafür liebe ich ihn noch mehr.

Der Abschied von Gobhair Cottage und *Loch nan Carn* am Nachmittag des nächsten Tages fällt uns beiden schwer. Doch Mooch, der uns zur Mittagszeit am Cottage besucht und eine Portion Hundefutter bekommen hatte, turnt links und rechts des Pfades herum und bringt uns zum Lachen.

Zurück auf Badfearna, gehe ich schnurstracks zum Blackhouse, um meine Nachrichten zu checken. Dad hat zweimal versucht anzurufen und ich schicke ihm eine Nachricht, dass ich mit dem Kajak draußen war und alles bestens ist. Finn sucht unterdessen das Netz nach Neuigkeiten über Kevin Bell und seinen Einbrecher ab. Erfolglos.

Beim gemeinsamen Abendessen mit Duncan spüre ich, wie der alte Wildhüter sich für uns freut. Aber ich erkenne auch eine unterschwellige Sorge in seinem Blick. Irgendwann rückt er damit heraus, dass die Carricks uns am Freitagabend zum Abendessen einladen wollten und er ihnen erzählen musste, dass Finn und ich die Nacht im Gobhair Cottage verbringen würden. Ich mache mir keine allzu großen Sorgen, denn irgendwann wird Dad akzeptieren müssen, dass wir zusammen sind.

Wir verabschieden uns von Duncan, wollen die Nacht zusammen im Blackhouse verbringen, weil wir da Internetanschluss haben. Ich schleiche in Dads Büro und stibitze eine weitere Viererpackung *McCondom*. Es ist das vorletzte Päckchen und irgendwann werde ich auffliegen, aber das ist mir egal.

Als ich in mein Zimmer zurückkehre, steht Finn vor dem Regal mit meinen Schätzen und hält die türkisblaue Teeschale in den Händen. »Sie ist ganz leicht und auf seltsame Art schön«, sagt er ehrfürchtig. Behutsam streichen seine Finger über die erhabenen Adern, die sich wie goldene Wurzeln durch das Türkis der Schale ziehen. »Ich stelle mir gerade die aufwendige Puzzlearbeit vor.«

»Es ist eine alte japanische Technik, sie nennt sich *Kintsugi*«, erkläre ich ihm. »Man repariert etwas Zerbrochenes und es wird dadurch wertvoller als zuvor. Es stimmt, der Künstler muss höllisch aufpassen, nicht versehentlich die falschen Teile zusammenzukleben, denn dann wäre die Schale verloren.« Ich betrachte Finns Gesicht und versuche, mein rasendes Herz zu verstehen. »Die Schale, sie ... sie war schon vorher schön. Aber ihre Risse machen sie erst zu etwas Besonderem.« Finns Blick wird dunkel, die Narben in seinem Gesicht leuchten wie Feuermale.

»Um es einfach auszudrücken: Kleben gehört zum Leben.« Behutsam nehme ich ihm die Schale aus der Hand, stelle mich auf die Zehenspitzen und küsse ihn.

Den Sonntag verbringen Finn und ich mit den Kajaks auf dem See, zusammen mit ein paar Touristen, die das sonnige Wetter ebenfalls für Paddeltouren nutzen. Am Montagvormittag sind Finn und Struan oben am Berg und wechseln die morschen Planken in der Brücke über den *Caoach Burn* aus. Ich hätte sie gerne begleitet, aber ich habe ein Skype-Date mit Mum und außerdem halte ich es für klug, da zu sein, wenn Dad und Kelsi zurückkommen.

Das Gespräch mit Mum ist seltsam. Dass sie an meinem Geburtstag nicht hier sein wird, ist keine Überraschung. Ihr schlechtes Gewissen auch nicht. Ich erzähle ihr von Finn und dass wir jetzt zusammen sind. Mum sagt, sie freut sich drauf, ihn bald kennenzulernen, rückt aber gleich darauf damit heraus, dass sie die ganzen drei Monate, die sie sich visafrei in den USA aufhalten darf, bei unseren Großeltern bleiben wird. Dann steht ein Versicherungsvertreter vor der Tür und wir müssen unser Gespräch beenden.

Am späten Nachmittag sind Dad und Kelsi immer noch nicht aus Edinburgh zurück und ich beschließe, eine Runde zu schwimmen.

Das Gespräch mit Mum geistert immer noch in meinem Kopf herum. Ich schwimme weit hinaus, hoffe, die bedrückenden Gedanken auf diese Weise loszuwerden. Als Finn und Struan neben mir auftauchen und wir zu dritt bis zu einer kleinen

Felseninsel um die Wette schwimmen, gelingt mir das schließlich auch.

Auf der Insel, auf der zwei krüppelige Birken wachsen, legen wir uns auf die warmen Felsen und lassen uns von der Sonne trocknen. Ich liege zwischen den beiden und mit den warmen Sonnenstrahlen dringt mir noch etwas anderes unter die Haut: die Erkenntnis, dass nichts mehr ist, wie es war auf Badfearna, und dass auch ich nicht mehr dieselbe bin.

Macbeth, der immer da war, ist zu einem Geistwesen geworden. Mum, die immer da war, wird vielleicht für immer in ihre alte Heimat zurückkehren. Und jemand, den ich erst seit vier Wochen kenne, ist zum wichtigsten Menschen in meinem Leben geworden.

Ich lasse meine Hand über den glatten Fels bis zu Finns Hand gleiten und seine Finger verschränken sich mit meinen. Zentimeter für Zentimeter rutscht er an mich heran, bis unsere Arme sich berühren und Finns Hand über meine Hüfte, meinen Bauch bis unter meinen Bikinislip wandert. Ich ziehe seine Hand weg und als ich mich aufsetze, sehe ich, dass Struan offenbar schon eine Weile sitzt und zu uns herüberschaut, einen wehmütigen Ausdruck in den Augen.

Finn rollt sich mit einem Stöhnen auf den Bauch und ich drücke ihm grinsend einen Kuss auf die braune Schulter. In diesem Moment höre ich einen Bootsmotor und sehe in der Ferne die *Rosabel* in Richtung Pier tuckern.

»Das sind Kelsi und mein Dad.« Ich rutsche über den glatten Felsen ins Wasser. »Ich muss zurück.«

Zwanzig Minuten später betrete ich mit Schwung das Esszimmer im Blackhouse, bereit, mein Abendessen zu verschlingen wie ein hungriger Wolf. Meine Haare sind noch feucht, mein Gesicht glüht von der Sonne und ich trage keine Unterwäsche unter meinen Shorts und dem T-Shirt. Kelsi wird das alles sofort bemerken, aber das ist mir egal. Doch als ich das Gesicht meines Vaters sehe, stockt mir der Atem und all mein sonniger Überschwang ist wie weggeblasen. Mit zornesfunkelnden Augen starrt er mich an.

»Was, zum Teufel, hast du dir bloß dabei gedacht?«

»Wobei?«, frage ich verwirrt.

Dad lässt klirrend sein Besteck auf den Teller fallen. »Bei allem«, brüllt er. »Der Nebel war angekündigt, Lia. Wieso bist du trotzdem auf den Berg gestiegen?«

In meinem Kopf überschlagen sich die Gedanken, sie brauchen etwas länger, um das Rad der Zeit bis zum Freitag zurückzudrehen. *Zum Nebel.* Ist das wirklich erst vier Tage her? Woher weiß es Dad? Nun – diese Frage beantwortet sich von selbst: Fergus, der in Finn einen Konkurrenten für seinen Sohn sieht, hat den Mund nicht halten können.

Dads Fäuste, die neben dem Teller auf dem Tisch liegen, zittern. Er hat sich Sorgen gemacht, das verstehe ich, aber er weiß auch, dass ich mich auskenne und nicht leichthin in Gefahr bringe. Ich setze mich an meinen Platz.

»Antworte mir, wenn ich dich etwas frage, Amelia!«

Das Gebrüll meines Vaters entzündet meine Wut auf ihn aufs Neue und auf einmal habe ich genug. »Weil ich es tun musste«, erwidere ich und schaue ihm dabei herausfordernd in die Augen. »Weil es das Einzige war, was mich davor bewahren konnte, dich weiter zu hassen. Weil ich ein paar Antworten brauchte, die kein anderer als der Berg mir geben konnte. Zum Beispiel, warum jemand tut, was du getan hast. Ob ich deine Rechtfertigung irgendwann gelten lassen kann. *Damit leben.*«

Kelsis erstaunter Blick wandert stumm von mir zu Dad und

wieder zurück zu mir. Dabei sehe ich in ihren Augen etwas, das mir einen kalten Schauer über den Rücken jagt. *Eine Warnung?* Sofort bin ich auf der Hut.

»Und um deine *Antworten* zu finden, hast du die Hilfe von Finn gebraucht?«

Ah, daher weht also der Wind. Es geht nicht um den Nebel, es geht um Finn. »Ich wollte allein gehen, aber Duncan hat mich nicht gelassen.«

»Ihr wart über Nacht da oben im Cottage, du und der Junge?«

»Ja«, erwidere ich. »Es war das einzig Vernünftige. Man konnte seine Hand nicht vor Augen sehen.«

Dad schlägt mit beiden Handflächen auf den Tisch und springt auf. Kelsi und ich zucken erschrocken zusammen.

»Hast du mit Finn geschlafen, Lia?«

Kelsi reißt Mund und Augen auf. Über Sex reden wir nicht mit Dad. *Nie.* Ihr Blick schießt zwischen ihm und mir hin und her. Ungläubig blicke ich meinen Vater an. »Ich denke, das geht weder Kelsi noch dich etwas an«, erwidere ich kühl, obwohl es in mir kocht.

»Doch, das tut es!«, ruft Dad aufgebracht. »Ich bin dein Vater und es ist meine Aufgabe, dich vor Unheil zu bewahren.«

Unheil? »Finn ist kein Unheil, Dad. Er ist der liebste Mensch, den ich kenne.«

Mein Vater beugt sich über den Tisch und sticht mit dem Finger nach mir. »Ich habe dich gewarnt, Lia, aber du konntest ja nicht hören. Dein Finn ist nicht der, der er vorgibt zu sein.«

Mein Herzschlag setzt für einen Moment aus. Bestürzt blicke ich hinüber zu Kelsi, die schuldbewusst den Blick senkt.

»Duncans Neffe ist ein untergetauchter Fußballstar, Lia«, lässt Dad die Bombe platzen.

Ich bin zu überrumpelt, als dass ich auf die Schnelle entscheiden kann, ob ich überrascht tun soll oder eingestehen, dass ich das längst weiß. Die Frage ist: Wie viel weiß mein Dad? Und was geschieht jetzt mit Duncan?

Mein Vater kann gar nicht abwarten, mir deutlich zu machen, wie recht er doch mit seinen Zweifeln an Finn hatte. »Er heißt Finnley Campbell und verkriecht sich auf Badfearna wie ein Feigling, weil er den Vertrag mit seinem Club nicht eingehalten hat.«

Mein Herz donnert schmerzhaft gegen meine Rippen. »Seit wann weißt du das, Dad?«

»Seit einer halben Stunde. Fergus hat mir erzählt, dass ihr eine Nacht dort oben verbracht habt, Amelia. Und schieb nicht den Nebel vor. Du wolltest wegen Finn nicht mit nach Edinburgh, weil du mit ihm ungestört Zeit in euerm Liebesnest verbringen wolltest. Aber Kelsi hat herausgefunden, wer der Bursche wirklich ist.«

Ich werfe meiner Schwester einen bitterbösen Blick zu, unter dem sie ein Stück zusammenschrumpft. »Ich weiß das alles«, sage ich schlicht.

Kelsi stößt einen ungläubigen Laut aus und ihr bleibt der Mund offen stehen. *Tja, Schwesterherz, das hättest du mir nicht zugetraut, nicht wahr?*

»Du ... du hast es die ganze Zeit gewusst?« Diese Tatsache bringt Dad gehörig aus der Fassung. Doch ich spüre auch eine riesige Erleichterung, weil mir etwas bewusst wird. Offenbar ist Dad in all seinem Ärger noch überhaupt nicht auf die Idee gekommen, Finn könne nicht Duncans Großneffe sein.

»Nicht von Anfang an. Aber Finn hat es mir erzählt.«

Dad setzt sich mir gegenüber. »Und ich dachte immer, du bist die Vernünftige von euch beiden. Merkst du nicht, dass du nur benutzt wirst, Amelia? Ist doch perfekt für ihn: das Mädchen aus gutem Hause, um sein Image aufzupolieren.« Einen Moment lang starrt mein Vater mich schweigend über den goldenen Rand seiner Brille an. »Sag Finn, er ist gefeuert.«

»Nein, Dad, das darfst du nicht.« Ich schüttele den Kopf, kämpfe gegen die Tränen. »Bitte.«

Dad seufzt resigniert. »Lia ... diese Fußballtypen, die haben doch nur Geld und Mädchen im Kopf. Willst du das wirklich sein – ein Fußballgirl?«

»Finn spielt nicht mehr.«

»Das glaubst du doch selber nicht. Der Junge war ein Star auf dem Platz, Lia, und die Clubs haben sich um ihn gerissen. Jemand wie er, der einmal die Macht des Geldes gespürt hat, wird nicht mehr davon lassen können. Finn ist nicht der stille Naturbursche, der er vorgibt zu sein. Kelsi, zeig deiner Schwester seine Social-Media-Accounts.«

Schuldbewusst umklammert Kelsi ihr Handy und ich bin so wütend auf meine kleine Schwester, dass ich sie am liebsten auf der Stelle umbringen würde.

»Ich kenne Finns Accounts, Dad. Aber das war, als er noch gespielt hat.« Ich muss jetzt ganz ruhig bleiben und es meinem Vater unmöglich machen, Finn fortzuschicken. Er ist noch nicht so weit. Ich bin noch nicht so weit. »Finns Mum ist letztes Jahr gestorben, das hat ihm den Boden unter den Füßen weggezogen. Er konnte nicht mehr spielen, deshalb hat er seinen Vertrag nicht eingehalten. Lange Zeit ging es Finn sehr schlecht, Dad. Und weil er niemanden mehr hat außer Duncan, kam er hierher nach Badfearna.«

Ich werfe einen kurzen Blick zu Kelsi hinüber und sehe, wie sie sich auf ihrem Stuhl windet vor Scham. *Gut so.*

Dad stützt die Ellenbogen auf den Tisch, fährt sich mit den Fingern in die Haare und lässt seine Hände auf dem Kopf liegen.

»Dad?« Mein Herz flattert.

Er hebt den Blick. »Also gut. Aber wenn Finn bleibt, dann gehst du nach Edinburgh zurück.«

»Dad! Aber ich ...«

»Nein.« Mit einer Handbewegung schneidet er mir das Wort ab. »Geht jetzt auf eure Zimmer. Ich muss mit eurer Mum sprechen.«

»Warum hast du das getan?«, fauche ich meine Schwester an, als wir außer Hörweite sind.

»Es tut mir leid, Lia, das wollte ich nicht.« An ihren Augen sehe ich, dass sie es ehrlich meint.

»Wie hast du es rausgefunden?«

»Kurz vor dem Essen habe ich in ein paar alten Modemagazinen geblättert, die ich aus Edinburgh mitgebracht habe, und in der *Cosmopolitan* bin ich auf ein Foto von Finn gestoßen. Er hat für Burberry gemodelt, als er sechzehn war.« Kelsi schaut reumütig, aber in ihren Augen sehe ich ein *Ich habe es dir doch gesagt* aufblitzen.

»Warum musstest du es Dad brühwarm erzählen, Kels? Konntest du es nicht für dich behalten und zuerst mit mir darüber sprechen? Hasst du mich so sehr?«

Die Bestürzung in Kelsis Blick lässt mich schlucken. »Ich hasse dich nicht, Lia. Ich wünschte nur, du wärst ein bisschen mehr ... Schwester. Wenn ich es gewusst hätte, dann ...«

»Wenn du es gewusst hättest? Kelsi, es ist ... *war* Finns großes Geheimnis. Er hat lange gebraucht, bis er sich mir gegenüber anvertraut hat. Und du, du postest doch ständig alles für den Fame – ohne nachzudenken. Glaubst du wirklich, ich hätte es dir erzählen sollen?« Ich reiße meine Zimmertür auf und erst in diesem Moment wird mir so richtig bewusst, was ich da gesagt habe. »Kelsi?«

Sie dreht sich zu mir um und schaut mich betreten an.

»Hast du irgendwo gepostet, dass Finn hier ist, auf Badfearna?«

»Nein«, ruft sie empört. »Für was für ein schreckliches Monster hältst du mich?«

»Wage es nicht«, drohe ich ihr und verschwinde in meinem Zimmer. Ich rufe Duncan an und frage nach Finn, aber der ist offenbar immer noch mit Struan unterwegs.

»Es klingt wichtig, *Lass*. Wieso kommst du nicht her?«

Ich erzähle ihm, dass ich mir Sorgen mache um Finn, und Duncan hört schweigend zu. »Im Augenblick zweifelt Dad nicht daran, dass Finn Gretas Großneffe ist, aber er ist stinksauer, weil Finn inkognito auf Badfearna untergetaucht ist. Und, na ja, weil wir jetzt zusammen sind.«

»Ich habe den Jungen gewarnt, *Lass*. Und dich, dich habe ich auch gewarnt.«

»Du glaubst, wir machen einen Fehler?«

»Jemanden zu lieben, ist niemals ein Fehler, kleine Distel. Liebst du Finn?«

»Ja«, sage ich, ohne nachdenken zu müssen. »Ja, das tue ich.«

»Dann wird sich ein Weg für euch beide finden. Ich werde mit Finn reden, wenn er zurückkommt.«

»Mein Dad ... er ist so furchtbar wütend.«

»*Aye*. Aber manchmal kann ein Sturm auch den Weg freimachen, *Lass*. Dein Dad liebt dich und will nur dein Bestes. Ich glaube, er ist ein wenig überfordert, ganz allein, mit zwei so schönen Töchtern. Morgen sieht die Welt vielleicht schon ganz anders aus.«

Am nächsten Morgen klopft es noch vor dem Frühstück an meiner Zimmertür. »Moment«, rufe ich, denn ich habe gerade geduscht und bin noch in Unterwäsche. Schnell schlüpfe ich in Jeans und T-Shirt und öffne. Es ist Dad. Er hat dunkle Ringe unter den Augen und sieht um Jahre gealtert aus.

»Kann ich reinkommen?«

Ich trete zur Seite und lasse ihn in mein Zimmer, wo er mit einem Seufzen in den Sessel sinkt. Ich setze mich im Schneidersitz auf mein Bett und schaue ihn erwartungsvoll an. Sorgenfalten zerfurchen seine Stirn und auf seinem Gesicht liegt ein Ausdruck absoluter Hilflosigkeit. Gestern Abend hat er mich angeschrien und mir gedroht. Heute scheint er unfähig, auch nur ein Wort über die Lippen zu bringen. Das lange Schweigen lässt meine Fantasie Purzelbäume schlagen.

Schließlich halte ich es nicht länger aus. »Morgen werde ich siebzehn, Dad. Willst du mir ernsthaft verbieten, mit dem Jungen zusammen zu sein, den ich liebe?«

Der Blick meines Vaters verändert sich, als käme er von sehr weit her und würde erst jetzt erkennen, wo er sich befindet. Ein kaum wahrnehmbares Kopfschütteln. »Mum sagt, wenn ich das versuche, wirst du nur noch mehr mit dem Kopf durch die Wand wollen.«

Ich muss lächeln und mein Vater mustert mich voller trauriger Zärtlichkeit. »Ich scheine dich wohl nicht mehr zu kennen.«

»Ich bin nur verliebt, Dad.«

Er seufzt. »Warum ausgerechnet er, Amelia? *Ein Fußballstar?* Finn wird da draußen von Tausenden Mädchen angehimmelt, ist ständig der Versuchung ausgeliefert. Du kannst dir nie sicher sein.«

Ich hole tief Luft. »Das ist gemein, Dad.«

»Tut mir leid.« Er weiß nicht, wo er hinsehen soll. »Ich meine ja nur: Lass dir Zeit mit diesen Dingen.«

Diese Dinge helfen mir gerade, Mums Abwesenheit auszuhalten, denke ich und frage: »Du wirst also weder Finn noch mich wegschicken?« Ich bin misstrauisch, weil ich nicht damit gerechnet habe, dass es so einfach sein würde. Noch traue ich dem Frieden nicht.

»Mum meint, ich soll ...« Dad schüttelt den Kopf. »Nein, Lia. Ich werde keinen von euch beiden wegschicken.« Er sieht mich an. »Schützt ihr euch?«

»Dad!«, rufe ich empört. »Willst du mich jetzt aufklären?«

»Mum sagt, das hätte sie schon getan.« Er lächelt scheu. »Sie will mit dir reden.«

»Aber ich habe gestern erst mit ihr geredet.«

»Ja, ich weiß. Sie hatte den Mut nicht, dir zu sagen, dass ... Mum will sich scheiden lassen, Lia. Es tut mir leid, aber ich kann nichts tun.«

Auch wenn Dads Offenbarung mich nicht überraschen sollte, fühle ich mich wie vor den Kopf gestoßen.

»Ich weiß, du hast morgen Geburtstag, und es ist ... eine, nun ja ... keine schöne Nachricht. Aber Mum will, dass ihr die Wahrheit erfahrt.« Mit einem tiefen Seufzen erhebt er sich aus dem Sessel. »Ich werde es jetzt Kelsi sagen. Es wird sie schwer treffen. Wäre schön, wenn du dich ein wenig um sie kümmerst. Du weißt ja, ich habe keinen besonders guten Draht zu ihr.«

Der Gedanke, dass der Laird über ihn, Lia und den Fußball Bescheid weiß, hat Finn kaum schlafen lassen in der vergangenen Nacht. Lia hatte Duncan am Telefon erzählt, ihr Vater wolle sie nach Edinburgh zurückschicken. Was ihn wundert. Wäre es nicht plausibler, der Laird würde ihn feuern?

»Hey«, sagt Struan, »schläfst du am helllichten Tag? Oder bist du in Gedanken zwischen den Beinen der schönen Lady Amelia?«

»Sorry.« Finn hebt den dünnen Kiefernstamm am anderen Ende an, sodass Struan ihn mit der Spitze zuerst auf den Holzhänger laden und zurechtrücken kann. Struan und sein Vater hatten die Stämme am Freitag geschlagen und einzeln aus dem Wald geholt, während Finn mit Lia auf dem Slioch gewesen war.
»Struan?«
»Aye?«
»Ich muss dir was sagen.«
Struan hält inne. »Wenn du Lia das Herz brichst, verarbeite ich dich zu Kleinholz, Alter.« Er sieht Finn mit finsterem Blick an.
»Nein. Es geht nicht um Lia, okay? Es geht um mich und ich will nicht, dass du es von jemand anderem erfährst. Du hattest vielleicht recht, als du gesagt hast, ich komme dir bekannt vor.«
Struan Carrick starrt Finn an wie einen Zauberer, der gleich ein Kaninchen aus seinem Hut hervorzaubern wird.
»Mein vollständiger Name ist Finnley Campbell und ich habe mal für die *Celtic Fox Boys* gespielt.«
Mit offenem Mund steht Struan da, bis es ihm bewusst wird. »Alter, ich glaub es nicht.« Er fährt sich mit dem Ärmel über den Mund. »Wo warst du all die Monate? Und was, verdammt noch mal, machst du hier? Warum stehst du nicht im *Parkhead*-Stadion auf dem Platz, wo du hingehörst?«
»Weil ich nicht mehr spiele.«

Siebzehn. Am liebsten würde ich meinen Geburtstag allein mit Finn im Gobhair Cottage vor dem Kamin verbringen, kalten Château Palmer für tausend Pfund trinken, reden und dann nicht mehr reden. Aber das ist undenkbar.

Von Dad und Kelsi habe ich mir gewünscht, den Tag auf der Insel Skye zu verbringen, und nachdem ich die Glückwünsche von Mum und meinen Großeltern entgegengenommen habe, schippert Duncan uns drei über den See. Das Auspacken meiner Geschenke habe ich mir für den Abend aufgehoben.

Es herrscht Geburtstagswetter, Sonne und nur ein paar weiße Wölkchen am Himmel, ein weiterer, ungewöhnlich warmer Sonnentag in den Highlands. Ich trage ein weinrotes T-Shirt und eine locker geschnittene schwarze Hose, Kelsi ihr kurzes hellblaues Sommerkleid, das sie schon in Ullapool angehabt hat.

Aufgrund des herrlichen Wetters sind unglaublich viele Touristen unterwegs, die das gleiche Ziel haben wie wir. Während der Fahrt spielen wir: *Ich sehe was, was du nicht siehst* – wie früher, als Kelsi und ich noch kleiner waren. Mum hatte immer die besten Ideen. Ich sehe was, was du nicht siehst, und das hat rote Ohren. Oder: Ich sehe was, was du nicht siehst, und das ist kleinkariert. Wir lachen und ich habe das Gefühl, dass wir drei MacKenzies es auch ohne Mum schaffen können, wenn wir uns Mühe geben. Bis Kelsi sagt: »Ich werde zu Mum nach Sacramento ziehen.«

Schlagartig wird es still im Range Rover.

»Darüber ist das letzte Wort noch nicht gesprochen«, erwidert Dad.

»*Wow*«, sage ich. Nicht nur Mum, sondern auch Kelsi wird also aus meinem Leben verschwinden. Das ist hart.

»Ich bin fünfzehn, Dad. Ich kann selbst entscheiden, bei wem ich leben möchte.«

»Ist das Leben mit mir und deiner Schwester so schrecklich?« Er wirft Kelsi im Rückspiegel einen fragenden Blick zu.

»Bei dir rangiere ich immer an letzter Stelle«, erwidert Kelsi trocken, »und Lia hätte lieber eine andere Schwester. Eine, die ist wie sie.«

»Du redest Unsinn, Kels.« Ich drehe mich zu ihr um. Kelsi hat Tränen in den Augen. Das Spiel und die damit verbundenen Erinnerungen an lange Autofahrten mit Mum haben ihr offenbar mehr zugesetzt als mir. »Es fällt mir nur manchmal schwer, dich zu verstehen. Und wir sind ... na ja, verschieden.«

»Finn und du, ihr seid auch verschieden, aber ihn liebst du.«

Zack, das sitzt. Grinst Dad etwa? »Finn ist ein Junge, falls dir das entgangen ist. Und er ist nicht mit mir verwandt.«

»Ja, *er* darf sein, wer er ist, denn ihn zu lieben, ist deine freie Entscheidung. Mich musst du wohl oder übel in Kauf nehmen, weil ich deine Schwester bin.«

Wir passieren die Skye-Bridge und die Insel mit ihren Bergen liegt wie ein grüner Juwel vor uns. Kelsis Vorwurf nagt an mir. Ich habe mir nie Gedanken darüber gemacht, wie sie sich fühlen könnte in unserer Familie. Was sie sich vielleicht von mir wünschen könnte, nämlich *mehr Schwester* zu sein. Weder Dad noch ich haben uns je wirklich für Kelsi interessiert. Also hat sie sich an Mum gehalten.

»Es tut mir leid, Kels, wenn du das so empfindest. Aber glaub mir, ich möchte nicht, dass du nach Amerika gehst. Du würdest mir fehlen.«

Kelsi bricht in Tränen aus. »Ich will das auch alles nicht«, schluchzt sie. »Ich will einfach nur, dass wir wieder eine Familie sind. Aber ich vermisse Mum ganz schrecklich.«

Nach fast zwei Stunden Fahrt erreichen wir Portree, den kleinen Hauptort von Skye, mit der berühmten bunten Häuserzeile am Hafen. Dad sucht eine Parklücke und im Rover hat sich Schweigen breitgemacht.

Bevor wir aussteigen, sagt er: »Es tut mir leid, dass eure Mum und ich das nicht besser hinbekommen haben. Schon seit langer Zeit empfinden wir nicht mehr das füreinander, was zwei Menschen schwierige Situationen gemeinsam meistern lässt. Wir achten einander, aber unsere Liebe ist verloren gegangen. Ihr beide sollt wissen, dass ihr tolle Töchter seid. Wir lieben euch sehr und werden das immer tun – auch über einen Ozean hinweg.« Dad wendet sich an Kelsi. »Heute ist Lias Geburtstag, kleine Elfe. Und ich glaube, es gibt gerade ein paar große Dinge im Leben deiner Schwester, auf die sie Antworten finden muss. Können wir den Rest des Tages versuchen, es ihr nicht noch schwerer zu machen?«

Auf der Terrasse des Antler's Bar & Grill essen wir zum Lunch und am Nachmittag machen wir eine Führung im Dunvegan Castle. Das war Kelsis Vorschlag, aber ich tue so, als wäre es genau das, was ich auch wollte. Dunvegan Castle dient dem Clan der MacLeods seit achthundert Jahren durchgängig als Wohnsitz und wir MacKenzies von Kintail sind mit den MacLeods verwandt. Endlich kommt Kelsi im Schloss und im traumhaft schönen botanischen Garten mit ein paar Selfies auf ihre Kosten. Auch ich fotografiere. Mein schönstes Foto zeigt Kelsi in ihrem hellblauen Kleid in einem Feenwald. Uralte, mit hellgrünem Moos bewachsene Rhododendronzweige sind wie verschlungene Tentakel über einen schmalen Weg gewachsen und bilden eine Art Laubengang. Der Boden ist übersät mit Blüten, die einen rosafarbenen Teppich bilden. Mittendrin Kelsi in ihrem blauen Kleid und den schwarzen Elfenlocken. Meine kleine Schwester ist wunderschön.

Mum schicken wir ein Geburtstagsselfie von uns dreien und ich lächele, auch wenn ich mich so sehr nach Finn sehne, dass ich fürchte, die Stunden bis zu unserem Wiedersehen nicht zu überleben. Als die Klänge eines Dudelsacks über Loch Dunvegan schallen, ist es Zeit ist, die Heimfahrt anzutreten.

Ich liege schon im Bett, als es leise an meine Tür klopft und Finn zu mir ins Zimmer schlüpft. Sein Kuss beweist mir, dass er mich genauso vermisst hat wie ich ihn. Leise schließe ich ab.
»Das kann dich den Kopf kosten«, flüstere ich.
»Das ist es mir wert, Mylady. Wie war dein Geburtstag?«
»Okay.«
»Nur *okay?*«
»Ich habe dich vermisst, Finn. Irgendwann müssen wir zusammen nach Skye fahren. Es ist so schön dort.«
»*Aye.* Meine Mum hat immer von der Isle of Skye geschwärmt. Aber als ich endlich das Geld hatte, um mit ihr hinzufahren, war sie schon zu krank.«
Ich umarme Finn und noch während ich ihn küsse, beginnt er, sich auszuziehen. »Hey, was wird das?«
»Mein Geburtstagsgeschenk«, flüstert er und ich höre das Lächeln in seiner Stimme. »Wir müssen uns beeilen, in zehn Minuten ist er vorbei, dein Geburtstag.«
»Und mein Geschenk ...?«
»Bin ich, Mylady.« Hastig streift er seine Sachen ab.

»Aber ...?«

»Schsch, du musst schön leise sein, okay?«

Ich grabe meine Hände in sein dickes blondes Haar. »Ich versuch's.«

Abgesehen von sich selbst, hat Finn noch ein anderes Geschenk für mich. Es ist ein silberner Anhänger an einem Lederband, ein Hirschkopf mit Geweih, eine wunderschöne Arbeit.

»Damit Macbeth immer bei dir ist.« Er küsst mich.

»Danke«, flüstere ich und halte Finn ganz fest. Weil ich bei unserer Rückkehr zu müde war, habe ich meine anderen Geschenke noch gar nicht ausgepackt. Trotzdem weiß ich, dass diese beiden letzten die schönsten sind.

Noch vor dem Frühstück am nächsten Morgen packe ich meine restlichen Geschenke aus. Bücher, ein T-Shirt mit einem lustigen Spruch und ein Fotobuch von Mum: Ich und meine Familie bis zu dem Punkt, an dem wir keine mehr sind – nur dass ich das vor ein paar Wochen noch nicht wusste. Die Fotos muss ich mir in Ruhe ansehen, denn vermutlich werden meine Augen nicht trocken bleiben dabei.

Von meinen Großeltern habe ich wie immer Geld auf mein Konto überwiesen bekommen, um mir selber Wünsche zu erfüllen. Das MacBook Air ist von Dad und ich hoffe, er hat es nicht mit Macbeths Blutgeld bezahlt.

Kelsis Geschenk verblüfft mich dann doch. Sie hat mir ein Kleid genäht aus meergrünem feinem Baumwollstoff, der locker fällt und auf vorteilhafte Weise meine Figur betont. Den Ausschnitt und die beiden Taschen zieren hübsche kleine Ton-in-Ton-Stickereien. Es ist ein schönes Kleid und Kelsi muss lange daran gesessen haben. Sie hat sich Mühe gegeben, mir eine echte Freude zu bereiten.

Ich umarme meine kleine Schwester ganz fest. »Danke, Kels ... das Kleid ist wunderschön.« Ihr Geschenk kommt gleich nach meinen beiden Favoriten, aber ich sage ihr, dass es mein schönstes Geschenk ist, und meine kleine Schwester strahlt.

Am Abend haben Ethlenn und Fergus mich in ihr Haus zum Dinner eingeladen. Das ist Tradition, seit die Carricks auf Badfearna leben: Das Geburtstagskind kommt allein und bekommt sein Lieblingsessen gekocht – in meinem Fall ist es eine einfache Shepherd's Pie, denn Ethlenn macht einfach die köstlichste in den ganzen Highlands. Fergus habe ich seinen Verrat noch nicht verziehen, will meinen Groll aber nicht an Ethlenn und Struan auslassen.

Ich trage Kelsis Kleid, denn das wird Ethlenn freuen. Außerdem will ich nach dem Dinner noch zu Finn und hoffe, er mag es, mich mal in einem etwas mädchenhafteren Outfit zu sehen. Anschmiegsam werde ich auch sein, denn obwohl das nicht meine Art ist, habe ich Gefallen daran gefunden.

Fergus Carrick sitzt mit einer Zeitung und einem Bier vor sich auf dem Tisch vor dem Haus. Rory, sein zotteliger Deerhound, liegt zu seinen Füßen.

»Guten Abend, Mr Carrick«, sage ich zu Struans Vater, der kaum den Kopf hebt und ein grimmiges »'n Abend!« brummt. Ich tue so, als wäre mir seine grimmige Laune gar nicht aufgefallen, und begrüße den Hund mit einem »Hallo, Rory!«. Doch der ist noch desinteressierter als sein Herrchen. Rory öffnet zwar die Augen, hebt jedoch nicht einmal den Kopf.

Ethlenn hat Pflanzen umgetopft. Auf einem Holztisch vor den Blumenrabatten stehen Tontöpfe, am Boden liegt ein aufgeschnittener Sack Blumenerde. »Ist Ethlenn im Haus?«, frage ich. »Ich bin ein bisschen früh, vielleicht kann ich ihr helfen?«

»In der Küche.«

Oje, das wird bestimmt ein lustiger Abend werden, wenn Struans Vater so missmutig drauf ist. Nimmt er mir tatsächlich übel, dass ich mit Finn statt mit Struan zusammen bin?

Ich gehe durch den engen dunklen Flur in die Küche, wo Ethlenn am Herd steht und Rapunzel wäscht. Es duftet nach Knoblauch, Hackfleisch und Kräutern.

»Oh, da ist ja das Geburtstagsmädchen«, sagt sie, als sie mich bemerkt, und auf ihrem bedrückten Gesicht erscheint ein Lächeln. »Die Shepherd's Pie braucht noch eine Weile. Struan ist mit Finn unterwegs, sie haben heute wieder Bäume aus dem Wald geholt.« Sie späht aus dem Fenster. »Langsam sollte der Junge aber kommen, damit er sich noch umziehen kann.« Ethlenn dreht sich zu mir um und betrachtet mich mit einem seltsam wehmütigen Blick. »Hübsch siehst du aus, *Lass,* man sieht dich viel zu selten in einem Kleid.«

»Du kennst mich doch, Ethlenn, praktisch muss es sein. Aber dieses Kleid mag ich wirklich sehr. Danke, dass du Kelsi damit geholfen hast.«

»Das habe ich gerne gemacht. Deine Schwester ist anders als du, die Kleine langweilt sich hier.« Ethlenn wendet sich wieder ihrem Salat zu und wirft dabei einen Blick aus dem Küchenfenster, von dem aus man einen Blick auf die Rückseite der Lodge und den Pool hat.

»Ja, ich weiß. Und sie vermisst unsere Mum.«

»Ah, da ist er ja.« Ethlenn deutet aus dem Fenster.

Ich schaue ebenfalls hinaus und sehe Struan und Finn lachend rangeln, während sie einen alten Fußball vor sich hertreiben. Mir wird ganz warm ums Herz.

Ethlenn seufzt. »Den alten Ball hat Stru überall gesucht. Weißt du noch, wie gerne er mit seinem Vater früher gekickt hat?«

»Ja, na klar. Stru wollte immer ein berühmter Fußballprofi werden.« Ich schlucke, als mir bewusst wird, was ich da sage.

»Ach, das war doch nur Träumerei.« Ethlenn gibt die Rapunzel in eine Schüssel. »Finn hat da offenbar mehr Glück gehabt.«

Finn und Struan sind inzwischen aus unserem Blickfeld verschwunden und ich versuche, Ethlenns Worte zu dechiffrieren. Denkt sie etwa, ich habe mich in Finn verliebt, weil er ein Fußballstar ist? Weil er Geld hat und Struan nicht?

»Kannst du rausgehen und Struan rufen?«, sagt sie schnell, als könne sie meine Gedanken lesen. »Das Essen ist gleich fertig.«

Struan schnappt ihm den Ball weg und Finn versucht, ihn sich zurückzuholen. Schwitzend und lachend balgen sie sich um den alten Fußball wie kleine Jungen und bewegen sich dabei in Richtung Haus, denn Struan wird zum Abendessen erwartet. Ein traditionelles Geburtstagsessen für Lia. Danach wird sie zu ihm kommen, das kann Finn kaum erwarten, denn er hat Lia den ganzen Tag kaum gesehen.

Finn hat den Ball am Fuß. Er ist in seinem Element und Struan kein übler Gegner, es fühlt sich an wie früher mit seinen Kumpels auf dem Bolzplatz. Inzwischen sind sie auf dem Rasen vor Carricks Haus angelangt und Finn sieht Lia in der Tür stehen – in einem meergrünen Kleid. Lächelnd hält er inne, weil sie so schön aussieht. Struan hebt den Ball vom Rasen auf und folgt seinem Blick. Er stößt ein anerkennendes »*Wow!*« aus. Finn nutzt den Moment und langt über Struans Schulter, um ihm den Ball ein letztes Mal streitig zu machen und damit zu beweisen, wer hier der Profi ist.

»Finger weg von meinem Sohn, du miese kleine Schwuchtel!«, zerschneidet plötzlich Fergus' Stimme die Luft.

Es trifft Finn unvorbereitet. Er taumelt, als hätte man ihn angeschossen. Erschrocken rückt Struan von ihm ab und der Ball fällt zu Boden. Carricks Deerhound, vor dem Finn immer noch großes Muffensausen hat, hebt den Kopf und beginnt zu knurren.

»Aber, Dad, was ...?«, setzt Struan an.

»Halt du dich raus, Stru«, donnert Fergus. »Ich will dich nicht noch mal mit diesem Schwanzlutscher zusammen sehen, verstanden?«

Finns Fingernägel graben sich in die Handflächen seiner Fäuste und sein Herzschlag scheint einzufrieren. Er hört die langsamer werdenden Schläge dumpf in seinem Schädel wummern, ist unfähig, sich zu rühren. Sein Blick geht von Struan zu Lia, die in ihrem hübschen Kleid und mit weit aufgerissenen Augen hinter Carrick in der Tür steht.

Fergus Carrick springt auf, sein Gesicht glüht vor Zorn. »Weißt du, was passiert mit schwulen Fußballern, die Märchen über ihre Trainer erzählen?« Er kommt hinter dem Tisch hervor und geht auf Finn zu, der wie paralysiert ist von Lias entsetzten Blicken, Fergus' wüsten Beleidigungen und dem Knurren des riesigen Jagdhundes, der jetzt die Lefzen hochzieht und seine Zähne zeigt.

»Ich ... nein ... das ...«

»Dad!« Struan versucht einzugreifen und stellt sich vor Finn.

Doch Fergus schiebt seinen Sohn unsanft zur Seite. »Muss schlimm sein, wenn man mal so gut war«, höhnt er, »so kurz vor dem Ziel, und es dann doch nicht schafft, nicht wahr, *inglorious Campbell*?«

Finn kann nicht antworten, er kann kaum atmen.

Fergus schaut kurz in die Runde, versichert sich, dass er auch wirklich alle Aufmerksamkeit hat. »Es sind Typen wie er«, sein Finger sticht nach Finn wie ein todbringender Dolch, »arme Schlucker, die mit aller Macht ans große Geld wollen, weil sie glauben, es macht aus ihnen einen anderen Menschen. Typen wie er, die meinen, sie sind große Fußballstars, bloß weil sie mal ein paar entscheidende Tore geschossen haben. Die, wenn sie dann vom Platz fliegen, weil sie am Ende doch nicht gut genug waren, aus Rache den ganzen Sport in den Dreck ziehen.«

Der Verwalter, der jetzt dicht vor ihm steht, zornesrot und geifernd, holt zum finalen Schlag aus. »Hast du deinen Arsch hingehalten, Finnley Campbell, um deinen Profivertrag bei den *Celtic Fox Boys* zu bekommen?«

Fergus' Worte treffen Finn wie glühende Speere und er denkt: *Das ist das Ende, jetzt falle ich wirklich in die Tiefe.* Doch noch vor dem Aufprall löst sich seine Starre und Finn stürzt sich wutentbrannt, aber vollkommen wortlos auf Carrick. Der weicht einen Schritt zurück und sein Hund, das zottelige Ungeheuer, fliegt auf Finn zu.

Finn verliert das Gleichgewicht und rudert hilflos mit den Armen. Bei seinem Sturz reißt er den Tisch mit den Blumentöpfen um und landet rücklings in Ethlenns Blumenbeet. Kurz bleibt ihm die Luft weg und er hört das Hecheln des Deerhound direkt über sich. Riecht Hundeatem und kann schon die Zähne in seinem Fleisch spüren, da leckt Rory ihm über das Gesicht.

»Rory, aus!«, ruft Struan.

Als Finn endlich den Mut hat, die Augen zu öffnen, kniet Lia neben ihm. Ihre Hand liegt an seiner Wange.

»Hast du dir wehgetan? Kannst du aufstehen?«, fragt sie besorgt.

Mit einem Ächzen setzt Finn sich auf. Auch Struan kniet neben ihm und will ihm aufhelfen, doch Finn schüttelt seine helfende Hand ab. »Fass mich bloß nicht an, du Idiot.«

Bevor Lia ihn auf die Beine holt, sieht Finn den ungläubigen Schmerz in Struans Blick. *Was für ein Albtraum.*

Ethlenn steht mit den Fäusten in den Hüften auf den Stufen vor der Haustür und ihre Augen funkeln zornig. »Was hat das zu bedeuten, Fergus Dougal Carrick? Und was benutzt du da für ein Vokabular in Gegenwart der jungen Lady? So kenne ich dich gar nicht. Bist du von allen guten Geistern verlassen?«

Carrick ist puterrot im Gesicht, als würde er jeden Moment einen Herzinfarkt erleiden. Mit drei Schritten ist er zurück an seinem Tisch und pocht mit dem Zeigefinger auf die Zeitung.

»Lies das, Eth. Dieser kleine Hurensohn hat sich auf Badfearna eingeschlichen und an das Mädchen rangemacht. Aber ich wette, in Wahrheit steht er auf Schwänze. Ist doch so, Campbell, oder nicht?«, höhnt er mit Abscheu im Blick. »Es ist eine Schande.«

Kopfschüttelnd steht Finn da. Er sieht die Betroffenheit in Lias Gesicht, ihre plötzliche Unsicherheit. Das ist zu viel für sie, das wird sie nicht aushalten. Nie mehr wird sie ihn ansehen, wie sie ihn zuvor angesehen hat. Ihm wird übel.

Hat er wirklich geglaubt, er könne der Vergangenheit davonlaufen, die Fußballwelt hinter sich lassen und niemals den Preis zahlen für das, was er getan und was er zugelassen hat?

Finn beginnt am ganzen Körper zu zittern. Er begreift, dass es egal ist, was er jetzt tut oder sagt. Dass es keine Rolle mehr spielt, was Carrick ihm noch an den Kopf wirft oder was da in dieser Zeitung steht: *Die Vergangenheit hat ihn gefunden.*

Die Schockwelle der Bombe, die Fergus Carrick gerade gezündet hat, geht mir durch Mark und Bein und ich habe das Gefühl, nicht mehr richtig atmen zu können. Was steht in diesem Artikel, dass Struans Vater sich aufführt wie die Axt im Walde? Ich gehe hinüber zum Tisch und während ich den Artikel lese, ist es totenstill.

Missbrauchsskandal erschüttert schottischen Fußball

Nach einem anonymen Anruf wurde bei polizeilichen Untersuchungen im Haus von Kevin Bell, dem Jugendtrainer der Celtic Fox Boys, kinderpornografisches Material auf dem Computer sichergestellt.

Inzwischen haben zwei Spieler des Celtic FC schwerwiegende Vorwürfe gegen ihren ehemaligen Jugendtrainer erhoben. Offenbar hat Kevin Bell sich über Jahre an jungen Nachwuchsspielern sexuell vergangen, ohne dass seine Opfer jemals über die Vorfälle gesprochen haben. Der Fall wurde der Scottish Football Association gemeldet und es werden weitere Untersuchungen angestellt. Die Polizei bittet Betroffene, ihr Schweigen zu brechen und sich zu melden. Alle Aussagen werden selbstverständlich vertraulich behandelt.

Kevin Bell war vier Wochen zuvor in seinem Büro im Barrowfield Trainingszentrum überfallen worden und hatte angegeben, von einem Einbrecher überrascht worden zu sein. Unter Berücksichtigung der neuen Tatsachen wird der Vorfall erneut untersucht.

Die Zeilen verschwimmen vor meinen Augen, während ich eins und eins zusammenzähle. Vielleicht ist mir in diesem Moment noch nicht alles klar, doch Finns ganzes Verhalten in den letzten Wochen bekommt auf einmal einen anderen Sinn. Seine mysteriösen Stimmungsschwankungen, seine kryptischen Andeutungen. Es ist wie ein Puzzlestück, das an seinen Platz fällt.

Ich wische mir über die Augen und schaue hinüber zu Finn. Stumm steht er da wie ein angeschossener, in die Enge getriebener Hirsch und die Demütigung brennt in seinem Gesicht. Seine Augen schreien: Was steht da, verdammt?

Ich schnappe mir die Zeitung und bringe sie Finn, damit er lesen kann, was den Verwalter so in Rage gebracht hat. Sein Blick fliegt über die Zeilen und seine Hände, die die Zeitung halten, beginnen zu zittern. Als er den Kopf hebt, ist sein Blick leer und sein Gesicht eine graue Maske.

Struan zieht Finn die Zeitung aus der Hand.

Ich schlinge meine Arme um Finn, der nicht mehr nur zittert, sondern jetzt am ganzen Körper schlottert. Er steht unter Schock. »Ich bin da«, sage ich. Doch Finn will nicht umarmt werden.

»Lass mich«, blafft er. »Carrick liegt falsch. Ich habe mit der ganzen verdammten Scheiße nichts zu tun.«

»Was zur Hölle ist hier eigentlich los?« Ethlenns Blick wandert von Fergus zu mir und Finn und dann zu Struan. »Kann mich mal jemand aufklären?«

Stru hebt den Blick von der Zeitung und sieht Finn mit bestürzter Miene an. »Es gibt einen Missbrauchsskandal in einem Glasgower Fußballclub«, sagt er. »Und Finn ... er hat für diesen Club gespielt.«

Wenn Blicke töten könnten, Struan wäre hinüber. Er hat gewagt, es auszusprechen.

Ungläubig starrt Ethlenn ihren Mann an. »Wie konntest du nur solche grausamen Dinge zu dem Jungen sagen, Ferg? Geh mir aus dem Augen, du bist ein Scheusal.«

Aus seinen geröteten Augen wirft Carrick seiner Frau einen unglücklichen Blick zu. »Hast du es gewusst, Eth? Hast du gewusst, dass dein Sohn ...?« Er bringt es nicht über die Lippen.

»... schwul ist?«, beendet Ethlenn die Frage für ihn und bedenkt Struan mit einem mütterlichen Blick. »*Aye,* er hat es mir vor ein paar Tagen gesagt und es hat mir das Herz zerrissen.«

Donnerwetter. Ich muss daran denken, was Zoé über schwule schottische Jungs gesagt hat. Dass ihre Väter durchdrehen, ihre Kumpels nichts mehr mit ihnen zu tun haben wollen und sie beschimpft werden, wenn sie den Mut aufbringen, sich zu outen. *Tapferer Struan.*

Ethlenn ist noch nicht fertig. »Aber«, sie funkelt ihren Mann wütend an, »er ist unser Sohn, Ferg, und er ist ein guter Junge.« Sie wendet sich an mich. »Bring deinen Freund hier weg, Lia, sonst wird Fergus sich nie beruhigen.« Kopfschüttelnd sieht sie Finn an. »Du armer Junge.«

Finn, jetzt hochrot im Gesicht vor Wut oder Scham, läuft los. In diesem Moment sehe ich das Blut in seinem hellen Haar am Hinterkopf quellen, ein dünner Strom, der eine rote Spur auf seinem T-Shirt hinterlässt.

»Du blutest«, rufe ich erschrocken. »Merkst du das gar nicht?« Aber Finn läuft einfach weiter.

»Er muss sich an einer Blumentopfscherbe verletzt haben«, sagt Ethlenn. »Am besten, Duncan bringt ihn zu Dr. Driscoll nach Poolewe.« Sie tätschelt ihrem Sohn die Schulter.

Ich laufe Finn hinterher. Als wir inmitten der Rhododendronsträucher sind, bleibt er abrupt stehen und dreht sich um. »*Ich bin nicht schwul,* okay?«

»Das weiß ich, Finn. Aber Fergus hat dich übel beleidigt und bösartige Anschuldigungen ausgesprochen. Das wird ein Nachspiel für ihn haben.«

»Nein, verdammt.« Finns Augen funkeln. »Das geht nur mich etwas an. Geh nach Hause, Lia.«

Ich breite meine Arme aus. »Das hier ist mein Zuhause.«

»Ja, klar. *Alles deins.*« Finn wendet sich ab und verschwindet zwischen den Sträuchern.

Wie vor den Kopf gestoßen, gehe ich langsam zurück zum Blackhouse. Doch als ich vor der schwarzen Tür stehe, überlege ich es mir anders.

28

Ein Geschirrtuch auf seine Wunde am Hinterkopf gepresst, sitzt Finn am Tisch in Duncans kleinem Wohnzimmer. Der Fernseher läuft und er stiert auf den Bildschirm. Ich husche an der offenen Tür vorbei in die Küche. Duncan steht am Spülbecken und füllt eine Schüssel mit warmem Wasser. Ich schließe die Küchentür hinter mir, da dreht er sich um.

»Ist Finn schlimm verletzt?«, frage ich.

»Nein, sieht nicht so aus. Kopfwunden bluten stark, aber es scheint nichts Ernstes zu sein.« Duncan mustert mich eindringlich. »Was ist wirklich mit ihm passiert, *Lass?* Finn sagt, er wäre unglücklich gefallen. Aber mir scheint, er ist nicht mehr derselbe Mensch, den ich kenne.«

Heiße Tränen schießen mir in die Augen. »Es war furchtbar, Duncan. Fergus hat Finn auf ganz üble Weise beleidigt.« In wenigen Worten berichte ich dem Wildhüter, was im Garten des Verwalters vorgefallen war. »Er hat ihm vorgeworfen, seinen Körper verkauft zu haben, um einen Profivertrag zu bekommen.«

Duncan nimmt mich in den Arm. »Carrick, dieser verfluchte Idiot.«

»Finns ehemaliger Trainer, er hat … er …« Meine Stimme wird zu einem Schluchzer.

»Schon gut, mein Mädchen, ich weiß.«

Überrascht sehe ich Duncan an. »Finn hat dir davon erzählt?«

»Nein. Aber ich habe schon eine Weile so etwas vermutet. Zu Anfang hat Finn nachts immer seine Tür abgeschlossen. Und er hatte schlimme Albträume. Er dachte wohl, ich höre ihn nicht.«

»Ich möchte ihm helfen, Duncan. Aber Finn hat mich weggeschickt.« Wieder kommen Tränen.

»Menschen, die verletzt worden sind, machen es einem oft schwer, kleine Distel, aber du darfst nicht aufgeben. Wir versorgen jetzt erst einmal Finns äußerliche Wunde und dann schauen wir, wie es um sein Herz und seine Seele bestellt ist.«

Erst sieht es so aus, als wolle Finn protestieren, als ich hinter Duncan im Wohnzimmer auftauche. Doch er schüttelt nur resigniert den Kopf und schweigt. Duncan stellt den Fernseher aus. Die plötzliche Stille macht die Situation nicht einfacher.

»Na, dann zeig mal her, mein Junge.« Duncan schaltet die Lampe über dem Tisch ein. »Vielleicht muss das ja doch genäht werden.«

Vorsichtig gräbt Duncan sich mit den Fingern durch Finns blutgetränktes Haar und findet einen fast drei Zentimeter langen Schnitt in der Kopfhaut. Behutsam versucht er, die Umgebung der Verletzung von Blut zu reinigen. Finn stößt Flüche aus und verzieht das Gesicht. Archie hebt den Kopf von seiner Decke neben dem Kamin und lässt ein besorgtes *Wuff!* vernehmen.

»Alles gut, Archie«, beruhige ich ihn. »Finn kommt wieder in Ordnung.«

Plötzlich flüstert Duncan ein fassungsloses »*mo creach!*« und taumelt mit dem blutigen Lappen in der Hand zwei Schritte zurück. Der Wildhüter ist kreidebleich im Gesicht und mir sinkt das Herz in den Magen.

»Was ist denn, Duncan?«, frage ich erschrocken.

Hat Finn noch eine weitere Kopfverletzung? Müssen wir ihn doch zu Dr. Driscoll bringen? Ein kalter Angstschauer kriecht über meine Haut, wobei Finn mehr in Ordnung scheint als Duncan. Der Alte ist, den blutigen Waschlappen noch in der Hand, in seinen Ledersessel gesunken. Tränen rollen über seine Wangen und versickern in seinem weißen Bart. So aufgewühlt habe ich den Wildhüter seit dem Tod seiner Frau nicht mehr gesehen. Selbst Finn, durcheinander, wie er ist, blickt besorgt zu Duncan hinüber. Verunsichert tastet er nach der Wunde an seinem Hinterkopf und gibt einen zischenden Schmerzenslaut von sich, als er sie findet.

Ich nehme seine Hand in meine und er entzieht sie mir nicht.

»Duncan?«, frage ich. »Was ist los?«

Der Alte schüttelt den Kopf. »Finn muss ...« Ihm versagt die Stimme und er räuspert sich. »Es klingt verrückt, aber ... er muss irgendwie mit mir verwandt sein.«

»*Verwandt?* Wie meinst du das?«, frage ich entgeistert und sehe Finn fragend an. Doch der scheint völlig ahnungslos.

»Finn hat ein Muttermal auf dem Kopf, gleich neben diesem Schnitt. Es ... es hat die Form eines Seepferdchens«, stammelt Duncan. »Und ich habe dasselbe Muttermal.«

Finns Finger drücken meine so fest, dass ich fürchte, sie brechen. Mit offenem Mund starrt er Duncan an.

»Wenn die Geschichte deiner Mum von der Nacht auf der Insel wahr ist, dann kann es sein, dass du mein Enkelsohn bist, Finn Campbell.« Bei den letzten Worten gerät seine Stimme ins Wanken und für Sekunden ist es völlig still im Raum. So still, dass Archie verwundert den Kopf hebt, um sich zu versichern, dass wir echte Menschen und keine Geister sind. Es dauert einen Moment, bis das, was Duncan gesagt hat, in meinen Verstand vordringt.

»Aber ich dachte, du und Greta, ihr habt keine Kinder«, bringe ich schließlich hervor, während ich versuche, die Tragweite des Gesagten zu verarbeiten.

»Greta und ich haben auch keine Kinder.« Duncan betrachtet Finn mit einem innigen Blick. »Aber ich hatte einen Sohn, er hieß Callum. Callum Fraser MacFarlane. Er war einer der beiden jungen Männer, die bei der Gasexplosion in der Jagdhütte ums Leben gekommen sind.«

Ich denke an die weißhaarige Frau vor dem Laden in Sliochewe, die Finn hinterhergesehen hatte, als wäre er ein Geist. Bei allem, was danach ans Licht kam und passierte, habe ich die Begebenheit so gut wie vergessen. Nun scheint sich auch dieses Puzzleteil einzufügen.

Ich muss mich setzen, lasse Finn jedoch nicht los. Duncan holt den Ledaig aus dem Schrank und stellt drei Gläser vor uns auf den Tisch. Mit zitternder Hand gießt er ein *wee dram*, einen fingerbreiten Schluck ein, die beiden anderen Gläser füllt er bis zum Rand. Dann setzt er sich uns gegenüber. Das *wee dram* schiebt er mir zu, Finn bekommt ein volles Glas und das zweite kippt Duncan in einem Zug hinunter. Mit dem Handrücken wischt er seinen Mund trocken und gießt sich erneut ein. Dieses Glas lässt er vor sich stehen und sieht erst mich, dann Finn an.

Finn greift nach dem Glas wie nach einem rettenden Strohhalm, aber er trinkt nicht. Er wartet.

»Greta hat sehr darunter gelitten, dass wir keine Kinder bekommen konnten«, beginnt Duncan. »Und ich auch. Ich hatte mir einen Sohn gewünscht, der auf Badfearna aufwachsen sollte und Wildhüter werden, wie ich, mein Vater und mein Großvater und die McGowan-Männer davor.« Mit dem Daumen wischt Duncan einen Tropfen Whisky weg, der auf der Tischplatte gelandet war. »Greta wurde depressiv und ich flüchtete mich in die Arme einer anderen Frau. Moira MacFarlane.«

Finns Blick ruht auf Duncan, der in sein Glas starrt. Sie haben dieselben Augen, warum ist mir das zuvor nie aufgefallen?

»Auch Moira war verheiratet«, fährt der Alte fort, »sie hatte eine kleine Tochter. Wir trafen uns heimlich an den unmöglichsten Orten, und als ihr Bauch sich rundete, sagte sie, das Kind wäre von ihrem Mann und sie könne nicht so weitermachen mit mir. Noch vor der Geburt des Kindes zog Moira mit ihrer Familie weg aus Sliochewe und ich habe sie nie wiedergesehen.« Duncan leert sein Glas zur Hälfte.

»Ich war ... erleichtert, auch wenn ich Moira furchtbar vermisste. Unsere Körper passten perfekt zueinander, aber ich hatte bei ihr auch noch etwas anderes gefunden: ein tiefes Verständnis für mich und meine Gedanken.« Duncan legt eine kleine Pause ein, bevor er sagt: »Ich habe Greta nie wieder betrogen, aber vergessen konnte ich Moira nicht. Im Sommer vor neunzehn Jahren kamen zwei junge Männer nach Badfearna, um als Saisonarbeiter anzuheuern. Einer von ihnen hieß Callum MacFarlaine, er war Moiras Sohn. Ich erkannte sie in ihm wieder. Aber nicht nur sie ... auch ... mich.«

Auf einmal scheint ihm jedes Wort Mühe zu bereiten. »Callum hatte Moiras schöne Gesichtszüge, ihre großen Augen, die geschwungenen Lippen und ihre fröhliche Art. Aber er hatte meine Augenfarbe, meine Statur und die Form meiner Hände. Dieser gut aussehende junge Mann war zweifelsohne mein Sohn und ich konnte mein Glück kaum fassen.«

Ich betrachte die großen, schlanken Hände des Wildhüters, die sich an Glas und Flasche festhalten, und dann die Hand in meinen Händen, die sich an mir festhält.

»Ich wollte Callum ansprechen«, sagt Duncan. »Wollte herausfinden, ob er gekommen war, um seinen Vater kennenzulernen. Aber ich brachte den Mut nicht auf. Es schien mir vermessen, ihn zu fragen und vielleicht seine ganze Welt durcheinanderzubringen. Konnte ja sein, er hatte keine Ahnung und es war nur ein verrückter Schachzug des Universums, dass er auf Badfearna gelandet war. Ich beobachtete ihn, hoffte, er würde mich ansprechen, denn ich liebte ihn von Tag zu Tag mehr. Und dann ...« Duncan hebt sein Glas und kippt den Rest Whisky mit einem Zug hinunter, »dann explodierte die Gasleitung in der Jagdhütte und mein Junge war tot.«

Ich trinke mein *wee dram*. Warm rinnt der Whisky in meine Kehle und ich fühle Duncans Trauer. Es vergehen ein paar Minuten, bevor er wieder sprechen kann.

»Ich habe Moira auf der Beerdigung wiedergesehen. Es war«, er schüttelt den Kopf, »furchtbar.«

Finn wischt sich über das Gesicht, dann trinkt er sein Glas in einem Zug leer. Er hält es Duncan hin und fragt mit schelmischem Blick: »Bekomme ich noch einen, Grandpa?«

Auf Duncans Gesicht erscheint ein Lächeln. »*Granda*«, verbessert er und schenkt Finn ein halbes Glas nach. »In den Highlands sagt man: Granda.«

»Dieses Muttermal, ist es bei dir auch auf dem Kopf?«, will Finn von Duncan wissen.

Er nickt und neigt seinen Kopf, zieht mit den Fingern an einer Stelle das weiße Haar auseinander und Finn und ich blicken auf ein braunes Muttermal in der Form eines Seepferdchens. Ich muss den Zwilling mit eigenen Augen sehen, also lasse ich Finns Hand los, trete hinter ihn und schiebe vorsichtig das nasse blonde Haar neben der Schnittwunde zur Seite. Da ist es: das gleiche braune Seepferdchen.

Granda. Der alte Wildhüter ist sein leiblicher Großvater. Finn braucht keinen DNA-Test, um zu wissen, dass er es wirklich ist. Er hat sich mit Duncan von Anfang an verbunden gefühlt.

Die Luft ist voll von nahendem Regen. Finn ist ein bisschen

betrunken und die Wunde in seinem Hinterkopf pocht. Er steht am Ufer des Lochs und blickt hinüber zu den dunklen Inseln. Das leise Plätschern des Wassers am Kieselufer wirkt beruhigend auf ihn. Duncan hat zugegeben, dass Finns verblüffende Ähnlichkeit mit seinem toten Sohn Callum der Grund dafür war, ihn bei sich aufzunehmen und ihm eine Chance zu geben. »Du warst ein unverhofftes Geschenk, mein Junge«, hatte der Alte zu ihm gesagt.

Feine Tropfen fallen und Finn streckt ihnen sein Gesicht entgegen. Eine Weile wird er noch brauchen, bis das wilde Chaos in seinem Kopf und seinem Herzen wieder klare Gedanken und benennbare Gefühle zulässt. Er zieht sich aus und steigt ins Wasser. Es tanzt und kräuselt sich im leisen Rauschen des Regens. Finn taucht unter und schwimmt ein paar Züge. Das Wasser des Sees löst ihn aus sich heraus. Er kann seinen Körper abstreifen und ein Fisch sein. Oder *Muc-sheilche,* das Ungeheuer des Lochs.

Als er ins Haus zurückkommt, ist das Wohnzimmer leer, nur ein Funken Torfglut glimmt noch im Kamin. Duncan ist schlafen gegangen und Lia nach Hause. Enttäuscht und erleichtert zugleich steigt er nach oben und erschrickt, als er eine stumme Gestalt im Dunkeln auf seinem Bett sitzen sieht. *Lia.* Er setzt sich neben sie und ihm wird klar: Was geschehen ist, lässt sich nicht einfach abstreifen wie eine zweite Haut.

Über ihnen das gleichmäßige Prasseln der Tropfen auf dem Schieferdach. Lia rückt an ihn heran und legt ihren Kopf an seine Schulter. Der Blütenduft ihrer Haare umgibt ihn und Finn ist froh, dass sie hier ist, bei ihm. Gleichzeitig wünscht er, sie wäre gegangen. Er ist tödlich erschöpft und würde jetzt am liebsten unter seine Decke kriechen und schlafen. Aber Lias Fragen, die schweben wie schwere dunkle Schatten durch den dämmrigen Raum.

»Dein Trainer, Finn ...« Lia nimmt ihren Kopf von seiner Schulter und wendet ihm ihr Gesicht zu.

Frag mich nicht, denkt er mit enger Kehle. *Frag nicht.*

»Hat er dir das auch angetan?«

Lias Stimme ist vorsichtig. Sie hat genauso Angst wie er, dass das, was heute ans Licht gekommen ist, zwischen ihnen eine zerstörerische Wirkung entfalten könnte. Finn will Nein sagen. Es noch einmal leugnen, um zu verhindern, dass der ganze widerliche Mist von nun an zwischen ihnen steht. Aber ihm ist klar, dass er ehrlich sein muss, wenn er Lia nicht verlieren will. Nur: Sie ansehen, das kann er noch nicht.

»Warum fragst du, wenn du es doch schon weißt?«

Lia atmet scharf ein. »Deshalb hat Bell dich nicht angezeigt und stattdessen die Story vom Einbrecher erzählt.«

»*Aye.*«

»Ich wünschte, das miese Schwein wäre tot«, faucht sie.

Etwas in Lias Stimme macht Finn schlagartig hellwach und er sieht sie erschrocken an. »Sag so etwas nicht, okay? Dann wäre ich jetzt ein Mörder.« Finn fasst sie an der Schulter.

»Daran habe ich gar nicht gedacht.« Lia seufzt. »Deinetwegen bin ich natürlich froh, dass er nicht tot ist. Aber er hat ...« Ihre Stimme bricht und aus ihrem Inneren kommt ein gequälter Laut.

»Lia, nein.« Finns Griff wird fester. »Es war nicht, wie du vielleicht denkst, hörst du?« Panik färbt seine Stimme. »Das mit Bell, es ist schon zwei, nein, fast drei Jahre her. Er hat mich angefasst. Ich wollte es nicht.« Die Erinnerungen springen Finn an wie ein wildes Tier. »Ich ... verflucht ... damals, ich ... ich hab gedacht: Es ist passiert, aber es wird nicht wieder passieren und ich kann es vergessen. Wie hätte ich sonst auf dem Platz stehen und spielen können? Aber an diesem Tag, da hat es mich eingeholt.«

Finn nimmt Lias Hände fest in seine und erzählt ihr von jenem fatalen Tag im Trainingszentrum, als er seine Wetterjacke aus dem Spind holen wollte und der dreizehnjährige Robbie Talbot mit verheulten Augen aus Kevin Bells Büro gestürzt kam. Robbie, der im selben Block wohnt wie Finn und ein vielversprechender Nachwuchsspieler der *Celtic Fox Boys* ist.

»Robbie rannte an mir vorbei und ich sah Scham, Angst und Wut in seinem Gesicht. Dann war er weg. Wie ferngesteuert bin ich rein in Bells Büro. Er stand da und wusste, dass ich es wusste. Trotzdem fing er an, mir irgendwelchen Scheiß zu erzählen. Dass Robbie Probleme mit seinem Vater hat und sich ihm anvertraut hätte. In diesem Moment kam alles, was ich so lange verdrängt hatte, wieder in mir hoch. Es war wie eine Explosion in meinem Hirn und ich bin auf ihn los. Bell ist mit dem Kopf gegen den Heizkörper geknallt und alles war voller Blut. Den Rest kennst du.«

»Es tut mir so leid, Finn.«

»Nein.« Abrupt lässt Finn meine Hände los, steht auf und geht zum Fenster. Eine Weile starrt er hinaus in den Regen, dann holt er tief Luft und dreht sich um. »Ich war Robbies Idol, Lia, kapierst du, was das bedeutet? Weil ich ein erbärmlicher Feigling war und jahrelang geschwiegen habe, musste er dasselbe durchmachen wie ich. *Das* ist das Schlimmste, verstehst du?«

»Finn«, sage ich und gehe zu ihm, denn ich will nicht, dass er sich von mir zurückzieht. Doch als ich vor ihm stehe, spüre ich die unsichtbare Wand, die sich zwischen uns aufbaut. »Was dir passiert ist, war nicht deine Schuld.«

»Aber ich fühle mich schuldig, verflucht.« Er presst die Lippen fest zusammen.

»Sie werden Bell einsperren und er wird nie wieder einem

Jungen etwas antun. Es ist vorbei, Finn.« Ich will ihn umarmen und er weicht einen Schritt zurück.

»Vorbei?«, sagt Finn mit einem Kopfschütteln. »Du hast ja keine Ahnung. Ich werde mir jede Menge Dreck anhören müssen. Fergus Carrick und seine netten Anschuldigungen waren nur der Anfang. Die Welt da draußen wird sich auf mich stürzen und dabei wirst auch du verletzt werden, ohne dass ich es verhindern kann. Ich habe dich und deine Familie da mit hineingezogen, Lia, das werde ich mir nie verzeihen.«

»Mich in dich zu verlieben, Finn, war meine freie Entscheidung.« Mein Herz klopft wild vor Angst, ihn zu verlieren.

»Aber du konntest nicht wissen, dass ich verflucht bin.«

»Du hast es mir auf der Insel gesagt«, erwidere ich mit einem Lächeln, das mich jede Menge Kraft kostet. »Ich werde dich mit diesem Schlamassel nicht allein lassen, Finnley Campbell. Weil ich dich liebe und weil du es wert bist.«

»Woher willst du das wissen, Lia?«

»Ich weiß es mit meinem Körper.« Ich gebe ihm keine Chance, noch einmal zurückzuweichen. Drücke meine Nase an seine Brust und schlinge meine Arme um seine Hüften. Ich kann sein unruhiges Herz an meinem spüren und schließlich auch seine Finger, die sich im Stoff meines Kleides festkrallen.

»Du solltest jetzt besser nach Hause gehen«, sagt Finn an meiner Schläfe. »Okay?«

»Das ist mein Zuhause«, erwidere ich. »Und ich bin hier, zwischen dir und allem da draußen.«

Finn gibt mir einen kleinen, sehr ernsten Kuss. »Und dein Dad?«, fragt er. »Meinst du nicht, es wäre besser, wir verhalten uns ... unauffällig?«

»Ich gehe, wenn du eingeschlafen bist.«

»Ich liebe dich übrigens auch, Amelia MacKenzie.«

29

Die ganze Nacht hindurch hat es geregnet und am Morgen hängen immer noch tiefe Regenwolken über Badfearna. Alles wirkt grau und düster. Dad und Duncan haben ein Treffen mit Naturschützern im *NatureScot-Office* in Kinlochewe, angesichts der dramatischen Entwicklungen am vergangenen Abend habe ich überhaupt nicht mehr daran gedacht. Die beiden sind zeitig los und ich sitze mit Kelsi allein beim Frühstück.

Ethlenn, die so tut, als wäre nichts passiert, informiert uns, dass die neuen Gäste, ein Ehepaar aus Deutschland, schon heute kommen – einen Tag früher als geplant. Struans Mum wirbelt geschäftig herum. Sie muss backen und ein Abendessen vorbereiten, denn Chris und seine Catering-Cousinen kommen erst zum Beginn der Moorhuhnjagd am *Glorious Twelfth* zurück nach Badfearna.

Unsere deutschen Gäste werden nicht mit dem Gewehr, sondern mit der Kamera auf die Pirsch gehen. Hannes und Ella Berger sind mehrfach mit internationalen Preisen ausgezeichnete Tier- und Naturfotografen. Als Dad mir vor ein paar Wochen erzählte, dass zwei Deutsche kommen, um auf Badfearna für das *National Geographic Magazine* zu fotografieren, hatte ich ihre Namen gegoogelt und mir ihre Fotos angesehen. Die beiden machen einen sympathischen Eindruck – Hannes Berger mit wildem Vollbart und Lachfalten um die Augen und seine Frau Ella mit dem Lächeln eines jungen

Mädchens. Insgeheim hatte ich gehofft, die beiden vielleicht bei einem ihrer Fotostreifzüge begleiten zu dürfen, um etwas zu lernen. Aber nun bin ich angespannt wegen Finn und der großen Frage, wie es weitergeht mit ihm, *mit uns.*

Seine Andeutung, Fergus' hässlicher Ausbruch sei erst der Anfang und meine Familie könne zur Zielscheibe der Presse werden, hängt wie eine dunkle Gewitterwolke in der Luft. Der Missbrauchsskandal im schottischen Fußball ist seit gestern in allen Medien und natürlich auch Kelsi nicht entgangen.

»Was sagt Finn denn zu dieser Missbrauchsgeschichte in seinem Verein?«

»Was?« Ich verschlucke mich an meinem Tee und huste.

»Ich gehe jetzt«, ruft Ethlenn gestresst aus der Küche.

»Na, dieser Jugendtrainer der *Celtics*, Bell oder so. Finn muss ihn doch kennen, es ist sein Verein, Lia. Hat er dir nichts davon erzählt?«

Eine gute Lügnerin war ich noch nie, aber jetzt versuche ich mich in dieser Kunst. »Nein, hat er nicht.«

Kelsi spült ihr Porridge mit einem Schluck frisch gepresstem Orangensaft hinunter. »Worüber redet ihr eigentlich, wenn ihr zusammen seid? Über Eichhörnchen und Hirsche? Redet ihr überhaupt?«, fragt sie provozierend und sieht mir forschend in die Augen. Ich kann nichts sagen, aber meine Augen füllen sich mit Tränen. »Tut mir leid«, sagt Kelsi bestürzt, als sie begreift.

Gegen Mittag verziehen sich die Regenwolken und in der rein gewaschenen Luft strahlen die Farben von Badfearna. Ich bin auf dem Weg zu den Ponys, als das Brummen des Rasentraktors ertönt. Den Hörschutz auf den Ohren, umrundet Finn Blumenrabatten und Rhododendronsträucher. Er hat kaum etwas gesagt am Morgen, aber wir haben uns geküsst und fest umarmt, eine wortlose Versicherung, dass zwischen uns alles gut ist. Ich winke ihm und er winkt zurück.

Struan ist dabei, sich die Hufe von Gael anzusehen, der auf der rechten Hinterhand lahmt.

»Hey«, begrüße ich ihn, »wie geht es dir, Stru? Hat dein Dad sich beruhigt?«

Struan zuckt die Achseln. »Ich habe ihn seitdem nicht mehr gesehen. Er hat Duncan und deinen Dad heute früh über den See gebracht und ist mit ihnen drüben geblieben. Ich soll gegen drei mit dem Buggy am Pier sein. Die neuen Gäste kommen heute schon.«

Dass Fergus mit Dad auf der *Rosabel* war, gefällt mir gar nicht. Struan mustert mich, er kann meine Gedanken lesen. »Dein Dad wird es so oder so erfahren, Prinzessin. Du musst mit ihm reden.«

»Ich weiß.«

Struan wirft einen undeutbaren Blick in Finns Richtung, als der Rasentraktor hinter der Hecke auftaucht.

»Gestern, das ... das war furchtbar für ihn, Stru«, sage ich. »Finn hat es nicht so gemeint.«

»*Aye*. Er hat sich entschuldigt.« Struan hebt Gaels rechtes Hinterbein an und schneidet den Huf aus. »Finn hat versucht, mir zu erklären, warum er gestern so verletzend reagiert hat. Männlichkeit ist eine mächtige Währung beim Fußball, hat er gesagt. Je mehr du davon besitzt, umso beliebter bist du. Und wenn so etwas über dich ans Licht kommt, bist du für alle Zeit abgestempelt.« Struan hebt den zweiten Hinterhuf an. »Jedenfalls möchte ich jetzt nicht in seiner Haut stecken.«

»Wir schaffen das«, sage ich.

Struan schaut zu mir auf. »*Aye*, das wünsche ich euch.«

»Und du?«, frage ich ihn. »Wie kommst du klar?«

»Nun, dass ich schwul bin, interessiert zumindest nur meine Eltern und nicht ganz Schottland.« Struan steht auf und ich sehe ein trotziges Lächeln in seinem Gesicht.

»Wann hast du es deinem Dad denn gesagt?«

»Na, gestern erst.« Er seufzt und zuckt die Achseln. »Diesen Artikel zu lesen und mich so vertraut mit Finn zu sehen, muss das Fass zum Überlaufen gebracht haben. Es tut mir leid, dass Finn die ganze Enttäuschung und den Zorn meines Dads abbekommen hat.« Struan klopft Gael den Hals. »Das war's schon, alter Junge.« Der Hengst trottet davon und Struan sieht mich an. »Mein Freund, er heißt Evan. Er ist der Sohn des Dänen, auf dessen Landgut ich gearbeitet habe.«

»Ich freue mich für dich, Stru«, sage ich.

Aber er schüttelt den Kopf. »Evan meldet sich nicht auf meine Nachrichten. Ich habe keine Ahnung, was auf einmal los ist.« Verlegen fährt er sich mit dem Ärmel über den Mund. »Weißt du, mein Dad, es fühlt sich so an, als definiere er meinen Wert auf einmal nur noch darüber, mit wem ich schlafe. Das ist ...« Seine Enttäuschung nimmt ihm die Worte.

»Er muss sich eben erst an den Gedanken gewöhnen, Stru. Gib ihm Zeit.«

Struan nickt, scheint aber wenig überzeugt. »Weißt du, wovor ich echt Angst habe?«

Ich schüttele den Kopf.

»Dass meine Andersartigkeit dafür sorgen wird, dass ich mal allein bleibe. Dass ich ohne Liebe leben werde, weil es niemanden wie dich für mich gibt.« In Struans Augen schimmert es verdächtig.

»Aber du bist gar nicht anders, Stru«, sage ich und werfe ihm meine Arme um den Hals. »Du bist bloß schwul. Und ich liebe dich. Deine Mum liebt dich und Finn, er mag dich auch.« Ich wische mir die Tränen aus dem Gesicht. »Er tut sich bloß verflucht schwer mit seinen Gefühlen.«

»Es ist das erste Mal, dass ich dich fluchen höre, Prinzessin.« Struan lächelt. »Finn hat großes Glück, hier bei dir auf Badfearna gelandet zu sein.«

»Das finde ich auch«, erwidere ich.

Finn füllt den Tank des Rasentraktors auf, schraubt den Deckel zu und blickt hinüber zum Haus der Carricks. Struan hat ihm erzählt, sein Vater vergrabe sich in seinem Arbeitszimmer und schweige. Finn hat keine Lust, dem Verwalter zu begegnen, am liebsten würde er sich auch vergraben, aber Duncan hat gemeint, die Arbeit werde ihn ablenken.

Als Finn den Kanister verstaut hat und wieder aufsteigen will, sagt jemand seinen Namen. Er dreht sich um und Gina steht hinter ihm. Ihre grauen Augen suchen seinen Blick.

Finn wappnet sich. Doch so schnell, wie Gina ihn in seine Arme zieht, kann er gar nicht denken oder reagieren. Die Umarmung der jungen Frau ist fest und kurz.

»Ich habe versucht, dich zu warnen, Finnley Campbell«, sagt sie. »Es war nur eine Frage der Zeit, dass jemand herausfindet, woher er dieses Gesicht kennt.«

Finn traut seinen Ohren nicht. »Du hast gewusst, wer ich bin?«

Gina lächelt. »Mein kleiner Bruder Jimmy ist dein größter Fan. Poster von dir tapezieren seine Zimmerwände. *Glorious Finn*. Wenn er erfährt, dass du die ganze Zeit hier warst ...«

»Wieso hast du nie etwas gesagt? Ich meine, du hättest ...« Er schüttelt den Kopf.

»Was hätte ich, Finn? Vorteile aus meinem Wissen schlagen können? Dich auf diese Weise in mein Bett kriegen?« Gina grinst spöttisch und Finns Gesicht beginnt zu glühen. Sie zuckt die Achseln. »Du bist hier auf Badfearna untergetaucht und wolltest nicht erkannt werden, das habe ich respektiert. Ich dachte, du hast mit Sicherheit deine Gründe, und wie's aussieht, hattest du die. Du bist einer von uns, Finn. Wir verraten einander nicht.«

Finn fährt sich mit der Hand in den Nacken. »Lia und ich, wir sind jetzt zusammen, Gina.«

Mit einem kleinen, bedauernden Lächeln nickt die junge Frau. »Ich wünsche euch viel Glück.«

»Das werden wir brauchen.«

»Ach ja, signierst du Jimmys Fußball? Er würde ausflippen vor Freude.«

»Ja, klar«, sagt Finn und denkt, dass Jimmy vielleicht den Ball in einer dunklen Ecke verschwinden lassen wird, wenn Finns Schmach erst ans Licht der Öffentlichkeit gedrungen ist.

»Super, danke.« Gina wendet sich zum Gehen.

»Gina?«

»*Aye?*« Sie wendet sich ihm wieder zu, blickt ihn fragend an.

»Hast du was mit dem zerstörten Zaun um die Schonung zu tun?«

»Was?«, entfährt es ihr erschrocken. »Wie kommst du denn darauf?«

»Du fährst auf diese Toffees ab, Buchanan's, goldenes Bonbonpapier, rote und grüne Streifen.«

»Ja und? Ist das ein Verbrechen?«

»Ich habe so ein Papier gefunden, oben am Zaun. Erst habe ich mir nichts dabei gedacht, aber als ich die Dinger in deinem Zimmer liegen sah ...«

Gina macht drei hastige Schritte auf ihn zu. »Die waren nicht für mich, sondern für meinen Bruder.«

»Jimmy?«, fragt Finn verwirrt.

Gina seufzt. »Nein, Barry, dieser Idiot. Er ist neunzehn, hat keinen Job und hängt seit ein paar Wochen mit den Tierschützern ab. Ich hatte ihn auch in Verdacht, aber ... wenn das rauskommt, Finn, bin ich meinen Job los. Und ich brauche das Geld. Unser Dad ist schon vor Jahren nach Irland abgehauen und Mum hat schlimme Diabetes.«

Finn nickt. Gina hatte ihn nicht verraten und er würde Barry nicht verraten. »Sag ihm, er soll das Denken nicht vergessen bei seinen Aktionen, und wenn noch mal was passiert, ist er dran.«

»Mach ich«, sagt Gina erleichtert.

»Es ist nicht alles schlecht, was der Laird hier macht«, bekennt Finn, auch wenn ihm das nicht leichtfällt. »Dein Bruder und seine Leute müssen sich mit ihm an einen Tisch setzen und reden.«

Gina nickt noch einmal. »Er kriegt was zu hören.«

Daran hat Finn keinen Zweifel. »Er ist einer von uns, oder nicht?«, sagt er und steigt wieder auf den Rasentraktor.

»Die erste Liebe, Amelia, die sollte unbeschwert sein, voller Herzklopfen und Lachen.«

Hat Dad in Kelsis Mädchenmagazinen gestöbert, um sich Anregungen zu holen für dieses Gespräch? Ich sitze auf der Fensterbank in seinem Büro, während er unruhig hin und her wandert und versucht, mir Finn auszureden, indem er mit sonorer Stimme an meine Vernunft appelliert.

»Wenn man jemanden liebt, dann hält man in schwierigen Zeiten zu ihm, oder etwa nicht?«, erwidere ich spitz.

»Ja, natürlich. Aber, Lia, du ... du kannst nicht wissen, was jetzt in diesem Jungen vorgeht. Finn ist auf furchtbare Weise verletzt worden, er ist traumatisiert, und ich weiß, du willst ihm helfen. Du hast ein gutes Herz und bist verliebt. Aber zu jung, um das alles in seiner ganzen Tragweite zu verstehen.«

»Behandle mich nicht wie ein Kind, Dad.«

»Ich will nur meine Tochter beschützen«, sagt er. »Du bist ein besonderes Mädchen, Amelia. Bald wirst du studieren und Jungen kennenlernen, die besser zu dir passen. Die nicht so viel Ballast mit sich herumtragen wie Finn.«

»Ist es wirklich sein Ballast, der dir Kopfzerbrechen bereitet? Ich will für ihn da sein, Dad. Ich liebe Finn und er ist es wert, dass ich zu ihm halte. Dir bleibt nichts anderes übrig, als mir zu vertrauen.«

Mein Vater will zu seinem nächsten Argument ansetzen, als von draußen aufgebrachte Stimmen durch das offene Fenster hereindringen. Ich drehe mich um und sehe Finn, wie er mit dem Rasentraktor einen Mann mit Halbglatze und Schnauzbart verfolgt, der eine Kamera in der Hand hält.

Ich lasse meinen verblüfften Vater stehen und renne aus dem Büro. Als Finn mich näher kommen sieht, stoppt er den Rasentraktor, zieht sich den Hörschutz vom Kopf und ruft: »Geh wieder ins Haus, Lia.«

Doch ich laufe weiter auf den Mann in blauer Windjacke zu, der mit einem triumphierenden Grinsen unter seinem Schnauzbart die Kamera auf mich richtet und mich auf diese Weise stoppt. Sekundenlang stehe ich wie eingefroren da, als er wieder und wieder abdrückt. Finns Prophezeiung ist wahr geworden und alles in mir zieht sich schmerzhaft zusammen. Doch nachdem ich meinen Schock überwunden habe, bricht sich die Wut in mir Bahn. »Wer sind Sie und was wollen Sie hier?«, schreie ich den Mann an.

Finn springt vom Traktor. »Er ist ein Paparazzo«, sagt er und stellt sich schützend vor mich. »Die Presse hat herausgefunden, dass ich hier bin, keine Ahnung, wer es ihnen gesteckt hat. Geh zurück ins Haus, okay? Ich schaffe das allein.«

Inzwischen sind, angelockt vom Tumult, Hannes und Ella Berger aus der Lodge gekommen. Beide stecken in Funktionskleidung und sehen genauso aus wie auf den Fotos im Internet. Auch Kelsi erscheint auf der Bildfläche. Endlich passiert etwas Aufregendes auf Badfearna.

Der Paparazzo schert sich um nichts und niemanden. Er zückt sein Handy und macht noch mehr Fotos. »Haben Sie sich die ganze Zeit über bei Ihrer reichen Freundin versteckt, Mr Campbell? Steht das abrupte Ende ihrer vielversprechenden Karriere im Zusammenhang mit den Missbrauchsvorwürfen gegen Ihren ehemaligen Trainer Kevin Bell? Und wenn ja, werden Sie gegen ihn aussagen?«

Finn zerrt mich Richtung Lodge, aber ich reiße mich von ihm los und laufe zurück. »Verschwinden Sie von unserem Land«, herrsche ich den Paparazzo an. »Das hier ist Privatbesitz.«

Inzwischen ist auch mein Vater bei uns angelangt. Er versucht, dem Eindringling, der ihm seinen Presseausweis unter die Nase hält, die Kamera abzunehmen.

Finn rauft sich die Haare. »Verdammt, ich wusste, dass das passieren würde.«

»Wie sind Sie überhaupt hergekommen?«, fragt Dad mit donnernder Stimme.

»Mit einem Kajak«, mischt sich Hannes Berger ein. »Es liegt da unten am Ufer, ich habe ihn vom Fenster in unserem Zimmer aus anlegen sehen. Er schleicht schon eine Weile hier herum.«

»Na dann, auf geht's!« Dad nimmt den Mann am Ellenbogen und drängt ihn in Richtung Seeufer.

»Ich habe einen Presseausweis«, insistiert Schnauzbart, »und

Finnley Campbell ist eine Person öffentlichen Interesses. Sie können mich nicht einfach verjagen.«

Als ich mich besorgt zu Finn umdrehe, sehe ich, dass Hannes Berger ihn mit seinem Körper abschirmt. Das alles ist furchtbar verwirrend.

»Ihr öffentliches Interesse können Sie sich in Ihren Allerwertesten stecken, Mr Harris«, sagt Dad. »Und wenn Sie nicht schnellstens verschwinden, verklage ich Sie wegen unbefugtem Betreten von Privatland.«

Ich muss grinsen.

»Mr Campbell ist noch minderjährig«, mischt Hannes Berger sich plötzlich ein. »Wenn Sie seinen Aufenthaltsort in der Presse preisgeben und ein einziges dieser Fotos veröffentlichen, droht Ihnen Berufsverbot.«

Hinter Finn und Berger kommt Rory bellend und mit großen Sätzen über die Wiese gerannt, gefolgt von Struan.

»Damit kommen Sie nicht durch!«, wettert Schnauzbart, als er den Hund auf sich zufliegen sieht. Er rennt los. »Das wird ein Nachspiel haben.«

Wir alle folgen dem Paparazzo, wollen sehen, dass der Mann auch wirklich von Badfearna verschwindet. Hastig schiebt er sein Kajak ins Wasser, ungeachtet nasser Hosen und Schuhe. Er versucht einzusteigen, doch Struan gibt einen leisen Befehl und Rory springt mit langen Sätzen direkt neben dem Kajak ins Wasser. Es schaukelt und der Paparazzo gerät ins Straucheln. Kurz rudert er noch mit den Armen, verliert jedoch den Kampf ums Gleichgewicht und fällt rücklings in den See.

Einen Moment lang stehen wir alle wortlos und völlig perplex da. Rory springt aus dem Wasser und schüttelt sich, er wirkt sehr zufrieden. Als der Paparazzo klatschnass in sein Kajak klettert und fluchtartig davonpaddelt, kann ich nicht mehr anders. Prustend fange ich an zu lachen. Auch Struan, Kelsi und das deutsche Ehepaar lachen. Nur Finn und Dad blicken dem nassen Mann mit finsterer Miene hinterher.

Dad ist *not amused* über den Vorfall. Er verbietet mir, nach dem Abendessen das Haus zu verlassen und mich – egal zu welcher Tageszeit – mit Finn zu treffen. Andernfalls droht er mit düsteren Konsequenzen.

Nach dem Dinner sitzt er bei offener Tür im Kaminzimmer, fest entschlossen, mich zu bewachen wie die Jungfrau im Märchen. Ich kann nicht unbemerkt an ihm vorbei nach draußen schleichen, doch der machtvolle Zauberbann, der mich bisher gezwungen hatte, die Regeln meiner Eltern zu befolgen, ist längst gebrochen. Als ich Kelsi bitte, mich aus ihrem Fenster über die Feuerleiter klettern zu lassen, hilft sie mir bereitwillig. »Viel Glück«, schickt sie mir leise hinterher.

Duncan sitzt allein vor dem Kamin, in dem ein kleines Torffeuer brennt, und raucht Pfeife. »Ist Finn in seinem Zimmer?«, frage ich ihn und muss husten. Der Torfrauch kratzt in meiner Kehle.

»Nein, er ist noch mal raus«, sagt Duncan. »Dass du und deine Familie da mit hineingezogen wurden, ist furchtbar für ihn. Finn ist in keiner guten Verfassung, kleine Distel. Ich denke, er möchte allein sein.«

»Aber ich muss ihn sehen, Duncan. Dad hat mir verboten, mich mit ihm zu treffen, und ich musste mich über die Feuerleiter aus dem Haus schleichen.«

Der Alte mustert mich mit seinen dunklen Druidenaugen. »Du liebst ihn wirklich, meinen Jungen, nicht wahr?«

Als der Wildhüter »meinen Jungen« sagt, löst sich der feste Knoten in meiner Brust, weil ich auf einmal weiß, dass alles gut werden wird. Für Finn. Für uns beide. »Das tue ich, Duncan. Von ganzem Herzen.«

Finn sitzt mit dem Rücken gegen den gefallenen Baumstamm gelehnt am Fox Point. Mooch ist bei ihm und ich komme mir vor wie ein Eindringling in ihre Zweisamkeit. Allerdings habe ich keine Ahnung, was Dad vorhat und ob ich so schnell noch einmal die Gelegenheit bekomme, Finn zu sprechen. Ich setze mich neben ihn. Mooch trottet davon und springt auf seinen Fuchsfelsen, von dem aus er uns im Blick behält. Als ich meinen Kopf an Finns Schulter lehne, kommt ein Laut aus seiner Kehle, der mir Angst macht und meine eben noch gefühlte Zuversicht ins Wanken bringt.

»Alles in Ordnung?« Ich hebe den Kopf und sehe ihn von der Seite an.

»Wohl kaum.« Finns Atem riecht nach Whisky und jetzt sehe ich auch die Flasche zwischen seinen Beinen, deren Hals er mit einer Hand umklammert hält. »Es gibt Dinge, die kommen einfach nicht mehr in Ordnung.« Er setzt an und nimmt einen tiefen Zug. Die Flasche ist noch dreiviertelvoll, aber Finns Stimme lahmt bereits.

»Willst du das alles austrinken?«

»Aye.« Er rückt ein Stück von mir ab. »Dein Dad hat verboten, dass wir uns sehen, Lia. Also, was machst du hier?«

Was ich hier mache? Ernsthaft? »Ich riskiere Kopf und Kragen, um bei dir zu sein.«

»Bei einem elenden Feigling?«

»Hör auf damit, Finn. Das ist eine bescheuerte Art, sich selbst zu bestrafen.«

»Ich will nicht darüber reden, okay?« Finn trinkt, fährt sich mit der Hand über die Lippen und hustet. »Nicht mit dir.«

»Für mich hat sich nichts geändert.«

»Dann bist du naiv.« Mit einem Schnauben schüttelt Finn den Kopf. »Willst du mit einem Typen zusammen sein, der ein verdammtes Opfer ist, Lia? Denn das werde ich für die Leute sein.« Finn setzt die Flasche erneut an. Sein Adamsapfel hüpft, als er in großen Schlucken trinkt.

Am liebsten würde ich ihm die Flasche aus der Hand reißen, aber ich tue es nicht. »Du glaubst also, so denke ich über dich und das, was dir angetan wurde?«, erwidere ich empört. »Dann bist du ein Idiot, Finnley Campbell. Ein riesengroßer Idiot, aber«, füge ich etwas sanfter hinzu, »immer noch der stärkste Mensch, den ich kenne.«

»*Stark?*« Ein verächtliches Lachen kommt aus Finns Kehle. »Ich war vierzehn, Lia. Da lässt man so etwas nicht mehr mit sich machen.«

»Es war nicht deine Schuld.«

»Doch, verdammt. Denn ich habe es so weit kommen lassen.« Wieder schüttelt er den Kopf, als könne er selbst nicht glauben, was passiert ist. »Statt mich zu wehren wie ein Mann, habe ich mich befummeln lassen von diesem perversen Schwein. Und dann bin ich mit all diesen Mädchen ins Bett gegangen, um mir zu beweisen, dass bei mir alles okay ist. Wie erbärmlich.«

Ich erschrecke über den Selbsthass in Finns Worten, über den Abscheu vor sich selbst. Und seine Scham, die jenseits aller Worte ist. »Finn ...«

»Nein, sei still, Lia, ich bin noch nicht fertig. Ich war zu feige, jemandem davon zu erzählen, aus Angst, dass mir nicht geglaubt wird. Aus Angst, dass die anderen in mir einen Weichling sehen könnten. Jemanden, der mitgemacht hat, weil er seine Karriere vorantreiben wollte. Aber am schlimmsten war die Angst, das Einzige zu verlieren, was mich ausgemacht hat: den Fußball.«

Ich würde ihn jetzt gerne in den Arm nehmen, die Mauer durchbrechen, die er um sich errichtet hat, doch das will er nicht, ich spüre es. »Du bist mehr als Fußball, Finn«, sage ich leise.

Finn hebt den Kopf und sieht mich schweigend an. *Zweifelnd.*

»Geh nach Hause, Lia, bevor du Ärger bekommst. Ich brauche Zeit, um mir über ein paar Dinge klar zu werden.«

»Sich betrinken hilft dabei ganz sicher.«

»Keine Sorge, ich habe alles im Griff.«

»Ja, klar.« Ich stehe auf. »Was dein Trainer dir angetan hat, Finn, war Missbrauch. Er hat ein Verbrechen an dir verübt. Selbst wenn Kevin Bell nicht gewalttätig war und du glaubst, mit vierzehn hättest du Manns genug sein müssen, es zu verhindern: *Es war Missbrauch.* Dieser Mann hat dich auf furchtbare Weise verletzt und dafür wird er jetzt endlich ins Gefängnis gehen.«

Schnaubend schüttelt Finn den Kopf. »Du glaubst, sie sperren ihn ein und alles wird gut?«

»Nein, nicht *alles*, Finn. Aber es gibt auch Gutes oder willst du das leugnen?«

Finn blickt zu mir hoch und sieht mich fragend an.

»Duncan«, sage ich, »der Berg. Mooch. *Das mit uns.* Ich möchte mit dir zusammen sein, Finn, daran hat sich nichts geändert. Sind wir noch zusammen, Finn?«

»Verdammt, ich ... ich weiß es nicht, Lia.«

»Du weißt es nicht?« Mein Herz zieht sich schmerzhaft zusammen. »Also gut. Du bist durcheinander und du willst allein sein. Das verstehe ich und deshalb gehe ich jetzt. Aber versprich mir, dass es hier nicht zu Ende ist.«

Finn senkt den Kopf und schweigt.

Das hier ist kein Märchen, in dem alles gut ausgeht und dem Prinzen Gerechtigkeit widerfährt!, würde er Lia am liebsten nachrufen. Finn lauscht auf ihre knirschenden Schritte im Kies, bis sie verstummt sind. Dann trinkt er den nächsten Schluck Whisky. Noch ist er nicht betrunken genug, um die Schuldgefühle, die in ihm wuchern, zu betäuben.

Mooch, der kurz verschwunden war, kommt mit dem neongrünen Tennisball im Maul zurück und lässt ihn neben Finns ausgestreckten Beinen fallen. Der Fuchs reckt den Kopf und starrt ihn mit zusammengekniffenen Augen erwartungsvoll an.

»Sorry, Kleiner«, lallt Finn, »aber mir ist gerade nicht nach Spielen.« Moochs Schwanzspitze zuckt und er gibt ein enttäuschtes Fiepen von sich. »Ich muss zurück nach Glasgow, aber ich habe Angst.« Die Vorstellung, über das Geschehene reden zu müssen, oder dass alles an die Öffentlichkeit gezerrt wird, ist ihm unerträglich. »Ich habe eine verdammte Scheißangst.«

Auf Badfearna, bei Duncan, seinem Granda, fühlt Finn sich sicher. Sogar der Laird hat sich schützend vor ihn gestellt. Aber jenseits von Badfearna gibt es keinen Schutz.

»Die Meute wird mich zerreißen«, nuschelt er. »Wird Mylady mich dann noch wollen? Was glaubst du, Mooch?«

»Hey, *ma chérie*«, begrüßt Zoé mich, »gibt es Neuigkeiten aus deinem aufregenden Liebesleben?«

Ich hatte Zoé geschrieben, dass ich unseren Pakt vor Ablauf der Frist eingelöst habe, aber seither nicht wieder mit ihr gesprochen. Ich hatte ihr Finns Geheimnis nicht verraten wollen, aber nun ist es ja kein Geheimnis mehr.

»Finnley Campbell?«, ruft sie ungläubig. »*Glorious Finn* ist *dein* Finn?«

»Sieht so aus.«

»Alec wird ausflippen«, sagt Zoé. »Und mein Erstlingswerk erfährt einen ungeahnten *Plot Twist*. Der geheimnisvolle

Fremde ist ein Fußballprinz. Was hältst du davon?« Innerlich stöhne ich. Zoé dreht sich zur Tür um, denn Alec kommt in ihr Zimmer. Sie hat ihm wohl nichts von Luca erzählt. »Du glaubst nicht, wen Lia in ihrer Highland-Einöde aufgerissen hat«, sagt sie zu ihrem Freund.

Alecs Gesicht schiebt sich vor die Handykamera und ich sehe ein breites Lachen und seine großen weißen Zähne. »Hi, Lia.«

Finns Name fällt und Alec nimmt Zoé das Handy aus der Hand. »Du machst Witze, oder?«

»Nein. Verschwinde, Alec, und gib mir Zoé.«

Meine Freundin schnappt sich ihr Handy und läuft damit in ihrem Zimmer herum. »Nun erzähl schon, Süße.«

»Er ist hier bei seinem Großvater untergetaucht.«

»Und wer ist sein Großvater?«

»Duncan. Das wusste er aber nicht. Ich meine, sie wussten es beide nicht.«

»Lia, ist alles okay mit dir? Das klingt ziemlich schräg.«

»Ich weiß. Dad ist stinksauer, er will nicht, dass ich mit einem Fußballer zusammen bin. Er denkt, Finn will mit einem Mädchen aus gutem Hause sein Image aufpolieren.«

»Ich fürchte, jetzt brauche ich einen Stift zum Mitschreiben.« Zoé grinst, die weißen Zähne in ihrem dunklen Gesicht leuchten.

Doch dann höre ich Alecs Stimme im Hintergrund, wie er etwas vom Missbrauchsskandal und den *Celtic Fox Boys* erzählt.

Zoés Miene wird ernst, aber bevor sie etwas sagen kann, tue ich es. »Da will jemand was von mir, Zoé. Ich ruf dich morgen noch mal an.« Und ich drücke sie weg.

30

Entgegen meinen Befürchtungen passiert am nächsten Tag überhaupt nichts. Kein weiterer Reporter taucht in Badfearna auf, kein Hubschrauber fliegt über unseren Landsitz, nur das Festnetztelefon klingelt ein paarmal. Dad wehrt die Anrufe entschieden ab. Er versucht, ruhig zu bleiben, doch beim fünften Anruf wird er wütend und verlässt fluchend sein Büro.

Dad hat sich bei unseren deutschen Gästen für die gestrigen Unannehmlichkeiten entschuldigt und sie haben ihm Unterstützung angeboten, sollte sich dergleichen wiederholen. Hannes Berger und seine Frau Ella streifen den ganzen Tag über das Gelände, machen Fotos und unterhalten sich mit Dad, den Carricks, mit Duncan und Finn, mit Logan, Georgina und auch mit mir.

Ella ist begeistert von den Fotos auf meinem Instagram-Account. »Die Fotos auf der Website der Lodge sind toll und ich habe nachgesehen, wer sie gemacht hat«, sagt sie. »So bin ich auf deinen Account gestoßen.«

Ich gestehe der deutschen Fotografin, dass ich ihrer beider Arbeit bewundere und sie gerne einmal beim Fotografieren begleiten würde.

Ella lacht. »Das trifft sich ja prima«, sagt sie. »Dein Dad hat mir nämlich verraten, dass du die besten Motive in der Gegend kennst, und deshalb wollte ich dich bitten, uns morgen ein paar davon zu zeigen.«

»Das mache ich gerne«, erwidere ich.

Den ganzen nächsten Tag sind wir bei bestem Fotowetter zu dritt am Berg unterwegs. In Gegenwart von Hannes und Ella, die offen sind und ehrlich interessiert, spüre ich, wie der Druck der vergangenen Tage von mir abfällt. Bei jedem grandiosen Ausblick, jeder seltenen Pflanze und jedem Vogel, den ich ihnen zeige, merke ich, wie sie mehr und mehr dem Zauber von Badfearna verfallen. Mit ihrem Blick für Details, für Licht, Farben und Stimmungen sind sie mir mit ihren Kameras so viel näher als die Sportjäger mit ihren Gewehren.

Wir steigen bis auf den Gipfel des Sliochs und ich kann nicht verhindern, dass mir das Herz schwer wird, weil ich an Finn im Nebel denken muss. Einmal konnte ich ihn herausführen, weil ich den Weg kannte. Aber wird mir das noch einmal gelingen?

Wir machen halt am Gobhair Cottage und auf dem Rückweg zeige ich ihnen das Junggesellenrudel und Macbeths steinernes Grab. In der Birke flattern Kelsis bunte Stoffstreifen und ein leichter Verwesungsgeruch liegt in der Luft. Ich erzähle den beiden Deutschen von Macbeth, dem weißen Hirsch. »Ein Jagdgast hat ihn erschossen«, sage ich, Tränen in den Augen.

»Das hat dein Vater erlaubt?«

»Ja. Und ich hasse ihn jetzt noch dafür. Aber dieser Mann hat viel Geld dafür geboten, den weißen Hirsch zu erschießen und an seine Trophäe zu kommen.«

»Gestern hat dein Vater uns erzählt, es gibt keine Trophäenjagd auf Badfearna«, sagt Ella.

»Das stimmt. Badfearna ...« Ich beiße mir auf die Unterlippe. »Dad brauchte das Geld, um Badfearna zu retten.«

»Das tut mir leid. Macbeth hat dir viel bedeutet, nicht wahr?«

Ich nicke. »Er ist ... *war* im selben Jahr geboren wie ich.«

»Auf deinen Posts ist nie ein weißer Hirsch zu sehen.«

»Nein. Wenn die Leute da draußen gewusst hätten, dass es ihn gibt, wäre er nicht mehr sicher gewesen.«

Ella schaut mich mit einem Blick an, der sagt: *Nichts im Leben ist sicher.*

»Fragen Sie meinen Vater nicht nach Macbeth«, bitte ich sie.

Als wir zurückkommen, ist Finn dabei, das schmiedeeiserne Tor zu streichen. Ich verabschiede mich von den Bergers und bleibe bei ihm zurück.

»Ich muss arbeiten, Lia«, sagt er, das Gesicht von kleinen schwarzen Farbpunkten gesprenkelt. Sein Ton klingt abweisend.

»Wie geht es dir, Finn?«, frage ich und strecke die Hand nach ihm aus. Aber Finn weicht zurück. »Ich bin okay, Lia. Alles ist okay.«

»Nein, es kann nicht okay sein, weil dir etwas Schreckliches widerfahren ist und du versuchst, es mit dir allein auszumachen.«

»Meine Mutter an Krebs sterben zu sehen, war schlimmer, okay?«

Finns Schmerz zu sehen, bricht mir das Herz. »Warum sagst du solche Dinge, Finn? So bist du nicht.«

»Du weißt nicht, wie ich bin, Lia. Du kennst mich doch gar nicht.«

Ich finde nichts in mir, das ich erwidern kann. Aber mein Mund ist voll Tränen, als ich gehe.

Ella Berger stößt einen begeisterten Laut aus, als ich ihr nach dem Dinner das Foto von Macbeth im *Frogbow* zeige. »Das musst du unbedingt beim *Scottish Nature Photography Award* einreichen, Lia«, sagt sie. »Der weiße Hirsch ist tot, daran kannst du nichts mehr ändern. Setze ihm mit diesem unglaublichen Foto ein Denkmal.«

Ella nimmt sich die Zeit, mir zu ein paar meiner Fotos etwas zu sagen. »Die Fotos für deinen Account hast du gut ausgewählt, Lia. Du hast einen besonderen Blick für Komposition, Details und vor allem für das magische Licht in den Highlands. Und deine Tierfotos, sie sind so einzigartig, weil du das Tier in seiner Umgebung, in seiner Lebenswelt zeigst, und doch scheint es, als hättest du gezaubert, als wäre etwas von dir in diese Fotos eingeflossen. Und dieses Foto«, Ella zeigt auf Macbeth im *Frogbow*, »das ist pure Magie. Viele gestandene Tierfotografen werden dich darum beneiden. *Ich* beneide dich darum. Du solltest Fotografie studieren, Lia. Du hast großes Talent.«

»Wirklich?« Ich kann nicht fassen, dieses Lob von einer Frau zu bekommen, die seit über dreißig Jahren Tiere und Landschaften fotografiert und deren Bilder in großen Magazinen abgedruckt werden.

»Aber ja. Hat dir das denn noch nie jemand gesagt?«

»Na ja, ich habe diesen Blog und meinen Instagram-Account mit ein paar Hundert Followern. Und ich gewinne regelmäßig den Fotowettbewerb an meiner Schule«, sage ich mit einem unsicheren Lachen. »Meinen Eltern und meinen Freunden gefallen meine Fotos. Aber ich habe das Fotografieren immer nur als ein Hobby betrachtet.«

»Hannes und ich sind beeindruckt von deinem Wunsch, Wildtiermanagement zu studieren und Wildhüterin zu werden«, sagt Ella. »Aber was das Fotografieren angeht, hast du wirklich eine besondere Begabung, Mädchen. Aus deinen Fotos spricht deine Verbundenheit mit der Natur, aber auch dein Respekt vor ihr.«

Ich zucke die Achseln. »Nachdem das mit Macbeth passiert ist, habe ich viel nachgedacht. Dad setzt auf die Jagd, aber ich ... vielleicht ist Rewilding ja auch auf Badfearna möglich. Nicht mit Wölfen, das würde hier nicht funktionieren, aber der Luchs war in diesen Wäldern mal heimisch. Dad hat gerade viel Ärger mit Tier- und Naturschützern wegen der Jagd. Leider hat er gerade irre viel Geld in die Renovierung der Lodge gesteckt.« Ich seufze und sehe Ella an.

»Und sie ist ein Juwel geworden.« Die Fotografin betrachtet mich nachdenklich. »Weißt du, Lia, vielleicht gelingt es dir ja, Gemeinsamkeiten zwischen scheinbar gegensätzlichen Perspektiven zu finden. Es muss eine Lösung geben für die Tiere, die Wildnis *und* die Menschen von Badfearna. Du liebst dieses Land und es liegt mir fern, dich von deinen Plänen abzubringen. Aber du sollst wissen, dass du ein großartiges Talent hast. Vielleicht kannst du irgendwann alles verbinden. Wildhüterin sein, Fotografin und Naturschützerin. Versuche, Gleichgesinnte kennenzulernen und mit eigenen Augen zu erleben, wie man eine solche Gratwanderung woanders meistert.«

Von neuer Hoffnung durchströmt, nicke ich. »Das habe ich vor.«

Finn füttert Mooch ein paar Fleischreste, die vom Abendessen mit Duncan übrig geblieben sind. Der Fuchs verschlingt sie gierig. Er ist gewachsen in den letzten Wochen, sein Sommerfell glänzt. Finns Niedergedrücktheit spürt das Tier wie ein guter Freund und versucht, ihn mit Nasenstübern und Fuchslauten aufzumuntern. Doch Finn krault ihn nur gedankenverloren zwischen den Ohren.

Er hat so sehr gehofft, es würde besser werden mit der Zeit, weniger quälend. Aber nach der anfänglichen Erleichterung, die Finn gespürt hat, ist es ihm nun, als würde sein Inneres bloß liegen. Noch nie zuvor hat er jemandem von diesen Dingen erzählt und nun weiß es jeder hier auf Badfearna. Sein Geheimnis ist kein Geheimnis mehr. Sein Schutzpanzer ist fort, die neue Haut durchsichtig und Finn hat das Gefühl, jeder kann in ihn hineinschauen. Deshalb geht er allen aus dem Weg, will niemanden sehen, auch Lia nicht, die trotz des Verbots ihres Vaters ständig seine Nähe sucht. Doch er kann nicht frei atmen, wenn er mit ihr zusammen ist.

Der einzige Mensch, in dessen Gegenwart er keine Scham empfindet, ist Duncan, sein Granda. Der alte Wildhüter steht ihm zur Seite und lässt Finn nichts anderes als seine ganze Liebe spüren. Er sagt ihm nicht, was er denken oder fühlen soll, er ist einfach da und erwartet nichts. Duncan ist der Einzige, der seinen Ängsten die Kraft nehmen kann.

Tagsüber kommt Finn besser klar, weil er Aufgaben zu erledigen hat, die ihn ablenken. Doch in den Nächten, da hat er Angst, den Blick in sein Inneres zu richten und seinen eigenen Dämonen zu begegnen. In den Nächten vermisst er Lia ganz furchtbar. Ihre bedingungslose Liebe und ihr Licht, das seine Dunkelheit erhellen könnte.

Plötzlich spitzt Mooch die Ohren und Finns Kopf fährt herum. »Lia? Bist du das?«

Hannes Berger tritt hinter den Sträuchern hervor auf den Strand, seine Kamera hängt ihm auf der Brust. Mooch huscht davon und Finn springt auf. »Keine Fotos«, fährt er den Deutschen an, enttäuscht, dass er es ist und nicht Lia.

Beschwichtigend hebt Berger die Hände. »Natürlich nicht. Es tut mir leid, dass ich deinen Freund vertrieben habe. Ich hätte sofort den Rückzug antreten sollen, aber dich mit diesem Fuchs zu sehen, war ein magischer Moment und ich war wie gebannt. Tut mir leid, Finn«, sagt er noch einmal. »Ich wollte dich nicht stören.« Berger wendet sich zum Gehen.

»Und Sie haben wirklich kein Foto gemacht?«

»Nein.« Der deutsche Fotograf zieht den Tragegurt seiner Kamera über den Kopf, geht zu Finn und zeigt ihm die letzten Fotos auf dem Display: der See mit den Inseln. Der Slioch zwischen Bäumen und Sträuchern. Rory. Die *Garrons*. Ein rotes Eichhörnchen auf einer Mauer.

Finn gibt Berger seine Kamera zurück. »Okay«, sagt er. »Sorry.«

»Nach dem, was vor zwei Tagen passiert ist, kann ich es dir nicht verübeln, dass deine Nerven blank liegen.«

Finn setzt sich auf den Baumstamm und Berger zeigt neben ihn. »Darf ich oder möchtest du allein sein?«

Finn zuckt die Achseln. »Ich fürchte, ich weiß gerade selbst nicht, was ich will.«

Hannes Berger setzt sich neben ihn. »Es ist mir eine große Freude, dich persönlich kennenzulernen, Finnley Campbell«, sagt er.

Was wird das denn? Finn stößt ein leises Schnauben aus.

»Nicht wundern, aber ich bin eingefleischter Schottland- und Fußballfan. Du hast es mit sechzehn in die erste Liga geschafft«, sagt der Deutsche anerkennend. »Davon träumen viele junge Fußballer.«

Überrascht hebt Finn den Kopf und sieht den Mann neben sich an. Sein kurzes graues Haar, den Bart, sein offenes Gesicht.

»Ich erinnere mich an das Meisterschaftsspiel im *Parkhead*-Stadion vor drei Jahren«, fährt Berger fort. »Die Partie zwischen den *Rangers* und den *Celtic Fox Boys,* als der Fuchs über den Rasen lief. Wie Strachan dir danach einen Pass zugespielt, du ihn mit links genommen und den Ball ins Tor geschossen hast. Das war ein echtes Traumtor.«

Finns entscheidendes Spiel. Der Torwart der *Rangers* hatte keine Chance und nach dem Spiel hat Finn seinen ersten Vertrag bekommen. Mit einem Stirnrunzeln schaut er den Deutschen von der Seite an. Will der Mann sich auf diese Weise Zugang zu Informationen beschaffen?

»Sag einfach, wenn ich gehen soll, okay?«

Hannes Berger spricht ruhig und er meint es ernst. Finn ist hin- und hergerissen. Abgesehen von Struan Carrick ist dieser Fremde der erste Mensch seit langer Zeit, der ihm für seine Leistungen im Fußball so etwas wie Respekt und Bewunderung zollt.

»Hier gilt das Jedermannsrecht«, sagt er versöhnlich.

Hannes lacht. »Darf ich dich etwas Persönliches fragen, Finn?«

»Fragen können Sie. Ob ich antworte, hängt von Ihrer Frage ab.« Irgendetwas will dieser Mann von ihm. Finn ist sich noch nicht sicher, was. Er ist auf der Hut. Aber neugierig ist er auch.

»Wirst du wieder spielen? Noch vor einem Jahr warst du fest im Profikader.«

Finn hebt die Schultern und lässt sie fallen. »Um ehrlich zu sein: Ich weiß es nicht. Mein Vertrag mit den *Celtic Fox Boys* ist ausgelaufen. Und inzwischen bin ich auch kein vielversprechendes Talent mehr, sondern ein Problemfußballer, der es laut seinem eigenen Trainer nicht mehr nach oben schaffen wird.«

Der Deutsche schweigt einen Moment, bevor er sagt: »Ich bin sicher, das Problem bist nicht du, Finn. Und solltest du dich entscheiden, wieder zu spielen, dann schaffst du alles, was du dir vornimmst.« Berger holt tief Luft. »Aber Kevin Bell sollte nie wieder junge Fußballer trainieren dürfen«, fügt er behutsam hinzu.

Finn stößt ein Keuchen aus und erstarrt. Dass Hannes Berger es weiß, war ihm klar. Doch nie im Leben hat er damit gerechnet, dass er es ansprechen würde. Diese unverblümte Offenheit muss an seinem Deutschsein liegen. Noch ehe Finn etwas erwidern kann, redet Berger auch schon weiter.

»Als Junge war ich ein Jugendamtskind und hatte einen Internatsplatz an einer Schule, die den Ruf genoss, fortschrittlich und freiheitlich zu sein. Der damalige Schulleiter hat Schüler über einen langen Zeitraum systematisch missbraucht.«

Finn schluckt hart und seine Kehle fühlt sich wie ein Reibeisen an. Dieser Mann ist ein Fremder, und doch, oder vielleicht nur deshalb, will Finn hören, was er zu erzählen hat.

»Ich habe mich geschämt, Finn. Habe mich mitschuldig gefühlt und über Jahre geschwiegen. Das waren sehr, sehr einsame Jahre. Erst mit dreißig, als meine dritte Freundin sich von mir trennte, wurde mir bewusst, dass der Missbrauch meine Fähigkeit, mit Gefühlen umzugehen, verändert hat. Es war wie ein Riss, der sich durch mein Leben zog. Ein Riss, der die Seele vom Körper trennt. Als hätte mein Herz danach nie wieder richtig funktioniert.«

Ein Brennen in Finns Brust. Er kämpft mit den Tränen und er verliert den Kampf. Obwohl sie ihm heiß über die Wangen strömen, dreht er den Kopf in Hannes' Richtung, um ihn anzusehen. Er kann nicht glauben, was dieser Mann gerade über sich selbst preisgegeben hat.

»Wenn du arm bist, Finn, sind deine Träume alles, was du hast. Um sie zu verwirklichen, kannst du eine Menge aushalten. Du bist stark ... manchmal auf ungute Weise stark. Aber das ist dir nicht klar, wenn du jung bist.«

Hannes Bergers Blick geht auf den See hinaus. Doch in Gedanken scheint er in einer anderen Zeit, an einem anderen Ort zu sein. Er schüttelt langsam den Kopf. »Weißt du, was das Grausame ist? Dass du das Vertrauen verlierst in andere Menschen. Dass du nicht nur verunsichert in die Zukunft blickst, sondern auch in deine Vergangenheit. Du fragst dich ständig, was du falsch gemacht hast. Ob der Fehler bei dir lag.« Hannes' Stimme ist leise, aber fest. »Versuch, wieder zu vertrauen, Finn. Lerne, denen zu vertrauen, die dir nicht wehtun wollen.«

Duncan, denkt Finn. *Lia.* Struan und seine Mum. Menschen, die ihn mögen. Ein Anfang.

Hannes Berger steht auf. Bevor der Fotograf geht, langt er in seine Hemdtasche und reicht Finn seine Visitenkarte. »Wenn du rechtliche Hilfe brauchst, ruf mich an, okay?«

Finn starrt auf das schlichte kleine Kärtchen in seiner Hand. Er ist so aufgewühlt, dass er kein Wort über die Lippen bringt. Tränen verschleiern seinen Blick und er wischt sie mit dem Handrücken weg. Ein fast Achtzehnjähriger, der vor einem Fremden heult. Doch seltsamerweise schämt er sich nicht für seine Tränen.

Am nächsten Tag wollen die Bergers mit Kajaks auf den See. Wieder soll ich sie begleiten und ihnen die schönsten Stellen zeigen. Noch ziehen morgendliche Nebelschwaden über die schimmernde Wasseroberfläche, aber bald wird die Sonne herauskommen und es verspricht ein warmer Tag zu werden.

Ich frage Ella und Hannes, ob sie etwas dagegen haben, wenn Finn uns ebenfalls begleitet, und sie haben absolut nichts dagegen. Dad wird es nicht gefallen, aber ich hoffe, er wird sich nicht die Blöße geben und es verbieten. Während Ella und Hannes ihre Kameras und ein von Ethlenn vorbereitetes Picknick in den Kajaks verstauen, renne ich zu Duncans Cottage.

Der Alte sitzt noch mit seinem Kaffee am Tisch, von Finn keine Spur.

»Ist Finn in seinem Zimmer?«, platze ich atemlos heraus.

»Nein. Dir auch einen guten Morgen, *Lass*.«

»Verzeih, Duncan, aber ich habe es eilig. Die beiden Deutschen wollen eine Kajaktour machen und ich soll sie begleiten. Finn soll auch mit.«

Duncan schüttelt den Kopf. »Daraus wird wohl nichts.«

»Was? Warum denn nicht? Was auch immer du ihm aufgetragen hast, kann er doch auch morgen erledigen.«

»Finn ist nicht hier.«

»Nicht hier?« Ich schreie beinahe und Panik erfasst mich. »Wie meinst du das? Wo ist er, Duncan?«

»Auf den Berg, kleine Distel.«

Meine Knie werden weich. »Aber ... nein ... das darf er nicht. Ich ... ich muss ihm sofort hinterher.«

Duncan packt mich am Arm. Der Griff des alten Mannes ist fest. »Nein, *Lass*. Lauf ihm nicht nach. Diesen Weg muss er allein gehen.«

»Aber Finn ist schon einmal da hoch, weil er sich das Leben nehmen wollte.«

»*Aye*, das mag sein. Aber da war er im Glauben, er hätte ein Menschenleben auf dem Gewissen. Und er hatte uns beide noch nicht. Du musst ihm Zeit lassen, Lia. Die braucht er, um seine Wunden zu lecken. Dem Jungen ist schon so viel passiert in seinem kurzen Leben. Zu viel.«

Ich lasse mich auf einen Stuhl sinken. »Ich möchte ihm so gerne helfen, Duncan.«

»Ich weiß, kleine Distel, aber das steht nicht in deiner Macht. Du kannst Finn nicht heilen, du kannst ihn nur lieben. Sei da für ihn, wenn er dich braucht. Und er wird dich brauchen, bei alldem, was jetzt auf ihn zukommt.«

Duncan zündet seine Pfeife an. »Ich habe übrigens gestern mit Moira telefoniert«, sagt er. »Ihr Mann und sie sind geschieden und sie lebt jetzt in Poolewe, in ihrem Elternhaus. Sie möchte Finn kennenlernen. Er ist auch ihr Enkelsohn.«

»Wirklich? Hast du es ihm schon erzählt?«

»*Aye*. Ich fürchte nur, im Moment ist das alles zu viel für ihn. Mir geht es wie dir, mein Mädchen: Ich möchte Finn helfen. Aber alles, was ich tun kann, ist, für ihn da zu sein.«

Ich nicke, einen dicken Kloß im Hals. »Wann willst du Dad denn erzählen, dass Finn dein Enkelsohn ist?«, frage ich Duncan.

»Bald, *Lass*. Wenn die Wogen sich ein wenig geglättet haben.«

Mein Handy klingelt und ich gehe dran. »Ja, bin sofort da.« Ich stehe auf. »Die Gäste warten.«

»Na dann: Hab einen schönen Tag auf dem See. Mir scheint, die beiden sind ...« Duncan sucht nach dem richtigen Wort.

»... sehr deutsch«, helfe ich ihm und er nickt mit einem Schmunzeln.

»Ich mag sie«, gebe ich zu. »Ella hat mir geraten, das Foto von Macbeth im *Frogbow* beim *Scottish Nature Photography Award* einzureichen. Vielleicht mache ich das tatsächlich, jetzt, wo er nicht mehr lebt.«

»Aber ja. Ich habe dir immer gesagt, dass deine Fotos gut sind.«

Ich schlinge dem Alten die Arme um den Hals. »Ich liebe Finn so sehr, Duncan.«

»Und das weiß er, kleine Distel.«

Finn ist ins Schwitzen gekommen und hat seinen Hoodie ausgezogen. Mooch ist schon vor einer Weile zu ihm gestoßen. Der Fuchs taucht auf und verschwindet wieder hinter Farnen und Wurzeln. Manchmal, wenn er Sprünge vollführt, um eine Maus zu jagen, sieht es aus, als könne er fliegen – ein roter Schatten. Finn ist froh über die Begleitung seines vierbeinigen Freundes. Er ist ein Teil von Moochs Welt und der Fuchs gehört zu seiner.

Die Sonne zieht die Feuchtigkeit der Nacht aus dem Boden, leckt sie von den Blättern der Pflanzen, die wilde Düfte freigeben. Vogellaute, Insektengesumm und das Gurgeln und Glucksen des Flusses begleiten Finn. Er läuft schnell, Schweiß rinnt ihm über die Stirn, sein Herz wummert. Er will hoch zum Berg der Erkenntnis. Ist auf der Suche nach dem Sinn seiner Gefühle, nach Antworten auf seine Fragen, die ihn nicht mehr schlafen lassen.

Den *Cairn*, das steinerne Grab von Macbeth, lässt Finn links liegen, aber dann entdeckt er das Hirschrudel im Moorbirkenhain und hält inne. Er beugt sich nach vorn, stützt die Hände auf die Knie und versucht, zu Atem zu kommen. Als er sich wieder aufrichtet und sein Blick erneut zum Birkenhain schweift, sieht er für einen Moment einen weißen Hirsch zwischen den anderen Tieren stehen. Ein nebelartiges Zauberwesen, dessen Gestalt sich vor seinen Augen verflüchtigt. Für einen kostbaren Moment schien der weiße Hirsch aus einer fremden, geheimnisvolleren Welt herausgetreten zu sein, um Finn ein Zeichen zu senden. *Zeit für eine Veränderung in deinem Leben, Finn Campbell.*

Mooch springt auf den Cairn und schnuppert. »Hast du ihn auch gesehen?«, fragt Finn den Fuchs. Als Antwort bekommt er nur ein Blinzeln.

Ein kräftiger Hirsch hebt sein mit einem stolzen Geweih gekröntes Haupt und schickt ein lautes Röhren in ihre Richtung. Der neue König des Rudels, denkt Finn, und macht sich wieder auf den Weg. Auf der Hochebene mit *Loch nan Carn* und Gobhair Cottage bleibt Mooch zurück. Die kahlen Hänge des Sliochs bieten ihm keinen Schutz und sein Instinkt ist stärker als seine Neugier.

»Auf bald, Kumpel«, sagt Finn und macht sich daran, den Rest des steilen Pfades zu erklimmen. Bisher ist ihm keine Menschenseele begegnet und er hofft, den Gipfel des Sliochs nicht mit anderen Bergwanderern teilen zu müssen.

Um die Mittagszeit erreicht er das felsige Plateau. Höher geht es nicht, über ihm nur noch Himmel. Keuchend reckt Finn sein Gesicht der Sonne entgegen. Er hat es geschafft und er ist ganz allein. Erleichtert streift er seinen Rucksack vom Rücken und geht auf die Knie. Legt sich bäuchlings auf den glatten, kühlen

Fels, die Beine gespreizt, Arme ausgebreitet, die Wange am Stein.

Finn hört seinen rasenden Herzschlag, der sich langsam beruhigt. Seine Glieder werden schwer, sein ganzer Körper. Eine angenehme Erschöpfung macht sich in ihm breit. Es ist, als würde er einsinken in den Stein.

Auf einmal spürt Finn etwas. Es ist ein dumpfes Pochen, das nicht aus seiner Brust kommt. Was er da wahrnimmt, fühlt sich an wie der uralte Herzschlag des Berges, wild und ungezähmt. Der Slioch war immer da und wird es immer sein. Er gehört niemandem, nur sich selbst, seit Millionen Jahren. Finn öffnet sich und lässt zu, dass dieses warme Pulsieren in ihn eindringt, um zu heilen. In seinem Inneren beginnt etwas zu schmelzen. Es ist dieser kalte, drückende Klumpen aus Angst, der sich seit Fergus Carricks Anschuldigungen in seiner Brust geballt hat. Er löst sich auf und alle Angst strömt aus Finn heraus.

Der Berg ruft ihn ins Leben zurück, verbindet ihn wieder mit seinem Ich, das er verloren geglaubt hat. Finn dreht sich auf den Rücken und macht einen tiefen Atemzug. Blickt in den Himmel und spürt auch den Finn, der er in Glasgow gewesen war. Den Jungen, der nichts anderes wollte, als auf einem grünen Rasen einem Ball hinterherzujagen. Der Beste sein, ein umjubelter Fußballstar. Ein Junge, der seine Mum liebte und ihr ein gutes Leben schenken wollte. Der nicht schwach, sondern im falschen Moment zu stark gewesen war, auf *ungute Weise* stark, wie der Deutsche es genannt hat.

Der Atem in Finns Brust geht gleichmäßig und er spürt eine seltsame Ruhe. Denn da ist das tiefe Wissen um eine Stärke, die in ihm lebt, eine Kraft, der er vertrauen kann.

Am Ende ist es die Natur, die die Wunde in seinem Inneren verschließt. Torfige Erde, die Finns Tränen aufnimmt und von der er kostet, so wie Lia das manchmal tut, wenn sie glaubt, er würde es nicht sehen. Der sprudelnde Fluss, der seine Scham fortspült. Wind, der ihm seine Leichtigkeit zurückgibt. Und ein Fuchs, der Finns Leben durch sein bloßes Dasein reicher macht.

Auf seinem Weg zurück nach Badfearna wird Finn die ganze wilde Kostbarkeit des Lebens bewusst. Und er weiß, dass er hierher zurückkommen kann, wenn er Hilfe braucht. Finn muss niemandem etwas beweisen. *Nicht mehr.*

Er schüttelt sein Haar wie ein nasser Hund, als er aus dem Wasser kommt. Finn nimmt mein Handtuch entgegen und rubbelt sich trocken. Ich wusste, dass ich ihn hier finden würde.

»Hast du mich vermisst, dort oben auf dem Berg?« Ich setze mich auf den Baumstamm und sehe mit Bedauern zu, wie er wieder in seine Sachen schlüpft. So groß ist meine Sehnsucht, mein Verlangen.

»Ich vermisse dich immer, wenn du nicht bei mir bist«, sagt Finn, der meinen Blick mit einem Lächeln erwidert.

Prickelnde Freude durchströmt mich. »Ist das wahr?«

»Aber ja.« Er stellt sich dicht vor mich und sieht mir in die Augen. »Es tut mir leid, Lia. Die ganze Zeit wollte ich nichts anderes, als es vergessen. Aber es war immer da.«

»Ich weiß, ich habe es gespürt.« Ich strecke meine Hand aus und fahre mit den Fingern in Finns dickes feuchtes Haar.

»*Aye,* darin bist du gut.« Er nimmt meine Hand und drückt sie an seine Wange. »Bevor ich nach Badfearna kam, habe ich eine lange Zeit überhaupt nichts mehr empfunden. Ich war ... leer. Und wenn ich Sex hatte, habe ich mich hinterher noch leerer gefühlt.«

»Und du hattest Angst, mit mir würde es genauso sein.«

Finns Griff wird fester. Er nickt. »Aber ...«

»Aber so war es nicht«, sage ich mit bebender Stimme.

»Nein. Wann immer wir ...«, er schluckt, »ich konnte dich fühlen, Lia. Da oben auf dem Berg konnte ich uns *beide* fühlen. Das war ...«

»Liebe?«, frage ich hoffnungsvoll.

»O nein«, Finn grinst verlegen, »das hättest du jetzt besser nicht sagen dürfen.«

»Machst du dich gerade lustig über mich, Finnley Campbell?«

Finn legt seine Arme um mich, zieht mich an sich heran und drückt seine Lippen in mein Haar. »Du weißt, ich muss gehen«, sagt er leise.

Ich schiebe ihn ein Stück von mir, sodass ich ihm in die dunklen Augen sehen kann. »Ja, das weiß ich. Aber nicht jetzt und nicht heute. Jetzt musst du mich küssen«, sage ich, »denn ohne einen Kuss von dir kann ich keine Minute länger weiterleben.«

Ich habe das letzte Wort noch nicht ausgesprochen, da liegen seine Lippen auch schon auf meinen und seine Zunge taucht in meinen Mund. Finns Kuss schmeckt nach Farnen und Zärtlichkeit. Nach Birkengrün und Verlangen. Nach Abschied, nach Sehnsucht und dem Wahrwerden von Träumen. Ich schlinge meine Beine um seine Hüften und die kribbelnde Erregung in meinem Blut wird zu einem Brodeln. Es ist wie eine chemische Reaktion von zwei harmlosen Stoffen, die aufeinandertreffen, sich in etwas Neues verwandeln und dabei Energie freisetzen. *Eine explosive Energie,* denn zusammen sind wir etwas Besonderes.

Finn nimmt mich bei der Hand und zieht mich hinter sich her, bis wir atemlos auf der Lichtung hinter dem Erlenhain angekommen sind. Die Highlands sind ungeeignet für Liebe im Freien, aber das ist uns egal, so sehr sehnen wir uns danach, den anderen zu spüren. Wir breiten unsere Sachen im Gras aus, und als ich das Päckchen *MacCondom* aus meinem Rucksack ziehe, breitet sich ein erleichtertes Lächeln auf Finns Gesicht aus.

»Und ich dachte schon, wir können nicht richtig ...«

Ich küsse ihn und wir können *richtig:* atemlos, ungestüm, intensiv und so schmerzlich schön, dass wir danach noch eine ganze Weile fest aneinandergepresst daliegen, völlig überwältigt von unseren Gefühlen.

Vom *Glorious Twelfth* an, dem 12. August, ist die Lodge ausgebucht. Chris Anderson und seine Cousinen Megan und Maeve kümmern sich um die Verköstigung der Jäger, die mit Logan und Struan auf die Pirsch gehen, um Moorhühner zu schießen oder Hirsche. Dad ist zufrieden mit der Auslastung der Lodge, aber er ist bereit, im nächsten Jahr mehr auf Events wie Hochzeiten oder Jubiläen zu setzen. Außerdem führt er Gespräche mit Rory Wells von *NatureScot,* in denen Dad die Wiederansiedelung von Luchsen auf Badfearna ernsthaft in Betracht zieht.

Bis es tatsächlich so weit ist, wird es dauern, aber es ist ein Schritt in die richtige Richtung. Wir MacKenzies sind Besitzer, können aber auch Bewahrer sein. Das sind wir dem Land und seinen Bewohnern schuldig.

Mum kommt zurück aus Amerika, um die Scheidungspapiere zu unterzeichnen und Kelsi mitzunehmen. Die letzten Tage auf Badfearna sind seltsam ohne Finn und ohne meine kleine Schwester. Finn vermisse ich furchtbar, denn er hüllt sich in Schweigen. Kelsi und ich sprechen jeden zweiten Tag auf FaceTime. So viel haben wir während der ganzen Ferien nicht miteinander geredet.

Ich verfolge jeden Tag die Nachrichten im Internet und höre

mit angehaltenem Atem, was ehemalige Spieler der *Celtic Fox Boys* über ihren Jugendtrainer Kevin Bell erzählen. Gestandene Männer Mitte dreißig, die vor laufender Kamera in Tränen ausbrechen und ihre Hände vors Gesicht schlagen. Neben Bell werden auch noch andere Namen genannt. Fußballtrainer, die die Sehnsucht ihrer Schützlinge nach Anerkennung, ihre Leidenschaft für das Spiel und ihre Hoffnung auf eine Profikarriere ausgenutzt und ihnen Unsägliches angetan haben.

Der Skandal ist groß, furchtbare Dinge kommen nach und nach ans Licht und es wird hoch und heilig versichert, die *Scottish Football Accociation* würde jedem begründeten Missbrauchsverdacht gründlich nachgehen.

Wider Erwarten taucht Finns Name nirgendwo auf, das ist eine große Erleichterung. Von Duncan erfahre ich, dass es Finn gut geht. Er fehlt mir so sehr, dass es körperlich wehtut. Aber ich weiß auch, dass er Zeit braucht. Manchmal ist Warten das Schwerste.

Ein paar Tage vor Beginn der Schule und unserer Rückkehr nach Edinburgh bekomme ich einen Brief von Finn, handgeschrieben. Ich laufe damit zur Lichtung hinter dem Erlenhain, bevor ich den Umschlag aufreiße und seine Zeilen lese.

Liebe Lia,

ich hoffe, es geht dir gut und mein Brief erreicht dich noch auf Badfearna. Duncan sagt, seine kleine Distel ist stark. Ja, das bist du.

Und ich bin wieder Finnley Campbell, mit Ausweis, Sozialversicherungskarte, Bankkarte und einem Handy. Glasgow ist ... nun ja, Glasgow eben.

Gleich nach meiner Rückkehr habe ich mich der Polizei gestellt und

Kevin Bell angezeigt. In der Presse steht nichts darüber, weil ich noch minderjährig bin. Die meisten Spieler, die jetzt nach Jahren ihr Schweigen brechen, sind schon älter. Unvorstellbar, es so viele Jahre mit sich herumzutragen.
Robbie Talbot hat der Polizei alles erzählt und ich hoffe, Kevin Bell wird auf lange Zeit in seiner Zelle schmoren.
Mein ehemaliger Verein steht hinter mir und ich muss auch keine Vertragsstrafe zahlen. Ich bin also immer noch eine gute Partie. 😊
Zweimal die Woche gehe ich zu einem Therapeuten. Sein Name ist Rahul, das ist indisch und bedeutet »Bekämpfer der Missstände«. Rahul bringt mich zum Lachen und zum Heulen, was manchmal ziemlich verwirrend ist. Aber es hilft.
Und wie ist es dir ergangen?
Ich hoffe, die Moorhühner und die Hirsche finden gute Verstecke und die Gäste benehmen sich zivilisiert auf Badfearna. Ich bin der eintausendundzwanzigste Follower auf deinem Insta-Account. Deine Fotos sind atemberaubend schön (so wie du) und ich habe furchtbare Sehnsucht nach dem Slioch und nach dir.
Badfaerna hat mich aufgefangen und mir geholfen, mir selbst zu verzeihen. Für ein paar Wochen war es ein Ort, an dem ich sein konnte, ohne verurteilt zu werden. Und Badfaerna, das bist auch du.
Ich vermisse dich jede Stunde, jeden Tag, Lady Amelia MacKenzie. Und ich verspreche dir, unsere Geschichte endet hier nicht.
Dein ergebener Diener
Finn

NACHWORT

(Achtung: enthält Spoiler!)

Schreib über das, was du kennst, liest man oft in Schreibratgebern. Ich möchte jedoch lieber über Dinge schreiben, die ich noch nicht kenne, noch nicht verstehe. Mich auf unbekanntes und manchmal schwieriges Terrain zu begeben, darin liegt für mich die Herausforderung des Schreibens.

Dankbar bin ich meinem LektorInnen-Team: Antonia Thiel, Frank Griesheimer und Nikoletta Enzmann, die sich schon über so viele Jahre mit mir in dieses Abenteuer stürzen und mir helfen, Klippen zu umschiffen, Untiefen auszuweichen (oder mich dort wieder rauszuholen), und mich sicher zurück in den Hafen begleiten.

Es gibt Gegenden, die lassen einen, nachdem man sie einmal bereist hat, nicht mehr los. So ist es mir mit Schottland ergangen. Bei jedem Besuch fühle ich mich enger verbunden mit diesem rauen, wunderschönen Land und seinen Menschen. Wieder zu Hause, treibt mich die Sehnsucht noch intensiver um. Dann hilft nur das Schreiben.

Der Schauplatz meiner Geschichte ist also Herzenssache und die Frage des Landbesitzes ist ein Thema, das mich wohl niemals loslassen wird. Was den Fußball angeht, gebe ich zu: Ich bin zwar kein Fan. Aber als ich vor drei Jahren in einem Artikel über den Missbrauch von jungen Profifußballspielern im Vereinigten Königreich las, war meine Geschichte da. Mich trieb die Frage um, wie es ist, heute in Schottland ein Junge oder ein junger Mann zu sein. Den gesellschaftlichen und kulturellen Druck, männlichen Stereotypen zu entsprechen, habe ich in Schottland viel massiver erlebt als bei uns. »Mann« ist, wer eine Haltung der Furchtlosigkeit und des aggressiven Trotzes an den Tag legt und gegen alle Widerstände vermeintlich »stark« bleibt. Aber was, wenn wie bei Finn das Selbstbild auf gewaltsame Art auf den Kopf gestellt wird?

Und: Kann man durch Liebe heilen oder muss erst Heilung stattfinden, bevor Liebe möglich ist?

Schreibend habe ich mich möglichen Antworten genähert.

Antje Babendererde, Juli 2022

Solltest du selbst Opfer sexuellen Missbrauchs sein oder jemanden kennen, der Hilfe benötigt, findest du Unterstützung auf dem *Hilfe-Portal Sexueller Missbrauch:* www.hilfe-portal-missbrauch.de.

Hinweis zu sensiblen Themen
Achtung: Diese Hinweise enthalten Spoiler!

Dieses Buch enthält Themen, auf die du sensibel reagieren könntest: sexueller Missbrauch. Hier findest du Hilfe rund um die Uhr, anonym und kostenlos: 0800/1110111. Oder online.telefonseelsorge.de. Ebenso kannst du dich jederzeit an www.jugendnotmail.de wenden.